佐藤 優

Masaru Sato

神学でこんなにわかる「村上春樹」

Reading Haruki Murakami by Theology

新潮社

まえがき

この本を手に取っていただいた方は、大雑把に分けると2通りになると思います。

第1が、私の作品を以前から読んでくださっている方です。

第2は、村上春樹氏の読者です。この本が村上氏の長編小説『騎士団長殺し』（2017年）を読み解いているようなので興味を持って、まずこの本の「まえがき」を読んでいる人です。

私の文章を初めて読んでいただいている方のために自己紹介をします。現在、私はノンフィクション作家ですが、元々は外交官でした。2002年に吹き荒れた鈴木宗男疑惑（もう21年前の話になるのでZ世代の人たちは記憶にないと思います）の嵐に巻き込まれて、同年5月に「鬼の特捜」（東京地方検察庁特別捜査部）に逮捕、起訴され、512日間勾留されました。因みに『騎士団長殺し』の主要な登場人物の1人である免色渉も特捜検察に逮捕され、東京拘置所に勾留されています。勾留中の経験についての描写はとてもリアルです。「小菅ヒルズ」（東京拘置所）で暮らした経験がないと書けないような内容になっているからです。自らが巻き込まれた事件について、私は『国家の罠――外務省のラスプーチンと呼ばれて』（新潮社、2005年、現在は新潮文庫に収録）という当事者手記を書きました。幸い、この本は読書界に受け容れられ、私は職業作家として第2の人生を歩むことになりました。

私は、外交官の学歴としては珍しいのですが同志社大学神学部と同大学院神学研究科の出身です。専門は組織神学（キリスト教の理論）で、具体的には社会主義時代のチェコスロバキアにおける教会と国家の関係を研究していました。私はチェコの神学者ヨゼフ・ルクル・フロマートカ（１８８９～１９６９年）の神学に魅せられました。この神学者は、無神論を国是とする社会主義国家にとどまり、困難に立ち向かいながらもイエス・キリストに従って他者のために生きるという姿勢を貫きました。同時にフロマートカは「キリスト教徒が活動するフィールドはこの世界である」と強調しました。キリスト教徒に、教会や信者間の関係に閉じ籠もらず、キリスト教に敵対的もしくは無関心な人びとが多数であるこの世界に飛び込んでいけと言いました。そして、イエス・キリストを救い主と信じるキリスト教徒は、無神論者、異教徒よりも、この世界をよりリアルに認識できると強調しました。

村上氏の小説も私たちが生きているこの世界をよりリアルに認識するのにとても役に立つ、と私は考えています。その意味では、フロマートカや20世紀最大の神学者と言われているカール・バルト（１８８６～１９６８年）が神学書で展開したのと本質的に同じ事柄を村上氏は小説という形態で扱っているのです。

現代人は、天にいる神のような超越的存在を信じることができません。また世界の外側（外部）が存在するという感覚を持っている人も少数派です（私は神を信じていますし、世界には人間がいくら努力しても到達することのできない外部が存在すると考えています。その意味で現代における圧倒的少数派に私は属しています）。『騎士団長殺し』では、イデア（ときどき騎士団長の姿をとる）、メタファー（顔ながという形で現れる）などという名称で、外部が私たちの前に姿を現します。

外部と共に村上作品で重要なのは、悪の実在です。カトリック神学、プロテスタント神学においては、多くの神学者がアウグスティヌスが唱えた「悪は善の欠如に過ぎない」というモデルをとります。いわば悪とは穴あきチーズの空洞のようなもので、そこにチーズを充塡していけば悪は無くなるという考え方です。東方正教神学においては、悪について、穴あきチーズのような甘い見方はしません。悪はそれ自体で自立した存在であり、人間の努力によって克服できるようなものではないと考えます。もっとも正教神学は、「〜である」という表現で積極的に立場を表明する肯定神学を好みません。「〜でない」を繰り返して、その残余の部分で定義する否定神学で、神、愛、悪などの表現が難しい事柄を表現します。このような正教神学（思想）の伝統を踏まえて、長編小説を書いたのがロシアの文豪フョードル・ドストエフスキー（1821〜1881年）です。村上氏はドストエフスキーの小説を深く読み込んでいると私は見ています。特に村上作品の登場人物が交わす会話には、『カラマーゾフの兄弟』（1880年）を髣髴させるものがあります。『騎士団長殺し』における主人公と騎士団長、秋川まりえ、免色渉などの会話の情景は、カラマーゾフ家の食卓に繋がっているように私には思えてなりません。『騎士団長殺し』において、「白いスバル・フォレスター に乗った男」が悪を体現していることは、容易に理解できます。それに加え、私には、免色渉も悪が身体化した人物のように思えてなりません。その理由については、本書で詳しく述べたので、是非読んでほしいと思います。

　イエス・キリストは、「はっきり言っておく。預言者は、自分の故郷では歓迎されないものだ」（新約聖書「ルカによる福音書」4章24節。新共同訳）と言いました。このことは村上氏においても言えると思います。村上氏の作品については、日本よりもヨーロッパ、アメリカ、ロシア、イスラエルなどでの方が真剣に議論されているように私には見えます。日本でも『風の歌を聴け』（1979年）、『1973年のピンボール』（1980年）、『羊をめぐる冒険』（1982年）、『世界の終りとハードボイルド・ワンダーランド』（1985年）などについては、文壇や論壇でよく議論されたと思います。それが、430万部を超える大ベストセラーになった『ノルウェイの森』（1987年）以降、様子が変わってきました。大ベストセラーを嫌う文芸批評家の気分（多分に嫉妬があると思います）とともに文壇、論壇の構造変化があると思います。日本でも欧米やロシアでも小説家が作品を書き、文芸批評家がそれを論じることによって、小説家が意識していない意味を見出し、深みを持って作品を解釈する作業が行われてきました。そして、その解釈は文壇だけでなく、論壇にも及びました。
21世紀の今日、作家と文芸批評家の相互作用は非常に細くなっています。また、文壇と論壇の関係も薄れています。根源的には、文芸批評家、文学者、哲学者、神学者などがアトム（原子）化してしまい、よく言えば自己完結しているのですが、少し厳しく言えば自家中毒症状に陥っています。ポジショントークで他者を論難することを批評と勘違いしている有識者も少なからずいます。また、文芸批評家としての潜在的能力の高い哲学者や社会学者は、批評ではなく、自ら小説を書き、自らの思想を直接、読者に提示するようになっています。しかし、批評を欠いた表現だと外部が欠けてしまうので、他者との触発が生じません。そのため思想が閉塞していきます。
このような状況を打破したいと思って、私はこの10年間、村上作品の読み解きに従事してきました。私の基礎教育はプロテスタント神学ですが、大学院を修了した後は、外交官になり、対ロシア外交とインテリジェンス（特殊情報）を専門としていました。この世界で私は悪の実在を皮膚感覚で知ることができました。ウクライナ戦争、ハマスによるイスラエル攻撃で、悪が顕在化しています。第3次世界大戦が勃発する危機に人類は直面しています。このような状況から抜け出すためにも『騎士団長殺し』の解釈を通じて、悪を克服する方途について深く考える必要があると思います。

本書は、「小説新潮」２０１８年12月号から２０２２年10月号の連載に大幅に手を入れて再編したものです。本書を上梓するにあたっては、新潮社の伊藤幸人氏、小林由紀氏、楠瀬啓之氏、福島歩氏（「小説新潮」の連載も担当していただきました）にたいへんお世話になりました。どうもありがとうございます。

２０２３年11月25日、曙橋（東京都新宿区）の自宅にて

佐藤 優

神学でこんなにわかる「村上春樹」／目次

神学でこんなにわかる「村上春樹」

『騎士団長殺し』詳解

1 顔のない男の顔

優れたテキストは、複数の読み解きができる。村上春樹氏の長編小説『騎士団長殺し』(2017年)がまさにそのようなテキストだ。

世界にはこの小説を18歳未満の青少年にとって有害な図書だと認識している人もいる。2018年7月に香港当局はこんな決定をした。

〈香港の司法当局は、作家・村上春樹さんの小説「騎士団長殺し」について、暴力シーンやわいせつ表現を含む物品などの流通を規制する条例に基づき、18歳未満の青少年への販売を禁止する決定をした。公表は12日。書店では本をビニールなどで封をして、警告文を貼る必要がある。香港メディアが伝えた。

司法当局が内容を審査したところ、暴力や堕落、不快な表現など、公序良俗に反する出版物だと判断した。小説のどの部分が条例に抵触したのか、具体的には明らかにしていない。〉(2018年7月21日「朝日新聞デジタル」)

香港当局は、『騎士団長殺し』のどの部分が暴力や堕落にあたるのか、不快な表現とは何かを明らかにしていない。だが、香港の検閲官は、この作品の中に不穏な「何か」を感じたのであろう。

その感覚は、ある意味において、きわめて正しい。『騎士団長殺し』はきわめて不穏な作品で、社会を根底から覆す力を秘めている。その力を可視化させることを筆者（佐藤）は本書で試みたい。『騎士団長殺し』を政治的文脈で読む人々もいる。作中で、ある登場人物が南京虐殺について「おびただしい数の市民が戦闘の巻き添えになって殺されたことは、打ち消しがたい事実です。中国人死者の数を四十万人というものもいれば、十万人というものもいます」と語っている部分について、一部の日本人は村上氏を攻撃したり、揶揄したりした。他方で、中国の「人民日報社」のニュースサイト「人民網日本語版」は、「歴史にまっすぐに向き合う村上氏の姿勢は、批判よりも賛同の声をより多く集めている」と報じている（２０１7年3月7日「産経ニュース」）。

小説で描かれているのは、あくまでも虚構の世界だ。この騒動は、虚構であっても村上氏の文章は、現実の政治に影響を与えるということを示している。テキストは、書いた瞬間に著者の手を離れる。読者はテキストを自由に解釈する権利を持つ。その中には、当然、誤読する権利もある。テキストは、著者から離れて独自の命を持つのだ。『騎士団長殺し』は鏡のような役割を果たしている。香港当局は、この鏡に映して、自らの統治体制の脆弱さが見えたのであろう。それ故に、若い人びとにこの小説の影響が及ぶことを防ごうとして、グロテスクな対応をした。

歴史修正主義的傾向を持つ日本人は、この作品を読んで、自らが侮辱されているように感じたのであろう。だから、彼らは苛立ち、村上氏を揶揄するのだ。揶揄してみせることによって、自分が村上氏よりも一段高いところに立っていると誇示したいのだ。「人民日報」は中国共産党の機関紙だ。政治ゲームに使える要素があれば、最大限に活用するのが、「人民日報」編集部の職業的良心に基づいた行動だ。それ以上でもそれ以下でもない。こういうことは政治の世界ではよくあることだ。

あらかじめ、筆者の読み解き方を明らかにしておきたい。筆者は本書で『騎士団長殺し』を神学的に読んでいく。神学と言っても、キリスト教、イスラームなどさまざまな形態が存在するので、限定を付さなくてはならない。筆者は、日本基督教団に所属するプロテスタントのキリスト教徒だ。同志社大学神学部と大学院神学研究科で組織神学を研究した。組織神学とは、一般に馴染みのない言葉であるが、キリスト教の理論を扱う分野である。筆者はプロテスタント神学の立場から『騎士団長殺し』を読む。しかし、そこからどうしてもはみ出してしまう要因がある。それは、筆者の履歴と関係する。

通常、大学院で神学を学んだ者は、牧師になるかキリスト教主義学校の聖書科の教師、あるいは研究職に進む。キリスト教系の社会福祉事業に従事する人もいる。しかし、筆者はそのような選択をせず、外交官試験を受けて外務省に入った。そこでは、筆者の当初の意思にはなかったことだが、命じられるまま、対ロシア外交とインテリジェンス（情報）業務に従事した。また、北方領土交渉との関連では、日本の政界とも深い関係を持った。そのことが職業作家になってからの筆者の視座にも影響を与えている。だから、『騎士団長殺し』を神学的に読み解こうとしても、ときどき、その枠から外れた政治、外交、インテリジェンスの見方が入り込んでくる。

とはいえ、ベースはあくまでプロテスタント神学だ。この神学において、真理は具体的である。神学的に小説を読み解く際の方法論については、具体的にテキストを読む過程で説明していきたい。

さっそく、「プロローグ」に取りかかろう。『騎士団長殺し』のプロローグは、作品すべてを読み終えたことを前提に書かれている。このプロローグは、作品全体のアルファ（初め）であるとともにオメガ（終わり）でもある。それを象徴するのが〈顔のない男〉という登場人物だ。読者はこの場面をしっかり覚えておいてほしい。

——

今日、短い午睡から目覚めたとき、〈顔のない男〉が私の前にいた。私の眠っていたソファの向かいにある椅子に彼は腰掛け、顔を持たない一対の架空の目で、私をまっすぐ見つめていた。

男は背が高く、前に見たときと同じかっこうをしていた。広いつばのついた黒い帽子をかぶって顔のない顔を半分隠し、やはり暗い色合いの丈の長いコートを着ていた。（『騎士団長殺し　第1部　顕れるイデア編（上）』新潮文庫版第1巻9頁。以下、引用箇所は文庫版に拠り、第×巻○○頁と記す）

筆者にとって、〈顔のない男〉は珍しい存在ではない。インテリジェンスの世界で、顔のない男というのは、よく用いられる言葉だ。優れたインテリジェンス・オフィサー（情報担当官）で、その工作能力は誰もが認めている。しかし、どういう顔をした人物なのかがわからない。

モスクワ勤務時代、顔のない男の存在をときどき意識させられることがあった。当局にとって都合の悪い人物と会うと、帰宅直後に電話が鳴る。受話器を取ると、相手は電話を切る。あるいは、壁の中から突然ラジオが鳴り出すことがある。マイクはスピーカーの機能も持つ。盗聴器のマイクからあえてラジオを鳴らし、顔のない男が自分の存在を、まさに顔を半分くらい隠すようにして、筆者に伝えてくるのである。

だが、このプロローグはインテリジェンスの世界を描いているのではない。顔のない顔を半分隠すとは、どのようなことなのであろうか。神学者である筆者には、容易に解釈しうるメタファー（隠喩、暗喩）だ。神は全能である。その神が、自ら姿を現すことが啓示だ。しかし、啓示は完全になされることはない。神の顔は常にある部分が隠れているのだ。そして神の顔の半分だけが隠されているとしても、隠されていない方の顔、表に出ている半分の顔についても、それを正確に描くことはもとより把握することも人間にはできない。丈の長いコートという表現には、顔のない男には、顔以外にも隠されている部分があることを示している。

顔のない男から、具体的な依頼がある。

「肖像を描いてもらいにきたのだ」、顔のない男は私がしっかり目覚めたのを確かめてからそう言った。彼の声は低く、抑揚と潤いを欠いていた。「おまえはそのことをわたしに約束した。覚えているかね？」
「覚えています。でもそのときは紙がどこにもなかったから、あなたを描くことはできませんでした」と私は言った。私の声も同じように抑揚と潤いを欠いていた。「そのかわり代価として、あなたにペンギンのお守りを渡しました」
「ああ、それを今ここに持ってきたよ」
彼はそう言って右手をまっすぐ前に差し出した。彼はとても長い手を持っていた。手の中にはプラスチックのペンギンの人形が握られていた。（第1巻9～10頁）

顔のない男は、このペンギンの人形について、「この小さなペンギンがお守りとなって、まわりの大事な人々をまもってくれるはずだ。ただしそのかわりに、おまえにわたしの肖像を描いてもらいたい」と言う。主人公には守らなければならない人たちがいるらしい。また、2人は以前会ったことがあるらしい。そのことは小説を読み進めるにつれて、読者に明らかになる。主人公は「まわりの大事な人々」を守るために、顔のない男の肖像を描かなくてはならないようだ。

顔のない男の肖像を描くことは可能であるのか？　もちろん、可能ではない。しかし、主人公は「不可能の可能性」に挑まなくてはならない。このことも神学的な課題である。

ヤーウェと呼ばれるキリスト教の神の姿を描くことはできない。描くことはもとより、概念として表現することもできない。しかし、イコン（聖画像）も組織神学（キリスト教の理論に関する学問）も存在する。この構造を解き明かすことで、顔のない男の肖像を描く可能性も見えてくる。

キリスト教の神は、生成する神である。「神が存在する」という場合、日本語の感覚に翻訳すると、「神はある」ということではない。「神は行く」とか「神は成る」といった表現の方がキリスト教の神をよく表している。神は、英語のBeingやドイツ語のSeinでは表現できない。むしろ、英語Becoming、ドイツ語のWerdenの方が神の現実をよく表しているのだ。「生成する神」については、カール・バルトの弟子にあたるドイツの神学者エーベルハルト・ユンゲルが詳しく論じている。

神学（Theology）という言葉は、神（Theo）と論理（Logos）という単語を合成したものだ。いま述べたように神は動的な概念だ。これに対して、アリストテレスの存在論に基礎づけられた論理（ロゴス）は静的な概念だ。動いているものを静止した概念で表現することは難しい。しかし、決して不可能ではない。例えば動いている物を写真で示すことが可能だからだ。絵画や文学でも動きを示すことができる。長編小説『騎士団長殺し』の中では、まさに「騎士団長殺し」という激しい動きのある出来事が描かれた絵画が出てくる（ことが文章で記される）。動いている事柄を写真や絵画、あるいは文章で表現することは「不可能の可能性」に挑むことだ。その意味において、『騎士団長殺し』で村上氏が挑んでいる作業と、神学者が神について語ることは、類比的なのである。

> 私は戸惑った。「しかし、急にそう言われても、ぼくはまだ顔を持たない人の肖像というものを描いたことがありません」
> 　私の喉はからからに渇いていた。
> 「おまえは優れた肖像画家だと聞いている。そしてまたなにごとにも最初というものはある」と顔のない男は言った。そう言ってから笑った。おそらく笑ったのだと思う。（第1巻10～11頁）

人生において重要な出来事は、突然、訪れる。「急にそう言われても」などという言い訳は通用しない。神に「跳べ」と言われたら、「いま、ここで」跳ばなくてはならないのだ。イソップの寓話のセリフを使えば、「ここがロードスだ、さあ跳べ」ということだ。

　顔のない男は、「なにごとにも最初というものはある」と言った。この意味は、無から有を創造することだ。そこには特別の力が必要とされる。その力は人間の内側には存在しない。自然の内側にも存在しない。それは、外部からやってくる。旧約聖書では、その創造の起源についてこう説明している。

〈初めに、神は天地を創造された。地は混沌であって、闇が深淵の面にあり、神の霊が水の面を動いていた。神は言われた。

「光あれ。」

こうして、光があった。神は光を見て、良しとされた。神は光と闇を分け、光を昼と呼び、闇を夜と呼ばれた。夕べがあり、朝があった。第一の日である。〉（「創世記」1章1～5節、新共同訳。以下、聖書の引用は旧約、新約ともに新共同訳による）

この創造の出来事を過ぎ去った過去と考えてはいけない。無からの創造に作家は日々従事している。この創造にも聖書的な根拠がある。

〈初めに言があった。言は神と共にあった。言は神であった。この言は、初めに神と共にあった。万物は言によって成った。成ったもので、言によらずに成ったものは何一つなかった。言の内に命があった。命は人間を照らす光であった。光は暗闇の中で輝いている。暗闇は光を理解しなかった。〉（「ヨハネによる福音書」1章1～5節）

ここでいう言（言葉）は、ギリシア語のロゴスだ。言葉は神と共にある。だから、言葉には創造の力が内在している。そして、神と共にある言葉の中には命がある。世俗化が進んだ現在、大多数の人びとは神を必要としない。しかし、神を必要としない人びとにとっても神は神である。この現実が『騎士団長殺し』を通じて、筆者には伝わってくる。そのことを明らかにするのが本書の狙いだ。

顔のない男が、顔をすべてみせる。

彼は半分顔を隠していた黒い帽子をとった。顔があるべきところには顔がなく、そこには乳白色の霧がゆっくり渦巻いていた。

私は立ち上がり、仕事場からスケッチブックと柔らかい鉛筆をとってきた。そしてソファに腰掛けて、顔のない男の肖像を描こうとした。でもどこから始めればいいのか、どこに発端を見つければいいのか、それがわからなかった。なにしろそこにあるのはただの無なのだ。

――何もないものをいったいどのように造形すればいいのだろう？　そして無を包んだ乳白色の霧は、そのかたちを休みなく変え続けていた。（第1巻11頁。以下、傍点はすべて原文通り）

常に変動する乳白色の霧という表現も見事だ。休みなく変容するが確実に存在する「何か」を示している。目に見えないが確実に存在する事柄をどのように表現するかは、画家にとっても作家にとっても神学者にとっても重要な課題だ。

顔のない男の顔はどうなっているのだろうか。乳白色の霧そのものなのであろうか。あるいは、この霧の背後に何か形を持った物が隠れているのだろうか。あるいは、人間の眼には乳白色の霧に見えるだけで、実際は人智では理解できない何かがあるのだろうか。重要なのは、そのようなことに思惟を巡らさずに、顔のない男から要請されたまま、肖像画を描き始めることだ。肖像画を描けというのは、人智を超えた超越的な命令なのである。

われわれは時間的制約の中で生きている。だが「不可能の可能性」に挑むことに終点はない。いずれかのタイミングで時間が切れる。顔のない男の肖像を描くというのは、当初から不可能な作業だ。しかし、それに挑まなくてはならない。それが超越的な事柄に従う者の使命だ。もっとも、その作業がかならず未完に終わることはわかっている。にもかかわらず、全力を尽くさなくてはならない。

そのような状況において、「どうせこの作業は終わらないのだ。無意味だ」と言って、投げ出してしまう人もいる。しかし、最後の瞬間まで「不可能の可能性」に挑む人もいる。その違いは、どこにあるのだろうか。終わりが見えない「不可能の可能性」に挑むことができるかどうかは、人間の側から見れば、その人間が持っている気質ということになるだろうが、これを神の側から見るならば、選び、なのである。その人が生まれるはるか昔に、神は「不可能の可能性」に挑むことができる人びとを選んでいるのだ。選ばれた人びととは、地上でさまざまな試練に出会うが、それを克服し、神の栄光のために奉仕する。そして、自分に課された試練を正面から受け止め、懸命に生き残ろうとするのである。『騎士団長殺し』は、そのような選ばれた人びとに関する物語なのである。

――「急いだ方がいい」と顔のない男は言った。「わたしはそれほど長くこの場所に留まることはできない」（同前）

キリスト教徒にとってイエス・キリストは救い主である。イエスは、西暦前6〜4年頃に生まれ、西暦30年頃に十字架の上で刑死した。死んで葬られた後、3日後に復活した。死んだときには、肉体だけでなく、魂も滅びたのである。それが神の力によって復活したのだ。復活して、一定期間、地上に留まった後、再び天上に帰った。イエス・キリストが地上に長期間滞在できなかったように、顔のない男も、それほど長くこの場所に留まることはできない。ただし、顔のない男が救い主か否かは、この段階では読者には明かされていない。読者にわかっているのは、顔のない男は、主人公が「まわりの大事な人々」を守ることと重要な関係がありそうだということだけだ。

――彼が言ったように、私にはまもらなくてはならない何人かの人たちがいる。そして私にできることといえば、絵を描くことだけだった。それなのにどうしてもその〈顔のない男〉の顔を描くことができなかった。私はなすすべもなく、そこにある霧の動きをにらんでいた。

「悪いが、もう時間が切れた」と顔のない男は少し後で言った。（略）

男は黒い帽子をかぶり直し、また顔を半分隠した。「いつか再び、おまえのもとを訪れよう。そのときにはおまえにも、わたしの姿を描けるようになっているかもしれない。そのときが来るまで、このペンギンのお守りは預かっておこう」（第1巻12頁）

「時間はあまりない。急がなくてはならない」というのは、終末論的緊張だ。終末は、終わりであるとともに完成、目的でもある。早く目的を達成しなくてはならない。「不可能の可能性」に挑む者は、しかし、絶対に目的を達成することはできない。だが、時間が切れても希望は残っている。それは、顔のない男が「いつか再び、おまえのもとを訪れよう」と約束したからだ。この構成も神学的だ。

イエス・キリストのように、顔のない男もいつかこの世に再臨して、主人公の前に現れるのだ。再臨のときには、それが顔のない男であることを示す徴（しるし）が必要だ。その徴がペンギンのお守りなのである。ペンギンのお守りであれ、十字架であれ、イコンであれ、人間は形がある物を通してしか超越的な事柄を認識することができない。

> そして顔のない男は姿を消した。靄が突然の疾風に吹き払われるように、一瞬にして空中に消えた。あとには無人の椅子とガラスのテーブルだけが残った。（同前）

重要な事柄について、物証は残らない。しかし、目には見えないが確実に存在する事柄についての記憶は残る。その記憶だけで十分なのである。

> いつかは無の肖像を描くことができるようになるかもしれない。ある一人の画家が『騎士団長殺し』という絵を描きあげることができたように。しかしそれまでに私は時間を必要としている。私は時間を味方につけなくてはならない。（第1巻13頁）

「不可能の可能性」への挑戦は、今のところ終点は見えないが、しかし、いつか実現するかもしれない。イエス・キリストは西暦30年頃に「私はすぐに来る」と言い残して天に去った。あれから、1990年ほどが経ったが、まだ再臨は訪れていない。だがそれでも、キリスト教徒は再臨を信じている。それは無の肖像を描くことが、いつかできると信じることと同じである。

そして、このプロローグが、作品のアルファであり、オメガであることは、『騎士団長殺し』を読み終えたとき、はっきりわかる。

2　舞台装置

プロローグに続く章で、村上春樹氏はこの小説の舞台設定を説明していく。まず、村上氏は本書が謎解き型の小説でないことを宣言する。

> その当時、私と妻は結婚生活をいったん解消しており、正式な離婚届に署名捺印もしたのだが、そのあといろいろあって、結局もう一度結婚生活をやり直すことになった。
> どのような意味合いにおいてもわかりやすくないし、原因と結果との結びつきが当事者にさえうまく把握できないその経緯をあえてひとことで表現するなら、「元の鞘に収まった」というあまりにありきたりの表現に行き着くわけだが、その二度の結婚生活（言うなれば前期と後期）のあいだには、九ヶ月あまりの歳月が、まるで切り立った地峡に掘られた運河のように、ぽっかりと深く口を開けている。（第1巻16頁）

主人公は、妻（ユズ）のイニシアティブで離婚手続きを取る。2人の関係がどうなるかに読者は当然関心を持つのであるが、村上氏は早々と「元の鞘に収まった」という結論を示す。すなわち、「結婚生活をやり直すことになった」。ここで重要なのは、結婚が継続するのではなく、やり直しになったということだ。

キリスト教では、人間と神の関係は、一旦破れるが、再構築される、と考える。神学における和解論のテーマだ。また、人間が死ぬと、その人間の身体のみならず、魂も滅びると考える。キリスト教の牧師でも、この基本原理がわかっていない人がときどきいて、告別式の説教で「故人は肉体の苦しみから解放されて、魂は天国に召されていった」などという間違えた発言を平気で行う。肉体が滅んでも魂は残る、というのはグノーシス思想だ。キリスト教では、再臨したキリストが、1度滅びた死者の身体と魂を甦らせるのである。これは人智を超えた神の愛によって行われる奇跡だ。

主人公とユズの関係は破綻し、夫婦関係は「いったん解消」される。しかし、やがて2人は和解し、結婚生活をやり直すことになる。「九ヶ月あまりの歳月」のなかで、死と復活の物語が展開されたわけだ。そして、その物語がまさにこれから詳細に語られていくのだと、読者は予感する。

まさしく『騎士団長殺し』という小説は、ユズといったん別れた後に、主人公の周辺で起こる物語を描いていく。それはわれわれ読者に可視化された世界での出来事だ。この9カ月の期間に、ユズも別の物語を有している。われわれには知ることができない別の物語がこの作品の背後にあることを、やがてユズの妊娠という事実によって、読者は気づくことになる。そこで、神学で言う「時（とき）の間（あいだ）」という枠組みが鮮明になる。主人公もユズも、婚姻関係を解消した破れの時と、過去になかった体験をした上で和解がなされるまでの「時の間」を生きるのである。

キリスト教では、イエス・キリストが地上に現れた事実によって、人間を救済する時が始まったと考える。そして、天上に帰ったキリストが再臨し、「神の国」が到来する時にすべてが終わり、完成するのである。われわれはそのような「時の間」を生きている。『騎士団長殺し』を読むことによって、われわれはそんな「時の間」に生きているという現実を認識することができるのである。この小説の結論は冒頭から明かされている。主人公とユズは和解し、生まれてくる子供と共に新しい生活を始める。その過程をどのように解釈するかが問われているのだ。

9カ月の時間も、カント的な先験的（アプリオリ）なものではない。アインシュタインが一般相対性理論で展開した、変容する時間である。時間が変容すれば、当然、空間もそれに伴って変わる。この点については小説の後半で丁寧に語られることになるが、まずこの冒頭部では時間に関する認識が語られている。

> 九ヶ月あまり——それが別離の期間として長かったのか、それとも短かったのか、自分ではうまく判断できない。あとになって振り返ると、それは永遠に近い時間だったようにも思えるし、逆に意外にあっという間に過ぎてしまったようにも思える。印象は日によって変わる。よく写真に写された物体のわきに、実寸をわかりやすくするために煙草の箱が置いてあったりするが、私の記憶の映像のわきに置かれた煙草の箱は、そのときの気分次第で好き勝手に伸び縮みするみたいだ。（同前）

変容する時間の大渦に主人公は巻き込まれたが、奇跡的にそこから生還することができた。その激しい体験を、主人公は事後において語っているのである。これは回想体の小説なのだ。ここでも、この小説があくまで謎解き型でないことを示すように、主人公はさまざまな目に遭うが無事に帰還することがまず明かされている。この小説の主眼は、読者を危機に陥った主人公と同化させてハラハラさせることになく、読者に主人公が体験したことがどんな意味を持つかを問うことにあるのだ(「私は今から何年か前に起こった一連の出来事の記憶を辿りながら、この文章を書き記している」というのがこの小説の語りの設定だ。主人公は「正体不明の大渦に巻き込まれ」ながらも無事に生還し、再び妻との結婚生活をおくるようになったことがまず明示されている)。

ヘーゲルが『法の哲学』で「(知恵を象徴する)ミネルヴァのふくろうは夕暮れに飛び立つ」と言ったように、ある出来事について記述できるということは、その出来事が既に終わりかけている(もしくは完全に終わった)ことを意味する。主人公も、出来事から数年たって、ようやく文章にすることができるようになったのだ。

離婚話がユズから切り出されたあと、まず主人公は古いプジョー205に乗って、東北地方や北海道をさすらう。東京へ戻る途上、いわき市の手前で車が故障し、動かなくなった。

常磐線に乗って東京へ着いたところで、学生時代からの友人である雨田政彦(あまだまさひこ)に電話をし、主人公は小田原に移り住むことになる。

> 家を貸してくれたのは、雨田政彦。彼とは美大でクラスが同じだった。私より二歳年上だが、私にとって数少ない気が合う友人の一人であり、大学を出てからもときどき顔を合わせていた。彼は卒業後は画作をあきらめて広告代理店に就職し、グラフィック・デザインの仕事をしていた。私が妻と別れて一人で家を出て、とりあえず行き場がないことを知り、父親の持ち家が空いているんだが、留守番みたいなかたちで住んでみないかと声をかけてくれたのだ。彼の父親は雨田具彦(ともひこ)という高名な日本画家で、小田原郊外の山中にアトリエを兼ねた家を持ち、夫人を亡くしてから十年ばかり、そこで気楽な一人暮らしを続けていた。しかし

最近になって認知症が進行していることが判明し、伊豆高原にある高級養護施設に入ることになり、その家は数ヶ月前から空き家になっていた。（第1巻18～19頁）

ここで、この小説の鍵を握る重要な人物である雨田具彦を自然な形で登場させることに、村上氏は成功している。具彦は認知症が進行しているので、言語によって謎解きができないという制約をこの小説に課している。次は、具彦の住んでいた「山のてっぺんにぽつんと建っていて」、「絵を描くにはまさに理想的な環境」という家を借りるにあたっての契約だ。

家賃はほとんど名目だけのものだった。

「誰も住んでいないと家が荒れるし、空き巣や火事のことも心配だしな。誰かが定住してくれているだけで、こちらも安心できるんだ。でもまったくただというのでは、おまえも気分的に落ち着かないだろう。そのかわりこちらの都合で、短い通告で出てもらうことになるかもしれない」（第1巻19頁）

ほとんど無償で家を借りることから主人公と政彦の関係は、貨幣を媒介させてはならない家族のような親密さがあるということになる。だが2人は友人ではあるが、家族ではない。このことは、政彦を通じて、具彦の過去の情報を徹底的には引き出すことができないという制約をもこの小説に課していることになる。村上氏は、制約の中で自由な世界を創り出そうとしている。

これに続いて、8カ月の間に主人公が2人の人妻と関係を持ったことが詳述されているが、この箇所についての読み解きは、意図的に行わない。なぜならば、この箇所は性愛によって愛の不在を描いた内容だからだ。『騎士団長殺し』において、性愛に関する記述を掘り下げても、そこから愛のリアリティは見えてこない。裏返して言えば、筆者は神学的な視座から、この小説に愛の不在ではなく、愛のリアリティを読み取ろうとしている。

ここで村上氏は、画家である主人公の略歴を紹介する。

美大に通っていた時代、私はおおむね抽象画を描いていた。ひとくちに抽象画といっても

> 範囲はずいぶん広いし、その形式や内容をどのように説明すればいいのか私にもよくわからないが、とにかく「具象的ではないイメージを、束縛なく自由に描いた絵画」だ。展覧会で何度か小さな賞をとったこともある。美術雑誌に掲載されたこともある。私の絵を評価し、励ましてくれる教師や仲間も少しはいた。将来を嘱望されるというほどではないにせよ、絵描きとしての才能はまずまずあったと思う。しかし私の描く油絵は、多くの場合大きなキャンバスを必要としたし、大量の絵の具を使用することを要求した。当然ながら制作費も嵩む。そしてあえて言うまでもないことだが、無名の画家の号数の大きな抽象画を購入し、自宅の壁に飾ってくれるような奇特な人が出現する可能性はどこまでもゼロに近い。（第1巻24～25頁）

> だから大学を卒業した主人公は、生活の糧を得るために、肖像画を描くようになった。
>
> つまり会社の社長とか、学会の大物とか、議会の議員とか、地方の名士とか、そのような「社会の柱」とでも呼ぶべき人々の姿を（柱の太さに多少の差こそあれ）、あくまで具象的に描くわけだ。そこではリアリスティックで重厚で、落ち着きのある作風が求められる。応接間や社長室の壁にかけておくための、どこまでも実用的な絵画なのだ。つまり私が画家として個人的に目指していたのとはまったく対極に位置する絵画を、仕事として描かなくてはならなかったわけだ。心ならずもと付け加えても、それは決して芸術家的傲慢にはならないはずだ。（第1巻25頁）

人は好きなことだけをして生きていくことはできない。「具象的ではないイメージを、束縛なく自由に描いた絵画」だけでは生活が成り立たないので、それと対極の、具象的で実用的な絵画を描くことで主人公は生計を立てている。「心ならずも」このような仕事をしている主人公の心には隙間がある。その隙間に、目には見えないが確実に存在する力が入り込んでくる。

——肖像画の依頼を専門に引き受ける小さな会社が四谷にあり、美大時代の先生の個人的な紹介で、そこの専属契約画家のようなかたちになった。固定給が支払われるわけではないが、ある程度数をこなせば若い独身の男が一人生き延びていけるくらいの収入にはなった。（第1巻25〜26頁）

こうして主人公は、肖像画を描く仕事をこなしていく。

純粋に労働としてみれば、いわゆる肖像画を描くのはけっこう楽な仕事だった。（略）いったん要領さえ呑み込んでしまえば、あとは同じひとつのプロセスを反復していくだけのことだ。やがて一枚の肖像画を仕上げるのにそれほど長い時間はかからないようになった。オート・パイロットで飛行機を操縦しているのと変わりない。（第1巻26頁）

絵を描くことは、主人公にとって本来、喜びであった。それが、肖像画制作というルーティン・ワークを生活のために消化しているうちに、喜びを伴わない「けっこう楽な仕事」になった。創作から喜びが失われることによって、主人公は疎外されていく。『騎士団長殺し』は、主人公が疎外から解放される過程を描いた救済の物語でもある。救済の前提として、疎外が絶望的に深刻であることが示される。主人公は、自分が「心ならずも」描いた肖像画が高く評価されることによって（「私のところには次から次へと仕事がまわってきた。報酬もそこそこ上がった」）、自らが疎外された状況にあることを認識できなくなっている。キルケゴールが言う、絶望的現実に気づいていない非本来的絶望の状況に陥っている。そのことが以下の記述から浮き彫りになる。

私の描く肖像画がなぜそのように高く評価されるのか、自分では思い当たる節がなかった。私としてはそれほどの熱意も込めず、与えられた仕事をただ次から次へとこなしていただけなのだ。（略）誇りに思えるような作品にはならないにせよ、そんなものを描いたことを恥ずかしく思うような絵だけは描かないように心がけた。それを職業的倫理と呼ぶこともあるいは可能かもしれない。私としてはただ「そうしないわけにはいかなかった」というだけのことなのだが。（第1巻27頁）

人はできることと好きなことが異なる場合がある。主人公にとって、肖像画を描くことができることで、顧客からもエージェントの担当者からも高く評価されていた。だが、それは職業的倫理に基づいて、誠実に仕事を続けていたに過ぎない。主人公の状況は、外交官時代の筆者と同じだ。筆者はロシアの政界と社会に食い込み、日本政府が必要とする機微に触れる情報を入手することができると評価された。情報の仕事に筆者は適性があった。しかし、この仕事を好きにはなれなかった。友情を利用して、相手が思わず漏らした秘密情報を記憶し、暗号を使った公電（外務省が公務で用いる電報）で東京の外務本省に報告することが筆者の仕事だった。仮に公電の内容がロシア当局に逆流すれば、ロシア人の友人（実情は情報源）が逮捕、投獄される危険があった。そんな友情に付け込むような仕事を筆者は、日本の外交官として「そうしないわけにはいかなかった」と考え、継続した。そのことは筆者のどこかを何らかの意味で損ねたかもしれない。小説を読むことで、自らについての認識を深めたり、発見することがある。だから筆者は『騎士団長殺し』を読み解く過程で、ときどき自分について言及することがあると思う。

専門的分野で評価されている人には、必ず自分のやり方がある。自分のやり方を貫く人が専門家として認知されるということなのかもしれない。主人公のやり方の特徴はこうだ。

依頼を受けると、最初にクライアント（肖像画に描かれる人物だ）と面談することにしていた。一時間ばかり時間をとってもらい、二人きりで差し向かいで話をする。ただ話をするだけだ。デッサンみたいなこともしない。私がいろんな質問をし、相手がそれに答える。いつどこでどんな家庭に生まれ、どんな少年時代を送り、どんな学校に行って、どんな仕事に就き、どんな家庭を持ち、どのようにして現在の地位にまでたどり着いたか、そういう話を聴く。日々の生活や趣味についても話をする。だいたいの人は進んで自分について語ってくれる。それもかなり熱心に（たぶんほかの誰もそんな話を聞きたがらないからだろう）。一時間の約束の面談が二時間になり、三時間になることもあった。（第1巻28頁）

動いている人間を、静止した肖像画にする。これはキリスト教神学の作業に似ている。既に記したように、キリスト教の神は動的存在だ。神の存在は、生成の中にある。「神が在る」という表現は、神を静止した、アリストテレスが言う第一質料と混同する危険がある。動いているものを、静止した形で表現することは、「不可能の可能性」に挑むことだ。依頼主という人間の存在=動きを理解するために主人公は、肖像画に描かれる人物と面談するのである。

「ポーズをとって、じっと座っている必要はないのですか?」と多くの人は心配そうに私に尋ねる。彼らは誰しも肖像画を描かれると決まった時点から、そういう目に遭わされることを覚悟していたのだ。画家が——まさか今どきベレー帽まではかぶっていないだろうが——むずかしい顔つきで絵筆を手にキャンバスに向かい、その前でモデルがじっとかしこまっている。身動きしてはならない。そういう映画なんかでお馴染みの情景を想像していたわけだ。(略)私が必要とするのは目の前の本人よりは、その鮮やかな記憶だった(本人の存在はむしろ画作の邪魔になることとさえあった)。立体的なたたずまいとしての記憶だ。それをそのまま画面に移行していくだけでよかった。どうやら私にはそのような視覚的記憶能力が生まれつきかなり豊かに具わっていたようだ。(第1巻28~30頁)

視覚的記憶能力は、メモや録音を取らずに仕事をすることが多い情報業務に従事するインテリジェンス・オフィサーにとって死活的に重要だ。筆者の場合、相手がショットグラスでウオトカを飲む瞬間、フォークでキエフ風カツレツを切ってバターが噴き出した瞬間、ネクタイに手を当てた瞬間などが、インデックスのように記憶されている。その情景を思い出すと、頭の中の記憶に残っている相手が話し始めるのである。この能力は肖像画家にとっても有効な道具になるようだ。ここで重要なのは、相手の心の中に入っていくことだ。しかも、その心を肯定的に理解することが重要になる。

そのためか、主人公はクライアントに対して、少しでも親愛の情を持つようにしたという。

限定された場所で一時的な関わりを持つだけの「訪問客」としてなら、クライアントの中に愛すべき資質をひとつかふたつ見いだすのは、さして困難なことではない。ずっと奥の方までのぞき込めば、どんな人間の中にも必ず何かしらきらりと光るものはある。それをうまく見つけて、もし表面が曇っているようであれば（曇っている場合の方が多いかもしれない）、布で磨いて曇りをとる。なぜならそういった気持ちは作品に自然に滲み出てくるからだ。（第1巻30～31頁）

他者の心を「布で磨いて曇りをとる」作業を、平たい言葉で言い換えるならば優しさになる。主人公は優しい人だ。それだから、常に顧客がいる。だが主人公の優しさは、相手が「訪問客」であって、一時的な付き合いだからこそ発揮される。これに対して、生活を共にする妻のユズに対しては、心の曇りを布で磨いて取り除くようなことはしなかった。そもそも主人公はユズの心の曇りに気づかなかった。それが離婚の原因になったのだ。主人公の優しさは、仕事のために発揮され、生活圏にいる近しい人に対しては発揮されない。主人公はそのことを朧気ながら理解している。それが「高級娼婦」という自己意識になってあらわれる。

ときどき自分が、絵画界における高級娼婦のように思えることがあった。私は技術を駆使して、可能な限り良心的に、定められたプロセスを抜かりなくこなす。そして顧客を満足させることができる。私にはそういう才能が具わっている。高度にプロフェッショナルではあるが、かといって機械的に手順をこなしているだけではない。それなりに気持ちは込めている。（第1巻32頁）

同時に、主人公は「自ら望んでそのようなタイプの画家になったわけではないし、そのようなタイプの人間になったわけでもない」と認識している。

私はただ様々な事情に流されるままに、いつの間にか自分のための絵画を描くことをやめてしまった。結婚して、生活の安定を考慮しなくてはならなかったことが、そのひとつのきっかけになったわけだが、そればかりではない。実際にはその前から既に私は「自分のための絵画」を描くことに、それほど強い意欲を抱けなくなってしまっていたのだと思う。（略）何かが――胸の中に燃えていた炎のようなものが――私の中から失われつつあるようだった。その熱で身体を温める感触を私は次第に忘れつつあった。
　そんな自分自身に対して、どこかで私は見切りをつけるべきだったのだろう。何かしらの手を打つべきだったのだろう。しかし私はそれを先送りにし続けていた。そして私より先に見切りをつけたのは妻の方だった。（第1巻32～33頁）

「胸の中に燃えていた炎のようなもの」が消えてしまった隙間が、ユズの離れていく原因となったが、その代わりに騎士団長が呼び寄せられるのである。

3　鏡に映った自分の顔

主人公はユズから突然、離婚話を切り出された。ある出来事が起きる前と後とで世界が変化するカイロス（時機）は常に突然起きるのだ。カイロスについては、後に詳しく述べよう。ユズは「とても悪いと思うけど、あなたと一緒に暮らすことはこれ以上できそうにない」と言って沈黙した。

　我々は台所のテーブルを挟んで座っていた。三月半ばの日曜日の午後だった。翌月の半ばに我々は六回目の結婚記念日を迎えることになっていた。その日は朝からずっと冷たい雨が降っていた。（略）雨降りの奥にはオレンジ色の東京タワーが霞んで見えた。空には一羽の鳥も飛んでいない。鳥たちはどこかの軒下でおとなしく雨宿りをしているのだろう。（第1巻34～35頁）

ユズが離婚を切り出したのが、キリストが復活したとされる日曜日に起きたことは象徴的だ。この離婚話に主人公とユズの和解を内包していることが示唆されている。しかし、そのことを知っているのは神だけで、この時点の主人公とユズは、二人の関係に破局が訪れたと認識している。空には一羽の鳥も飛んでいないという描写もまた象徴的である。鳥は自由のシンボルだ。自由のない環境に主人公が置かれていることを示している。

「理由は訊かないでくれる？」と彼女は言った。
　私は小さく首を横に振った。イエスでもノーでもない。（略）
「それは、ぼくに責任があることとなのかな？」
　彼女はそれについてひとしきり考えた。それから、長いあいだ水中に潜っていた人のように、水面に顔を出して大きくゆっくりと呼吸をした。
「直接的にはないと思う」（第1巻35～36頁）

ユズはなぜ「理由は訊かないでくれる？」と言ったのであろうか。この場合、想定される事態は3つある。

第1は、語りたくない理由がある場合だ。

第2は、自分でも何が理由かよくわからない（すなわち、理由が不在なので回答することができない）場合だ。

第3は、質問と答えという枠組みで、回答することができない位相の理由がある場合だ。

ユズの認識は、第3の場合だ。主人公は、「それは、ぼくに責任があることとなのかな？」と尋ねる。このときの責任は、応答を意味する。責任を英語ではレスポンサビリティ（responsibility）、ロシア語ではアトベートストベンノスチ（ответственность）と言う。責任とは、神からの問いかけに返事をする（レスポンス）ことであり、答える（アトベート）ことだ。ここでユズは、質問―回答という図式自体を拒否している。主人公は、やがて騎士団長と出会うことにより、質問―回答の図式を超えた世界のあり方を知るようになる。

ユズは、主人公に直接的責任はないと言いながら、何日か前に自分が見た夢について語る。夢にユズ自身が日常的には認識していない無意識が現れる。

「現実と夢との境目がわからないくらい生々しい夢だった。そして目覚めたとき、こう思ったの。というか、はっきり確信したの。もうあなたとは一緒に暮らしていけなくなってしまったんだと」

「どんな夢？」

彼女は首を振った。「悪いけど、その内容はここでは話せない」

「夢というのは個人の持ち物だから？」

「たぶん」

「その夢にはぼくは出てきたの？」と私は尋ねた。

「いいえ、あなたはその夢の中には出てこなかった。だからそういう意味でも、あなたには直接的な責任はないの」（第１巻36～37頁）

夢は、正確に言えば、ユズの所有物ではない。それは長く生活を共にする主人公をも包摂した集合的無意識なのである。だからユズは「たぶん」という曖昧な返事をしたのだ。しかし、そこで問題になるのは、夢の中に主人公が存在していなかったことだ。おそらく、ひとかけらも存在しなかったのだ。集合的無意識レベルの深層意識に存在していない人と暮らすことは、ユズにはできない。生々しい夢には6年間の結婚生活をゼロにする力がある。だが、そのことを主人公はまったく理解できない。『騎士団長殺し』は、ビルドゥングスロマン（教養小説）としても読むことができる。主人公が旅をしていくなかで、騎士団長や雨田具彦などさまざまな存在との出会いによって成長する。そして最終的に、ユズと共通の認識を持つことができるようになるのである。

主人公は、本質において俗物だ。だから、ユズの背後に男がいるのではないかと考える。

「君はほかの誰かとつきあっているの？」と私は尋ねた。
彼女は肯いた。
「そしてその誰かと寝ている？」
「ええ、すごく申し訳ないと思うんだけど」（略）
妻は言った。「でもそれはいろんなもののうちのひとつに過ぎないの」（第1巻38〜39頁）

ユズに同衾する男が出現したのも、ユズの内面世界に主人公がいない、言い換えると愛の不在が原因であることが主人公にはわからない。

主人公がユズの気持ちをまったく理解できないのは、愛のリアリティが欠如しているからだ。主人公が愛を回復するためには、小田原の山の家での騎士団長との出会いが不可欠だった。騎士団長には、救済者の役割が付与されていることがやがて明らかになる。

ユズは、言葉がまったく通じない主人公との離婚手続きを加速させようとする。

「なるべく早く離婚の手続きを進めるから、できたらそれに応じてほしいの。勝手なことを言うみたいだけど」

私は雨降りを眺めるのをやめて、彼女の顔を見た。そしてあらためて思った。六年間同じ屋根の下で暮らしていても、私はこの女のことをほとんど何も理解していなかったんだと。人が毎晩のように空の月を見上げていても、月のことなんて何ひとつ理解していないのと同じように。（第1巻40頁）

ようやく主人公は、自分がユズをまったく理解できていなかったことに思い至る。月は自転と公転が同期し、常に地球に対して表しか見せていない。月にも裏がある。しかし、月をいくら見つめても、月の裏を理解することはできない。これと同じように主人公はユズの表層だけを見ていて、内面を理解することができずにいる。その現実を、ユズから離婚を切り出され、彼女にセックスをする男がいるという事実を知ったことをきっかけに、朧気に認識したのだ。

次に主人公がしたことは逃避だった。今日のうちに家を出ていく、そしてユズにはここに残ってもらいたい、とユズに告げた。

彼女はそれについて少し考えた。そして言った。「もしあなたがそう望むのなら」（略）

「画材と衣服とか、必要なものはあとで取りにくる。かまわないかな？」

「かまわないけど、あとでって、だいたいどれくらいあとになるの？」

「さあ、わからない」と私は言った。そんな先のことまで考える意識の余裕は、私にはなかった。足元の地面さえもうろくに残ってはいないのだ。今ここに立っていることで、ほとんど精一杯なのだ。

「ここにはそんなに長くいないかもしれないから」と彼女は言いにくそうに言った。

「みんな月に行ってしまうかもしれない」と私は言った。（第1巻40～41頁）

主人公にとって、月とは目に見えるが、理解できず、到達もできない場所である。ユズを含むこの世界のすべての人が、主人公には理解も到達もできない場所に去ってしまう。その結果、自分だけが永遠の孤独を味わうのではないかと主人公は恐れている。

逃避する際に主人公は日記を持ち出すことにした。ユズを含む自分の過去との連続性を維持したいという欲望が現れている。そのほか簡単な荷物をまとめて出て行こうとする主人公にユズは「もしこのまま別れても、友だちのままでいてくれる？」と問いかけ、「もし可能であれば、ときどき会って話をできればと思うんだけど」と言う。主人公は「さあ、どうだろう」とだけ答えて、ドアを開けて出て行った。

ユズは主人公との関係を断ち切りたいのではない。ユズは、自分の深層心理に主人公が登場する可能性があることを予感している。ユズは主人公に悪感情を抱いているのではない。主人公を愛したいのである。将来、主人公との間に生まれるかもしれない、愛の可能性の芽を摘み取ってしまいたくはないのである。

主人公は、マンションの地下駐車場から古いプジョーに乗って出発したが、目的地がない。ドライブの目的は逃避だからだ。この現実は、主人公の人生に目的がないのと似ている。美大時代、抽象画を描いていた主人公には目的があった。おそらくそれは、芸術のための芸術という目的であった。しかし、大学を卒業した後、糊口をしのぐために肖像画を描くようになってから、絵を描くことの目的を失ってしまった。小田原に借りた家の屋根裏部屋で、雨田具彦の描いた「騎士団長殺し」という絵と出会うことによって、主人公は人生の目的を取り戻すことになるのだが、このときの彼は車で都内をさすらうことしかできない。

気がついたとき、目白通りを走っていた。どちらに向けて走っているのか、見定めるのに時間がかかった。そのうちに、早稲田から練馬方向に向けて走っていることがわかった。沈黙が耐えられなくなったので、またCDプレーヤーのスイッチを入れ、シェリル・クロウを何曲か聴いた。そしてまたスイッチを切った。（略）

そんな沈黙の中で、私は妻が誰か他の男の腕に抱かれている光景を想像した。（第1巻44～45頁）

記憶を辿ると、ユズが男と寝るようになったことが、たぶん4、5カ月前から始まったという結論が出てきた。だが主人公にはその原因の見当がつかない。興味深いのは、主人公がユズの挙動に関心を向け、少し考えれば、数カ月前（作中で言えば「去年の十月か十一月」になる）に異変があったという事実にただちに行き着いたことだ。主人公が妻に対して、いかに関心を向けていなかったかという現実が浮き彫りになる。

秋の夕方。大きなベッドの上で、どこかの男の手が妻の衣服を脱がせていく光景を想像した。彼女の白いキャミソールのストラップのことを私は思った。その下にあるピンク色の乳首のことを思った。そんなことをいちいち想像したくはなかったが、一度動き出した想像の

—連鎖をどうしても断ち切ることができなかった。（第1巻46頁）

人間は想像力を持つ。悪い方向へ想像が連鎖し始めると袋小路に陥る（悪い想像の連鎖を断ち切ることの重要性は、後半の「地底の世界」でも強調されることになる）。ここでの主人公は、連鎖を止めようとして、ドライブインに入った。車を止めて静止すれば、思考の動きも止まると考えたのであろう。しかし思考の連鎖は止まらない。

洗面所に行って石鹼で丁寧に手を洗い、洗面台の前の鏡に映った自分の顔をあらためて眺めた。目はいつもより小さく、赤く血走って見えた。飢饉のために生命力を徐々に奪われていく森の動物みたいだ。やつれて怯えている。タオルのハンカチで手と顔を拭き、それから壁の全身鏡で自分の身なりを点検してみた。そこに映っているのは、絵の具のこびりついたみすぼらしいセーターを着た、三十六歳の疲弊した男だった。（第1巻47頁）

鏡に映った自分の顔は、実像と異なる。左右が逆になっている。右頬にほくろがあれば、鏡の中では左頬にあるように映る。だが、それを自覚している人は少ない。また、人間の顔は左右対称ではない。だから、写真に写った自分の顔を見たときに、誰もが若干の違和感を覚える。主人公は、鏡に映った自分を見ながら、自身の肖像画を描くことを考える。このとき主人公が思い浮かべているのは、鏡に映って左右が逆の、真実ではない自画像だ。

しかし、そのことに主人公は気づいていない。ユズの気持ちが離れていったのと、左右あべこべの自画像に主人公が気づいていない問題の根源は、同じところにある。

4　描けない理由（わけ）

主人公はドライブインを出た後、関越道を北上した。新潟に着いてからは高速道路を一切使わず、一般道だけを用いて、山形県、秋田県、青森県、さらに北海道を走った。
目的のない移動をひと月半以上続け、宮城県と岩手県の県境近くのひなびた湯治場で過ごしたときに、主人公は移動を止め、定住する時機（ギリシア語でいうカイロス）が満ちたことに気づく。

> 深い渓谷の奥にある名もない温泉で、地元の人々が療養のために長逗留するような宿だった。料金も安く、共同の台所で簡単な自炊をすることもできた。そこで心ゆくまで温泉につかり、眠りたいだけ眠った。運転の疲れを癒し、畳の上に寝転んで本を読んだ。本を読むのにも飽きると、バッグからスケッチブックを出して絵を描いた。絵を描こうという気持ちになったのはずいぶん久しぶりのことだった。最初に庭の花や樹木を描き、それから旅館が庭で飼っている兎たちを描いた。簡単な鉛筆の素描だったが、みんなそれを見て感心してくれた。そして頼まれるままにまわりの人々の顔をスケッチした。同宿している人々、旅館で働いている人々。私の前をただ通り過ぎていく人々。もう二度と会うこともないであろう人々。そして望まれれば、描いた絵を本人に進呈した。（第1巻65頁）

主人公は「眠りたいだけ眠った」。眠りによって、人間には、目に見えないが確実に存在するエネルギーが蓄えられる。眠ることによって、主人公は、ふたたび絵を描く力を得ることができたのである。そこから新たな発想とともに次の一歩を踏み出す勇気が湧いてくる。目的のない旅は、ようやく主人公が自分の絵を描く契機をつかんだことによって、終ろうとしている。帰還だ。この時点では、帰還先として想定されていたのはもちろん東京だった。

だが、帰路になった国道6号線のいわき市の手前で、車の寿命が尽きる。幸い、近くにガレージがあったので、そこの親切な修理工に車を処分してもらうことにした。主人公は、「おれの代わりに車が息を引き取ってくれたのだ」と思う。

小説内において既に述べられていたように、主人公は常磐線で東京へ帰り、友人の雨田政彦に電話をかけて、泊めてもらえる場所がないかと尋ねる。政彦は小田原の父親、具彦の家を紹介した。

主人公は「願ってもない話だ」と思うが、ここでちょっとしたズレが生じている。雨田が提供する家は、東京ではなく神奈川県の小田原にある。東海道新幹線で、東京駅から小田原駅までは83・9キロメートルで、時間は30分強だ。小田原から東京に通勤している人も少なからずいる。だが騎士団長が出現できるためには、日本の中心である東京や、東北や北海道など離れすぎた場所は適切でなかった。東京の周縁部が舞台装置として不可欠だったのである。それは「騎士団長殺し」の絵を描いた雨田具彦が、権力者の周縁に位置していたこととの類比なのである。

これより前、主人公は新潟県村上市付近の川に携帯電話を投げ捨てている。ただし、外界との連絡を完全に遮断することは考えていない。だから新居に固定電話があることも、この家を選んだ理由のひとつだろう。新居に落ち着いてから数日後、主人公はユズに電話をかけた。

> 「ねえ、今どこにいるの？」とユズは私に尋ねた。
>
> 「今は小田原の雨田の家に落ち着いている」と私は言った。そしてその家に住むようになったいきさつを簡単に説明した。
>
> 「あなたの携帯に何度も電話をかけたんだけど」とユズは言った。
>
> 「携帯はもう持っていない」と私は言った。私の携帯電話は今頃はもう日本海に流れ着いているかもしれない。「それで、身の回りのものを引き上げるために、近くそちらに行きたいんだけど、かまわない？」
>
> 「この部屋の鍵はまだ持ってるでしょう？」
>
> 「持ってるよ」と私は言った。携帯と一緒に鍵を川に捨てることも考えたのだが、返却を求められるかもしれないと思い直して、そのまま持っていた。（第1巻68～69頁）

携帯電話は捨てたが、電話自体は用いるという主人公の態度は中途半端だ。これがユズとの関係においても表れている。ユズとの関係を完全に断絶するならば、鍵をユズに郵便で送ればいい。しかし主人公は、自分からユズとの関係を完全に切断することができない。ユズの側も切断してしまうことは考えていない。

右のやりとりの後、ユズは、最初のデートで主人公が描いた彼女の顔のスケッチの話をする。

> 「ときどきあのスケッチを引っ張り出して見ているの。素晴らしくよく描けている。ほんとの自分を見ているような気がする」
> 「ほんとの自分？」
> 「そう」
> 「だって毎朝、鏡で自分の顔を見ているだろう？」
> 「それとは違う」とユズは言った。「鏡で見る自分は、ただの物理的な反射に過ぎないから」
> 　私は電話を切ってから洗面所に行って、鏡を眺めてみた。（略）鏡に見える自分はただの物理的な反射に過ぎないと彼女は言った。でもそこに映っている私の顔は、どこかで二つに枝分かれしてしまった自分の、仮想的な片割れに過ぎないように見えた。そこにいるのは、私が**選択しなかっ**た方の自分だった。それは物理的な反射ですらなかった。（第1巻70〜71頁）

ここでふたたび、主人公は鏡に映った、左右あべこべの顔を見る。これに対して、絵や写真では、本来の顔と左右が同じ向きになっている。ユズが鏡の中に見る自分も、スケッチの自分も、現実に存在する自分である。しかし、同一ではない。この場合、どちらかが正しくて、残余が間違っているというアプローチは不正確だ。

2つのうちのいずれかが正しいのではなく、自分の顔が2つに枝分かれしたと見ることも可能である。どこかで、どちらかの顔を選択したのである。ユズは、枝分かれしたもう1つの自分を（かつて主人公が描いた顔の方を）、選択すると決めたようだ。主人公もその認識を共有するが、今ここにいる自分が、選択された残余のように思われて仕方がない。やはり、主人公は自分が選択した顔、左右あべこべでない顔を取り戻さなければならないのだ。

主人公は、かつて2人で住んでいたマンションに出かけていく。ユズは仕事のため留守だ。

> エレベーターで上にあがってドアの鍵を開け、ほとんど二ヶ月ぶりにマンションの部屋に入ると、なんだか自分が不法侵入者になったような気持ちがした。そこは六年近く私が生活を送り、隅々まで見慣れたはずの場所だった。しかし今では、ドアの内側にあるのはもう私が含まれていない風景だった。（略）冷蔵庫を開けてみたが、その中に入っているのは見覚えのない食品ばかりだった。多くはそのまま食べられる出来合いの食品だ。牛乳もオレンジ・ジュースも、私が買っていたメーカーとは違うものだった。冷凍庫には冷凍食品が詰まっていた。私は冷凍食品というものをまず買わない。（第1巻71～72頁）

主人公は、法的には現在も自宅であるマンションに入るときに、不法侵入者であるという感覚を持った。ユズの生活は一変している。それは出来合いの食品、牛乳やオレンジ・ジュースのメーカーの変更、今までなかった冷凍食品で一杯な冷凍庫という形で可視化されている。神学的に言うならば、ユズの魂は、出来合いの食品、牛乳、オレンジ・ジュース、冷凍食品に受肉している。

主人公がマンションに残してきた荷物のうちでいちばん嵩張るのはイーゼルやキャンバス、絵筆などの画材だ。それらを放り込んだ大きな段ボール箱ひとつ。あとは、そもそもあまり持っていない衣服と、「まだ読んでいない何冊かの本と、一ダースばかりのCD。愛用していたコーヒーマグ。水着とゴーグル、スイミング・キャップ」くらいを小田原の新しい家まで持ち帰ることにした。

> 洗面所には私の歯ブラシや髭剃りのセットや、ローションや日焼け止めやヘアトニックがそのまま残されていた。封を切っていないコンドームの箱がそのまま残っていた。でもそんな細々したものをわざわざ新しい住まいに運ぶ気にはなれなかった。適当に処分してくれればいい。
>
> 　それだけの荷物を車の荷室に積み込んでしまうと、私は台所に戻ってやかんに湯を沸かし、ティーバッグで紅茶をつくり、テーブルの前に座って飲んだ。それくらいのことはしてかま

―わないだろう。部屋の中はとてもしいんとしていた。（第1巻72～73頁）

主人公の行動は徹底して、ずれている。ユズからすれば、本やCDなどより、主人公の歯ブラシ、髭剃りのセット、ローション、日焼け止めやヘアトニック、さらにコンドームの箱のようなものこそ持ち去って欲しいはずだ。それをあえて洗面所に残していく。また、テーブルの前に座って紅茶を飲みながら主人公が感慨にふけっている姿を想像するだけで、ユズには嫌悪感が走ったはずだ。主人公にはユズの心象風景がまったく理解できていない。

――――

その部屋に一人でいるあいだ、うまく説明はできないのだが、自分が誰かに見られているという感触があった。隠しカメラを通して誰かに監視されているような気がした。でももちろんそんなことがあるはずはない。妻は機械類にはおそろしく弱い。リモコンの電池の交換さえ自分ではできない。隠しカメラを設置したり操作したり、そんな器用な真似ができるわけがない。私の神経が過敏になっているだけだ。（第1巻74頁）

主人公が監視されていたことは、間違いない。客観的に見て、『騎士団長殺し』の読者は、紅茶を飲みながら感慨にふけっている主人公の姿を監視している。姿だけではない。主人公が内心で考えている事柄についても監視している。同時に重要なのは、この風景と主人公の内心を騎士団長が監視していることだ。まだ読者の前に姿を現していない騎士団長だが、彼は主人公についてすべてを知っているのだから。

主人公は小田原での新たな独居生活に合せて、生活の存立基盤を変えることにした。これまでは肖像画を描くことで、必要十分な収入を得ることができたのであるが、その基盤を変えることにしたのだ。まず、これまで仕事をまわしてくれていた担当エージェントに電話をかけて、もう肖像画を描く仕事を続けるつもりはないと告げた。担当エージェントは主人公に訊ねる。

――――

「絵は描き続けるんでしょう？」

「たぶん。ほかにとくにできることもないし」

「うまく行くといいですね」

「ありがとう」と私はもう一度礼を言った。それからふと思いついて、それに付け加えるように質問した。「何かぼくが覚えておくべきことはあるでしょうか？」

「あなたが覚えておくべきこと？」

「つまり、なんていえばいいのかな、プロのアドバイスのようなものです」

彼は少し考えた。それから言った。「あなたはものごとを納得するのに、普通の人より時間がかかるタイプのようです。でも長い目で見れば、たぶん時間はあなたの側についてくれます」


ローリング・ストーンズの古い歌のタイトルみたいだ、と私は思った。（第1巻75〜76頁）

主人公は肖像画を描いて糊口をしのぐことを止めた後も、プロの絵描きとして生きていくことを考えている。そこで担当エージェントにプロとしての助言を求めた。絵を売るプロ、あるいは画家と付き合うプロである担当エージェントは、時間の重要性を指摘した上で、「たぶん時間はあなたの側についてくれます」と言った。この時間は、流れていく時間、ギリシア語でいうクロノス（英語のタイム）ではなく、状況の質的変化をもたらす時間、ギリシア語でいうカイロス（英語のタイミング）のことだ。時間をかけてタイミングをつかむことが、主人公にとって重要な課題になる。クロノスとカイロスの違いを理解することは、『騎士団長殺し』を神学的に読み解く上で、死活的に重要になる。

さらに担当エージェントは、主人公の直観力についてこう指摘する。


「そしてもうひとつ、私が思うに、あなたにはポートレイトを描く特別な能力が具わっています。対象の核心にまっすぐに踏み込んで、そこにあるものをつかみ取る直観的な能力です。（略）」

「でも肖像画を描き続けるのは、今のところぼくのやりたいことじゃないんです」

「それもよくわかっています。でもその能力はいつかまたあなたを助けてくれるはずです。うまくいくといいですね」
　うまくいくといい、と私も思った。時間が私の側についてくれるといい。（第1巻76～77頁）

主人公は、小田原駅前のカルチャー・スクールで週2回、絵画を教え、収入を得るようになった。小田原に引っ越したのは5月初旬であるが、1カ月もしないうちに主人公の内面に変化が生じた。

　五月も末に近いある晴れた朝、それまで雨田画伯が使用していたスタジオに自分の画材一式を運び込み、久しぶりにまっさらなキャンバスに向かった（スタジオには画伯の使っていた画材は何ひとつ残されていなかった。たぶん政彦がまとめてどこかに片付けたのだろう）。（略）それは紛れもなく、画家が集中して絵を描くためのスペースだった。必要なものは揃っているし、余計なものは何ひとつない。
　そのような新しい環境を得て、何かを描きたいという気持ちが私の中にたかまってきた。それは静かな疼きに似たものだった。（第1巻88～89頁）

必要なものはすべてあるが、余計なものはひとつもない。環境が主人公に創作を強いるのである。しかし、主人公は創作を始めることができない。主人公によれば、「これまでそんな思いをしたことは一度もなかった。いったんキャンバスに向かえば、私の心はほとんど即座に日常の地平を離れ、何かが頭の中に浮かび上がってきたものだ」という。それは有益なアイデアが思い浮かぶ時もあれば、役に立たない妄想の時もある。これまでの主人公なら、その中から適切なものをつかまえて、「直観に従ってそのまま発展させていけば」、作品が仕上がっていた。

　でも今は、その発端となるべき何かが見えてこなかった。どれだけ意欲が溢れているにせよ、胸の奥で何が疼いているにせよ、ものごとには具体的な始まりが必要なのだ。（第1巻90頁）

やはり無からの創造には、外部からの特別な力が必要とされるのだ。

5　みみずく

小田原の新居で主人公は規則的な生活を始める。時間を自分の側につけなくてはならない。そのためには通常の時間の流れに破れを作り出さなくてはならない。時間の流れを切断する特別の時（カイロス）を外部から呼び込むために、主人公はあえて平穏で単調な時間を過ごすのである。もっとも主人公は、このような行動を無意識のうちに行っている。

私は朝早く起きると（私はだいたいいつも六時前に起きる）、まず台所でコーヒーをつくり、それからマグカップを手にスタジオに入って、キャンバスの前のスツールに座った。そして気持ちを集中した。心の中の響きに耳を澄ませ、そこにあるはずの何かの像を見出そうとした。（略）そして気怠く回転する天井の扇風機を見上げながら、アイデアだかモチーフだか、そんなものがやってくるのを待ち受けた。でも何ひとつやってこなかった。初夏の太陽が中空に向けて緩慢に移動していくだけだった。（第1巻90〜91頁）

主人公が正しい時間の流れを取り戻すことは、免色渉（めんしきわたる）との出会いによって起こる。村上氏は、免色渉の名に言及せずに、主人公が救済される上で決定的に重要な機会を与えるこの男を巧みにこの物語へ導入する。

テラスの西側は狭い谷に面しており、その谷間を挟んで向かい側に、こちらとおおよそ同じくらいの高さの山の連なりがあった。そしてそれらの山の斜面には、何軒かの家がゆったり間隔を置いて、豊かな緑に囲まれるように建っていた。私の住んでいる家の右手のはす向かいには、ひときわ人目を引く大きなモダンな家があった。白いコンクリートと青いフィルター・ガラスをふんだんに使って山の頂上に建てられたその家は、家と言うよりは「邸宅」

といった方が似つかわしく、いかにも瀟洒で贅沢な雰囲気が漂っていた。（略）明かりは日によってまちまちな時刻に点灯されたり消されたりしたからだ。時としてすべてのガラス窓が目抜き通りのショー・ウィンドウのように目映く照らし出されるかと思えば、庭園灯の仄かな明かりだけを残して、家全体が夜の闇の中に沈み込むこともあった。（第1巻107〜108頁）

「明かりは日によってまちまちな時刻に点灯されたり消されたりした」という表現に、この家に住んでいる人の生活が不規則であることが示唆されている。主人公と異なり、この家に住む人は、波のある生活をしている。この波から時間の破れが生じるのだ。

この時点で主人公には、谷の向う側の邸宅に住む人の生活については朧にしか見えない。性別もわからないが、シルエットの輪郭や動作から男であると推定している段階だ。

人影はその夜も姿を見せた。私と同じようにテラスの椅子に腰掛けたまま、ほとんど身動きしなかった。私と同じように、空に瞬く星を眺めながら何か考えごとをしているようだった。きっとどれだけ考えてもまず答えの出ないものごとについて思いなしているのだろう。私の目にはそんな風に映った。どれほど恵まれた境遇にある人にだって、思いなすべき何かはあるのだ。（第1巻109頁）

夜は悪魔が支配する時間である。月明かりには人の精神を変調させる力がある。夜空を見上げながら、ほとんど身動きもせずに何かを考えている人は、深刻な悩みを抱えているのだ。主人公とこの男はまだ出会っていないが、悩みの共同体に属している。ここで突然、村上氏は、この男が果たす重要な役割について予告する。やはり『騎士団長殺し』は謎解き型の小説ではないのである。

そのときは、その人物がほどなく私の人生に入り込んできて、私の歩む道筋を大きく変えてしまうことになろうとは、もちろん想像もしなかった。彼がいなければこれほどいろんな出来事が私の身に降りかかることはなかったはずだし、またそれと同時にもし彼がいなかっ

たら、あるいは私は暗闇の中で人知れず命を落としていたかもしれないのだ。（同前）

つまり、この男はやがて命の恩人になるのだ。

続いて、主人公は次のようなことを述べる。この男が「私の人生に入り込んでき」たために起きた「いろんな出来事」が終わった後で、こんな感懐を持つに至ったという。

あとになって振り返ってみると、我々の人生はずいぶん不可思議なものに思える。それは信じがたいほど突飛な偶然と、予測不能な屈曲した展開に満ちている。（略）それはあるいは理屈にまるで合っていないことかもしれないが、ものごとが理屈に合っているかどうかなんて、時間が経たなければ本当には見えてこないものだ。

総じて言えば、理屈に合っているにせよ合っていないにせよ、最終的に何かしらの意味を発揮するのは、おおかたの場合おそらく結果だけだろう。結果は誰が見ても明らかにそこに実在し、影響力を行使している。しかしその結果をもたらした原因を特定するのは簡単なことではない。（第1巻110頁）

結論がここで先取りされている。ここで述べられているのは予定説だ。人の人生は、その人が生まれるよりもはるか前に予め決められているのである。飛行機の自動制御プログラムのようなもので、目的地がインプットされていれば、途中、逆風や雷に遭遇して、予定した航路から外れることがあったとしても、目的地には必ず到着する。これはユダヤ教、キリスト教の救済観だ。

小田原に引越してきた時点では、主人公は、ユズから離婚を切り出されたことを、自分もしくは妻に何らかの原因があったからと考えていた。これは、予定説とは相容れない因果論の考え方だ。『騎士団長殺し』という小説を読み進んでいくと、因果論が退けられ、予定説が称揚されることがわかる。因果論は仏教の基本的な考え方だ。仏教的因果論から、キリスト教的予定説へ思考が転換していく主人公の変化をこの小説は描いている。主人公は最終的に意味を発揮するのは結果だけであり、結果をもたらす「原因」を特定するのは難しいと考えるようになるのだ。

もちろん原因はどこかにあったはずだ。原因のない結果はない。卵を割らないオムレツがないのと同じように。将棋倒しのように、一枚の駒（原因）が隣にある駒（原因）をまず最初にことんと倒し、それがまたとなりの駒（原因）をことんと倒す。それが連鎖的に延々と続いていくうちに、何がそもそもの原因だったかなんて、だいたいわからなくなってしまう。（第1巻110〜111頁）

そして主人公は「騎士団長殺し」という絵について語り始める。主人公は、自分が「不思議な題をつけられた雨田具彦の絵を発見したのは、まったく偶然の成り行きによるものだった」と考えている。「偶然」というのは主人公の主観的認識に過ぎない。この物語の構成から客観的に判断すれば、主人公が屋根裏部屋に招かれ、「騎士団長殺し」を発見したのは、外部からの力によるものだ。この外部からの力は、猛禽類のみみずくによって象徴されている。

きっかけは、寝室の屋根裏から聞こえる、がさがさという小さな物音だった。「うるさくて眠れないというほどの音ではなかったが」、主人公は気になった。

あちこち探し回った末に、客用寝室の奥にあるクローゼットの天井に、屋根裏への入り口がついていることがわかった。入り口の扉は八十センチ四方ほどの真四角な形だった。私は物置からアルミ製の脚立を持ってきて、懐中電灯を片手に、入り口の蓋を押し開けた。（第1巻119頁）

屋根裏を覗き込み、懐中電灯で隅々まで照らしてみても、何の姿も見当たらない。主人公が思い切って屋根裏へあがってみると、梁の上の暗がりに「小型の灰色のみみずく」を発見した。

たぶんみみずくは昼間をここで静かに休んで過ごし、夜になると通風口から出ていって、山で獲物を探すのだろう。その出入りするときの物音が、おそらく私の目を覚ましたのだ。（略）しばらくみみずくの姿を観賞してから、私は忍び足で帰途についた。入り口のわきに大きな包みをみつけたのはそのときだった。（第1巻120頁）

ここでみみずくではなく、ふくろうが出てきたら、象徴性がまったく異なってしまう。「ミネルヴァのふくろうは夕暮れに飛び立つ」というヘーゲルの言葉が示しているように、ふくろうは知恵を象徴する動物だ。ふくろうに知恵という肯定的価値を付与するのはギリシアの伝統だ。みみずくだと意味が異なってくる。ユダヤ教においては、ふくろうもみみずくも不浄な動物とされている。旧約聖書の「詩編」にこんな記述がある。

〈わたしの生涯は煙となって消え去る。
骨は炉のように焼ける。
打ちひしがれた心は、草のように乾く。
わたしはパンを食べることすら忘れた。
わたしは呻き
骨は肉にすがりつき
荒れ野のみみずく
廃虚のふくろうのようになった。
屋根の上にひとりいる鳥のように
わたしは目覚めている。〉（「詩編」１０２編４～８節）

詩人は、個人の無力を嘆いている。詩人は熱病にかかったのか、砂漠の強い日差しで衰弱したのか、食欲すら失ってしまった。孤独で不安な状況に置かれている。荒野で、不浄な鳥のみみずくのようになっている。

屋根裏部屋にいたみみずくは、孤独で不安な状況に置かれているという点で、主人公と同類なのである。主人公は、みみずくに対して好意を抱くが、それは悲惨さの最も深い淵で生きている存在に対する共感だ。

外部からの力であるみみずくによって、主人公は大きな包み――「騎士団長殺し」を発見する。

むしろ「騎士団長殺し」が持つ、目には見えないが、確実に存在する力が主人公を招いたと解釈する方が妥当かもしれない。

それが包装された絵画であることは一目で見当がついた。大きさは縦横が一メートルと一メートル半ほど。茶色の包装用和紙にぴったりくるまれ、幾重にも紐がかけてある。それ以外に屋根裏に置かれているものは何もなかった。通風口から差し込む淡い陽光、梁の上にとまった灰色のみみずく、壁に立てかけられた一枚の包装された絵。そのとり合わせには何かしら幻想的な、心を奪われるものがあった。（第1巻121頁）

淡い陽光が差し込む屋根裏部屋とみみずくと包装された絵は一体の風景になっている。主人公がそれを幻想的と考え、魅力を感じるのは、そこに最も深い淵から救い出される契機があると直観したからだ。包装の紐には名札が針金でとめられており、青いボールペンで「騎士団長殺し」と記されていた。それが絵のタイトルなのだ。

なぜその一枚の絵だけが、屋根裏にこっそり隠すように置かれていたのか、その理由はもちろんわからない。私はどうしたものかと思案した。当たり前に考えれば、そのままの状態にしておくのが礼儀にかなった行為だった。そこは雨田具彦の住居であり、その絵は間違いなく雨田具彦が所有する絵であり（おそらくは雨田具彦自身が描いた絵であり）、何らかの個人的理由があって、彼が人目に触れないようにここに隠しておいたものなのだ。だとしたら余計なことはせず、みみずくと一緒に屋根裏に置きっぱなしにしておけばいいのだ。私がかかわるべきことではない。（第1巻121～122頁）

屋根裏は、雨田具彦にとって、封印されなくてはならない過去の歴史が詰まっている荒野なのである。屋根裏が荒野だから、聖書にある通り、みみずくが住み着いたのである。

主人公の内側から新たな力が湧き出してきた。「私がかかわるべきことではない」と思いながら、「騎士団長殺し」がどんな絵なのか、なぜ雨田具彦はそれを屋根裏に隠さなくてはならなかったのか、「好奇心を抑えることができなかった」。『騎士団長殺し』にはこれ以後も「好奇心」という言葉が何度か出てくる。この小説において、「好奇心」は、登場人物が外部からの呼びかけに応えていく重要なキーワードとなる。

主人公は絵の入った包みを屋根裏から降ろした。そして雨田具彦がこれを屋根裏に隠したときを思い浮かべ、「おそらく一人きりで、何かの秘密を心に抱えていたはずだ」と推定した。

誰にも語ることができない秘密を抱え続けることに、人間は耐えることができない。だから、キリスト教は告白を重視する。カトリック教会や正教会の場合、告白は神父を経由しなくてはならない。プロテスタント教会の場合、信者は1人で神に祈り、そのときにイエス・キリストの名を通して、神に告白することができる。したがって、プロテスタンティズムにおいて告白は内面化される。雨田具彦は当初、告白を内面化しようと試みたのであろう。しかし、それは神なき形での内面化だったために、その重みに耐えられなくなった。

そこで画家である具彦は、「騎士団長殺し」と題する絵によって、告白を外在化したのである。ただし、それはあくまでも告白なので、世間から隠される必要があった。だから絵を屋根裏に仕舞い込んだのである。仮に鼠によって絵が齧られようが、火事によって絵が焼失しようが、具彦には問題ではなかった。だが、人生でただ1回の最も重要な告白が形になった絵画「騎士団長殺し」を、自らの意思で消去することはできなかった。それほどに告白の内容である歴史的現実が重かったからだ。その内容はのちに読者も知ることになるが、主人公はこの絵が持つ重さを直観している。そのため、すぐには梱包を解けなかった。

何日かの間、その茶色の包みをスタジオの壁に立てかけておいた。そして床に腰を下ろし、ただあてもなくそれを眺めていた。包装を勝手にほどいてしまっていいものかどうか、なかなか決心がつかなかった。それはなんといっても他人の所有物であり、どのように都合良く考えても、包装を勝手にはぐ権利は私にはない。もしそうしたければ、少なくとも息子の雨

> 田政彦の許可を得る必要がある。しかしなぜかはわからないが、政彦にその絵の存在を知らせる気になれなかった。それは私と雨田具彦の間のあくまで個人的な、一対一の問題であるような気がしたのだ。（第1巻123頁）

当初、主人公は、雨田具彦の息子である政彦の許可を得ることが梱包を解く条件と考えていたが、その考えを捨てる。雨田具彦の告白は属人的なもので、血縁とは関係ないからだ。そして、具体的状況は異なっても、精神において同質の苦悩を抱える主人公にしか、この絵を見る権利はないと感じたからだ。「騎士団長殺し」に表現された事柄は、雨田具彦と主人公の間の「あくまで個人的な、一対一の問題」なのである。

> 誰に後ろ指をさされようがかまわない、と私は心を定めた。鋏を持ってきて、硬く縛られた紐を切った。そして茶色の包装紙をはがしてみた。必要があればもう一度包装しなおせるように、時間をかけて丁寧にはがした。（第1巻124頁）

包みの中から出てきたものが日本画だったことは、あらかじめ主人公が想定した通りだった。しかし、その内容は予想を超えるものだった。

> 疑いの余地なく、雨田具彦その人の手になる作品だった。紛れもない彼のスタイルで、彼独自の手法を用いて描かれている。大胆な余白と、ダイナミックな構図。そこに描かれているのは、飛鳥時代の格好をした男女だった。その時代の服装とその時代の髪型。しかしその絵は私をひどく驚かせた。それは息を呑むばかりに暴力的な絵だったからだ。
>
> 私の知る限り、雨田具彦が荒々しい種類の絵画を描いたことはほとんどない。一度もない、と言っていいかもしれない。彼の描く絵は、ノスタルジアをかきたてるような、穏やかで平和なものであることが多い。（略）そのスタイルを多くの人は「近代の否定」と呼び、「古代への回帰」と呼んだ。中にはもちろんそれを「現実からの逃避」と呼んで批判するものもいた。いずれにせよ彼はウィーン留学から日本に戻ったあと、モダニズム指向の油絵を捨て、

そのような静謐な世界に一人で閉じこもったのだ。ひとことの説明もなく、弁明もなく。（第1巻１２４～１２５頁）

雨田具彦がウィーンに留学したのは１９３０年代だ。ナチズムが台頭し、オーストリアはドイツに併合される。あの時代に具彦が暴力的な出来事と遭遇したことが、ここで暗示されている。ウィーン留学から帰国した後、モダニズム指向の油絵を捨て、静的な日本画の静謐な世界に1人で閉じこもった背景には、本人しか知らない抑圧された過去があったということも示唆されている。

主人公は、この絵に描かれたリアルな流血に衝撃を受けた。

二人の男が重そうな古代の剣を手に争っている。それはどうやら個人的な果たし合いのように見える。争っているのは一人の若い男と、一人の年老いた男だ。若い男が、剣を年上の男の胸に深く突き立てている。若い男は細い真っ黒な口髭をはやして、淡いよもぎ色の細身の衣服を着ている。年老いた男は白い装束に身を包み、豊かな白い顎鬚をはやしている。首に珠を連ねた首飾りをつけている。彼は持っていた剣をとり落とし、その剣はまだ地面に落ちきっていない。彼の胸からは血が勢いよく噴き出している。剣の刃先がおそらく大動脈を貫いたのだろう。その血は彼の白い装束を赤く染めている。口は苦痛のために歪んでいる。目はかっと見開かれ、無念そうに虚空を睨んでいる。彼は自分が敗れたことを悟っている。しかし本当の痛みはまだ訪れていない。（第1巻１２６頁）

重要なのは、殺される人に本当の痛みがまだ訪れていない状況を描いていることだ。痛みが訪れればそれに苦しむが、もはや不安を覚える余裕がない。雨田具彦は不安の頂点を描きたかったのだ。

そしてその果たし合いを近くで見守っている人々が何人かいた。一人は若い女性だった。上品な真っ白な着物を着た女だ。髪を上にあげ、大きな髪飾りをつけている。彼女は片手を口の前にやって、口を軽く開けている。息を吸い込み、それから大きな悲鳴をあげようとしているように見える。美しい目は大きく見開かれている。（第1巻１２７頁）

この女性の存在も、今後、この作品が展開する上で大きな意味を持つ。

6　非対称な存在

主人公は、剣を持って争っている2人の男以外の人物たち、つまりこの殺人現場を目撃している複数の人物たちに関心を集中させていく。

そしてもう一人、若い男がいた。服装はそれほど立派ではない。黒っぽく、装飾も乏しく、いかにも行動しやすい衣服だ。足には簡単な草履を履いている。召使いか何かのように見える。（略）左手に帳面のようなものを、今でいえばちょうど事務員がクリップボードを持つようなかっこうで、持っている。（第1巻127〜128頁）

絵に描かれた殺人現場の目撃者はまだ他にもいる。

そしてもう一人、そこには奇妙な目撃者がいた。画面の左下に、まるで本文につけられた脚注のようなかっこうで、その男の姿はあった。男は地面についた蓋を半ば押し開けて、首をのぞかせていた。蓋は真四角で、板でできているようだ。その蓋はこの家の屋根裏に通じる入り口の蓋を私に思い出させた。（略）彼は曲がった茄子のような、異様に細長い顔をしていた。そしてその顔中が黒い鬚だらけで、髪は長くもつれていた。浮浪者のようにも、世を捨てた隠者のようにも見える。痴呆のように見えなくもない。しかし眼光は驚くほど鋭く、洞察のようなものさえうかがえる。とはいえ、その洞察は知性を通して獲得されたものではなく、ある種の逸脱が――ひょっとしたら狂気のようなものが――たまたまもたらしたもののように見える。（第1巻128〜129頁）

この人物が異形であることが重要だ。目に見える現象界と目に見えない観念の世界をつなぐ機能を、この男は果たしている。注目すべきは、この男が地中に住んでいることだ。地中は、単に地面の下に存在するだけでなく、異界でもある。

続いて、主人公は「騎士団長殺し」という言葉について考察する。絵の中で殺害されている老人は日本の古代のものらしき衣装をまとっており、中世あるいは近世ヨーロッパふうの「騎士団長」という肩書には相応しくない。なぜ、雨田具彦はこの絵に「騎士団長殺し」というタイトルをつけたのだろう？

それから私ははっと思い出した。モーツァルトのオペラ『ドン・ジョバンニ』だ。その冒頭にたしか「騎士団長殺し」のシーンがあったはずだ。私は居間のレコード棚の前に行って、そこにある『ドン・ジョバンニ』のボックス・セットを取り出し、解説書に目を通した。そして冒頭のシーンで殺害されるのがやはり「騎士団長」であることを確認した。彼には名前はない。ただ「騎士団長」と記されているだけだ。（第1巻131頁）

騎士団長には名前がないことにも留意しておきたい。

オペラの台本はイタリア語で書かれており、そこで最初に殺される老人は「コメンダトーレ（Il Commendatore）」と記されていた。それを誰かが「騎士団長」と日本語に訳し、その訳語が定着したのだ。（略）このオペラにおける彼は、名前を持たないただの「騎士団長」であり、その主要な役目は、冒頭にドン・ジョバンニの手にかかって刺し殺されることだ。そして最後に歩く不吉な彫像となってドン・ジョバンニの前に現れ、彼を地獄に連れて行くことだ。（同前）

絵画に描かれた騎士団長も、「ドン・ジョバンニ」の騎士団長も、特定の人物だ。われわれが知らないだけで、彼らにはそれぞれ固有名詞があるはずだ。しかし、絵画においてもオペラにおいても、固有名詞を記さないことによって、騎士団長は普遍性を帯びることになる。

雨田具彦は、オペラ「ドン・ジョバンニ」を下敷きにして「騎士団長殺し」を描いている。なら

> ば、このオペラと類比的な出来事が、この絵画の中で起きているはずだ。
>
> 　考えてみれば、わかりきったことじゃないか、と私は思った。この絵の中に描かれている顔立ちの良い若者は、放蕩者ドン・ジョバンニ（スペイン語でいえばドン・ファン）だし、殺される年長の男は名誉ある騎士団長だ。若い女は騎士団長の美しい娘、ドンナ・アンナであり、召使いはドン・ジョバンニに仕えるレポレロだ。彼が手にしているのは、主人ドン・ジョバンニがこれまでに征服した女たちの名前を逐一記録した、長大なカタログだ。ドン・ジョバンニはドンナ・アンナを力尽くで誘惑し、それを見とがめた父親の騎士団長と果たし合いになり、刺し殺してしまう。有名なシーンだ。どうしてそのことに気がつかなかったのだろう？（第1巻131～132頁）

主人公は、雨田具彦がモーツァルトのオペラの世界を、飛鳥時代を描いた日本画へ翻案したのだ、と結論づけつつ、新たな疑問を感じる。

> たしかに興味深い試みだ。しかしその翻案の**必然性**はいったいどこにあるのだろう？　それは彼の普段の画調とはあまりに違いすぎている。そしてなぜ彼は、その絵をわざわざ厳重に梱包して屋根裏に隠匿しなくてはならなかったのだろう？（第1巻132頁）

ドン・ジョバンニが騎士団長を殺害したのと類比的な出来事が、雨田具彦の人生で起きたことが暗示されている。この出来事について、具彦は描き残さなくてはならなかったが、同時にそれを秘匿しなくてはならない事情もあったのだ。

　このようなことを考えているうちに、主人公はある事実にも気づいた。「ドン・ジョバンニ」には、あの地中から首を出す細長い顔の人物が登場しないことだ。雨田具彦が付け加えたこの人物に絵の謎を解く鍵がある。

> 雨田具彦が何らかの意図をもって、その人物をシーンに描き加えたのだ。そしてまたオペラの中では、父親が刺し殺される現場をドンナ・アンナは実際には目撃していない。彼女は恋

> 人の騎士ドン・オッタービオに助けを求めにいった。そして二人で現場に戻ってきたときに、既にこときれている父親を発見するのだ。雨田具彦の絵ではその状況設定が――おそらく劇的な効果をあげるためだろう――微妙に変更されている。しかし地中から顔を出しているのは、どう見てもドン・オッタービオではない。男の相貌は明らかに、この世の基準からははずれた異形のものだ。ドンナ・アンナを助ける白面の正義の騎士ではあり得ない。（略）悪鬼はこれほど奇妙な輝きを持つ目を持ってはいない。悪魔は正方形の木製の蓋をこっそり持ち上げ、地上に顔をのぞかせたりはしない。その人物はむしろある種のトリックスターとして、そこに介在しているように見える。私は仮にその男を「顔なが」と名付けた。（第1巻132～133頁）

命名には特別の意味がある。公園にいる野良猫に名前を付けると、その猫は他の猫から区別された特別な存在になる。主人公は、命名によって「顔なが」とやがて特別の関係を持つことになるだろう。

> それから数週間、私はその絵をただ黙って眺めていた。（略）この絵の中には明らかに、普通ではない種類の力が漲っている。それは少しなりとも美術に心得のある人なら見逃しようがない事実だ。見る人の心の深い部分に訴え、その想像力をどこか別の場所に誘うような示唆的な何かがそこには込められている。（第1巻133～134頁）

「騎士団長殺し」は雨田具彦の傑作だ。代表作のひとつになるべきこの作品を具彦は秘匿した。そこには大きな秘密がある。しかも、その秘密は「別の場所」すなわち異界を訪れることなくしては理解できないようなものであるということに、主人公は気づき始めている。

> そして私はその画面の左端にいる鬚だらけの「顔なが」から、どうしても目が離せなくなった。まるで彼が蓋を開けて、私を個人的に地下の世界に誘っているような気がしたからだ。他の誰でもなく、この私をだ。実際のところ、その蓋の下にどのような世界があるのか、私

は気になってならなかった。（第1巻134～135頁）

主人公が「騎士団長殺し」を発見したのは夏のはじめだった。内面では、この絵の読み解きに心を奪われていたが、表面上、主人公は絵画教室の教師を務めながら、ときどき人妻と関係を持つという、一定のリズムで生活を送っていた。このリズムが乱れる出来事が夏の終わりに起きる。言い換えれば、ついにここで通常の時間が破れ、主人公にカイロスが訪れたのである。

肖像画のエージェントを通じて、高額の謝礼で肖像画を描いて欲しいという依頼があったのだ。申し分のない報酬のかわりに、いつもの主人公の描き方ではなく、「対面して描いてもらいたい」というのが条件だ、とエージェントは伝えた。

「あとはあなた次第です。なにも魂を売ってくれと言われているわけじゃない。あなたは肖像画家としてとても腕がいいし、その腕が見込まれているんです」

「なんだか引退したマフィアのヒットマンみたいだな」と私は言った。「最後にあと一人だけターゲットを倒してくれ、みたいな」

「でもなにも血が流されるわけじゃない。どうです、やってみませんか？」

血が流されるわけじゃない、と私は頭の中で繰り返した。そして『騎士団長殺し』の画面を思い浮かべた。（第1巻141頁）

やがて、血は流されることになる。だがそれはまた後日の話だ。いったい誰がそのような依頼をしたのだろうか？　主人公はエージェントに尋ねるが、回答はあいまいだった。

「わかりません。性別も年齢も名前も、何も聞いていません。今のところは純粋に顔のない依頼人です。代理人と名乗る弁護士がうちに電話をかけてきて、その人とやりとりしただけです」

「でもまともな話なんですね？」

「ええ、決してあやしい話じゃありません。相手はしっかりした弁護士事務所でしたし、話

——がまとまれば着手金をすぐに振り込むということでした」（第1巻142頁）

この時点で依頼人には固有名詞がない。肖像画は本来、固有名詞と結びついているものだ。依頼の内容と依頼者の性格が非対称だ。このことにわだかまりを覚えた主人公は態度を保留した。しかし思い直す。

——たとえ意に染まない仕事であれ、実際に手を動かして何かを描いてみるのも悪くないかもしれない。何ひとつ生み出せない日々をこのまま続けていたら、本当に何も描けなくなってしまうかもしれない。肖像画すら描けなくなってしまうかもしれない。（第1巻144頁）

実際に手を動かすことによって、人間の思考は活性化する。単に生活の基盤となる収入を得るだけでなく、知性を活性化し、創造性を回復するためにも、新たに肖像画を描くことにした。主人公はエージェントに電話をかけて、この仕事を引き受けてもいいと伝えて彼を喜ばせた。

——「しかしクライアントと対面して、実物を前に描くとなると、ぼくがそこまで出向かなくちゃならないことになります」と私は言った。

「そのご心配は無用です。先方があなたの小田原のお宅に伺うということでした」

「小田原の？」

「そうです」

「その人はぼくの家を知っているのですか？」

「お宅の近隣にお住まいだということです。雨田具彦さんのお宅に住んでおられることもご存じでした」

私は一瞬言葉を失った。（第1巻145頁）

謎が深まった。依頼人は主人公のことを知っている。おそらく、どこかから主人公を観察している。主人公はその事実をまったく認識していなかった。主人公は不気味さと好奇心を同時に覚える。

7　特異な能力

主人公はエージェントとの電話を切ってから、自問自答する。「私がこの家に住んでいることをその依頼人が知っていたという事実が、まず気に入らなかった」し、「ずっと見張られ、一挙一動を観察されていたような気がした」し、「全体的にいささか話がうますぎるという印象」も持った。

> まあいい、と私は最後に思った。目の前にそういう流れがあるのなら、いったん流されてみればいい。相手に何か隠された目論見があるのなら、その目論見にはまってみればいいじゃないか。動きがとれないまま、こうして山の中で立ち往生しているよりは、その方がよほど気が利いているかもしれない。そしてまた私には好奇心もあった。（第1巻147〜148頁）

主人公のこの「目の前にそういう流れがあるのなら、いったん流されてみればいい」という決断は、キリスト教の召命観に親和的だ。召命は前提として、神からの具体的な呼びかけがある。この呼びかけは、特定の時間に、特定の人間に対して、特定の行為を促すものだ。このような呼びかけをされた者には、受け入れるか拒否するかの二者択一しかない。立場を保留することはできないのである。そして、神からの呼びかけに対して応えることを拒否した人間は滅びる。主人公は、好奇心も手伝って、外部からの呼びかけに応えるという決断をした。

ヨゼフ・ルクル・フロマートカは筆者が同志社大学神学部の学生時代から研究している20世紀チェコのプロテスタント神学者だ。彼の召命観をまとめると、次の20項目になる。

（1）信仰とは、「召命を受けた」という強い意識がないと成り立たない。

(2)召命は常に人生全体を支配するものであった。
(3)召命は神の個人的呼びかけである。
(4)人間は自分の名が呼ばれているのを聞き、それがまさに自分に向けられていると認識する。
(5)召命とは神と人間の間の出来事である。
(6)神は自ら人間に語りかけ、相手の人間を個人的に名前で呼ぶ。
(7)神はその力強い声で、1人1人の心、良心、思考、行動に呼び掛ける。個々に名前で呼び掛け、逃れようのないほど明瞭に呼び掛ける。
(8)召命は人間をほんとうの個人に仕立て上げる。
(9)召命はこの世の人生において起きるが、神の恵みによって、神の自由な決断で行われる。人間の能力や資質、出自や肌の色、教養や賢さとは関係ない。道徳性、品位、宗教への熱心さや貢献度とも関係ない。
(10)前もって召命から除外されている人もいなければ、召命を受けることを自分で前もって定めることもできない。
(11)召命は私たちの手中にも、私たちの可能性の中にもない。
(12)召命を受けるように自ら決めることもできなければ、それに向けて精進することもできない。
(13)使命を促す召命がただ主の力と恵みによることを人びとは忘れている。「恵みによって(Sola gratia)」はここにも当てはまり、無条件に適用される。
(14)召命は無条件である。
(15)召命を受けた者は、託された召命を進んで行うための条件を設けてはならない。
(16)自分の召命について、いつまで、という期限を設けてはならない。
(17)召命は生涯続くもので、引退も休暇もない。つまり、信徒は召命をあらゆる状況において果たす。

(18) 召命は健康で体力があるときのみに限られない。病床でも死の床でも変わりなく果たすのである。
(19) 何も召命を履行しないことの口実にならない。置かれた境遇を言い訳にしてはならない。
(20) 召命は常に奉仕を意味する。

『騎士団長殺し』という小説は、筆者の見るところ、主人公が召命を受け、全力でそれに応じ、「ほんとうの個人」になり、愛のリアリティを得る物語なのである。

エージェントから肖像画を描かないかという話があった翌週の火曜日に、依頼人が主人公の家を訪ねてくることになった。依頼人の名前は知らされないままだ。主人公は、初対面の挨拶と1時間程度の会話をするだけで、実際に絵を描く作業には入らないという条件を付けた。依頼人はその条件を呑み、約束の時間に銀色のジャガーのスポーツ・クーペでやってきた。依頼人は「メンシキです。よろしく」と名乗った。


「免税店の免に、色合いの色と書きます」

「免色さん」と私は頭の中で二つの漢字を並べてみた。なんとなく不思議な字の組み合わせだ。

「色を免れる」と男は言った。「あまりない名前です。うちの親族を別にすれば、ほとんど見かけません」

「でも覚えやすい」

「そのとおりです。覚えやすい名前です。良くも悪くも」と男は言って微笑んだ。頬から顎にかけてうっすらと無精髭がのびていたが、おそらく無精髭ではないのだろう。正確に数ミリぶんわざと剃り残されているのだろう。髭は髪とは違い、半分くらいは黒かった。髪だけがなぜそれほど見事に真っ白になれたのか、私には不思議だった。(第1巻152～153頁)

髪だけが真っ白くなっており、主人公が不思議に思ったと表現することで、免色が辛い体験をしたことが暗示されている。

免色が家に入ってくるときの様子を主人公は注意深く観察する。第一印象で、その人間の本質をとらえることができるからだ。筆者が経験した外交やインテリジェンスの世界でも、第一印象で違和感を覚えた人とは後で必ず問題を抱えることになった。主人公も筆者と同じ認識を持っているようだ。


「免色さんもこの近くにお住まいと聞きましたが」

「ええ、そうです。歩いて来ると少し時間はかかりますが、直線距離でいうならかなり近いです」

「直線距離でいうなら」と私は相手の言葉を繰り返した。（略）

「あそこに白いコンクリートの家が見えるでしょう。山の上の、陽を受けてガラスが眩しく光っている家です」

　そう言われて私は思わず言葉を失った。それは私が夕暮れにテラスのデッキチェアに寝転んで、ワイングラスを傾けながらよく眺めていた、あの瀟洒な邸宅だった。（第1巻153〜154頁）

直線距離で近く見えても、簡単にそこに到達することはできない。北海道根室半島東端の納沙布岬から、歯舞群島に属する水晶島まで約7キロだ。晴れた日は、すぐ目の前に見える。モーターボートをチャーターすれば10分足らずで到達できるだろう。しかし、そんなことをすれば、ロシアの国境警備艇によって拿捕される。それならばまだマシな方で、銃撃され、命を失う可能性もある。ロシアのビザ（査証）を取れば水晶島に渡ることは可能だ。しかし日本政府は、水晶島を含む北方領土へ日本国民がロシア政府の許可をえて入域することを自粛するようにと閣議で定めている。北方領土はロシアによって不法占拠されているというのが、日本政府の法的立場だ。従って、日本国民がロシアの法的管轄を認めるような行為を取ると、ロシアの不法占拠を助長する効果をもたらすからだ。しかし、日本のジャーナリストが閣議決定を無視して、水晶島に渡航することは可能だ。その場合、記者はまずモスクワに行って連邦保安庁から水晶島への渡航許可を得る。その後、飛行機でサハリン州へ向かい、州都ユジノサハリンスクからさらに飛行機で国後島のユジノクリルスクへ移動し、国境警備局のヘリコプターに同乗して水晶島に向かう。直線距離ではわずか約7キロでも、目的地に到着するには大幅な迂回をしなくてはならない。

この後の主人公との会話で明かされるが、免色も「大きく手を振れば、挨拶くらいはできそう」な距離の家を訪ねるために、いきなり訪ねることをせず、主人公が描いた肖像画のモデルとなった人たちとの面談など、さまざまな迂回をして、ようやく主人公の家に辿り着いている。

免色は言った。「いろんな情報を効率よく手に入れるのが、私の仕事の一部になっています。そういうビジネスに携わっています」

「インターネット関連ということですか?」

「そうです。というか正確に言えば、インターネット関連も私の仕事の一部に含まれているということですが」

「でもぼくがここに住んでいることは、まだほとんど誰も知らないはずなんですが」

免色は微笑んだ。「ほとんど誰も知らないというのは、逆説的に言えば、知っている人が少しはいるということです」(第1巻155頁)

重要なのは、「インターネット関連も私の仕事の一部に含まれている」と言ったときの、助詞の「も」だ。インターネット以外の情報も収集し、分析しているということだ。エージェントや肖像画のモデルたちとの接触という手法は、人間を用いた情報活動だ。免色は、何らかの意味において、ヒューミント(ヒューマン・インテリジェンス)の専門家だということが示唆されている。ヒューミントは、非合法な手段を用いて秘密情報を入手するスパイ活動の重要な技法だ。もちろん、合法

的な手法でのヒューミント活動もある。

一方、主人公は画家らしく、免色の外見を観察する。

年齢はうまく判断できない。雪のように真っ白な髪を見ると、五十代後半か六十代前半のようにも見えたが、肌は艶やかで張りがあり、顔には皺ひとつなかった。そしてその一対の奥まった目は三十代後半の男の若々しい輝きを放っていた。それらをすべて総合して実際の年齢を算出するのは至難の業だった。四十五歳から六十歳までのどの年齢だと言われても、そのまま信用するしかないだろう。（第1巻156頁）

年齢不詳の人物というのも、筆者には一級のヒューミント専門家を髣髴させる。

「ぼくがあなたの家の近くに住んでいることは、今回の肖像画のご依頼と何か関係あるのでしょうか？」

免色は少しばかり困ったような顔をした。彼が困ったような顔をすると、目の両脇に数本の小さな皺が寄った。なかなかチャーミングな皺だった。（略）その顔には、初対面の相手をひとまずほっとさせるものがあった。それは「大丈夫です、安心してください。私はそれほど悪い人間じゃありません。あなたにひどいことをするつもりはありませんから」と愛想良く語りかけているように見えた。（第1巻156〜157頁）

このやりとりだけでは、免色が、主人公に危害を加える人間か、そうでないかがわからない。免色が善人で、主人公に好意的な人間ならば、当然、「私はそれほど悪い人間じゃありません。あなたにひどいことをするつもりはありませんから」と答える。反対に、免色が策略家で、主人公を罠に嵌めることを考えている場合も、まったく同じ返答をする可能性が十分ある。だから主人公は、免色の言葉ではなく、観察と直観から、この人間の本質をとらえようとしている。

私は初対面の人の顔を観察し、そこから様々なものごとを感じとる。それが習慣になっている。多くの場合、そこには具体的な根拠のようなものはない。あくまで直観に過ぎない。

> しかし肖像画家としての私を助けてくれるのは、ほとんどの場合そのようなただの直観なのだ。（第1巻158頁）

自由主義神学の父と呼ばれたフリードリヒ・シュライエルマッハーは「宗教の本質は、直観と感情である」と規定した。直観によって、本質をとらえるという主人公のアプローチはきわめて（プロテスタント）神学的だ。

「ぼくがあなたの家の近くに住んでいることは、今回の肖像画のご依頼と何か関係あるのでしょうか？」という主人公の質問は、然り（イエス）か否（ノー）で答えることができる性質のものだ。しかし、免色は別の答え方をした。

> 「答えはイエスであり、ノーです」と免色は言った。彼の手は両膝の上で、手のひらを上に向けて大きく開かれ、それからひっくり返された。
>
> 私は何も言わずに彼の次の言葉を待った。
>
> 「私は、近所にどのような人が住んでおられるのか、気になる人間です」と免色は続けた。
>
> （略）
>
> 「それであなたがここにお住まいになっていることを知りました」と免色は話を続けた。「あなたが専門的な肖像画家であることがわかり、興味をひかれてあなたの作品をいくつか拝見しました。最初はインターネットの画像で見たのですが、それでは飽きたらず、実物を三つばかり見せていただきました」（第1巻158〜159頁）

両膝の上で掌を上に向けて大きく開き、それからひっくり返すという動作が、イエスやノーの答えを超えて、善や悪、表や裏などを兼ね備えた免色の両義性を示している。免色は、一般論として、主人公が近所に住んでいることを、理由としてあげている。一般論の裏には、特殊性がある。主人公が肖像画を描く仕事で生活しているということが特殊性だ。さらに免色は特殊性を詰め、彼が描いた個々の肖像画と、そのモデルとなった人物と会うことにする。肖像画について知りたいだけならば、エージェントに依頼して、写真を集めればよい。しかし、免色の関心は、肖像画とモデルになった人間との間にある差異をとらえることだ。この差異は、主人公によって作られたものだ。こういう形で免色は主人公の創造力をとらえようとした。

> 「肖像画の持ち主、つまりモデルになった人々のところに行って、お願いして見せていただいたんです。みんな喜んで見せてくださいましたよ。（略）一見すると通常の型どおりの肖像画なんですが、よくよく見るとそこには何かが身を潜めています」
>
> 「何か？」と私は尋ねた。
>
> 「何かです。言葉ではうまく表現できないのですが、本物のパーソナリティーとでも呼べばいいのでしょうか」
>
> 「パーソナリティー」と私は言った。「それはぼくのパーソナリティーなのですか？　それとも描かれた人のパーソナリティーなのですか？」
>
> 「たぶん両方です。絵の中でおそらくそのふたつが混じり合い、腑分けができないくらい精妙に絡み合っているのでしょう。それは見過ごすことのできないものです。ぱっと見てそのまま通り過ぎても、何かを見落としたような気がして自然に後戻りし、今一度見入ってしまいます。私はその何かに心を惹かれたのです」（第1巻159〜160頁）

免色は、ヒューミントの専門家なので、人間に対する関心が強い。肖像画を通じて、主人公が他者をどのように解釈したのかに興味がある。主人公には直観的に他者の本質をとらえる特異な能力がある。免色は、主人公が持つこの能力に「心を惹かれた」のである。

> 「（略）でもそこまでして、ぼくに肖像画を描かせることが、あなたにとって必要なんですか？　こう言ってはなんですが、肖像画なんてとりあえずなくて困るものでもないでしょう」
>
> 「そのとおりです。なくて困るものではありません。しかし私には好奇心というものがあり

ます。あなたが私を描くとどのような肖像画ができるのだろう。私としてはそれが知りたい。言い換えるなら、私は自分の好奇心に自分で値段をつけたわけです」

「そしてあなたの好奇心には高い値段がつく」

彼は楽しそうに笑った。「好奇心というのは、純粋であればあるほど強いものですし、またそれなりに金のかかるものです」（第1巻161〜162頁）

ここで免色も好奇心という言葉を用いている。主人公も好奇心から絵画「騎士団長殺し」に深く関わり始め、免色と会うことにもなった。好奇心という動機で、登場人物たちが複雑に絡まっていく。免色の好奇心の具体的内容は、主人公が肖像画を通じて、免色をどのように解釈するかだ。そのことを通じて、免色は、まだ自分が認識していない自分のある部分について知ることができると期待している。自分について知ることが免色の欲望なのだ。裏返して言えば、免色は自分の中に認識しきれていない部分があることを自覚している。その部分こそが、小説『騎士団長殺し』では大きなファクターになっていく。

免色は主人公についてもっと深く知ろうとする。


「ずいぶんたくさんオペラのレコードをお持ちなのですね」と免色はコーヒーを飲みながら言った。「オペラがお好きですか？」

「そこにあるレコードは、ぼくの持ち物じゃありません。家の持ち主が置いていったものです。おかげでここに来てからずいぶんオペラを聴くようになりました」

「持ち主というのは雨田具彦さんのことですね？」

「そのとおりです」

「あなたには、とくに何か好きなオペラはありますか？」

私はそれについて考えてみた。「最近は『ドン・ジョバンニ』をよく聴いています。ちょっとした理由があって」

「どんな理由ですか？　もしよろしければ聞かせていただけますか」

「個人的なことです。大したことではありません」

「『ドン・ジョバンニ』は私も好きで、よく聴きます」と免色は言った。（第1巻162～163頁）

免色はヒューミントのプロだ。相手が答えたくない事柄について、回答を強要しない。そのような手法で得られた回答は、真実でないことがわかっているからだ。この時点においては、オペラ「ドン・ジョバンニ」をめぐり、主人公が深刻な問題を抱えていることを知っただけで十分なのである。

8　制約における自由

免色は主人公が「ドン・ジョバンニ」に関連して他人に語りたくない秘密を持っていると察知したところで、話を少しずらす。続けざまに主人公に尋ねるのではなく、自分の経験を語り始めた。


「一度プラハの小さな歌劇場で『ドン・ジョバンニ』を聴いたことがあります。たしか共産党政権が倒れて、まだ間もない頃のことでした。ご存じだとは思いますが、プラハは『ドン・ジョバンニ』が初演された街です。（略）」

　彼はコーヒーを一口飲んだ。私は何も言わずに彼の動作を観察していた。

「これまで世界中いろんなところでいろんな『ドン・ジョバンニ』を聴く機会がありました」と彼は続けた。「ウィーンでも聴いたし、ローマでも、ミラノでも、ロンドンでも、パリでも、メトでも、東京でも聴きました。アバド、レヴァイン、小澤、マゼール、後は誰だったかな……ジョルジュ・プレートルだったか、でもそのプラハで聴いた『ドン・ジョバンニ』が不思議に心に残っています。歌手や指揮者は名前も聞いたことがない人々でしたが。公演が終わって外に出ると、プラハの街に深い霧がかかっていました。当時はまだ照明も少なく、夜になると街は真っ暗になりました。人気のない石畳の道をあてもなく歩いていると、そこに古い銅像がぽつんと建っていました。誰の銅像だかはわかりません。でも中世の騎士のような格好をしていました。そこで私は思わず彼を夕食に招待したくなりました。もちろんしませんでしたが」（第1巻163～164頁）

免色が「ドン・ジョバンニ」を聴いた国に注目してみよう。ローマ、ミラノはイタリア、ロンドンはイギリス、パリはフランス、メトはニューヨークのメトロポリタン歌劇場なのでアメリカ、東京は日本だ。これらの国はいずれもかつて植民地を持ったことのある帝国だ。免色が訪れたとき、プラハはチェコスロバキアの首都だった。チェコスロバキアは植民地を持つ帝国になったことがない。第2次世界大戦中はチェコとスロバキアに分割された。さらにチェコは西部のボヘミアと東部のモラビアに分割され、ドイツの保護領になった。帝国主義国でないチェコスロバキアで聴いた「ドン・ジョバンニ」が不思議に心に残っているという免色の発言に、この小説が帝国主義のもたらす問題を扱っていることが暗示されている。

免色が銅像の人物を夕食に招待したくなったのはドン・ジョバンニが自分の殺した騎士団長の彫像を見つけ、晩餐に招待する場面にちなんでいる。彫像は本当に晩餐に現われ、ドン・ジョバンニを地獄へと引っ張っていくのだ。

さて、主人公と免色は腹の探り合いをするが、双方とも目的を達成できずに終わる。ひとまず謎は謎のままに、物語は先へと進んでいく。免色は「私はあなたの審査をパスしたのでしょうか？肖像画は描いていただけるのでしょうか？」と尋ね、主人公は「大丈夫です。ぼくとしては喜んで、あなたの肖像画を描かせていただきます」と答えた。すると免色はこんな希望を付け加えた。

「もしできることなら私としてはあなたに、肖像画という制約を意識しないで、私を自由に描いていただきたいのです。もちろんいわゆる肖像画を描きたいということであれば、それでかまいません。これまで描いてこられたような一般的な画法で描いていただいてけっこうです。しかしそうじゃない、これまでにない別の手法で描いてみたいということであれば、それを私は喜んで歓迎します」

「別の手法？」

「それがどのようなスタイルであれ、あなたが好きなように、そうしたいと思うように描いていただければいいということです」（第1巻166頁）

肖像画の描き方は1つに限定されるわけではない。対象となる人物が同じであっても（＝制約）、無数の異なる肖像画の可能性がある。言い換えると、制約の中で、画家は自由に肖像画を描くことができるわけだ。プロテスタント神学者のカール・バルトが強調する「制約における自由」という価値観を免色は共有している。歴史にある出来事が起きる。ノンフィクション作家は、事実と異なることを書いてはいけないが、自らの構成と文体でその出来事を描く。作家が異なれば、同じ出来事でも、別の書き方になる。同じ作家が同じ出来事について書く場合でも、執筆時期によって内容が大きく異なることもある。これらの現象は決して矛盾していない。作家も「制約における自由」において活動しているからだ。

　主人公も「制約における自由」という概念をよく理解しているが、その制約の幅は、免色が考えるよりも狭い。主人公は「ぼくは一介の肖像画家です。長いあいだ決められた様式で肖像画を描いてきました。制約をとってしまえと言われても、制約そのものが技法になっている部分もあります。ですからたぶんこれまでどおりのやり方で、いわゆる肖像画を描くことになるのではないかと思います。それでもかまいませんか？」と丁寧に答え、免色は「もちろんそれでけっこうです。あなたがいいと思うようにすればいい。あなたが自由であること、それが私の求めるただひとつのことです」と了承する。

ともあれ、ここで免色は主人公に自由を与えた。これは同時に主人公が、免色が制約する世界に組み込まれるということだ。


「（略）ここに来て、できるだけ長くおとなしくモデルとして椅子に座っています。そのあいだゆっくりお話しできると思います。話をするのはかまわないのでしょうね？」

「もちろんかまいません。というか、会話はむしろ歓迎するところです。ぼくにとってあなたはまさに謎の人です。あなたを描くには、あなたについての知識をもう少し多く持つ必要があるかもしれませんから」

免色は笑って静かに首を振った。彼が首を振ると、真っ白な髪が風に吹かれる冬の草原のように柔らかく揺れた。

「どうやらあなたは、私のことを買いかぶりすぎておられるようだ。私にはとくに謎なんてありませんよ。自分についてあまり語らないのは、そんなことをいちいち人に話してもただ退屈なだけだからです」

彼が微笑むと、目尻の皺がまた深まった。いかにも清潔で裏のない笑顔だった。しかしそれだけではあるまいと私は思った。免色という人物の中には、何かしらひっそり隠されているものがある。（第1巻167～168頁）

主人公は、免色の発言がカモフラージュ（偽装）であると直観した。免色が語らないのは、その話を理解できるであろう人が見当たらないからだ。理解できない人に話しても、免色が退屈するのだ。理解者を持たない人は孤独だ。主人公自身が孤独であるから、そのことが皮膚感覚でわかる。主人公はこの瞬間に、免色と「孤独な者の共同体」を形成するという「不可能の可能性」に挑むことができるかどうかについて、無意識のうちに肯定的な判断を下したのであろう。免色は主人公と握手をして、銀色のジャガーで去っていく。主人公は免色を不思議な人物だと思う。

> 愛想は決して悪くないし、とくに無口なわけでもない。しかし実際には彼は、自らについて何も語らなかったも同然だった。私が得た知識は、彼が谷間を隔てたその瀟洒な住宅に住んでいることと、ＩＴが部分的に関係する仕事をしていることと、外国に出ることが多いということくらいだ。また熱心なオペラのファンでもある。しかしそれ以外のことはほとんど何もわからない。家族がいるのかいないのか、年齢はいくつなのか、出身地はどこなのか、いつからその山の上に住んでいるのか？　考えてみれば、ファーストネームさえ教えてもらっていない。（第1巻169頁）

免色が主人公にファーストネーム（名）を教えないということには、象徴的な意味がある。日本の企業、役所など、仕事の世界では、姓だけで呼ばれることが多い。五味川純平の長編小説『人間の條件』は全6部に及ぶ長さがあるが、主人公の梶には名がない。梶がかかわる満州の軍需産業の鉱山、大日本帝国陸軍、ソ連の収容所では、いずれも名を必要としない公の世界が生活空間のすべてを覆っていることを示唆するために、五味川は意図的に主人公の梶に名を与えなかったのだと思う。免色が名を告げないことは、この段階においては、主人公とは友人にならない、仕事の関係に限定された距離を保ち続ける意向を示唆している。

　主人公はまだ免色の目的をいぶかしく思っている。

> 　実際に彼と会って、膝をまじえて話をしても、私にはその答えがまだ見当たらなかった。むしろ謎は逆に深まっただけだった。だいたいどうして彼はあれほど見事な白髪をしているのだろう？　その白さには何かしら尋常ではないところがあった。エドガー・アラン・ポーの短編小説の、大渦巻きに遭遇して一夜で髪が白くなったあの漁師のように、彼も何かとても深い恐怖を体験したのだろうか。（第1巻170頁）

　免色の心と主人公の心との間には、出入りできる窓や扉は存在しない。また、相手の姿を見ても、その心を知ることはできない。ただ、免色の見事なまでの白髪に、何か強烈な過去の体験の匂いを主人公は嗅ぎ取った。

金曜日に免色が再びジャガーに乗って、主人公を訪ねてきた。その間に主人公は雨田政彦を通じて、この男に関する情報がインターネット空間から徹底的に消されている事実を知った。自らの情報を完全消去する特殊な技法を免色は持っているようだ。

> 今回の彼は白いポロシャツの上に、ブルーグレイの綿のジャケット、クリーム色のチノパンツに、茶色の革のスニーカーという格好だった。着こなしのうまさはそのまま服飾雑誌に出してもおかしくないほどだが、それでいて「隙がない」という印象はなかった。すべてがさりげなく自然で清潔だった。そしてその豊かな髪は、彼の住んでいる屋敷の外壁と同じくらい混じりけなく純白だった。（第1巻188～189頁）

やはり主人公は免色の純白の髪に秘密が隠されていると直観している。一方、免色は、いつもは実際のモデルを目の前にせずに肖像画を描くという主人公の手法に興味を持ち、それは何か理由があるのかと訊ねる。

> 「理由というほどのものはとくにありません。ただその方が経験的に言って、作業を進めやすいからです。最初の面談にできるだけ意識を集中し、相手の姿かたちや、表情の動きや、癖や性向みたいなものを把握し、記憶に焼き付けます。そうすればあとは記憶から形象を再生していくことができます」
>
> 　免色は言った。「それはとても興味深い。つまり簡単に言えば、脳裏に焼き付けられた記憶を後日、画像としてリアレンジし、作品として再現していくということですね。あなたにはそのような才能が具わっている。人並みではない視覚的記憶力みたいなものが」（第1巻190～191頁）

主人公にとって重要なのは、目の前にある対象の姿ではない。いったん記憶に焼き付けた後、再編された記憶なのである。原テキストよりも編集された後のテキストのほうが重要だ。例えば本を作るとき、編集作業を済ませた後で、原テキストを参照することが、作品を仕上げる障碍になることもある。主人公の肖像画の描き方には、それと似たところがある。

免色も主人公に独特なリアレンジ（編集）力があることに気づいている。おそらく免色は、自分が抱えている物語の編集を主人公に依頼したいのだ。それも、自分の目の前でリアレンジしていく作業を見てみたい。それはそのまま、彼の自分自身を知りたいという欲望に繋がっていく。

「実を言いますと、私には好奇心があったんです。自分の目の前で、自分の姿かたちが絵に描かれていくというのはいったいどんな気持ちがするものなのか。私はそれを実際に体験してみたかった。ただ絵に描かれるだけではなく、それをひとつの交流として体験してみたかったのです」

「交流として？」

「私とあなたとのあいだの交流としてです」（第1巻191〜192頁）

交流は交換とは異なる。貨幣と肖像画を交換すれば、そこで所有者間の関係は終了してしまう。しかし、交流は、自己の固有の部分を残しながら継続的に他者とコミュニケーションを行うことなので、所有者間の関係は途切れない。初対面のときにはファーストネームを教えなかった免色だが、この日までに意識が変わったようだ。

9　折衷性

いよいよ主人公は、免色の肖像画を描くことになる。いつもなら、主人公は目的論的な思考をする。肖像画を描き始めた時点で、頭の中で完成した姿が浮かぶ。もちろん、そこには主人公が解釈した（リアレンジした）免色の姿が浮かび上がるわけだ。

しかし、事態は主人公が想定したのとは別の方向に進んだ。完成した肖像画の姿が浮かび上がらないのだ。

「あなたを描くのはとてもむずかしい」と私は正直に言った。

彼は驚いたように私の顔を見た。「むずかしい?」と彼は言った。「それは私の顔に何か、絵画的な問題があるということなのでしょうか?」

私は軽く首を振った。「いや、そうじゃありません。あなたの顔にはもちろん何も問題はありません」

「じゃあ、何がむずかしいのでしょう?」

「それはぼくにもわかりません。ただむずかしいと、ぼくが感じるだけです。あるいはひょっとしたら我々のあいだには、あなたの言うところの『交流』がいくぶん不足しているのかもしれません。(略)」(第1巻196~197頁)

主人公にとって、肖像画は、その人の姿を描くことではない。心を描くことなのだ。だから、コミュニケーションを取ることが不可欠になる。

主人公は、免色に情報提供を依頼した。これは主人公のこれまでの行動から判断すると異様だ。彼は自ら情報を漁るタイプではない。妻から離婚話を持ちかけられたときも、妻が付き合っている男について調査するようなことをしなかった。免色についての情報がインターネットでは調べられない、というのも雨田政彦から聞いた話にすぎず、自ら熱心に調べようとしたのではない。肖像画を描く際も、モデルとなる人と1度だけ、1時間ばかり面談をするだけだ。しかし、今回は異なる。リアレンジできなかったことから、主人公は免色について深く知りたくなっている。

「免色さん、もしよろしければ、あなたについてもう少しばかり情報をいただくことはできませんか? 考えてみれば、ぼくはあなたという人について、ほとんど何も知らないも同然なのです」

「いいですよ、もちろん。（略）たとえばどのような情報でしょう？」

「たとえばあなたのフルネームをまだうかがっていません」

「そうでしたね」と彼は少しびっくりしたような顔をして言った。「そういえばそうだった。話をするのに夢中になっていて、うっかりしていたようです」

彼はチノパンツのポケットから黒い革製のカード入れを取りだし、その中から名刺を一枚出した。私はその名刺を受け取って読んだ。真っ白な厚手の名刺には、

免色　渉
Wataru Menshiki

とあった。（第1巻197〜199頁）

免色はここでファーストネームを明かす。人名は、その人の運命と結びついている。免色とは、色を免れるという意味であるが、この場合の色は複数の解釈が可能だ。第1は、すなわち政治や思想や宗教などの特定の色から免れているという解釈だ。第2は、性欲から免れているという解釈だ。第3は、より根源的に、「色即是空」の色のごとく、形のあるすべてのものから免れているということだ。さらに渉ということばには、1つの場から、別の場への移動が示唆されている（免色は「川を渉るのわたるです」と漢字を説明する）。免色渉という名には、日常世界から異界への移動が示唆されているのだ。免色渉とコミュニケーションを持ったことによって、やがて主人公は異界に誘われることになる。


「お歳をうかがってもよろしいでしょうか？」

「もちろんです。先月、五十四歳になりました。あなたの目にはだいたい何歳くらいに見えますか？」

私は首を振った。「正直なところ、まったく見当がつきませんでした。だからうかがったんです」（第1巻199頁）

免色は自らが年齢相応に見られていないと自覚している。

「白髪のせいで、年齢がよくわからないと言われます。恐怖のために一夜で白髪になるというような話をよく耳にしますね。私もひょっとしてそうじゃないかとよく訊かれるんですが、そんなドラマチックな経験はありません。ただ若い頃から白髪の多いたちだったんです。四十代半ばにはもうほとんど真っ白になっていました。不思議です。というのは祖父も父親も二人の兄も、みんな禿げているからです。一族の中で総白髪になったのは私くらいです」（第1巻199～200頁）

否定的な言葉と裏腹に、免色は40代の半ばに髪の毛が真っ白になるような事件に遭遇したことを暗に述べている。その事件に近づくように、主人公は免色の仕事について尋ねた。

「実を言えば、今のところ何も仕事をしていないんです。失業保険こそもらっていませんが、公式には無職の身です。一日に数時間、書斎のインターネットを使って株式と為替を動かしていますが、たいした量じゃありません。道楽というか、暇つぶし程度のものです。頭を働かせておく訓練をしているだけです。ピアニストが日々音階練習をするのと同じです」

免色はそこで軽く深呼吸をして、脚を組み直した。「かつてはＩＴ関係の会社を立ち上げて経営していましたが、少し前に思うところがあって、持ち株をすべて売却し引退しました。買い主は大手の通信会社でした。（略）」（第1巻200～201頁）

親の資産を相続したのではなく、免色がＩＴ企業を立ち上げて、その創業者利益を得たようだ。持ち株を売却した金を運用して不労所得で生きている。こういう成功者は、どこかで必ず無理をしている。そのことと、40代半ばで髪が真っ白になるような事件は繋がっているのかもしれない。

免色は、結婚歴はなく、あの大きな家に1人で住んでいる、と言う。主人公は妻から離婚を申し入れられ、家を出て1人で住んでいる。1人で住んでいるという現象面は共通しているが、免色は、何らかの理由があって1人で住むことを決断したようだ。だが、詳しい事情に触れようとはせず、免色は話題を逸らす。彼は雨田具彦のことも調べていた。

「人は時として大きく化けるものです」と免色は言った。「自分のスタイルを思い切って打ち壊し、その瓦礫の中から力強く再生することもあります。雨田具彦さんだってそうだった。若い頃の彼は洋画を描いていました。それはあなたもご存じですね？」

「知っています。戦前の彼は若手の洋画家の有望株だった。でもウィーン留学から帰国してからなぜか日本画家に変身し、戦後になって目覚ましい成功を収めました」

免色は言った。「私は思うのですが、大胆な転換が必要とされる時期が、おそらく誰の人生にもあります。そういうポイントがやってきたら、素速くその尻尾を摑まなくてはなりません。しっかりと堅く握って、二度と離してはならない。世の中にはそのポイントを摑める人と、摑めない人がいます。雨田具彦さんにはそれができた」（第1巻202～203頁）

雨田具彦と免色渉と主人公の3人を繋ぐ共通概念は「大胆な転換が必要とされる時期」を持つということだ。これこそが、ある出来事が起きる前と後で、歴史の意味が変化する際に使う時間概念、すなわちカイロスだ。雨田具彦が日本画家として大成することとなったカイロスがあったことが、ここで強く示唆されている。免色にも経済的成功という点ではカイロスがあったのだろう。カイロスは誰にでも起こりうる。ただし、それを摑める人と摑めない人がいる。雨田具彦と免色渉はカイロスを摑むことができた。主人公には摑めるのであろうか、という問いかけもここでは行われている。

免色は、ふと思い出したように、「ちなみに私は左利きです」と告げる。

「何かの役に立つかどうかわかりませんが、それも私という人間に関する情報のひとつになるかもしれない。右か左かどちらかに行けと言われたら、いつも左をとるようにしています。

—それが習慣になっています」(第1巻208頁)
キリスト教世界では、右には正しいという意味がある。英語でrightは、右であると共に正しいという意味がある。ロシア語でも同じだ。「右(プラーヴォ)」には正しいという意味がある。「正しい道(プラヴォスラヴィエ)」と言うと正教を指す。ロシア正教会の自己理解では、正教だけが伝統的なキリスト教を正しく保全しているということになる。ロシア語で「左で(ナレーヴァ)」と言うと「不正な手段を用いて」という意味になる。免色が「右か左かどちらかに行けと言われたら、いつも左をとるようにしています」と述べていることは象徴的だ。過去に免色が強い意志をもって不正な選択をし、その結果、事件に巻き込まれたことを示唆している。

10 怪異譚

『騎士団長殺し』という小説は、ダンテの『神曲』と同じくコメディ(喜劇)である。『神曲』の原題はイタリア語でLa Divina Commediaだ。これを直訳すると「神聖喜劇」となる。もっともダンテ自身が記した表題は、単にCommediaだった。西暦1300年の復活祭前の金曜日(聖金曜日)に森に迷ったダンテ(作者にして主人公)は、約1週間で、地獄、煉獄、天国を旅する。悲劇と異なり、ダンテは最後に天国の第十天(至高天)で神を見ることになり、愛のリアリティを知る。円満な結末に至るので、この作品はコメディと呼ばれるのだ。『騎士団長殺し』の主人公も、後にダンテが描く地獄もしくは煉獄に類比的な地下の世界を旅することになる。

まず、その旅を暗示する出来事が起きる。

私は夜中にはっと目を覚まし、枕元の時計に目をやった。ディジタル式の時計は1:45を示していた。しばらく考えてからそれが土曜日の夜の、つまり日曜日の未明の午前一時四十

五分であることを思い出した。（略）
いったいなぜこんな時刻に目が覚めてしまったのだろうと、暗闇の中で横になったまま考えてみた。それは当たり前の静かな夜だった。満月に近い月が丸い巨大な鏡となって空に浮かんでいた。（第1巻231〜232頁）

目を覚ましたのが日曜日の未明というのが興味深い。旧約聖書「創世記」によれば、神は6日間で天地を創造し、7日目は休んだ。自分の仕事を見直すためだ。安息日は単なる休みの日ではなく、過去6日間の自分の仕事を反省する日だ。主人公もまた自分の仕事を点検する時期にある。この日曜日の未明に、普段は眠りが深い主人公が目を覚ますという、非日常的な出来事が起きた。主人公に対して、目には見えないが確実に存在する力が外部から働いている。

そのうちに私の耳は耳慣れない音を捉えた。あるいは捉えたような気がした。とても微かな音だ。もし虫たちがいつもどおり鳴いていたら、そんな音は決して私の耳には届かなかったはずだ。（略）それはちりんちりんと鳴っているように聞こえた。鈴が、あるいは何かそれに似たものが鳴らされているような音だ。（第1巻233頁）

普段、聞こえる虫の音がまったく聞こえない。その結果、深い静寂が訪れた。この静寂も不思議な力によって生じている。そこで主人公は、鈴もしくは、それに似たものの音を聞く。

ひとしきり沈黙があり、何度かそれが鳴らされ、またひとしきり沈黙があった。その繰り返しだった。まるで誰かがどこかから辛抱強く信号化されたメッセージを送っているみたいだ。それは規則的な繰り返しではなかった。沈黙はそのときによって長くなったり短くなったりした。また鈴（のようなもの）が鳴らされる回数もまちまちだった。（同前）

鈴のようなものの音は、不規則に鳴る。不規則であるところに、何者かの意思が働いていることが暗示される。微かな音を主人公は無視できなくなる。主人公は「不自然なまでに明瞭な月光の中で、その正体不明の音は私の神経に抜きがたく食い入った」という認識を抱く。主人公は自らの意思で外に出て、真相を突き止めようとする。これは主人公の主観的認識であるが、別の見方も可能だ。目には見えないが確実に存在する力（それは後に騎士団長という形を取って現われる）が、主人公を地下の世界へ引き寄せているのだ。

この家には、広い庭がある。玄関を出て左に進むと小さな石段があり、それを上ると雑木林になる。雑木林を歩いて行くと開けた場所に出て、そこには祠がある。主人公がそちらへ歩を進めるにつれて、音はだんだん鮮明になっていく。どうやら祠の裏あたりから聞こえてくるようだ。

——音は前よりもずっと近くなっていたが、それでもまだ鈍くくぐもって聞こえた。まるで狭い洞窟の奥深くから漂い聞こえてくるみたいに。（第1巻238頁）

鈴のような音は、祠の裏にある、石を積みあげてできた小さな塚の地下から聞こえていた。不気味になって主人公は家に戻る。だが翌日も同様の現象があった。その次の日、免色が訪ねてきたときに主人公はその経験を話す。免色は関心を示し、その日の深夜、正確には翌日の0時30分に主人公の家を再訪し、真相を究明しようと提案する。主人公はその提案を受け入れた。

免色は約束の時間にやってきた。しばらく2人で話していたら（免色は、かつての恋人が他の男と結婚したあと自分との子供を産んだらしい、と告げる。これは物語上、重要な伏線になる）、主人公は、賑やかだった虫の音が消えていることに気づいた。時計を見ると午前1時40分過ぎだ。

——そしてその深い沈黙の中に、私はあの微かな鈴の音を再び耳にすることができた。それは何度か鳴らされ、不揃いな中断をはさんでまた鳴らされた。私は向かいのソファに座った免色の顔を見やった。そしてその表情から、彼もまた同じ音を聞き取っていることを知った。

——（第1巻287頁）

鈴のような音は、主人公の幻聴ではなかったようである。免色が主人公に行動を促した。2人は懐中電灯を手に、雑木林を抜けて祠の裏側にまわり、石の塚の前に出た。やはり、音は間違いなく、石の隙間から聞こえてくる。

> 「この石の下で誰かが、鈴らしきものを鳴らしているみたいに私には聞こえます」と免色は言った。
>
> 私は肯いた。自分が狂っていなかったことがわかって安心するのと同時に、そこに可能性として示唆されていた非現実性が、免色の言葉によって現実のものとなり、そのせいで世界の合わせ目に微かなずれが生じてしまったことを、私は認めないわけにはいかなかった。

（第1巻289頁）

可能性に過ぎなかった非現実性が、免色という同伴者を得ることによって現実になった。より正確に言えば、免色が「この石の下で誰かが、鈴らしきものを鳴らしているみたいに私には聞こえます」という言葉を発したので、非現実な事柄が現実になった。初めに言葉があったのである。

> 「あるいは誰かが助けを求めているのかもしれない」と免色は自分自身に語りかけるように言った。
>
> 「しかしいったい誰が、こんな重い石の下に入り込んだりするんですか？」
>
> 免色は首を振った。もちろん彼にもわからないことはある。
>
> 「今はとにかく家に戻りましょう」と彼は言った。そして私の肩の後ろにそっと手を触れた。
>
> 「少なくとも、これで音の出どころははっきりしました。あとのことは家に戻ってゆっくり話しましょう」（第1巻289～290頁）

免色は「あるいは誰かが助けを求めているのかもしれない」と述べながら、直ちに救助する方策を考えよう、という方向に思考が向かわない。重い石の下で誰かが鈴のようなものを鳴らし、助けを求めているというのは深刻な事態だ。しかし、免色は「あとのことは家に戻ってゆっくり話しましょう」と言う。現在起きている不思議な事態を、免色が想定していたとしか思えない態度だ。

家に戻ってから、まだ断続的に続いている鈴らしき音を聞きながら、免色はさらに奇妙なことを述べる。

「私はいろんな不思議なことを見聞きしてきましたが、こんなに不思議なことは初めてです」と免色は言った。「あなたの話を聞いたときには、失礼ながら半信半疑だったのですが。まったく、こんなことが実際に起こるなんて」

その表現には何かしら私の注意を惹くものがあった。（第1巻290〜291頁）

主人公の注意を惹きつけたのは何か。免色は「失礼ながら半信半疑だった」と述べるが、半信半疑ということは、このような事態が起きることを半分は想定していたということだ。免色の根拠は江戸時代の古典テキストから得た情報だという。

小説『騎士団長殺し』の舞台は21世紀の現代日本だ。主人公が屋根裏部屋で発見した雨田具彦が描いた「騎士団長殺し」と題する日本画は、飛鳥時代を扱ったものだ。そして、ここで免色は江戸時代の『春雨物語』（上田秋成の小説集）に収録されている「二世の縁（にせのえにし）」という作品について語り始める。こうして、「世界の合わせ目に微かなずれが生じてしまい、時代の境目が朧ろに溶けて、飛鳥時代、江戸時代、現代が同じ土俵の上に乗ることになる。免色の説明を聞こう。

「正確に言えば、そこで聞こえてきたのは鉦の音です。鈴ではありません。鉦太鼓で探す、というときの鉦です。昔の小さな仏具で、撞木という槌のようなもので叩いて音を出します。念仏を唱えながら、それを叩くのです。真夜中に土の下からその鉦の音が聞こえてくるという話です」（略）

「『春雨物語』は秋成が最も晩年に書いた小説集です。『雨月物語』の完成からおおよそ四十年を経て書かれています。『雨月物語』が物語性を重視しているのに比べると、ここでは秋成の文人としての思想性がより重視されています。その中に『二世の縁』という不思議な一篇があります。その話の中で主人公はあなたと同じような経験をします。主人公は豪農の息子です。学問の好きな人で、夜中に一人で書を読んでいると、庭の隅の石の下から、鉦の音のようなものが時折聞こえてきます。不思議に思って明くる日、人を使ってそこを掘らせてみると、中に大きな石があり、その石をどかせてみると、石の蓋をした棺のようなものがあります。それを開けると、中には肉を失い、干し魚のように痩せこけた人がいます。髪は膝まで伸びています。手だけが動いていて、撞木でこんこんと鉦を打っています。どうやらその昔、永遠の悟りを開くために自ら死を選び、生きたまま棺に入れられ、埋葬された僧であるようです。これは禅定と呼ばれる行為です。ミイラになった死体は掘り返され、寺に祀られます。禅定することを『入定する』と言います。おそらくもともとは立派な僧であったのでしょう。その魂は願い通りに涅槃の境地に達し、魂を失った肉体だけがあとに残されて生き続けてきたようです。主人公の家族は十代にわたってこの地に住んできたのですが、どうやらそれよりも前に起こったことのようです。つまり数百年前に」（第1巻291～292頁）

まともに考えれば、ありえないようなことが、今、主人公の家の周りで起きている。「二世の縁」の世界が、21世紀の小田原で甦っているのだ。

さらに「二世の縁」は不思議な展開を見せる。

「上田秋成が晩年に到達した独自な世界観が、そこには色濃く反映されています。かなりシニカルな世界観と言っていいかもしれない。秋成は生い立ちが複雑で、少なからぬ屈託を抱えて人生を送った人でしたから。でもその話の成り行きは、私の口から手短に説明してしまうより、あなたがご自分で本をお読みになった方がいいように思います」（第1巻293～294頁）

そう言って、免色は車から持ってきた紙袋から1冊の古い本を取り出して、主人公に手渡す。『春雨物語』が収録されている日本古典文学全集の1巻だ。主人公から鈴のような音についての話を聞いたとき、免色は『春雨物語』のことを思い出した、と言う。だから、石の塚の前で、「あとのことは家に戻ってゆっくり話しましょう」と落ち着いて口に出せたのだ。

当然、免色は『春雨物語』の結末を知っている。しかし、それをあえて説明しない。ここにはインテリジェンスの技法がある。情報操作（ディスインフォメーション）工作の際に、熟練したインテリジェンス・オフィサーは、結論を相手に伝えない。分析に資する情報を提供するだけにとどめる。相手にいきなり写真を提示するよりも、その写真をジグソーパズルにして、相手に組み立てさせた方が、相手の記憶にその写真が定着する。この種の手法を免色は主人公に対して用いている。免色の思惑通り、翌日、主人公は「二世の縁」を精読し、自らの経験したことが「二世の縁」と類比的であるという認識を抱き、「あまりに似ているので、呆然としてしまうほどだった」。

「二世の縁」で、掘り出されたミイラはどうなったのか？

掘り出されたミイラはからからに干からびているものの、まるで執念のように手だけを動かし鉦を打っている。恐ろしいまでの生命力がその身体を、ほとんど自動的に動かしているのだ。おそらくその僧は念仏を唱え、鉦を叩きながら入定していったのだろう。主人公はそのミイラに服を着せかけ、唇に水をふくませてやる。そうするうちに薄い粥を食べるようになり、次第に肉もついてくる。最後には、普通の人と変わらない見かけにまで回復する。しかしそこには「悟りを開いた僧」の気配はまったく見当たらない。そして生前の記憶はすっかり失われている。知性も知識もなく、高潔さのかけらも見当たらない。そして自分が地中にそんな長い歳月入っていたのかも思い出せない。今では肉食をし、少なからず性欲もある。妻をめとり、卑しい下働きのようなことをして生計をたてるようになる。そして「入定の定助（じょうすけ）」という名を与えられる。村の人々はそのあさましい姿を見て、仏法に対する敬意を失ってしまう。これが厳しい修行を積み、生命をかけて仏法をきわめたもののなれの果ての姿なのか、と。そしてその結果、人々は信仰そのものを軽んじるようになり、寺にもだんだん寄りつかなくなる。そういう話だった。（第1巻301～302頁）

仏教に帰依し、即身成仏しても、人間の悪い本性は変わらない。この発想は、仏教よりもキリスト教の原罪観に近い。人間の努力によって、人間が救済されることはないのである。

前夜、帰宅する前に免色は、重機を用いて石塚の石をどかせ、鈴のような音が聞こえてきた地下の状態について確認しようと主人公に提案した。かなりの費用はかかるだろうが、免色がそれを負担するという。主人公は了承した。

——もし重機を使って石をどかせ、土を掘り返し、本当にそのような「骨のみ留まりし」「あさましき」ミイラが地中から出てきたとしたら、私はいったいそれをどのように扱えばいいのだろう? 私がそれを蘇らせた責任をとらされることになるのだろうか?（第1巻302頁）

主人公は逡巡したが、ここでも「好奇心」を優先させる。主観的には「好奇心」だが、この先に出てくる言葉を使えば、イデア（あえて日本語にするなら、これまでも本書で何度か使った表現そのままに「目には見えないが確実に存在する力」だ）に導かれているのである。

——どんなにしっかり耳を塞いだところで、あの音から逃れることはできそうになかった。あるいはほかのどこに引っ越したところで、あの音はどこまでも私を追いかけてくるかもしれない。そして免色と同じように、私にもまた強い好奇心があった。その石の下に何が潜んでいるのか、それをどうしても知りたいと思うようになっていた。（第1巻303頁）

こうして地下の世界の入口が開くことになる。

11　急ぎつつ、待つ

作業員を雇って重機で石をどかせる作業自体はスムーズに終わった。敷石の下には、穴があった。四角い木製の格子の蓋がされていたが、それも取り外してみると、穴の中は円形の石室のようになっていた。直径は2メートル足らず、深さは2メートル半ほどで、まわりは石壁で囲まれている。

> 石室の中は空っぽだった。助けを求めている人もいなければ、ビーフジャーキーのようなミイラの姿もなかった。ただ鈴のようなものがひとつ、底にぽつんと置かれている。それは鈴というよりは、小さなシンバルをいくつか重ねた古代の楽器のように見えた。長さ十五センチほどの木製の柄がついている。（第1巻322頁）

この井戸のような石室は空虚であった。空虚な場には、さまざまなものが入り込むことが可能だ。正確に言うと、石室にはすでに何かが入り込んでいた。具体的には、「十五センチほどの木製の柄」がついた鈴のようなものがあった。この鈴のようなものは、地中に誰かがいたことを示している。それを鳴らした誰かが人であるか妖怪変化の類いであるかはわからない。しかし、鈴のようなものを残すことによって「私は確かにここにいた」というメッセージを主人公と免色に伝えようとしている。

この石室は井戸にしてはいささか口径が大きすぎるし、まわりの石壁もずいぶん緻密に作られている。「なにか大事な目的があればこそ、こうして手間暇かけて造ったのでしょう」と、この作業を委された現場監督は主人公や免色にそう説明した。免色が「中に降りてみてもかまいませんか」と問うと、監督は自ら梯子を使って降りていって、「危険はないようです。空気もまともだし、変な虫みたいなのもいません。足場もしっかりしています。降りてかまいませんよ」と言った。

監督がまず地下に降りたのは、専門家の職業的良心によるものだったのであろう。ただし、村上春樹氏がこの箇所で、いきなり主人公、もしくは免色を地下に降ろさなかったことには深い意味がある。同じ事柄であっても、人によってその認識と対応は異なるということを示すためには、物語の展開において無駄とも思えるような人物、つまり監督が、まず石室の中に降りていくことが必要なのだ。続いて免色が地下に降りていく。

免色は穴の底に立ち、そこで様子をうかがうようにしばらくじっとしていたが、やがて周りの石壁を手で触り、屈み込んで地面の感触を確かめた。そして地面に置かれた鈴のようなものを手に取り、手にした懐中電灯の明かりでそれをしげしげと眺めた。それから小さく何度か振った。彼がそれを振ると、紛れもないあの「鈴の音」がした。（略）
　彼は梯子に足をかけ、手を伸ばしてその鈴のようなものを私に向けて差し出した。私は身を屈めてそれを受け取った。古びた木製の柄には冷たい湿気がじっとり染みこんでいた。私はそれを、免色がそうしたのと同じように軽く振ってみた。思いのほか大きな鮮やかな音がした。（第1巻324〜325頁）

免色が穴から上がってきて、監督と何事か話し合っている。主人公も石室に降りようと思ったものの、思い直してやめた。


そっとしておけるものは、そっとしておくのが賢明かもしれない。私は手にしていたその鈴をとりあえず祠の前に置いた。そしてズボンで手のひらを何度か拭った。

　免色がやってきて、私に言った。

「あの石室全体を詳しく調べてもらいます。一見したところただの穴のようにしか見えませんが、念には念を入れて隅々まで点検してもらいます。何か発見があるかもしれない。たぶん何もないとは思いますが」と免色は言って、私が祠の前に置いた鈴を見た。「しかしこの鈴しかあとに残されていないというのは奇妙ですね。誰かがあの中にいて、真夜中に鈴を鳴らしていたはずなのに」（第1巻326頁）

免色は積極的に石室に入っていった。そして、鈴のようなものを手にして振ってもみた。不思議な出来事に直面した場合、確認し、参与し、解決策を模索するというアプローチだ。これは近代主義（モダン）的だ。理性を基本に物事を判断し、行動する。これに対して、主人公の対応は、プレモダンであるかポストモダンであるかはわからないが、近代主義的な対応を取らない。石室全体に漂う不思議な空気を主人公は感じることができる。石室は、それ自体で一種の有機体だ。そこを切り刻むようなアプローチの危険性を、主人公は無意識のうちに察知したのである。主人公には、あえて消極的対応を取ることによって、変化を促すという姿勢がある。キリスト教徒がイエス・キリストの再臨を「急ぎつつ、待つ」のに似ている。

免色は、上田秋成が「二世の縁」で描いたような僧侶が、この石室に閉じ込められていたという考えに固執する。しかし、この仮説では合理的に事態を説明することができない。とりあえず、謎は謎のままにして置いておくしかない。そこで、考古学の調査という物語を免色は咄嗟に思いついて、監督に口止めを依頼する。

監督に口外しないことを約束させた結果、主人公と免色は秘密を共有する関係を一層深めていくことになった。ただし、主人公は、内面で考えている事柄を免色と共有するつもりはない。近代的人権の基本は、自らが考えている事柄を他者に告白することを強制されない、「内心の自由」だ。「内心の自由」という価値観に主人公は徹底的に従うのである。この点から見ると、主人公はモダンの枠組みの価値観にとらわれた人なのだ。主人公の世界観には、モダン、ポストモダン、プレモダンが矛盾や対立を起こすことなく並存している。

続く箇所に、モダンとそれ以外の価値観が並存する主人公の内面が見事に表現されている。

人々と重機が去って、いつもの山の沈黙がそのあとを埋めると、掘り返された場所はまるで大きな外科手術を受けたあとの皮膚のように、うらぶれて痛々しく見えた。隆盛を誇ったススキの茂みは完膚無きまでに踏みつぶされ、暗く湿った地面にはキャタピラの轍が縫い跡となって残っていた。雨はもう完全に上がっていたが、空は相変わらず切れ目のない単調な灰色の雲に覆われていた。

新たに別の地面に積み上げられた石の山を見ながら、こんなことをしなければよかったんだという思いを私は持たないわけにはいかなかった。あのままの形にしておくべきだったんだ、と。しかしその一方で、そうしなければならなかったというのも、また間違いのない事実だった。私はあの夜中のわけのわからない音を、いつまでも聞き続けるわけにはいかなかっただろうから。とはいえ、もし免色という人物に出会わなかったなら、あの穴を掘り起こす手だては私にはなかったはずだ。(第1巻330頁)

「あのままの形にしておくべきだったんだ」というのは、主人公のプレモダンもしくはポストモダン的な視座から出た言葉だ。これに対して、「そうしなければならなかった」というのは、主人公のモダンな視座から出た言葉だ。さらに、ここにはすべてが貨幣に代替可能であるという資本主義の論理も内包されている。問題を解決するためには、資金がある免色の援助を得ることが不可欠だったことを主人公は認識しているからだ。

中でも注目すべきは、主人公の内面において、地下の実態を明らかにすべきだったという意識と、そうすべきでなかったという意識は、二律背反の緊張をもたらしていないことだ。2つの対立する想いが並存しているのだ。そこから、免色との出会いの意味について主人公は考察する。

しかし私がこうして免色という人物と知り合いになり、その結果こんな大がかりな「発掘」を行うことになったのは、本当にたまたまのことだったのだろうか? ただの偶然の成り行きによるものなのだろうか? あまりにも話がうま過ぎはしないか? そこには筋書きみたいなものが前もって用意されていたのではあるまいか? 私はそんな落ち着き先のないいくつかの疑問を胸に抱えながら、免色と共に家に戻った。免色は掘り出した鈴を手にしていた。(第1巻331頁)

主人公と免色が出会ったのは偶然ではない。しかし、免色は、石室の発掘を計算して主人公に接近したわけではなかった。免色は、やがて物語に登場することになるが、かつての恋人(スズメバチに刺されて亡くなっている)が産んだ、自分の娘かも知れない女子中学生(秋川まりえ)と接触するために主人公にアプローチしたのである。その恋人は免色にとって、これまで彼女以上に愛した女性はいなかったし、たぶんこれから先も出てこないだろう、という存在だった。そんな免色を、目には見えないが確実に存在する力が突き動かしている。主人公も目には見えないが確実に存在する力によって突き動かされている。おそらく、主人公が免色と出会うことは、この2人が生まれるずっと前から決まっていたのである。

ひとまず主人公の家に戻ると、免色は「この鈴はどこに置きましょうか?」と尋ねる。主人公は、とりあえずスタジオに置くことにした。免色は「うまく説明はできないのですが、これはただの始まりに過ぎないのではないか、という気がします」と言う。免色は、石室で発見した鈴のようなものを主人公の家に持ち込んだことで、目には見えない連鎖が起こることを期待している。この免色の期待に、主人公は不気味さを感じる。

石室発掘から2日後の朝、主人公は描きかけの免色のポートレイトに向きあった。

悪くない、としばらくあとで私は思った。悪くない。私が創りだしたいくつかの色彩が免色の骨格をしっかりと包んでいた。黒い絵の具で立ち上げた彼の骨格は、今ではその色彩の裏側に隠されていた。しかしその骨格が奥に潜んでいることは、私の目にははっきり見えていた。これから私はもう一度その骨格を表面に浮かび上がらせていかなくてはならない。暗示をステートメントに変えていかなくてはならない。(『騎士団長殺し　第1部　顕れるイデア編(下)』新潮文庫版第2巻31〜32頁)

主人公には、これまで見えていなかった免色の性格がだんだん見えてきている。主人公は画家だ。画家の職業的良心に基づき、知ってしまった事柄については表現しなくてはならない。

主人公は集中して絵を見ているうちに喉の渇きをおぼえ、台所へ行ってオレンジ・ジュースを飲む。そしてスタジオの絵の前へ戻りスツールに腰掛けたのだが、すぐに何かが前とは違っていることに気づく。絵を見ている角度がさっきとは明らかに異なっていたのだ。

―なぜそんなことをいちいち細かく覚えているかというと、私は絵を見る位置と角度に関して

> はとても神経質だからだ。私が絵を見る位置と角度はいつも決まっているし、野球のバッターがバッターボックスの中の立ち位置に細かくこだわるのと同じで、それが少しでもずれると気になって仕方ない。
>
> しかしスツールの位置は、さっきまで私が座っていたところから五十センチほどずれていたし、角度もそのぶん違っていた。私が台所でオレンジ・ジュースを飲んで、深呼吸をしている間に、誰かがスツールを動かしたとしか考えられない。（第2巻33頁）

１９９１年12月のソ連崩壊をはさんで、筆者は日本の外交官としてモスクワの日本大使館に勤務していた。筆者は、秘密警察によって厳重に警備（監視）されていた外交官専用アパートに居住していた。そこで、部屋に掛けられた絵画が移動していることが何度かあった。筆者は非喫煙者だが、来客用にチェコ製クリスタルガラスの灰皿をテーブルの上に置いていた。このテーブルに煙草の吸い殻が捨てられていることもあった。何者かが筆者の不在中に住居に侵入した事実を伝えるために残したシグナルだ。それに気づいたときの不気味さを言語で形容することは難しい。筆者には、スツールが動いたときに主人公が感じた不気味さと不安感を皮膚感覚で理解することができる。

12　たちの悪いヤドカリ

わずかな時間に外部から誰かがスタジオに入ってきてスツールを動かすことは考えられない。想定外の状況に遭遇した場合、それを自分の記憶違いとして処理してしまうことがある。主人公もその誘惑に駆られたが、免色を描いた絵がさっきとは違って見えることに気がつく。

> その違いが私にきっと何かしらを訴えかけているはずなのだ。（略）私は白いチョークを持ってきて、そのスツールの三本脚の位置を床にマークした（位置A）。それからスツールを

――最初にあった位置（五十センチばかり横）に戻し、そこ（位置B）にもチョークでしるしをつけた。そしてその二つのポジションの間を行ったり来たりして、その二つの異なった角度から交互にひとつの絵を眺めた。（第2巻34頁）

――主人公は強靭な意志と思考力の持ち主だ。スツールの移動を記憶違いとして処理せず、一種の三角測量を行ったのだ。

――そのどちらの絵の中にも変わることなく免色がいたが、二つの角度では彼の見え方が不思議に違っていることに私は気がついた。まるで二つの異なった人格が彼の中に共存しているみたいにも見える。しかしどちらの免色にも、やはり共通して欠如しているものがあった。その欠如の共通性が、AとBの二つの免色を不在のままに統合していた。私はそこにある「不在する共通性」を見つけ出さなくてはならない。（第2巻34～35頁）

――同じ対象なのに見る角度が異なると違った姿に見える。免色は本質的にそういう人間なのだ。スツールの移動はそのことを主人公に伝えるために、外部から働きかける力によってなされたのである。キリスト教的に言うと、神からの啓示になる。

免色には2つの異なった人格が共存する。それと共に重要なのは、異なった角度から眺めた認識に「不在する共通性」を主人公が感じたことだ。不在は、無いということではない。不在というものが存在するのである。不在の存在をどうやって見つけ出すことが出来るのだろうか。主人公は悩んだ。そのとき、言葉による啓示があった。

――かんたんなことじゃないかね、と誰かが言った。（第2巻35頁）

他に誰もいない部屋で、主人公は「その声をはっきりと耳にした」が、当然ながら、空耳ではないかと疑った。そして、「自分の声が聞こえたのかもしれない。それは私の心が意識下で発した声だったのかもしれない。しかし私が耳にしたのはいかにも奇妙なしゃべり方だった」と自問自答する。

私はひとつ大きく深呼吸をして、スツールの上から再び絵を見つめた。そして絵に意識を集中した。それは空耳であったに違いない。

わかりきったことじゃないかい、とまた誰かが言った。その声はやはり私のすぐ耳元で聞こえた。（第2巻36頁）

啓示は、神によって召された人（預言者）には聞こえるが、他の人には聞こえない。また、啓示を聞いた当事者ですら、最初はそれを幻聴と考える。スツールが動いたという事実を記憶違いとして処理するのと同じだ。そして、そういう態度こそが人間の罪なのである。外部からの働きによって起きた出来事、聞こえた事柄を、われわれはそのまま受け止めなくてはならない。「わかりきったことじゃないかい」という声が聞こえたことで、主人公が選ばれた者であることが読者には明らかになった。

メンシキさんにあって、ここにないものをみつければいいんじゃないのかい、と誰かが言った。相変わらずとてもはっきりとした声だった。（略）

スタジオのスツールが勝手に移動したあとは、このわけのわからない奇妙な声だ。天の声なのか、私自身の声なのか、それとも匿名の第三者の声なのか。いずれにせよ、私の頭は変調をきたし始めているのかもしれない、そう思わないわけにはいかなかった。あの真夜中の鈴の音以来、私は自分の意識の正当性にそれほど自信が持てなくなっていた。（第2巻36～37頁）

神の啓示を聞いた預言者は、誰もが最初は自分の精神に変調を来したのではないかと考える。主人公にこのような変化が最初に顕れたのは、庭から聞こえてきた鈴のような音だった。しかし、あの音が幻聴でないことは、免色渉もその音を聞いたことによって確認されている。

主人公は自問自答を続け、免色が白髪であったということに気づく。彼はスツールから起ち上がり、白い絵の具を絵筆やナイフや指先を使って、画面に塗り込んでいった。

——そこには免色という人間があった。免色は間違いなくその絵の中にいた。（第2巻38頁）
白髪で不在を埋めることで、免色を再現できた、と主人公は思った。

しかしそれと同時に、その絵はどのような見地から見ても、いわゆる「肖像画」ではなかった。それは免色渉という存在を絵画的に、画面に浮かび上がらせることに成功している（と私は感じる）。しかし免色という人間の外見を描くことをその目的とはしていない（まったくしていない）。そこには大きな違いがある。（第2巻39頁）

肖像画の目的は、外面を描くことだと主人公は考えている。しかし、主人公が描き上げた免色の肖像画に関しては、主人公のとらえた免色の内面が過剰に反映されている。主人公はこの過剰さに違和感を覚える。免色の過剰な内面が、肖像画を壊している。これは、肖像画というよりもイコン（聖画像）なのである。イコンには、キリストやマリアが描かれるが、そこに描かれた絵画を拝むのでは偶像崇拝になる。キリスト教は偶像崇拝を厳しく禁止している。イコンは偶像ではない。イコンに描かれたキリストやマリアを通じて、目には見えないが確実に存在する神を崇敬するのだ。主人公は免色の肖像画を通じて、免色ではなく、その背後に目には見えないが確実に存在する何かを感じ、畏怖している。

免色の肖像画を前にして、「どうやって自分にそんなものが描けたのか、私にはもう思い出せなくなっていた」と主人公は考えるが、これはイコン画家と共通する認識だ。画家がイコンを描くことができるのは、画家の芸術家としての才能ゆえではなく、あくまで画家に働いた聖霊の力によるのである。主人公にも聖霊のようなものの力が働いた。この目には見えないが確実に存在するものがイデアなのだ。

主人公が免色の肖像画を完成させた直後、免色がジャガーに乗ってやってきた。彼は、この土地のことを調べたが、あまり昔の所有者までは辿れなかったと主人公に報告する。

2人で祠裏の石室のところまで行くと、免色は不思議な頼みごとをした。この穴の底に降りるから蓋をしてほしい、暗闇の中で独りで座っていたい、と言うのだ。そして、1時間たったら戻ってきてください、と主人公に頼む。約束通り、1時間後に主人公は戻ってきて蓋を外し、穴の底に梯子を下ろした。この興味深いエピソードは、やがて2人が話題にするので、本書「17　悪魔の磁場」であらためて触れることにしたい。

　地上に戻ってきた免色に、主人公は完成したばかりの肖像画を見せた。主人公は免色がこんな絵を自分の肖像画として認めるか危惧していたが、免色は「実に見事だ」と深く満足する。そして、主人公を免色の家での夕食に招待する。

　主人公は、ふとこんなことを口にする。

> 「ところで夕食にミイラは招かないのですか？」と私は免色に尋ねてみた。どうしてそんなことを口にしたのか、その理由は自分でもよくわからない。でも突然ふとミイラのことが頭に浮かんだのだ。そしてそう言わずにはいられなかった。
>
> 　免色は探るように私の顔を見た。「ミイラ？　いったい何のことでしょう？」
>
> 「あの石室の中にいたはずのミイラのことです。毎夜鈴を鳴らしていたはずなのに、鈴だけを残してどこかに消えてしまった。即身仏というべきなのかな。ひょっとして彼もおたくに招待されたがっているのではないでしょうか。『ドン・ジョバンニ』の騎士団長の彫像と同じように」（第2巻68頁）

　主人公が「どうしてそんなことを口にしたのか」、「自分でもよくわからない」ことが重要だ。免色は「探るように私の顔を見」ていたが、主人公が冗談でも言っているのかと思ったのか、「お祝いの席です。もしミイラが夕食に加わりたいのであれば、喜んで招待しましょう」と答える。

　この招待がまだ実現していないときに、不倫相手の人妻が主人公の家を赤いミニ・クーパーで訪ねてきて、免色の秘密を明かす。この秘密の開示が、招待が決まり、まだ実現していない「時の間」に行われたことが重要だ。「時の間」については、本書「2　舞台装置」でも触れたが、もう一度説明しておきたい。イエス・キリストが受肉し、地上に現れ、十字架上で死んで、葬られた。キリストは復活し、一定期間、地上を放浪した後に再び天に昇っていった。そのときキリストは「私は再び来る」と約束した。キリストが再びやってくる再臨の日には、これまでに死んだすべての人が復活し、最後の審判の被告人席に座らせられる。そこで選ばれた者は神の国に入り、永遠の命を得る。捨てられた者は永遠に滅びる。イエス・キリストの降誕と再臨という「時の間」の終末論的緊張の中でわれわれは生きているのだ。これと類比的な終末論的緊張の中に主人公が置かれているのが『騎士団長殺し』という小説なのである。小説の構成上から言えば、主人公とユズの婚姻関係の破綻と再生という大きな「時の間」の中に、さまざまな「時の間」を作者は設けている。

「お友だちのメンシキさんは、話によればけっこう長いあいだ東京拘置所に入れられていたみたいよ」

私は身を起こして彼女の顔を見た。「東京拘置所?」

「そう、小菅にあるやつ」

「しかし、いったいどんな罪状で?」

「うん、詳しいことはよくわからないんだけれど、たぶんお金がらみのことだと思う。脱税か、マネー・ロンダリングか、インサイダー取り引きみたいなことか、あるいはそのすべてか。彼が勾留されたのは、六年か七年くらい前のことらしい。メンシキさんはどんな仕事をしているって、自分では言っていた?」(第2巻94頁)

どうやら免色は東京地検特捜部によって逮捕され、長く小菅の東京拘置所に入れられていたことがあるようだ。これはまったく筆者の履歴と重なる。筆者の場合は、東京拘置所に512日勾留された。

大多数の容疑者は、警察によって逮捕される。その場合、警察署にある留置場に勾留される。そして、実刑になる可能性のある重い容疑の人が、法務省が管轄する拘置所に移送される。ただし、検察によって逮捕された人は、直ちに拘置所に収容されることになる。検察で直接、捜査に従事するのは特別捜査部だ。この特捜部に逮捕されるのは、政治家や高級官僚、あるいは深刻な経済犯罪を犯した人だ。政治家絡みの鈴木宗男事件（２００２年）のときは、その渦に巻き込まれた筆者のような中堅官僚でも逮捕される。いわゆる国策捜査だからだ。しかし、これは極めて珍しい事例である。

日本の刑事裁判では、起訴された９９・９％が有罪になる。映画やテレビドラマでは、裁判官が「被告人は無罪」と言い渡す場面があるが、日本の裁判ではそういうことはほとんどない。さらに東京地検特捜部に逮捕された場合、ほぼ確実に起訴される。逮捕―起訴―有罪が事実上、パッケージになっている。だからマスメディアは、誰かが逮捕されると犯罪者と決めつけ、徹底的にバッシングする。そうなると被疑者はマスメディアに何を言っても、まともに耳を傾けてもらえない。この孤独と絶望はそのような体験をした人にしかわからないところがある。

「結局は無罪になったみたいだけど」と彼女は言った。「それでもずいぶん長く勾留され、相当に厳しい取り調べを受けたという話よ。勾留期間が何度も延長され、保釈も認められなかった」

「でも裁判では勝った」

「そう、起訴はされたけれど、無事に塀の内側には落ちなかった。取り調べでは完全黙秘を貫いたらしい」

「ぼくの知るかぎり、東京地検は検察のエリートだ。プライドも高い。いったん誰かに目星をつけたら、がちがちに証拠を固めてからしょっぴいて、起訴まで持っていく。裁判に持ち込んでの有罪率もきわめて高い。だから拘置所での取り調べも生半可じゃない。大抵の人間は取り調べのあいだに精神的にへし折られ、相手のいいように調書を書かされ、署名してしまう。その追及をかわして黙秘を貫くというのは、普通の人にはまずできないことだよ」

「でもとにかく、メンシキさんにはそれができたのよ。意志が堅く、頭も切れる」(第2巻95頁)

主人公が東京地検について語っていることは事実だ。特捜事件の容疑者は、いずれも知能犯である。従って、犯罪の物証はほとんどない。検察官が引き出して作成する検察官面前調書が証拠のほとんどすべてになる。だから、取り調べも熾烈だ。その激しさも体験した人にしかわからないところがある(このあたりの詳細については、拙著『国家の罠——外務省のラスプーチンと呼ばれて』〈新潮文庫〉が参考になるだろう)。

免色は起訴されたが、無罪になった。そして、免色の事件は報道もされなかった。常識ではあり得ないことが免色に関しては起きるのだ。これは、免色が特別の使命を帯びてこの世に現れた人物であることを示唆している。

さらに不倫相手は免色に関する他の情報も主人公に伝える。それも印象的なメタファーを使って。

「(略)それからもうひとつ、これはこの前も言ったと思うけど、彼はあの山の上のお屋敷を三年前に買い取った。それもかなり強引にね。それまであの家には別の人が住んでいたんだけど、そしてその人たちには、建てたばかりの家を売るつもりなんてさらさらなかったのだけど、メンシキさんが金を積んで——あるいはもっと違う方法を使って——その家族をしっかり追い出し、そのあとに移り住んだ。たちの悪いヤドカリみたいに」

「ヤドカリは貝の中身を追い出したりはしない。死んだ貝の残した貝殻を穏やかに利用するだけだよ」

「でも、たちの悪いヤドカリだって中にはいないと限らないでしょう?」

「しかしよくわからないな」と私はヤドカリの生態についての論議は避けて言った。(略)

「メンシキさんには、あの家でなくてはならない何かの理由があったのかもしれないわね。どんな理由かはわからないけれど」(第2巻96~97頁)

ちなみに筆者はホンヤドカリ（水棲ヤドカリ）を飼っている。ヤドカリの中には他のヤドカリを脅して貝殻を奪い取るたちの悪いヤドカリがいる。

不倫相手が語った、免色が「たちの悪いヤドカリ」だというメタファーは主人公に強い印象を与えた。主人公は免色の肖像画を完成させ、免色もそれを気に入り、画家としての手応えも感じた。たくさんの報酬が入ってくるのも確かだ。しかし、「私はなぜか、手放しでことの成り行きを祝賀する気にはなれなかった。あまりにも多くの私を取り巻くものごとが中途半端なまま、手がかりも与えられないまま放置されていたからだ」と述懐する。「ものごとはますますあるべき脈絡を失っていくよう」だと主人公は途方に暮れている。

> 私は手がかりを求めるように、ほとんど無意識に手を伸ばしてガールフレンドの身体を抱いた。彼女の身体は柔らかく、温かかった。そして汗で湿っていた。
> おまえがどこで何をしていたかおれにはちゃんとわかっているぞ、と白いスバル・フォレスターの男が言った。（第2巻98頁）

小説がここに到って初めて言及される「白いスバル・フォレスターの男」とは、ユズに別れを切り出され、主人公が東北と北海道を車で放浪していたとき、宮城県の海岸沿いの町のファミリー・レストランで主人公を睨んできた男だ。

主人公は、ある夜、そのファミリー・レストランでこの男から逃げようとしているように見えた女とラブホテルに入り、セックスをした。１カ月半の放浪旅行中にたった1度だけの（「私がこれまでの人生で経験した中で、おそらく最も激しい」）性的体験だった。「暴力的な傾向はない。ほとんどまったくない」という主人公は、女に乞われるまま、女の頬を強く叩き、さらにバスローブの白い紐で首を絞めた（「できれば永遠に捨て去ってしまいたい記憶だ。でもそのバスローブの紐の感触は、まだ私の両手にはっきりと残っていた。彼女の首の手応えも」と主人公は思い返す）。翌朝、目が覚めると、女の姿は消えていた。

ラブホテルからの帰りにファミリー・レストランでふたたび男のそばを通りかかったとき、男は顔を上げて主人公の方を見た。その目は「鋭く、冷たかった。そこには非難の色さえうかがえた」。主人公は「おまえがどこで何をしていたかおれにはちゃんとわかっているぞ、と彼は告げているようだった」と受け止めた。実は、主人公は（女が首を絞めてくれと頼んだ時）「『ふりをするだけでいいの』と彼女は言った。しかしそれだけでは済まないかもしれなかった。ふりだけでは終わらないかもしれなかった。そしてそのふりだけでは終わらない要因は、私自身の中にあった」と認識しているのである。

白いスバル・フォレスターの男の姿は、これ以降、主人公の脳裡にしばしばあらわれることになる。この男は主人公の動きや内面を全て知る神のような機能を果たすと同時に、主人公の中に存在する悪が顕在化したものでもある。

13　似姿

免色渉が東京地方検察庁に逮捕され、東京拘置所に勾留されたことがあるという話を聞いた2日後、月曜日未明、午前1時35分のことだった。主人公が目を覚ますと、あの鈴のような音が聞こえてきた。それは以前よりも大きく、鮮明になっている。誰かが家の中に侵入し、スタジオで鈴のようなものを鳴らしているとしか考えられない。主人公は恐怖を感じるとともに混乱した。

> 時刻は真夜中で、場所は孤立した山の中、しかも私はまったくの一人ぼっちだ。恐怖を感じないでいられるわけがない。しかしあとになって考えると、その時点では混乱の方が恐怖心をいくぶん上回っていたと思う。人間の頭というのはたぶんそのように作られているのだろう。激しい恐怖心や苦痛を消すために、あるいは軽減させるために、手持ちの感情や感覚が

――根こそぎ動員される。（第2巻117頁）

スツールが移動した時と同様、ここでも主人公は直面している出来事に対して、知力を最大限に活用することで対処しようとした。最も簡単な解決策は、思考を止めて、わけのわからない事柄と関わり合うことを避けるという選択だ。つまり、鈴のような音を雑音として無視することだ。この世界は音で溢れている。われわれは多くの音を雑音として切り捨て、生活している。しかし雑音として処理した音の中に重要な意味が含まれている場合もある。インテリジェンスの世界で、分析専門家にとって重要な資質は、大多数の人にとっては雑音としてしか聞こえない大量の音の中から、意味を持った音を拾い出すことだ。

鈴のような音は断続的に聞こえ続けた。ついに主人公は「逃げ続けることができないのなら、思い切ってことの真相を見定めるしかあるまい」と腹をくくった。ベッドから出て、雨田具彦が残していったがっしりとしたステッキを持って音のする方へ近づいていく。誰が鈴を鳴らしているのか。

「あの穴の底で鈴を鳴らしていたのとおそらく同じ人物だろう」と主人公は思う。

――それが誰なのか、あるいはどんなものなのか、私には予測もつかない。ミイラだろうか？　もし私がスタジオに足を踏み入れて、そこでもしミイラが――ビーフジャーキーのような色合いの肌をしたひからびた男が――鈴を振っている姿を目にしたら、いったいどのように対処すればいいのだろう？　雨田具彦のステッキを振るって、ミイラを思い切り打ち据えればいいのか？（第2巻119頁）

ステッキは、暴力の象徴である。未知のものと遭遇するときに、暴力によって自らの安全を保障するというアプローチが正しいのであろうかと、主人公は疑問を持つ。

――まさか、と私は思った。そんなことはできない。ミイラはたぶん即身仏なのだ。ゾンビとは違う。（同前）

主人公はミイラと共存する可能性について考えた。同時にこのような事態が生じたのは免色のせいだと、他者への責任転嫁も思いついた。しかし、最終的には自分の責任で事態に対処しなくてはならないという結論に至った。なぜなら事態は主人公にとって特別な場（トポス）である、今住んでいる家のスタジオで起きているからだ。画家にとってもっとも大切な場所だ。
主人公はスタジオに足を踏み入れる。

スタジオの中には誰もいなかった。鈴を振っているひからびたミイラの姿はなかった。何の姿もなかった。部屋の真ん中にイーゼルがぽつんと立っていて、そこにキャンバスが置かれていた。イーゼルの前に三本脚の古い木製のスツールがある。それだけだ。（略）
鈴はやはり棚の上に置かれていた。（第２巻１２１頁）

スタジオの中は何の変化もないようだった。だが、それは主人公の観察が月並みなせいだ。

私は棚の上の目覚まし時計に目をやった。時刻は午前二時ちょうどだった。鈴の音で目を覚ましたのがたしか一時三十五分だったから、二十五分ほどが経過したことになる。でもそれほどの時間が経ったという感覚が私の中にはなかった。まだほんの五、六分しか経っていないように感じられた。時間の感覚がおかしくなっている。それとも時間の流れがおかしくなっている。そのどちらかだ。（第２巻１２２頁）

スタジオの中で、時間の流れが変化している。そこに時間に影響を与える〈何か〉が存在しているからだ。しかし、主人公はその〈何か〉を突き止めようとはしなかった。

私はあきらめてスツールから降り、スタジオの明かりを消し、そこを出てドアを閉めた。閉めたドアの前に立ってしばらく耳を澄ませていたが、もう鈴の音は聞こえなかった。（同前）

主人公が〈何か〉を探し求めることを断念し、スタジオを出て扉を閉めたので、今度は〈何か〉の方が主人公に明確なシグナルを送ることにした。

そのとき私は、居間のソファの上に何か見慣れないものがあることにふと気づいた。クッ

> ションか人形か、その程度の大きさのものだ。しかしそんなものをそこに置いた記憶はなかった。目をこらしてよく見ると、それはクッションでもなく人形でもなかった。生きている小さな人間だった。身長はたぶん六十センチばかりだろう。その小さな人間は、白い奇妙な衣服を身にまとっていた。そしてもぞもぞと身体を動かしていた。（第2巻122～123頁）

こうして騎士団長が主人公の目の前に姿を現した。

> 雨田具彦が『騎士団長殺し』という絵の中に描いた「騎士団長」が、私の家の――いや、正確に言えば雨田具彦の家だ――居間のソファに腰掛けて、まっすぐ私の顔を見ているのだ。その小さな男はあの絵の中とまったく同じ身なりをして、同じ顔をしていた。絵の中からそのまま抜け出してきたみたいに。（第2巻123頁）

主人公は恐怖を覚えた。しかし、この場合においても、恐怖よりも混乱の方がまさっていた。ここでも主人公は知力によって克服しようと試みる。雨田具彦の描いた「騎士団長殺し」の絵から、今ここにいる騎士団長が抜け出してきたのならば、絵から騎士団長は消えているのではないかという思考で、事態を整合的に理解しようとしたのだ。しかし、そんなことは「もちろん不可能だ。あり得ない話だ。そんなことはわかりきっている」と主人公は思い直す。

> 時間が一時的に進行を止めてしまったようだった。時間はそこで行ったり来たりしながら、私の混乱が収まるのをじっと待っているらしかった。私はとにかくその異様な――異界からやってきたとしか思えない――人物から目を離すことができなくなっていた。騎士団長もまたソファの上からじっと私を見上げていた。私は言葉もなくただ黙り込んでいた。（第2巻124頁）

変化する時間の流れの中で、沈黙を破って、言葉を発したのは騎士団長だった。

> 腰には柄に飾りのついた長剣を帯びていた。長剣とは言っても、身体に合ったサイズのもの

だから、実際の大きさからすれば短刀に近い。しかしそれはもちろん凶器になりうるはずだ。もしそれが本物の剣であるのなら。
「ああ、本物の剣だぜ」と騎士団長は私の心を読んだように言った。小さな身体のわりによく通る声だった。「小さくはあるが、切ればちゃんと血が出る」（第2巻124～125頁）

自分が身につけている剣について、「ああ、本物の剣だぜ」と第一声で騎士団長が述べたのは、剣のみならず、自分がこの世界に物質として存在するという現実を主人公に理解させるためだ。

「諸君もよく知ってのとおりだ。しかし今のあたしには傷はあらない。ほら、あらないだろう？　だらだら血を流しながら歩き回るのは、あたしとしてもいささか面倒だし、諸君にもさぞや迷惑だろうと思うたんだ。絨毯や家具を血で汚されても困るだろう。だからリアリティーはひとまず棚上げにして、刺され傷は抜きにしたのだよ。『騎士団長殺し』から『殺し』を抜いたのが、このあたしだ。もし呼び名が必要であるなら、騎士団長と呼んでくれてかまわない」（略）
「そろそろそのステッキを置いたらどうだね？」と騎士団長は言った。「あたしと諸君とでこれから果たし合いをするわけでもなかろうに」
　自分の右手に目をやった。その手はまだしっかりと雨田具彦のステッキを握りしめていた。私はそれを手から放した。樫材の杖は鈍い音を立てて絨毯の上を転がった。（第2巻125～126頁）

　騎士団長は、「騎士団長殺し」から「殺し」を抜いたのが自分であると説明する。殺されれば死ぬ。だが騎士団長は、死を克服し、復活する能力を持っているようだ。従って、主人公が暴力によって騎士団長を殺すことは解決にならない。無意識の領域でこの現実を認めたので、主人公はステッキを捨てたのだ。

――「あたしは何も絵の中から抜け出してきたわけではあらないよ」と騎士団長はまた私の心を

読んで言った。「あの絵は——なかなか興味深い絵だが——今でもあの絵のままになっている。騎士団長はしっかりあの絵の中で殺されかけておるよ。心の臓から盛大に血を流してな。あたしはただあの人物の姿かたちをとりあえず借用しただけだ。こうして諸君と向かい合うためには、何かしらの姿かたちは必要だからね。だからあの騎士団長の形体を便宜上拝借したのだ。それくらいかまわんだろうね」（第2巻126〜127頁）

騎士団長は、自分が現れた現在も、絵画「騎士団長殺し」には自分の姿があると断言した。これはつまり、主人公が持つ世俗的な論理が、騎士団長には通じないということだ。騎士団長の形をとっている〈何か〉は、別の形を取ることも可能だという。その〈何か〉について、主人公は具体的に知りたくなった。

「あなたは霊のようなものなのですか？」と私は思いきって尋ねてみた。私の声は病み上がりの人の出す声のように、堅くしゃがれていた。

「良い質問だ」と騎士団長は言った。そして小さな白い人差し指を一本立てた。「とても良い質問だぜ、諸君。あたしとは何か？　しかるに今はとりあえず騎士団長だ。騎士団長以外の何ものでもあらない。しかしもちろんそれは仮の姿だ。次に何になっているかはわからん。じゃあ、あたしはそもそもは何なのか？　ていうか、諸君とはいったい何なのだ？　諸君はそうして諸君の姿かたちをとっておるが、そもそもはいったい何なのだ？　そんなことを急に問われたら、諸君にしたってずいぶん戸惑うだろうが。あたしの場合もそれと同じことだ」（第2巻128頁）

重要な質問に対して質問で答える。そうすることによって、「そもそも自分は何者なのか」という同じ問題を主人公も抱えていることを明らかにしようとしている。騎士団長は主人公の似姿で、主人公は騎士団長の似姿なのである。

「で、諸君のさっきの質問にたち戻るわけだが、あたしは霊なのか？　いやいや、ちがうね、

——諸君。あたしは霊ではあらない。あたしはただのイデアだ。霊というのは基本的に神通自在なものであるが、あたしはそうじゃない。いろんな制限を受けて存在している」（第2巻129頁）

霊は生命の原理だ。風のように漂うことができる。霊が作用する場所も限定されない。これに対して、イデアは特別の場（トポス）にしか現れない。トポスという制約の中で、イデアは自由を行使しているのだ。

——「制限はいろいろとまめやかにある」と騎士団長は言った。「たとえばあたしは一日のうちで限られた時間しか形体化することができない。あたしはいぶかしい真夜中が好きなので、だいたい午前一時半から二時半のあいだに形体化することにしておる。（略）それから、あたしは招かれないところには行けない体質になっている。しかるに諸君が穴を開き、この鈴を持ち運んできてくれたおかげで、あたしはこの家に入ることができた」（同前）

主人公が現在住んでいる家というトポスでは、さまざまな制約条件があるために、イデアは騎士団長という姿しか取れないのである。

さらに騎士団長は「あの免色という男にも感謝しておる。彼の尽力がなければ、穴を開くことはできなかったはずだ」と言う。

——「（略）おまけに免色氏はご親切にもあたしを夕食会にまで招待してくれよった」

　私はもう一度肯いた。免色はたしかに騎士団長を——免色はそのときはミイラという言葉を用いたが——火曜日の夕食に招待した。ドン・ジョバンニが騎士団長の彫像を夕食に招待したことにならって。彼としてはたぶん軽い冗談のようなものだったのだろうが、それは今ではもう冗談ではなくなってしまった。（第2巻131頁）

キリスト教で決定的に重要なのは、神による呼び出し（召命）だ。呼び出された者に旧約聖書の預言者たちがいる。預言者は必ず個人として呼び出される。しかし、この個人はイスラエルの民を代表している。従って、神は預言者に諸君と呼びかける。イデアはプラトン的に言えば神からは独立した存在だが（もっともキリスト教的にはイデアもまた神の創造物となるが）、騎士団長も主人公を通して人類に呼びかけている。だから二人称複数の「諸君」を用いるのだ。

14 線的な記憶

騎士団長はイデアだ。イデアは目には見えないが、確実に存在する。騎士団長の姿をしたイデアは免色渉が主催する夕食会に参加したいと言う。ただし、イデアなので実際の飲食はできない。この事情を騎士団長は主人公に説明する。

——「あたしは食物はいっさい口にしない」と騎士団長は言った。「酒も飲まない。だいいち消化器もついておらんしね。つまらんといえばつまらん話だ。せっかくの立派なご馳走なのにな。しかし招待は謹んでお受けしよう。イデアが誰かに夕食に呼ばれるなんて、そうはあらないことだからな」（同前）

騎士団長は、必要な事柄だけを告げて消える（「目を閉じると、騎士団長はずいぶん内省的な顔立ちになった。身体もまったく動かなくなった。やがて騎士団長の姿は急速に薄れ、輪郭もどんどん不明確になっていった」）。イデアは全知全能の存在ではない。制約の中において自分に与えられた自由を存分に行使するのである。

イデアは騎士団長の形を取って主人公の前に現れた。その事実を主人公は確認しようとする。

——私はソファのところに行って、騎士団長が腰掛けていた部分に手を触れてみた。私の手は何も感じなかった。温かみもなく、へこみもない。誰かがそこに腰掛けていた形跡はまったく残っていなかった。（第2巻132頁）

イデアを人間のカテゴリーでとらえることはできない。騎士団長には体温も体重もない。騎士団長は確実に存在する。しかし、騎士団長が現実に現れたのか、夢もしくは幻想だったかを実証することはできない。実証ではなく、主人公の認識が重要なのだ。主人公が「ある」と確実に信じれば、騎士団長は存在するのだ。人間が希望や愛が存在すると本気で信じれば、希望や愛が出現するのと同じである。

主人公と免色渉は、雑木林の穴からイデアを呼び出してしまった。呼び出したのは2人だが、イデアが騎士団長の形を取ったのは、主人公が「騎士団長殺し」という絵に特別の想いを抱いていたからだ。主人公はイデアを呼び出すだけでなく、それに形を与えることもしたのである。従って、騎士団長の姿が主人公には見えるが、免色には見えない。もっともこの時点で主人公は、騎士団長が免色には見えない存在であることを認識していない。

> でもそのうちに私はひどく眠くなってきた。私の頭はすべての機能を動員して、なんとか私を眠りに就かせようとしているみたいだった。筋の通らない混乱した現実から、私をむりやりもぎ離すべく。（略）
>
> 眠るのだ、諸君、と騎士団長が私の耳元で囁いたような気がした。（第2巻133頁）

4時間後に目を覚ました主人公は、自分が見た事柄を夢の中の出来事だと理解しようとする。しかし、出来事の細部までが鮮明に記憶に残っている。現実ではないが、夢でもない事柄は、ユダヤ教やキリスト教では珍しくない。旧約聖書の預言者が見た幻、あるいは新約聖書のヨハネが受けた黙示を思い出せばいい。主人公は黙示を体験したのである。この黙示と現実はどのように繫がっているのだろうか。主人公は雨田具彦の「騎士団長殺し」に描かれた騎士団長が、絵から消えているかどうかを確認することにした。

> 騎士団長が昨夜言ったとおり、絵には何ひとつ変わりはなかった。騎士団長がそこから抜け出して、この世界に現れたわけではないのだ。（第2巻135頁）

主人公の前に現れた騎士団長と絵に描かれた騎士団長は、物質としてはそれぞれ独立している。しかし、東方正教会の伝統では、イコンのオリジナルとコピーの間で効力の違いはない。例えば、画家の手で描かれたイコンを写真に撮って大量に印刷しても、その効力は変わらない。それはイコン自体が崇拝の対象ではなく、神を知るための「窓」として存在しているだけだからだ。主人公の前に現れた騎士団長も、雨田具彦の絵画「騎士団長殺し」も、イデアを知るための窓なのである。裏返して言えば、窓になるだけの力を持つ絵を雨田具彦は描いたのだ。

　イデアに遭遇するという大きな事件があった。にもかかわらず、主人公はあたかも何事もなかったがごとく、朝のルーティン・ワークをこなす。コーヒーを淹れ、ラジオのニュースを聞き、朝食を取る。ドイツでナチスが権力を掌握したとき、反ナチスの姿勢を鮮明にしていたプロテスタント神学者のカール・バルトは「あたかも何事もなかったかのごとく対応せよ」と神学生たちに命じた。当惑し、感情的になってしまうと判断を誤るからだ。主人公もバルトと同様に、判断を誤らないようにするために、普段の生活のリズムを維持したのだと思う。朝食を済ませたあとは、主人公はもちろんキャンバスの前に立つ。

――「騎士団長」の出現が現実であろうがなかろうが、免色の夕食に彼が出席しようがするまいが、私としてはとにかく自分のなすべき仕事を進めていくしかない。(第2巻137頁)

　主人公は画家だ。絵を描くことが仕事だ。仕事に専心しなくてはならない。彼は免色の肖像画を完成させた今、白いスバル・フォレスターの男の絵を描こうとしている。主人公は「意識を集中し、白いスバル・フォレスターに乗った中年男の姿を眼前に浮かび上がらせ」る。白いスバル・フォレスターに乗った男はやはり、「**おまえがどこで何をしていたかおれにはちゃんとわかっているぞ**」と無言のうちに告げていた。

――　彼の姿かたちと、その無言の語りかけを私は絵のかたちに仕上げていった。(略)その結果キャンバスの上に出現したのはまさに、白いスバル・フォレスターに乗った中年男が(言うなれば）ミイラ化した姿だった。肉が削ぎ落とされ、皮膚がビーフジャーキーのように乾燥し、ひとまわり縮んだ姿だった。木炭の粗く黒い線だけで、それは表されていた。もちろんただの下描きに過ぎない。しかし私の頭の中には来るべき絵画のかたちが確実に像を結びつつあった。

「なかなか見事であるじゃないか」と騎士団長が言った。（第2巻138頁）

ふたたび、騎士団長が現れた。いや、白いスバル・フォレスターに乗った男が無言で語りかけたことによって主人公は自分の心の底に降りていく、その降りていった先に騎士団長がいた、と言うべきだろう。イデアは、実存的に自らと向き合う人間にしか見えないことを示している。免色は、自らの内面と実存的に向き合っていない（自分の内面をもっと知りたいという欲望はあるようだが）。だからイデアの姿が見えないのだ。

「ゆうべも述べたと思うが、このような明るい時刻に形体化するというのは、なかなかに疲弊するものなのだ」と騎士団長は言った。「しかし諸君が絵を描いているところを、一度じっくり拝見させてもらいたかった。で、勝手ながら、さっきから作業をまじまじと見物させてもらっていた。気を悪くはしなかったかね？」（第2巻139頁）

騎士団長が「なかなかに疲弊するものなのだ」と述べながら、明るい時刻にわざわざ「形体化」したことが興味深い。白いスバル・フォレスターの男について、これ以上、深く考えるのを主人公に中断させることが騎士団長の目的だ。

「なかなかよく描けておるじゃないか。その男の本質がじわじわと浮かびだしてくるようだ」

「あなたはこの男のことを何か知っているのですか？」と私は驚いて尋ねた。

「もちろん」と騎士団長は言った。「もちろん知っておるよ」

「それでは、この人物について何か教えてもらえますか？　この人がいかなる人間で、何をしていて、今どうしているのか」
「どうだろう」と騎士団長は軽く首を傾げ、むずかしい表情を顔に浮かべて言った。（略）
「世の中には、諸君が知らないままでいた方がよろしいことがある」と騎士団長はエドワード・G・ロビンソンのような表情を顔に浮かべたまま言った。（第2巻139〜140頁）

騎士団長は、神の真実は人間に対して隠されている、と主人公に伝えたいのだ。隠されている真実まで人間が知ろうとしてはいけないのである。

「つまり、ぼくが知らないでいた方がいいことは教えてもらえないということですね」と私は言った。
「なぜならば、あたしにわざわざ教えてもらわなくとも、ほんとうのところ諸君はそれを既に知っておるからだ」（第2巻140頁）

必要な事柄は、神によって既に人間に伝えられている。ただし、人間はそのことに気づいていない。主人公は、気づかないまま、絵を描くことによって神から啓示された事柄を形体化している。その事実を騎士団長は指摘しているのだ。

イデアはこの世界に遍在している。だから主人公に関する事柄をすべて知っている。それは主人公の内面にとどまらない。主人公が秘密にしている外形的事柄についてもだ。そのことを主人公に理解させるために騎士団長はこんな説明をした。

「ああ、それからひとつ礼儀上の問題として、念のために今ここで申し上げておかなくてはならないのだが、諸君の素敵なガールフレンドのことだが……、うむ、つまり赤いミニに乗ってくる、あの人妻のことだよ。諸君たちがここでおこなっておることは、悪いとは思うが、残らず見物させてもらっている。衣服を脱いでベッドの上で盛んに繰り広げておることだよ」
私は何も言わずに騎士団長の顔を見つめていた。（略）

「そしてイデアの世界にはプライバシーという概念はないのですね?」

「もちろん」と騎士団長はむしろ誇らしげに言った。「もちろんそんなものはこれっぽっちもあらない。だから諸君が気にしなければ、それでさっぱりと済むことなんだ。どうかね、気にしないでいられるかね?」(第2巻141~142頁)

主人公は、騎士団長の問いかけについて考え続けることに耐えられなくなって、話題を免色の夕食会へと転じた。


「ぼくは明日の火曜日、免色さんに夕食に招待されています。そしてあなたもまたその席に招待されています。そのとき免色さんはミイラを招待するという表現を使いましたが、もちろん実質的にはあなたのことです。そのときにはまだあなたは騎士団長の形体をとっていなかったから」

「かまわんよ、それは。もしミイラになろうと思えばすぐにでもなれる」

「いや、そのままでいてください」と私はあわてて言った。「できればそのままの方がありがたい」

「あたしは諸君と共に免色くんの家まで行く。あたしの姿は諸君には見えるが、免色くんの目には見えない。だからミイラであっても騎士団長であっても、どちらでも関係はあらないようなものだが、それでも諸君にひとつやってもらいたいことがある」

「どんなことでしょう?」

「諸君はこれから免色くんに電話をかけ、火曜日の夜の招待はまだ有効かどうかを確かめなくてはならない。またそのときに『当日私に同行するのはミイラではなくて、騎士団長ですが、それでも差し支えありませんか?』とひとことことわっておかなくてはならない。前にも言うたように、あたしは招待されない場所には足を踏み入れることはできないようになっておる。(略)」(第2巻142~143頁)

ある人に見えるものが、他の人には見えないというのは、村上春樹文学の大きなテーマだ。例えば『1Q84』（2009年、2010年）では、第2の月が見える人と見えない人がいた。『騎士団長殺し』では、イデアが第2の月の機能を果たしている。主人公には見える騎士団長が、免色にはなぜ見えないのかという根源的問題を、村上氏は読者に提起しているのだ。

主人公は、イデアに対して即身仏であったときの記憶があるかと尋ねた。もともとは、あの穴の中で念仏を唱え、飲食を断ち、命を落とした僧侶であり、ミイラになりながらも鈴を鳴らし続けたのではないか？　イデアと目に見える形との因果関係について主人公は知ろうとしている。だが、騎士団長は首をひねって、「それぱかりはあたしにもわからんのだよ。ある時点であたしは純粋なイデアとなった。その前にあたしが何であったのか、どこで何をしておったのか、そういう線的な記憶はまるであらない」と答える。

ここでイデアは、自らが人間の理解できる因果律を超えた存在であることを伝えている。しかし、主人公にはそのことがよく理解できない。線的（リニア）な記憶は、物語を形成する上で不可欠だ。騎士団長は、イデアが物語を超える存在であることをここで説いている。しかし、われわれはイデアを物語としてとらえることしかできない。文学だけでなく、哲学や神学も物語だ。リニアな物語の枠組みでしか、われわれはイデアについて知ることや語ることができないのである。

こうして、この時の騎士団長の「形体化の時間」が終わる。

昨夜とまったく同じように。彼の身体は儚い煙のように音もなく宙に消えた。そして朝の明るい光の中に、私と描きかけのキャンバスだけがとり残された。白いスバル・フォレスター――の男の黒々とした骨格が、キャンバスの中から私をじっと睨んでいた。（第2巻145頁）

「おまえがどこで何をしていたかおれにはちゃんとわかっているぞ」というのも、また別のイデアが白いスバル・フォレスターの男の姿になって告げている事柄なのであるが、主人公はその事実に気づいていない。

15　バラライカ

騎士団長の要請に応じて、主人公は免色に初めて電話をかけた。

「事情があって、ミイラは行けそうにありませんが、かわりに騎士団長が行きたいと言っています。ご招待にあずかるのは騎士団長であってもかまいませんか？」

「もちろん」と免色はためらいなく言った。「ドン・ジョバンニが騎士団長の彫像を夕食に招待したように、私は騎士団長を喜んで謹んで拙宅の夕食に招待いたします。ただし私はオペラのドン・ジョバンニ氏とは違って、地獄に堕とされるような悪いことは何もしていません。というか、していないつもりです。まさか夕食のあとで、そのまま地獄に引っ張っていかれたりするようなことはないでしょうね？」

「それはないと思います」と私は返事をしたが、正直なところそれほどの確信は持てなかった。（第2巻147頁）

主人公の「ミイラは行けそうにありませんが、かわりに騎士団長が行きたいと言っています」という言葉を、免色はやはり冗談だと受け取ったのだろう。ロシアに「冗談には必ず部分的な真理が含まれている」ということわざがあるように、冗談を軽く扱ってはいけないことに免色は気づいていない。ただし、「そのまま地獄に引っ張っていかれたりするようなことはないでしょうね？」と尋ねたのは、免色の無意識の領域が何かを感じたのだろう。主人公は「それはないと思います」と答えた。確かに免色が地獄に引っ張っていかれることはなかったが、その代わりに主人公が地底の世界に誘われるのである。

免色は冗談の延長のように、騎士団長には食事の用意をしておいた方がいいのだろうかと尋ねた。

「彼のために食事を用意する必要はありません。食べ物も酒もいっさい口にしませんから。ただ席を一人分用意していただくだけでかまいません」
「あくまでスピリチュアルな存在なのですね?」
「そういうことだと思います」。イデアとスピリットは少し成り立ちが違うような気がしたが、それ以上話を長くしたくなかったので、私はとくに異議を唱えなかった。(第2巻148頁)

イデアはスピリチュアルな存在ではない。英語のスピリット(Spirit)は、ギリシア語ではプネウマ(Pneuma)に相当する霊だ。空気や風の意味を持つ。生命の根源となる力であるが、具体的な形は持たない。イデアは、ギリシア語のイデイン(Idein、見る)という動詞を語源とする「見られるもの」という意味だ。本来は、姿や形を持つことが前提とされる。しかし、時代の経過とともに人間にはイデアが見えなくなってしまった。だからイデアは人間の目に見える形態を取らざるを得なくなったのだ。

主人公の前に現れるイデアは、騎士団長の姿を取ることもあれば、姿を見せないこともある。見えないからといって、イデアがいまここに存在する可能性は排除できない。

翌日の朝、オペラ「ドン・ジョバンニ」のレコードをかけながらスタジオで絵に向かっているあいだ、主人公は「今にも背後に騎士団長が現れそうな気が」するが、騎士団長は現れなかった。おそらく、イデアは騎士団長の姿をとらないだけで、主人公のすぐそばに存在している。主人公は、背後に目には見えないが存在する何かを感じたのだ。

その日(火曜日)は朝から、(略)私はおおむね、「白いスバル・フォレスターの男」の肖像を完成させることに意識を集中した。スタジオに入っていてもいなくても、キャンバスを前にしていてもしていなくても、その絵のイメージは私の脳裏をいっときも離れなかった。
(第2巻149~150頁)

今夜は大雨になるというラジオの天気予報を聞いた主人公は、雑木林の中にある暗い穴のこと、そして「重い石の塚をどかせて、日の下に暴いてしまったあの奇妙な石室のこと」や「自分がその真っ暗な穴の底に一人で座って、木材の蓋を打つ雨の音を聞いているところ」を想像する。そして「私はその穴に閉じ込められ、抜け出すことができずにいるのだ。梯子は持ち去られ、重い蓋が頭上をぴたりと閉ざしていた。そして世界中の人々は、私がそこに取り残されていることをすっかり忘れてしまっているようだった」というこの箇所は、小説の展開を先取りしている。

また、免色の家に出かける前に、やはり穴に関する、主人公の少年時代のあるエピソードが語られる。主人公が13歳の時、3つ年下の妹小径（コミ）と夏休みの旅行をした時のことだ。山梨に住んでいた叔父さんと富士の風穴を訪れる。背の高い叔父さんを残して、風穴に子供たち2人で入っていく。風穴の中にある、さらに狭い小さな穴に、コミだけが入る。なかなか戻ってこないコミを主人公は心配するが、やがて無事に戻ってくる。そしてコミはこの2年後に亡くなった。主人公は、コミは病院の医師による死亡宣告よりも前に、「あの風穴の奥で既に命を奪われてしまっていたのではないだろうか」と「ほとんどそう確信した」。やがて読者は、コミの記憶が主人公にとってきわめて大切な意味を持つことを知るだろう。

さて、約束の時間ちょうどに免色がよこした送迎リムジンに主人公は乗り込んだ。騎士団長がリムジンに乗り込む姿を主人公は見なかった。イデアは自分が必要と考えるときに、主人公に見える姿を取るが、そこに主人公の意思は一切反映されない。神の啓示が人間の意思と一切関係なく、特定の人に対してなされるのと同じだ。

> 車が出発してしばらくしてふと気がついたとき、騎士団長は涼しい顔をして私の隣のシートに腰掛けていた。（略）
> 「あたしにけっして話しかけないように」と騎士団長は釘を刺すように私に語りかけた。
> 「あたしの姿は諸君には見えるが、ほかの誰にも見えない。あたしの声は諸君には聞こえる

——が、ほかの誰にも聞こえない。見えないものに話しかけたりすると、諸君がとことん変に思われよう。わかったかね？　わかったら一度だけ小さく肯いて」（第2巻163〜164頁）

免色は主人公を邸の居間に招き入れ、革張りのソファに座らせて、自分は向かいの安楽椅子に座った。

我々がそこに腰を下ろすと、それを待っていたようにどこからともなく男が姿を見せた。驚くほどハンサムな若い男だった。（略）

「何かカクテルでも召し上がりますか？」と彼は私に尋ねた。

「なんでも好きなものをおっしゃって下さい」と免色が言った。

「バラライカを」と私は数秒考えてから言った。とくにバラライカを飲みたかったわけではないが、本当になんでも作れるかどうか試してみたかったのだ。（第2巻169〜170頁）

バラライカは、ウオトカをベースにして、ホワイト・キュラソーとレモンジュースで作られるカクテルだ。ウオトカをブランデーに替えるとサイドカーになる。バラライカはロシアの民族楽器（弦楽器）だ。ウオトカがロシアの酒だから、ロシアに因んだ名がつけられたのであろう。三角形のグラスを用いることが多いので、それをバラライカに見立てることもある。

主人公は騎士団長がどこにいるのか気になった。イデアは見えなければ主人公にも、すぐそばにいることがわからない。目に見えない神がわれわれのすぐそばにいることに気づかないように。

「何か？」と免色が私に尋ねた。私の目の動きを追っていたのだろう。

「いえ、なんでもありません」と私は言った。「ずいぶん立派なお宅なので、見とれていただけです」

「しかし、いささか派手すぎる家だと思いませんか？」と免色は言って、笑みを浮かべた。

「いや、予想していたより遥かに穏やかなお宅です」と私は正直に意見を述べた。（略）

免色はそれを聞いて肯いた。「そう言っていただけると何よりですが、そのためにはずいぶん手を入れなくてはなりませんでした。事情があって、この家を出来合いで買ったのですが、手に入れたときはなにしろ派手な家でした。けばけばしいと言っていいくらいだった。さる量販店のオーナーが建てたのですが、成金趣味の極みというか、とにかく私の趣味にはまったく合わなかった。だから購入したあとで大改装をすることになりました。そしてそれには少なからぬ時間と手間と費用がかかりました」（第2巻170〜171頁）

主人公が「それなら、最初からご自分で家を建てた方が、ずっと安上がりだったんじゃないですか？」と尋ねると、免色は「実にそのとおりです。その方がよほど気が利いています。しかし私の方にもいろいろと事情がありました。この家でなくてはならない事情が」とだけ答えた。

この家が建つ場所（トポス）に特別の意味があると免色は暗示しているのだが、主人公はその意味をとらえきれず、「免色さん、この場所である必然性は何ですか」という適切な質問をしなかった。適切な質問なくして必要とされる回答は得られない。免色がこの邸宅を購入した「事情」のために、主人公は地下の世界を彷徨することになるのだが、それはもう少し先の話だ。

「今夜、騎士団長はご一緒じゃなかったんですか？」と免色は私に尋ねた。

私は言った。「たぶんあとからやって来ると思います。家の前までは一緒だったんですが、どこかに急に消えてしまいました。たぶんお宅の中をあちこち見物しているのではないかと思います。かまいませんか？」

免色は両手を広げた。「ええ、もちろん。もちろん私はちっともかまいません。どこでも好きなだけ見て回ってもらって下さい」（第2巻172頁）

免色は、すべて主人公の冗談だと受け止めている。彼は自分で気づかぬうちに、「どこでも好きなだけ見て回ってもらって下さい」という許可を騎士団長に与えたのだ。騎士団長は、免色の邸宅をくまなく観察するだろう。

上出来のバラライカを飲むうちに、主人公は免色に、白いスバル・フォレスターの男の肖像画を描いていることを告白する。なぜこの男を対象とするかについて説明するには、主人公の内面を告白しなくてはならない。主人公は免色に対して今までよりも心を開いている。

「つまり、私の肖像画を描いたことが、あなたの創作活動に何かしらのインスピレーションを与えたということになるでしょうか？」

「たぶんそういうことになるのでしょう。まだようやく点火しかけているというレベルに過ぎませんが」（略）

「それは私にとってなによりも喜ばしいことです。何かしらあなたのお役に立てたかもしれないということが。もしよろしければ、その新しい絵が完成したら見せていただけますか？」

「もし納得のいくものが描けたら、もちろん喜んで」（第2巻174頁）

納得のいく絵が描けるかどうか主人公には自信がない。だから、話を逸らすことにした。部屋の隅にあるグランド・ピアノを見て、「免色さんはピアノを弾かれるのですか？　ずいぶん立派なピアノみたいですが」と訊ねたのだ。免色は子供の頃、ピアノを習っていたので、「うまくはありませんが少しは弾きます」と答え、「でも人に聴かせるようなものじゃありませんし、家の中に人がいるときには絶対に鍵盤に手は触れません」と言った。

免色はピアノを弾く。ただし、家の中に他者がいるときには弾かない。これはピアノに限らないはずだ。誰も見ていないところで、免色は何かをすることが習性になっている。本質的な部分で秘密を持っている人間だ。

次に主人公は、こんなに広い家を持てあましたりしないのかと訊ねた。免色は即座に否定する。

「（略）たとえば大脳皮質のことを考えてみてください。人類は素晴らしく精妙にできた高性能な大脳皮質を与えられています。でも我々が実際に日常的に用いている領域は、その全体の十パーセントにも達していないはずです。我々はそのような素晴らしく高い性能を持った器官を天から与えられたというのに、残念なことに、それを十全に用いるだけの能力をいまだ獲得していないのです。たとえて言うならそれは、豪華で壮大な屋敷に住みながら、四畳半の部屋一つだけを使って四人家族がつつましく暮らしているようなものです。あとの部屋はすべて使われないまま放置されています。それに比べれば、私が一人でこの家に暮らしていることなど、さして不自然なことでもないでしょう」（第2巻175〜176頁）

16 変貌

免色渉は、1人暮らしには不相応な大きな家に住んでいる。しかし、そこには意味がある。それを人間が日常的には大脳皮質の10％以下しか用いていないという都市伝説の類いの物語との類比で説明する。大脳皮質をめぐる議論の科学性が問題になっているのではない。免色の類比的な思考が重要なのである。

「しかし一見無駄に見えるその高性能の大脳皮質がなければ、我々が抽象的思考をすることもなかったでしょうし、形而上的な領域に足を踏み入れることもなかったでしょう。（略）」

「しかしその高性能の大脳皮質を獲得するのと引き替えに、つまり豪壮な邸宅を手に入れる代償として、人類は様々な基礎能力を放棄しないわけにはいかなかった。そうですね？」

「そのとおりです」と免色は言った。「抽象的思考、形而上的論考なんてものができなくても、人類は二本足で立って棍棒を効果的に使うだけで、この地球上での生存レースにじゅうぶん勝利を収められたはずです。日常的にはなくても差し支えない能力ですから。そしてそのオーバー・クォリティーの大脳皮質を獲得する代償として、我々は他の様々な身体能力を放棄することを余儀なくされました。たとえば犬は人間より数千倍鋭い嗅覚と数十倍鋭い聴

> 覚を具えています。しかし私たちには複雑な仮説を積み重ねることができます。コズモスとミクロ・コズモスとを比較対照し、ファン・ゴッホやモーツァルトを鑑賞することができます。プルーストを読み――もちろん読みたければですが――古伊万里やペルシャ絨毯を蒐集することもできます。それは犬にはできないことです」（第2巻176～177頁）

この免色の議論を受けて、主人公は問いかける。

> 「つまりイデアを自律的なものとして取り扱えるかどうかということですね？」
> 「そのとおりです」
> 　そのとおりだ、と騎士団長が私の耳元でこっそり囁いた。でも騎士団長のさきほどの忠告に従って、私はあたりを見回したりはしなかった。（第2巻177頁）

イデアは確実に存在するが、その全てが顕在化するわけではない。人間の能力はイデアが顕在化したものであると免色も主人公も考えている。しかし、自らの考えを明確に認識しているわけではない。主人公は無意識のうちに「つまりイデアを自律的なものとして取り扱えるかどうかということですね？」という命題を提示したのだ。それを、免色だけでなく、顕在化したイデアである騎士団長によっても肯定されたことが重要だ。小説『騎士団長殺し』における謎の存在であるイデアの構造が、部分的であれ、ここでのやりとりで明らかにされている。

その後、免色は主人公を書斎に案内する。書斎にはしばしばその持ち主の心が、物質の形で表れる。免色は、主人公に自らの心を（その一部であっても）開示することに決めたのだ。

> 一面の壁は、床から天井近くまですべてが作り付けの書架になっており、（略）それが熱心な読書家の実用的なコレクションであることは誰の目にも明らかだった。（第2巻178頁）

書籍は、持ち主の頭脳の一部だ。ここにある書籍群が免色の思想と心を形成している。書斎にはコンピュータが2台並ぶ大きなデスクがあり、美しいオーディオ装置があり、真ん中あたりにはモダンなデザインの椅子とフロア・スタンドがあった。「おそらく免色は一日の多くの部分をこの部屋で、一人で過ごすのだろう」と主人公は推測する。

免色は、公式には無職だと自己紹介していた。「一日に数時間、書斎のインターネットを使って株式と為替を動かしています」とのことだが、それも道楽や暇つぶしのようなものということだ。彼の書斎はほとんど知的活動のために使われている。書斎は免色にとってトポス（特別の場）だ。そこに免色は主人公を案内した。免色にとって主人公は特別の人なのである。同時に、この男の頭脳の一部に主人公も包摂されようとしている。このようなトポスに近寄ることは危険であるが、主人公は気づいていない。書斎の壁には免色の肖像画が掛けられていた。

> それはもちろん私が描いた絵だ。しかしいったん私の手を離れて免色の所有するものとなり、彼の書斎の壁に飾られると、それはもう私には手の及ばないものに変貌してしまったようだった。それは今ではもう免色の絵であり、私の絵ではなかった。そこにある何かを確認しようとしても、その絵は滑らかなすばしこい魚のように、するすると私の両手をすり抜けていってしまう。（第2巻180頁）

一度は「私が自分のために描いた絵だ」とまで思った肖像画も、免色の書斎というトポスに置かれることにより、主人公の手の及ばないものに変貌してしまった。このトポスはやはり強靭な力を持っているのだ。もちろん、それは免色によって育まれた力だ。

> ふと気がつくと、部屋の中に騎士団長がいた。彼は書架の前の踏み台に腰を下ろし、腕組みをして私の絵を見つめていた。私が目をやると、騎士団長は首を小さく振り、こちらを見るんじゃないという合図を送ってよこした。私は再び絵に視線を戻した。（第2巻181頁）

騎士団長は、免色の書斎というトポスに主人公が足を踏み入れることの危険性を十分に認識している。しかし、イデアは人間の意思決定を変えさせるような介入をしない。それは人間が自由意志を用いて悪を行うことを、神が直接介入して阻止しないことと同様だ。騎士団長が小さく首を振ったことを主人公は、「こちらを見るんじゃないという合図」と受け止めたが、不正確だったかもしれない。騎士団長が小さく首を振ったのは「これ以上、ここにいるな」とか「ここは危険だ」といったシグナルだった可能性がある。弟子たちがイエス・キリストの言葉を正確に理解していなかったのと同じような出来事が、ここで起きたのかもしれない。

免色はそれから壁の時計に目をやった。「食堂に移りましょう。そろそろ夕食の用意が整っているはずです。騎士団長が見えているといいのですが」

私は書架の前の踏み台に目をやった。騎士団長の姿はもうそこにはなかった。（第2巻182頁）

食堂の大きなテーブルには騎士団長のための席が設けられており、マットと銀器とグラスが置かれている。もちろん、儀礼的なものだ。壁はガラス張りになっており、谷間の向こう側の山肌まで見渡せる。

山にはそれほど多くの家は建っていなかったが、まばらに点在するそれらの家々には、ひとつひとつ確かな明かりが灯っていた。夕食の時刻なのだ。人々はおそらく家族と共に食卓について、これから温かい食事を口にしようとしている。そのようなささやかな温もりを、それらの光の中に感じとることができた。

一方、谷間のこちら側では、免色と私と騎士団長がその大きなテーブルに着いて、あまり家庭的とは言いがたい一風変わった夕食会を始めようとしていた。外では雨がまだ細かく静かに降り続けていた。しかし風はほとんどなく、いかにもひっそりとした秋の夜だった。窓の外を眺めながら、私はまたあの穴のことを考えた。祠の裏手の孤独な石室のことだ。こうしている今もあの穴は暗く冷たくそこにあるに違いない。その風景の記憶は私の胸の奥に特殊な冷ややかさを運んできた。（第2巻185頁）

谷間の向こう側には、家族の温もりがあるが、免色邸にはそのような温もりはない。豪華な免色の邸宅は、本質において、祠の裏手の石室と同じ孤独が支配する空間なのである。

テーブルは、免色がイタリア旅行の際に見つけて、購入したものだという。主人公はテーブルを褒め、「よく外国に行かれるのですか?」と問うと、免色は「昔はよく行ったものです。半分は仕事で半分は遊びです。最近はあまり行く機会がありません。仕事の内容を少しばかり変えたものですから。それに加えて私自身、あまり外に出て行くことを好まなくなったということもあります。ほとんどここにいます」と応じた。

外国に出ることを免色が好まなくなったのは、自分の残り時間を意識するようになったからだ。時間的制約の中で免色は、自分がやりたい事柄についての優先度をつけたのだ。それはこの家にとどまることなのである。

主人公と免色はテーブルを挟んで祝杯をあげる。もちろん騎士団長も食堂にいて、主人公にその姿を見せている。

> ただし彼のために用意された席には着かなかった。背丈が低いせいで、席に座るとたぶん鼻のあたりまでテーブルに隠れてしまうからだろう。彼は免色の斜め背後にある飾り棚のようなところにちょこんと腰を下ろしていた。床から一メートル半ほどの高さにいて、奇妙な形の黒い靴を履いた両脚を軽く揺すっていた。私は免色にはわからないように、彼に向かって軽くグラスを上げた。騎士団長はそれに対してもちろん知らん顔をしていた。（第2巻187頁）

騎士団長が、テーブルに用意された席に着かなかったことは興味深い。これは椅子の高さの問題ではなく、免色とテーブルを共にしないというイデアの意思が働いていると解釈するのが妥当だ。騎士団長はさまざまな形で免色の危険性についてシグナルを出しているが、主人公は気づいていない。

おいしい食事を楽しんでいるような場合ではない。この後に罠が仕掛けられていることに騎士団長は気づいている。そもそも、免色が主人公に肖像画を依頼したときから隠された意図があることは、冷静に考えれば明白だ。免色は、異常なことを異常と感じさせないように他者の心理を操作する能力を持っている。今夜、晩餐に招待する機会を利用して、免色は自らの欲望を実現しようとしている。イデアである騎士団長は免色の意図を把握している。しかし、それを直截に主人公に伝達することは、イデアの掟に反するので沈黙しているのだ。主人公は、騎士団長が「すべての物事をただ眺めるだけなのだ。それについて何かを判断するわけではないし、好悪の情を持つわけでもない」と認識しているが、これは誤解だ。価値判断を離れて物事を眺めることは、そもそも不可能だ。眺めるためには対象が必要であり、何かを対象とするということ自体に価値判断が含まれている。

またイデアにも好き嫌いはある。主人公のことをイデアが好いているので、騎士団長の姿であらわれたのだ。そして人間の場合と同様に騎士団長の発言も、額面通りに受け止めてはならない場合がある。騎士団長との関係で、主人公は素直すぎる。もっとも、そのような性格だからこそ、イデアは主人公を助けようと思ったのであろう。

充実した晩餐がようやく終わった。調理場からシェフが出てきて、挨拶する。主人公も「こんなにおいしい料理を口にしたのは、ほとんど初めてです」と感謝を述べる。

「騎士団長も満足されたでしょうか?」、シェフが下がったあとで免色が心配そうな顔で私にそう尋ねた。その表情には演技的な要素は見当たらなかった。少なくとも私の目には、彼は本当にそのことを心配しているように見えた。

「きっと満足しているはずですよ」と私も真顔で言った。「こんな素晴らしい料理を口にできなかったことはもちろん残念ですが、場の雰囲気だけでもじゅうぶん楽しめたはずです」

「だといいのですが」

もちろんずいぶん喜んでおるよ、と騎士団長が私の耳元で囁いた。（第2巻191頁）

免色の心配そうな表情は、この男の内面を表現している。主人公を巻き込もうとする今後の計画が成功するか否かについて、不安を感じているのだ。そして、「もちろんずいぶん喜んでおるよ」

という騎士団長の言葉は、免色の意図をすべて把握することができたことに満足しているということなのである。

17　悪魔の磁場

免色渉は食事を終えた後、主人公に奇妙な質問をした。雑木林の中の穴のことだ。免色は、いきなり本題に入ることはしない。

「あの石室に先日、私は一時間ばかり入っていました。懐中電灯も持たず、穴の底に一人きりで座っていました。そして穴には蓋がされ、石の重しが置かれました。そして私はあなたに『一時間後に戻ってきて、私をここから出してください』とお願いしました。そうでしたね？」

「そのとおりです」

「どうしてそんなことを私がしたと思います？」

わからないと私は正直に言った。

「それが私にとって必要だったからです」と免色は言った。「うまく説明はできないのですが、ときどきそれをすることが私には必要になります。狭い真っ暗な場所に、完全な沈黙の中に、一人ぼっちで置き去りにされることです」（第2巻192～193頁）

この説明を額面通りに受け止めることはできない。免色は主人公に1時間後に穴から出してくれと依頼した。彼は「置き去りにされること」ではなく、救済されることを望んでいたのである。

「それで私が知りたいのは、その一時間のあいだに、『そうだ、あの男を穴から出してやるのはよそう。ずっとあのままにしておいてやろう』という考えが、ちらりとでもあなたの頭をよぎりはしなかったかということです。決して気を悪くしたりはしませんから、正直に答えていただきたいのです」（第2巻194頁）

免色は、主人公に対して絶対的な救済者の役割を求めている。神は、助けがいらないと言っている人間に対しても救済の手を差し伸べる。それと同じように、仮に免色が放置してくれと懇願しても、それを聞き入れない絶対的救済者の役割を主人公に求めている。主人公は免色が望んだとおりの返答をする。つまり、「そんなことはまったく頭に浮かびませんでした」と答えたのだ。

「もし仮に私があなたの立場であったなら……」と免色は打ち明けるように言った。その声はとても穏やかだった。「私は（略）あなたをあの穴の中に永遠に置き去りにしたいという誘惑に駆られていたに違いありません。これはまたとない絶好の機会だと」（第2巻194〜195頁）

免色は主人公を誘導尋問にかけている。主人公を穴の中に永久に置き去りにしたい誘惑を自分が持っていると告白することによって、主人公の心を揺さぶり、深層心理を探ろうとしているのだ。人間を試みるのは、悪魔の特徴だ。免色には悪魔性がある。そのことに主人公はまったく気づかずに返答する。

「でも、もしあなたに穴の中に置き去りにされたら、ぼくはそのまま飢え死にしかねません。本当に鈴を鳴らしながらミイラになってしまうかもしれない。それでもかまわないということですか？」

「ただの想像です。妄想と言っていいかもしれない。もちろん実際にそんなことをするわけはありません。ただ頭の中で想像を働かせているだけです。死というものを、頭の中で仮説としてもてあそんでいるだけです。だから心配しないでください。というか、あなたがそのような誘惑をまったく感じなかったということの方が、私にとってはむしろ不可解なくらいなのです」（第2巻195頁）

免色の発言に主人公も触発された。今度は、主人公が免色に逆質問をする。

> 「免色さんはあのとき暗い穴の底に一人きりでいて、怖くはなかったのですか？　ぼくがそのような誘惑に駆られて、あなたを穴の底に置き去りにするかもしれないという可能性を頭に置きながら」
>
> 免色は首を振った。「いいえ、怖くはありませんでした。というか、心の底ではあなたが実際にそうするのを期待していたのかもしれません」（第2巻195〜196頁）

主人公はまだ納得できず、「つまりあの穴の底で見殺しにされてもいいと考えておられたわけですか？」とさらに問う。

> 「いや、死んでしまってもいいとまで考えていたわけじゃありません。私だってまだこの生に少しは未練があります。（略）私はただあと少しでもいいから、より死に近接してみたかったというだけです。その境界線がとても微妙なものだということは承知の上で」（第2巻196頁）

免色の言葉をうまく理解できない主人公は騎士団長の方をさりげなく見たが、騎士団長の顔には「どのような表情も浮かんでいなかった」。騎士団長の形をとったイデアは、免色の悪魔性に気づいているのだ。さらに免色の陰謀に巻き込まれることによって、やがて主人公に危険が迫ることも認識している。しかし、そのことについて騎士団長が主人公に警告することはできない。イデアにそこまでの権限はないからだ。

> 免色は続けた。「暗くて狭いところに一人きりで閉じこめられていて、いちばん怖いのは、死ぬことではありません。何より怖いのは、永遠にここで生きていなくてはならないのではないかと考え始めることです。そんな風に考えだすと、恐怖のために息が詰まってしまいそうになります。（略）」（第2巻196〜197頁）

免色は、死ではなく、永遠に生きることを恐れている。この認識にもこの男の悪魔性が反映されている。キリスト教の目標は、永遠の命を得ることだ。それと反対の価値観を免色は持っている。ここまでのやりとりで、免色は主人公が信頼に値するとの確証をつかんだ。そして、かねてより考えていた依頼をすることに決めた。しかし、まだ本題には踏み込まない。

2人は階上の居間に移って、テラスに出た。主人公の家は谷を挟んだ向こう側だ。「うちはどのあたりになるのでしょう?」と主人公は尋ねた。だが、家の明かりがついていないし、霧雨のせいもあって、はっきり見えない。すると免色は三脚付きの、測量用にも見える立派な双眼鏡を持ちだしてきた。主人公は免色に「これがあなたの住んでおられるところです」と言われるまま、双眼鏡をのぞきこむ。

> たしかにそれは私が暮らしている家だった。テラスが見える。私がいつも座っているデッキチェアがある。その奥には居間があり、隣には私が絵を描いているスタジオがある。明かりが消えているので家の中まではうかがえない。しかし昼間なら少しは見えるかもしれない。
>
> （略）
>
> 「安心してください」と免色は私の心を読んだように背後から声をかけた。「ご心配には及びません。あなたのプライバシーを侵害するようなことはしていません。というか、実際にあなたのお宅にこの双眼鏡を向けたことはほとんどありません。信用してください。私の見たいものは他にあるからです」（第2巻199～200頁）

興味深いのは、免色が「お宅にこの双眼鏡を向けたことは一度もありません」と述べていないことだ。悪魔が簡単に露見するような嘘をつかないように、免色も露骨な嘘は言わない。つまり何回かは双眼鏡で主人公のプライバシーを覗いたということだ。他に見たいものがあると告げることによって、免色は、主人公のプライバシーを侵害しているという事実を脇に追いやる。

免色が「見たいもの」は、ある2階建ての住宅だった。焦点を合わせた双眼鏡を主人公に渡して、その家を見せる。明かりがついているが、カーテンが引かれていて、中の様子はうかがえない。

> 私は双眼鏡から目を離し免色を見た。「この家が免色さんが見たいものなのですか？」
> 「そうです。でも誤解してもらいたくないのですが、私は覗きをやっているわけではありません」（第2巻201頁）

客観的に見て免色が行っていることは、覗き以外のなにものでもない。そもそもここに家を購入した目的が、ある人物を監視することだ。その手段の1つが双眼鏡による覗きなのである。

> 2人は室内へ戻った。
> 「今ご覧になったあの家には」と免色は切り出した。「私の娘かもしれない少女が住んでいます。私はその姿を遠くから、小さくてもいいからただ見ていたいのです」
> 私は長いあいだ言葉を失っていた。
> 「覚えておられますか？　私のかつての恋人が他の男と結婚して生んだ娘が、あるいは私の血を分けた子供であるかもしれないという話を？」
> 「もちろん覚えています。その女性はスズメバチに刺されて亡くなってしまって、娘さんは十三歳になっている。そうですね？」
> 免色は短く簡潔に肯いた。「彼女は父親と一緒に、あの家に住んでいます。谷の向かい側に建ったあの家に」（第2巻202頁）

これより前、2人で鈴のような音を聞いた夜、免色は主人公に、かつての恋人が他の男と結婚してから産んだ子供が、実は自分の娘かもしれないという話をしている。その時点で、当のまりえという少女と免色を接触させる機会を、主人公によって作らせることを計画していたのだ（あの夜、この話が出た時、主人公は「直観に過ぎないのですが、そのまりえさんに関して、あなたはぼくに何かをしてほしいと考えておられるように見えます」と、免色の意図を見抜いている。そこで鈴の音が聞こえて、会話は中断した）。そして今、まりえが住んでいる家を主人公に見せ、自分が毎日のように双眼鏡で彼女を見ていることも明かした。

熟練したインテリジェンス・オフィサーが、ヒューミント（人と接触することによって秘密情報を収集し、自分に有利な状況を作り出す諜報活動）で用いる手法で、免色は主人公に接近している。しかし、その現実を主人公は認識していない。相手にそれを知られずに工作を仕掛けるのがインテリジェンスの極意だ。

主人公は「つまりあなたは、ご自分の娘かもしれないその少女の姿を日々双眼鏡を通して見るために、谷間の真向かいにあるこの屋敷を手に入れた。ただそれだけのために多額の金を払ってこの家を購入し、多額の金を使って大改装をした。そういうことなのですか？」と訊ねた。

免色は「ここは彼女の家を観察するには理想的な場所です。私は何があってもこの家を手に入れなくてはなりませんでした」と明かし、「誰にも邪魔をしてもらいたくない。場を乱してほしくない。それが私の求めていることです。私はここで無制限の孤独を必要としているのです。そして私の他にこの秘密を知っているのは、この世界にあなた一人しかいません」と付け加える。

この家は免色が作り出した特殊な磁場によって支配されている。免色の世界観に全面的に従わない人がこの家に入ってくると磁場が乱れる。その乱れを免色は極度に恐れている。免色が「無制限の孤独」を必要としているというのは事実だ。この無制限な孤独の世界に免色は主人公を引き入れようとしている。だが彼の秘密を主人公が共有しても、免色の孤独が解消されることにはならない。他方、主人公は免色の世界に引き入れられることによって、穴の中で永遠に生きるような無制限な孤独の世界に引き込まれる危険が生じている。この危険から主人公を救い出そうという意図をイデア＝騎士団長は持っている。

もっとも主人公と免色の認識は非対称だ。免色は、主人公との2人だけで秘密が共有されていると認識している。これに対して主人公は、2人に加えて騎士団長も秘密を知っていることを認識している。騎士団長を家に入れることを許したことで、免色の磁場に崩れが生じた。この磁場の崩れのために、免色の計画は成就できないかもしれない。しかし、この深刻な変化を免色はまったく認識していない。この構造もキリスト教的だ。

キリスト教によると人間は1人残らず原罪を持つ。原罪を含め、人間の罪が形を取ると悪になる。神は悪を行わない。人間の悪に関しては、悪魔の管轄下に置かれる。悪魔の管轄下に置かれた人間社会に、神はイエス・キリストを送り込んだ。イエス・キリストは、真の神であり真の人である。イエスは食事も排泄も睡眠もする。他の人間と同じようにイエスも喜怒哀楽の感情を持つ。他の人間との唯一の違いは、イエスが原罪もその他の罪も持っていないことだ。従って、イエスは悪を行わない。このような特別な人間が出現したことによって、人間の世界を支配する悪魔の磁場が変化する。騎士団長は、イエス・キリストと類比的な機能を果たしているのである。

> 「あなたに折り入ってひとつお願いしたいことがあるのです」と免色は言った。
>
> その声音から、彼はその話を切り出すタイミングを前々からずっとはかっていたのだろうと私は推測した。そしておそらくはそのために私を（また騎士団長を）この夕食会に招待したのだ。個人的な秘密を打ち明け、その頼みごとを持ち出すために。
>
> 「それがもしぼくにできることであれば」と私は言った。（第2巻205頁）

免色が依頼を口にしたとき、主人公は、免色が自分に接近し、夕食会に招待した意図について正確に理解した。しかし、その背景に悪が存在することまでは思考が及ばぬまま、既に引き受ける気になっている。

18　イデアとイコン

免色の「お願い」は、娘かもしれない少女の肖像画を描くことだった。それも「写真から起こしたりするのではなく、実際に彼女を目の前に置いて、彼女をモデルにして絵を描いていただきたいのです。ちょうど私を描いたときと同じように、あなたのうちのスタジオに彼女に来てもらって」という条件がつけられた。

奇妙な依頼だ。免色の娘かもしれない少女の肖像画を描かせることは口実に過ぎず、その娘を主人公のスタジオに呼び込むことが免色の本当の狙いではないのか。そもそも、手の込んだ方法で、主人公に自分の肖像画を描いて欲しいと免色が依頼したのも、この少女を誘き寄せるための手段に過ぎなかったのではないか。しかし、そのような免色に対する不信は、主人公の意識下に封印されたままだ。主人公は、「どうやってその女の子を説得するのですか？」と、少女の肖像画を描くことを前提にした質問をする。騎士団長はこのやり取りを注意深く観察しているだろう。

「実をいいますと、あなたは既に彼女を知っています。そして彼女もあなたのことをよく知っています」

「ぼくは彼女のことを知っている？」

「そうです。その娘の名前は秋川まりえといいます。秋の川に、まりえは平仮名のまりえです。ご存じでしょう？」（略）

私は言った。「秋川まりえは小田原の絵画教室に来ている女の子ですね？」（第2巻207～208頁）

主人公は、秋川まりえについての記憶を整理する。まだ秋川という姓を聞かされていなかったので、主人公はこれまで、まりえという女の子と教室に通う少女のことを結びつけていなかった。

秋川まりえは小柄で無口な十三歳の少女だった。彼女は私の受け持っている子供のための絵画教室に通っていた。いちおう小学生が対象とされている教室だから、中学生である彼女は最年長だったが、おとなしいせいだろう、小学生たちに混じっていてもまったく目立たなかった。まるで気配を殺すように、いつも隅の一方に身を寄せていた。（第2巻208頁）

小学生を対象にするクラスにいる中学生という設定が興味深い。まりえはこのクラスの境界に位

置している。後で繰り返し、まりえの胸が小さいことが強調されるが、これもまりえが子供と大人の境界に位置していることを象徴している。小田原という土地がそうであるように、中心ではなく、境界から異変が起きるのだ。

主人公は15歳の時に、3つ年下の妹のコミを亡くした。主人公がまりえのことを覚えていたのは、「彼女が私の亡くなった妹にどこか似た雰囲気を持っており、しかも年齢が妹の死んだときの年齢とだいたい同じだったからだ」と自覚している。まりえの顔立ちも、コミとの共通点がある。

> 客観的に見れば顔立ちは本来美形であるはずなのに、ただ素直に「美しい」と言い切ってしまうことに、人はなんとなく戸惑いを抱くのだ。何かが——おそらくある種の少女たちが成長期に発散する独特の生硬さのようなものが——そこにあるべき美しい流れを妨げているのだ。でもいつか、何かの拍子にそのつっかえが取り払われたとき、彼女は本当に美しい娘になるかもしれない。しかしそれまでには今しばらく時間がかかりそうだった。（第2巻209頁）

免色の突然の問いかけで、主人公の脳が猛スピードで動き出した。その過程でまりえと主人公の妹のコミの記憶が融合し始める。この瞬間から、主人公はコミの鋳型でまりえを解釈することになる。まりえと交流することで、コミの魂と再会することができると主人公は無意識のうちに感じている。免色は主人公のコミへの想いを知らない。

免色は、主人公にまりえの肖像画を描くことを「依頼しているわけではありません。私はあなたにお願いしているのです。絵が出来上がったら、そしてもちろんあなたさえよろしければ、私がそれを買い取らせてもらいます。そしていつでも見られるように、この家の壁に飾ります」と言う。依頼ではなく、お願いをしているに過ぎない、と言うのだが、これは修辞上の違いに過ぎない。免色は自らの意思を主人公に強要している。自分の意図することを、相手の意に反しても強要するところに権力の本質がある。免色は剝き出しの暴力は使わない。カネと情報を巧みに用いて権力を行使するのだ。
さらに免色は「もうひとつだけお願いしたいことがあります」と言う。まりえをモデルにして肖像画を描いている時に、1度だけでいいから、同じ部屋にいさせてほしい、と言うのである。
主人公は、その「お願い」を考えてみた。

――そして考えれば考えるほど、居心地の悪さを感じることになった。何かの仲介役になったりすることを私は生来苦手としている。他人の強い感情の流れに――それがどのような感情であれ――巻き込まれるのは好むところではない。それは私の性格に向いた役柄ではなかった。しかし免色のために何かをしてやりたいという気持ちが私の中にあることもまた確かだった。

（第2巻211頁）

主人公は免色の依頼に抵抗を覚え、いったん返事を保留する。しかし、免色が主人公に頼んでいるのは仲介ではない。免色は、インテリジェンス機関でエージェント（協力者）の運営をするケースオフィサー（工作担当者）のような存在だ。ケースオフィサーはエージェントと友人のように付き合うが、自らの真の意図を伝えることはない。腹の底では利用することしか考えておらず、エージェントなどいつ切り捨てても平気なのである。免色との関係で、自分がエージェントに過ぎないことを主人公は理解していない。
主人公は既にまりえの肖像画を描く気になっている。だから、まりえがモデルとなることを了承するか否かに関心が移行した。免色は、そのことについても抜かりなく画策している。

――「私は絵画教室の主宰者である松嶋さんを個人的によく知っています」と免色は涼しげな声で言った。「それに加えて、私はたまたまあの教室の出資者というか後援者の一人でもあります。松嶋さんがあいだに入って口を添えてくれれば、話は比較的円滑に進むのではないでしょうか。あなたが間違いのない人物であり、キャリアを積んだ画家であり、自分がそれを保証すると彼が言えば、親もおそらく安心するでしょう」

この男はすべてを計算してことを進めているのだ、と私は思った。（第2巻211〜212頁）

松嶋も免色のエージェントだ。免色が絵画教室の出資者になったのは、たまたまではないだろう。免色は真綿で首を絞めるような方法で、主人公が免色の「お願い」を聞き入れざるを得ない状況に追い込んでいこうとしている。

私はもう一度考え込んでしまった。おそらくこの男はそこにある「いくつかの実務的な問題」を「手をまわして」うまく解決していくことだろう。もともとそういうことを得意としている人物なのだ。しかしそこまで自分がその問題に——おそろしくややこしく入り組んだ人間関係に——深く関わってしまっていいものだろうか。そこにはまた免色が私に明かした以上の、計画なり思惑なりが含まれているのではあるまいか？（第2巻213頁）

素直な性質の主人公に、一筋縄でいかない免色の計画や思惑がわかるはずはなかった。主人公は免色に、秋川まりえが本当の娘かどうか、きちんと調べたらどうか、と尋ねる。この疑問自体が、まりえを引き寄せるという免色の戦略の枠内でなされていることに主人公は無自覚だ。

「秋川まりえが私の血を分けた子供なのかどうか、医学的に正確に調べようと思えば調べられると思います。いくらか手間はかかるでしょうが、やってできなくはありません。しかし私はそういうことをしたくないのです」

「どうしてですか？」

「秋川まりえが私の子供なのかどうか、それは重要なファクターではないからです」（第2巻214頁）

免色にとって、〈事実〉はどうでもいい。免色が考えるところの〈真実〉が崩れないことが何よりも重要なのだ。免色にとっては、秋川まりえが免色の娘である蓋然性が排除されないというのが真実だ。この真実が免色にとって生きがいとなっている。まりえに関してのみ、免色は事実を重ん

じる近代主義者ではなくなるのである。

客観的で実証的な事実よりも、蓋然性の枠を出ない真実の方が重要であるというのは、宗教の世界ではよくある現象である。キリスト教でも、イエス・キリストという男が実際に存在したかどうかは蓋然性の域を出ない。19世紀の史的イエスの探究によって、1世紀のパレスチナにイエスという青年が存在したことは実証できないという結果がでた。他方、イエスがいなかったという不在証明もできなかった。キリスト教は、教祖の歴史的存在が曖昧な宗教なのである。ただし、1世紀末にイエスを救い主（キリスト）であると信じた人びとがいたことは実証できる。そして神学で重要なのは、イエスが説いたとされる物語（ケリュグマ）の内容なのである。同様に免色にとって、まりえが実子であるかということよりも、彼女について自ら形成する物語の方が遥かに重要なのだ。

「つまり、真実を明らかにするよりは、今の状況をこのままとどめておきたいと」

免色は膝の上で両手を広げた。「簡単に言えばそういうことです。その結論に達するまでには時間がかかりました。しかし今では私の気持ちは固まっています。『秋川まりえは自分の実の娘かもしれない』という可能性を心に抱いたまま、これからの人生を生きていこうと私は考えています。（略）たとえ彼女が実の娘であるとわかっても、私はまず幸福にはなれません。喪失がより痛切なものになるだけでしょう。そしてもし彼女が自分の実の娘ではないとわかったら、それはそれで、別の意味で私の失望は深いものになります。あるいは心が挫けてしまうかもしれない。どちらに転んでも、好ましい結果が生まれる見込みはありません。言わんとすることはおわかりいただけますか？」（第2巻215〜216頁）

免色は、具体的な人間を信用していない。主人公のこともまりえのことも信用していない。重要なのは、物語を煮詰めることによって生じるイデア（観念）なのだ。「秋川まりえは自分の実の娘かもしれない」という物語を煮詰めることによって、イデアを抽出しようとしている。そのために主人公が描くまりえの肖像画が必要なのだ。まりえの肖像画は、免色がイデアについて想起するために必要なイコン（聖画像）なのである。このことは、かつて免色がまりえの死んだ母親について、「私の中には今でも、彼女のためだけの特別な場所があります。とても具体的な場所です。神殿と呼んでもいいかもしれません」と主人公に告白したことと関係づけることができる。いわば神殿に飾るイコンとして、まりえの肖像画が必要なのだ。

主人公にとって事実と真実は、近似した概念だ。だから、主人公はなおも「あなたが求めているのは、唯一無二の真実を知ることではなく、彼女の肖像画を壁にかけて日々眺め、そこにある可能性について思いを巡らせること——本当にそれだけでかまわないのですか？」と問うが、免色は「そうです。私は揺らぎのない真実よりはむしろ、揺らぎの余地のある可能性を選択します。その揺らぎに我が身を委ねることを選びます」と答える。

この状況を見ていた騎士団長が、異例なことであるが、主人公に対して身振りで助言を与えた。

——彼は両手の人差し指を宙に上げ、左右に広げた。どうやら〈その返答は先延ばしにしろ〉ということらしかった。それから彼は右手の人差し指で左手首の腕時計を指さした。もちろん騎士団長は腕時計なんてはめていない。腕時計のあるあたりを指さしたということだ。そしてもちろんそれが意味するのは、〈そろそろここを引き上げた方がいい〉ということだった。

——それは騎士団長からのアドバイスであり、警告だった。（第2巻217頁）

何事にもタイミングがある。このまま免色と話を続けていると、間違ったタイミングで危険な決断を主人公がすることを騎士団長は懸念したのだ。この場を去ることで免色の影響下から逃れ、冷静になって考えることを騎士団長は主人公に勧めている。主人公は起ち上がって夕食の礼を述べた。ここで免色は主人公の魂を揺さぶる情報を提供する。ついでに話すような素振りであったが、免色は今が最も効果的なタイミングだと思って、別れ際に重要な情報を告げたのだ。

「雨田具彦さんのことです。以前、彼がオーストリアに留学していたときの話が出ましたね。

——そしてヨーロッパで第二次大戦が勃発する直前に、彼がウィーンから急遽引き上げてきたこ

——とについて」
「ええ、覚えています。そんな話をしました」(第2巻218頁)
「騎士団長殺し」の絵を描いた雨田具彦の謎めいた経歴のこととあっては、主人公も興味を持たざるを得ない。しかも、それは「一種のスキャンダル」として噂になっていた、と免色は意味深長に口にする。

——「スキャンダル?」

「ええ、そうです。雨田さんはウィーンでとある暗殺未遂事件に巻き込まれ、それが政治的な問題にまで発展しそうになり、ベルリンの日本大使館が動いて彼を密かに帰国させた、そういう噂が一部にはあったようです。アンシュルスの直後のことです。アンシュルスのことはご存じですね」(同前)

「アンシュルス(Anschluss)」とは、ドイツ語で接続や連結を意味する。ヒトラーはオーストリア出身だ。ドイツには歴史的に、オーストリアを含めたドイツ語を話す人びとで統一国家を形成すべきであるという大ドイツ主義の流れがある。ヒトラーはその流れを利用して、1938年3月12日にオーストリアをドイツに併合した。この出来事と雨田具彦の関係について、免色は秘密の情報を握っているようだ。

19 坂道

アンシュルスに雨田具彦がどう関わったのか、主人公の興味を巧妙に惹きながら、免色は明かしていく。

雨田具彦がウィーンに留学していたのは、まさに「激動の時代だったのです」。ナチスに抵抗するオーストリアの人たちは「暗殺されたり、自殺に見せかけて殺されたり、あるいは強制収容所に送られたり」していた。免色は「噂によれば、ウィーン時代の雨田具彦には深い仲になったオーストリア人の恋人がいて、その繋がりで彼も事件に巻き込まれたようです。どうやら大学生を中心とする地下抵抗組織が、ナチの高官を暗殺する計画をたてていたらしい」と言う。後日知ることだが、その抵抗組織の名前はカンデラである（「ラテン語で地下の闇を照らす燭台のことです。日本語の〈カンテラ〉はここからきています」と免色は説明した）。

一方で日独防共協定はすでに結ばれており、日本とナチス・ドイツの結びつきは強くなっていた。つまり日独両国にとって、雨田具彦はきわめて好ましくない存在になったのだ。しかし免色によれば、具彦は「若いけれど、日本国内では既にある程度名を知られた画家でもあり、それに加えて彼の父親は大地主で、政治的発言力を持つ地方の有力者でした。そういう人物を人知れず抹殺してしまうわけにもいきません」。

具彦は危険な計画に関与していたらしい。もっとも免色は「噂によれば」と断っているので、確証があるわけではない。具彦が主体的に関与していたのか、それとも恋人との関係で巻き込まれたのかもはっきりしない。

「そして雨田具彦はウィーンから日本に送還された？」

「そうです。送還されたというよりは、救出されたと言った方が近いかもしれない。上の方の〈政治的配慮〉によって九死に一生を得たというところでしょう。そんな重大な容疑でゲシュタポに引っ張られたら、仮に明確な証拠がなかったとしても、まず命はありませんから」（略）

とすれば、彼の絵『騎士団長殺し』の中に描かれている「騎士団長」とはナチの高官のことだったのかもしれない。あの絵は一九三八年のウィーンで起こるべきであった（しかし実際には起こらなかった）暗殺事件を仮想的に描写したものなのかもしれない。事件には雨田具彦とその恋人が関連している。その計画は当局に露見し、その結果二人は離ればなれになり、たぶん彼女は殺されてしまった。彼は日本に帰ってきてから、そのウィーンでの痛切な体験を、日本画のより象徴的な画面に移し替えたのだ。つまりそれを千年以上昔の飛鳥時代の情景に「翻案」したわけだ。『騎士団長殺し』はおそらくは雨田具彦が自分自身のために描いた作品だったのだろう。彼は青年時代の厳しく血なまぐさい記憶を保存するために、その絵を自らのために描かないわけにはいかなかった。（第2巻220〜221頁）

絵でも小説でも、表現された作品には内在的な力がある。それまで主人公は、「騎士団長殺し」と題された絵を、絵自体に内在する力から素直に読み解こうとしていた。それが免色によって与えられた具彦の物語によって変化せざるをえなくなる。騎士団長はナチの高官であるという解釈から、主人公は逃れられなくなってしまった。そこから具彦が「騎士団長殺し」を屋根裏部屋に隠したことも、洋画から日本画に転向したことも、暗殺未遂事件を心理的に隠蔽するためという解釈をする。

その解釈の真偽はともかく、免色によって準備された土俵の上で踊らされているのだということに、主人公はほとんど気づいていない。ほとんどと留保するのは、免色に「あなたはどうやってそれだけのことを調べられたのですか？」と尋ねるからだ。

免色は、それに対して「基本的には情報として信頼できるはずです」と述べるが、それを裏付ける根拠はどこにもない。

そこで主人公は、恋人への愛情から具彦が、ナチ高官の暗殺計画に加わったのではないか、と免色に尋ねた。ここで免色がこの仮説に賛成したならば、主人公は免色に対する疑いを封印できなかったと思う。確定的な情報がまったくない中で、具彦の動機が愛であったとするには飛躍が大きすぎるからだ。免色は、「事実は事実として、そういう話にはだいたい尾ひれがつくものです」と答える。その方が、主人公の信頼を得ることができると計算しているのだ。免色はうまく目的を達成した（そして彼はこれ以降も、「あれからまた多少の事実がわかりました」〈第2巻272頁〉、「あれからまた少し情報が入ってきたもので」〈第3巻98頁〉と、主人公が興味を持つ雨田具彦の情報を小出しにするように、連絡してくることになる。中には、具彦の弟の継彦（つぐひこ）が南京攻略戦に一兵卒として参加し、翌年の除隊後、自宅で自殺したという情報も含まれている)。

　ようやく主人公は帰路につく。別れ際に、免色の娘かもしれない少女——秋川まりえの肖像画の件について会話を交わす。

「食事のあとでつまらない話を持ち出して、せっかくの夜を台無しにしたのでなければいいのですが」と免色は言った。

「そんなことはありません。ただお申し出については、もう少し考えさせてください」

「もちろんです」

「ぼくは考えるのに時間がかかります」

「それは私も同じです」と免色は言った。「二度考えるよりは、三度考える方がいい、というのが私のモットーです。そしてもし時間さえ許すなら、三度考えるよりは、四度考える方がいい。ゆっくり考えてください」(第2巻223頁)

免色は、主人公が何度考えても、最終的な結論は、免色が想定したとおりになると確信している。悪魔が仕掛けた罠から人間が自力で抜け出すことは難しい。

　運転手が後部席のドアを開けて待っていた。私はそこに乗り込んだ。騎士団長もそのとき一緒に乗り込んだはずだが、その姿は私の目には映らなかった。車はアスファルトの坂道を上り、開かれた門を出て、それからゆっくりと山を下りた。(略)

　目に見えるものが現実だ、と騎士団長が耳元で囁いた。しっかりと目を開けてそれを見ておればいいのだ。判断はあとですればよろしい。(第2巻224頁)

免色の言葉だけでは信用するな、目に見えるものを信用しろ。騎士団長の囁きは、悪魔の力から主人公を救い出そうとする助言なのである。

免色邸を訪問した3日後の金曜日に、主人公は秋川まりえに接近する。すべては免色の筋書きによって動いている。その日の絵画教室の課題は人物のクロッキーだ。主人公は、クロッキーのモデルに秋川まりえを指名した。

――私はその授業を利用して、秋川まりえをどのように絵にできるかをテストしてみたわけだ。そしてその結果、彼女が絵のモデルとしてなかなかユニークな、そして豊かな可能性を秘めていることを私は発見した。（第2巻252頁）

主人公は、まりえの不安定さの中に特殊な力が宿っていることに気づく。免色は、この力に関心を持ち、まりえから力を収奪することを考えているのかもしれない。いずれにせよ、免色にとって、主人公はまりえを引き寄せるための道具に過ぎない。しかし、素直な主人公はそのような見方をしない。父と娘かもしれないという免色とまりえの共通性について考えた。

――しかしなんとも判断できなかった。似ているといえばよく似ているようだし、似ていないといえばまるで似ていない。ただもし似ているところをひとつだけあげろと言われれば、それは目になるだろう。二人の目の表情には、とくにその一瞬の独特なきらめき方には、どこかしら共通するものがあるように感じられた。（第2巻253頁）

外形的に免色とまりえの類似は蓋然性の枠を出ていないということだ。ただし、目には共通性がある。目は心の窓だ。免色とまりえの心に通底する何かがあると、主人公は感じた。

主人公がまりえに接近した翌日、スタジオにイデアが騎士団長の姿をとって現れる。

――「久しぶりですね」と私は言った。

「久しぶりも何もあらない」と騎士団長は素っ気なく答えた。「イデアというものは百年、千年単位で世界中あちこちを行き来しているのだ。一日や二日は時間のうちにはいらんぜ」

「免色さんの夕食会はいかがでした？」

「ああ、ああ、あれはそれなりに興味深い夕食会だった。（略）そして免色くんは、なかなかに関心をそそられる人物であった。いろいろなことを先の先の方まで考えている男だ。そしてまたあれこれを、内部にしこたま抱え込んでいる男でもある」（第2巻254〜255頁）

主人公は免色から聞かされた雨田具彦と絵画「騎士団長殺し」をめぐる物語について騎士団長に尋ねる。

「（略）あの絵はどうやら、一九三八年にウィーンで実際に起こった暗殺未遂事件をモチーフとしているようです。そしてその事件には雨田具彦さん自身が関わっているという話です。そのことについてあなたは何かをご存じではありませんか？」

騎士団長はしばらく腕組みをして考えていた。それから目を細め、口を開いた。

「歴史の中には、そのまま暗闇の中に置いておった方がよろしいこともうんとある。正しい知識が人を豊かにするとは限らんぜ。客観が主観を凌駕するとは限らんぜ。事実が妄想を吹き消すとは限らんぜ」（第2巻255〜256頁）

免色が語った具彦の物語は、現実の出来事の疎外態だ。歴史的な出来事に関しては、複数の首尾一貫した解釈が可能だ。1つの出来事から無数の物語を紡ぎ出すことができる。免色が語った物語からこぼれ落ちている事実がたくさんある。具彦がウィーンで経験した出来事は、暗闇の中に置いておかざるを得ないような、人間存在の本質に触れる出来事なのだ。そのような出来事については、人は隠喩（メタファー）でしか語ることができない。だから、具彦は「騎士団長殺し」という作品を残したのだ。隠喩を具体的な物語に転換すると、必ず疎外が起きる。原初的な出来事は、主観と客観、事実と妄想、というような分節化に馴染まない。

主人公は、「騎士団長殺し」という作品をそのまま受け止めることができなくなってしまった。免色によって、首尾一貫した客観的な解釈が可能だという認識を刷り込まれたからだ。この刷り込みを脱構築しなくては、主人公は免色の世界に引き込まれてしまう。騎士団長は、主人公が陥っている危機を隠喩で理解させようとする。

> 「絵に語らせておけばよろしいじゃないか」と騎士団長は静かな声で言った。「もしその絵が何かを語りたがっておるのであれば、絵にそのまま語らせておけばよろしい。隠喩は隠喩のままに、暗号は暗号のままに、ザルはザルのままにしておけばよろしい。それで何の不都合があるだろうか？」
>
> なぜ急にザルがそこに出てくるのかよくわからなかったが、そのままにしておいた。（第2巻256〜257頁）

ザルは隙間だらけなので、水の上に浮かべても沈んでしまう。免色の画策はザルのようなものに過ぎないと、騎士団長は主人公に伝えているのだが主人公が理解できないので、別の隠喩で語った。

> 「フランツ・カフカは坂道を愛していた。あらゆる坂に心を惹かれた。急な坂道の途中に建っている家屋を眺めるのが好きだった。道ばたに座って、何時間もただじっとそういう家を眺めておったぜ。飽きもせずに、首を曲げたりまっすぐにしたりしながらな。なにかと変なやつだった。そういうことは知っておったか？」
>
> フランツ・カフカと坂道？
>
> 「いいえ、知りませんでした」と私は言った。そんな話は聞いたこともない。
>
> 「で、そういうことを知ったところで、彼の残した作品への理解がちっとでも深まるものかね、なあ？」（第2巻257頁）

作品は、原作者の人格からは独立した存在だ。カフカの内面世界で、坂道は大きな意味を持ったに違いない。しかし、その知識は、カフカの作品を解釈するための役には立たない。具彦がウィーンで経験した出来事は、カフカが坂道を愛したことと同じなのだ。作品の解釈は、こうした事実とは別の位相で行われるべきものだ。しかし、主人公は騎士団長の隠喩を全く理解することができない。だから「あなたはフランツ・カフカのことも知っていたのですか、個人的に？」と、頓珍漢な

> 質問をしてしまう。
> 「向こうはもちろん、あたしのことなんぞ個人的には知らんがね」と騎士団長は言った。そして何かを思い出したようにくすくす笑った。騎士団長が声を出して笑うのを見たのは、それが初めてだったかもしれない。（略）
> それから騎士団長は表情を元に戻して続けた。
> 「真実とはすなはち表象のことであり、表象とはすなはち真実のことだ。そこにある表象をそのままぐいと呑み込んでしまうのがいちばんなのだ。そこには理屈も事実も、豚のへそもアリの金玉も、なんにもあらない。人がそれ以外の方法を用いて理解の道を辿ろうとするのは、あたかも水にザルを浮かべんとするようなものだ。悪いことはいわない。よした方がよろしいぜ。免色くんがやっておるのも、気の毒だが、いわばそれに類することだ」（第2巻258頁）

騎士団長がくすくす笑ったのは、これほど分かりやすい隠喩すら解釈できない主人公にシグナルを出すためだ。そして、免色の陰謀は水にザルを浮かべようとするようなものなので、失敗するから関わらない方がいいと伝えているのだ。

20　失踪

騎士団長の隠喩を主人公は解釈できない。いや、解釈以前のレベルで、そもそも騎士団長が隠喩で語っていることにすら気づいていない。この構造は、イエスと弟子たちとのやりとりに似ている。福音書の記録では、イエスは重要な事柄を常にたとえ話で語った。例えば「種を蒔く人」に関して、イエスは弟子たちとこんなやりとりをしている。ここで言うイエスのたとえは、隠喩と言い換えることができる。

〈大勢の群衆が集まり、方々の町から人々がそばに来たので、イエスはたとえを用いてお話になった。「種を蒔く人が種蒔きに出て行った。蒔いている間に、ある種は道端に落ち、人に踏みつけられ、空の鳥が食べてしまった。ほかの種は石地に落ち、芽は出たが、水気がないので枯れてしまった。ほかの種は茨の中に落ち、茨も一緒に伸びて、押しかぶさってしまった。また、ほかの種は良い土地に落ち、生え出て、百倍の実を結んだ。」イエスはこのように話して、「聞く耳のある者は聞きなさい」と大声で言われた。

弟子たちは、このたとえはどんな意味かと尋ねた。イエスは言われた。「あなたがたには神の国の秘密を悟ることが許されているが、他の人々にはたとえを用いて話すのだ。それは、

『彼らが見ても見えず、

聞いても理解できない』

ようになるためである。」

「このたとえの意味はこうである。種は神の言葉である。道端のものとは、御言葉を聞くが、信じて救われることのないように、後から悪魔が来て、その心から御言葉を奪い去る人たちである。石地のものとは、御言葉を聞くと喜んで受け入れるが、根がないので、しばらくは信じても、試練に遭うと身を引いてしまう人たちのことである。そして、茨の中に落ちたのは、御言葉を聞くが、途中で人生の思い煩いや富や快楽に覆いふさがれて、実が熟するまでに至らない人たちである。良い土地に落ちたのは、立派な善い心で御言葉を聞き、よく守り、忍耐して実を結ぶ人たちである。」〉（「ルカによる福音書」8章4〜15節）

イエスには、「種は神の言葉である」などと、たとえ（隠喩）を解き明かす権限がある。これに対して、イデア＝騎士団長は、隠喩を用いて語ることはできるが、それを解き明かす権限を持たない。イエスの弟子同様に「見ても見えず、聞いても理解できない」主人公に対しても、騎士団長が

できるのは、隠喩で語りかけ、自分の力で解き明かせ、と伝えることだけだ。実際、騎士団長は、『雨田具彦の『騎士団長殺し』について、あたしが諸君に説いてあげられることはとても少ない。なぜならその本質は寓意にあり、比喩にあるからだ。寓意や比喩は言葉で説明されるべきものではない。呑み込まれるべきものだ」と口にする。

騎士団長が伝えた隠喩を、主人公はまず呑み込み、それを消化した上で、自分の言葉で語り直す必要がある。そのことが、免色渉の策略に主人公が打ち勝つことができる唯一の方法なのだ。主人公の理解が不十分だと感じた騎士団長は、具体的なヒントを告げる。

「しかしひとつだけ諸君に教えてあげよう。あくまでささやかなことだが、明日の夜に電話がかかってくるであろう。免色くんからの電話だが、そいつにはよくよく考えてから返答する方がよろしいぜ。どれだけ考えたところで、きみの回答は結果的にちっとも変わらんだろうが、それにしてもよくよく考えた方がよろしい」

「そしてこちらがよくよく考えているということを、相手にわからせることもまた大事だ、ということですね。ひとつの素振りとして」

「そう、そういうことだ。ファースト・オファーはまず断るというのがビジネスの基本的鉄則だ。覚えておいて損はあらない」と言って騎士団長はまたくすくす笑った。（第2巻259〜260頁）

免色のオファーを最終的に受けなくてはならないという結論は変わらなくても、その過程が重要だ。自分の頭で徹底的に考えるのだ。そのためには時間が必要になる。騎士団長は、主人公に時間を味方につけよと説いている。

騎士団長の予言通り、翌日の夜の八時過ぎに免色から電話があった。先日の夕食の礼や、肖像画への感謝など、儀礼的なやり取りがあった後、免色は秋川まりえの話を「天候の話でもするように、なんでもなさそうに」切り出す。

「覚えておられますよね、先日、彼女をモデルにして絵を描いていただきたいというお願いをしたことを？」

「もちろんよく覚えています」

「そのような申し出を昨日、秋川まりえにしたところ——というか実際には、絵画教室の主宰者である松嶋さんが彼女の叔母さんに、そのようなことは可能かどうか打診をしたわけですが——秋川まりえはモデルをつとめることに同意したということでした」（略）

「しかし免色さん、この話にあなたが一枚噛んでくることを松嶋さんはとくに不審には思わないのでしょうか？」

「私はそういう点についてはとても注意深く行動しています。心配なさらないでください。私はあなたの、いわばパトロンのような役割を果たしている、という風に彼は解釈しています。そのことであなたが気を悪くされなければいいのですが……」（第2巻261〜262頁）

免色の手回しがよすぎる。外堀をすべて埋めた上で、主人公に選択を迫っている。パトロンである免色の意思に、主人公は従う以外の選択肢はないという傲慢な認識が行間からうかがわれる。しかし、主人公は免色の傲慢よりも、むしろ秋川まりえがモデルになることを了承したという事実に関心が向かった。


「実を言いますと、叔母さんの方はこの話に最初のうち、あまり乗り気ではなかったようです。絵描きのモデルになるなんて、だいたいろくなことにはならないだろうと。画家であるあなたに対して失礼な言い方になりますが」

「いや、それが世間の普通の考え方です」

「しかしまりえ自身が、絵のモデルになることにかなり積極的だったという話です。あなたに描いてもらえるのなら、喜んでモデルの役をつとめたいと。そして叔母さんの方がむしろ

> 彼女に説得されたみたいです」
> なぜだろう？　私が彼女の姿を黒板に描いたことが、あるいは何らかのかたちで関係しているのかもしれない。（第2巻262〜263頁）

主人公が黒板にまりえのクロッキーを描いたことも確かに関係している。しかし、それよりも重要なのは、主人公とまりえを近づける、目には見えないが確実に存在する力が働いていることだ。この力は、悪にも善にもなりうる両義性を持っている。免色は、主人公とまりえを悪へ誘おうとしている。

> 「筋書きはシンプルなものです。あなたは画作のためのモデルを探していた。そして絵画教室で教えている秋川まりえという少女は、そのモデルとしてうってつけだった。だから主宰者である松嶋さんを通じて、保護者である叔母さんにその打診をした。そういう流れです。松嶋さんが、あなたの人柄や才能について個人的に保証しました。申し分のない人柄で、熱心な先生であり、画家としての才能も豊かで将来を嘱望されていると。私の存在はどこにも出てきません。出てこないようにきちんと念を押しておきました。もちろん着衣のままのモデルで、叔母さんが付き添ってきます。（略）」（第2巻263頁）

そこまで主人公にまりえの肖像画を描かせることに免色が執着しているにもかかわらず、自らの関与を消し去るように画策していることも奇妙だ。また、この奇妙な依頼の仲介役を引きうけている松嶋は、免色によって資金を提供されるだけでなく、マインドコントロールされているのだろう。「騎士団長の忠告（ファースト・オファーはまず断るものだ）に従って」、主人公は「ただ秋川まりえの肖像画を描くかどうか、そのこと自体についてもう少し考える余裕をいただけませんか？」とふたたび返事を留保する。

免色は、主人公が留保した理由を、報酬が明確になっていないからと理解した。ここに免色の俗物性が端的に示されている。「今回あなたにお願いしたことについてのお礼は、十分にさせていただきたいと考えています」と述べるが、免色の話の進め方の速さに主人公は違和感を覚えた。違和感を覚えさせるために、騎士団長はファースト・オファーは断れと助言したのだ。主人公は「二日ほど余裕をいただけますか？」と言い、免色は「けっこうです」と答えて、2人は電話を切る。

しかし、免色と電話で話している時点で、主人公はまりえの肖像画を描くと決めていた。

私は秋川まりえの肖像画を描きたくてたまらなくなっていた。たとえ誰に制止されたとしても、私はその仕事を引き受けていたことだろう。あえて二日間の猶予をとったのはただ、相手のペースにそっくり呑み込まれたくないという理由からだった。ここでいったん時間をとってゆっくり深呼吸をした方がいいと本能が——そしてまた騎士団長が——私に教えていた。

（第2巻265頁）

こうして、まりえと彼女の叔母の笙子が、主人公のアトリエを訪れ、肖像画の制作が始まった。まりえは、スタジオに置かれていた「騎士団長殺し」を深く気に入り、「この絵はわたしをどこか別のところにつれていこうとしている」と言う。また、「白いスバル・フォレスターの男」については、「描きかけの絵だよ」と言う主人公に向かって、「これはこのままでいいと思う」と重要なサジェスチョンをする。

さらに主人公は、免色がまりえとさりげなく接触する機会も作った。事態は順調に推移しているように見えたが、それは表層に過ぎない。「穴ぼこだらけのものを水に浮かべる」ような免色の計画は、やがて主人公とまりえを窮地に追いやることになるだろう。

主人公はまりえの肖像画を描くのと並行して、祠の裏手にあるあの穴の絵も描き始めた。その「雑木林の中の穴」という絵は、「掛け値なしのリアリズムで」、「徹底して細密に描いていった」。「画面に描かれているのはただの暗い穴だけ」だが、「今にもその中から誰かが（何かが）這い出してきそうな気配がうかがえた」。

またこの頃、雨田政彦が泊りがけで主人公の家に遊びに来た。政彦はわざわざ自分の出刃包丁を持参し、伊東の魚屋で買った新鮮な鯛をさばいてくれた。食後、酒を飲みながら、政彦はユズが今妊娠7カ月であることを告げる。8カ月前に家を出た主人公は（ユズのお腹の子の父親が自分であることは）「法律的なことはともかく、生物学的にいえば、可能性はゼロだよ」と応じる。だが、家を出たあと、車で東北をめぐっている時の日記を取り出してみると、「鮮明な、そして淫靡な夢」を見たのが、ユズが妊娠した時期と一致することを発見する。夢の中で、主人公はユズと性行為をおこない、何度も射精を繰り返した。主人公は「そんな生々しい出来事がただの夢として終わってしまうわけはない」と考えるのだが、この妊娠については、また後の展開を待って触れることにしたい。

ついに決定的な出来事が起き、主人公にとって、長い5日間が始まる。

金曜日は教室にまりえがやってくる日だ。しかし、その日、まりえは現れなかった。彼女が欠席するのは初めてのことだ。夜10時半、まりえの叔母の秋川笙子が主人公に電話をかけてきて、まりえが学校に行くと言って、いつものように朝の7時半に家を出たきり、失踪したと告げた。

秋川笙子はパニック状態に陥り、普段は無意識の領域に封じ込めていた疑念が噴き出している。この時間に主人公に電話してきたのは、まりえが主人公の家にいる、もしくは主人公がまりえの行方を知っていると思ったからだ。主人公は「ぼくには心当たりはありません」と答える。

実は、肖像画のモデルを始めてから、主人公とまりえは秘密を共有していた。主人公の家の雑木林（もちろん、「雑木林の中の穴」の雑木林だ）には、まりえの家からの秘密の通路があるのだ。それは「小さい頃から山ぜんたいが私の遊び場」で「このへんのことは隅から隅まで知っている」まりえしか知らない通路であり、主人公の家までは「車で来るとけっこう道のりは長いけれど、そこを抜けてくるととても近い」のである。

この秘密の通路を経由して、まりえが主人公を訪ねてくることもあった。主人公の知らない間に家の様子を観察したり、裏の祠の穴を覗き込んだりもしたこともあるようだ。あらためて2人で穴を見に行きもした。そんな事実を笙子は知らない。しかし、事実について知らなくても、主人公とまりえの間に特殊な心理的絆があることを、笙子の無意識の領域が察知している。

「まりえさんは学校に行く服装で、朝にお宅を出たんですね？」と私は尋ねた。
「ええ、学校の制服を着て、バッグを肩にかけて。いつもと同じかっこうです。ブレザーコートにスカートです。でも実際に学校に行ったのかどうかまではわかりません。(略) 携帯電話はいちおう持たせているのですが、電源は切られています。あの子は携帯電話が好きじゃないんです。自分から連絡してくるとき以外は、しょっちゅう電源を切ってしまっています。いつもそのことで注意しているのですが。何か大事なことがあったときのために、電源だけは入れておいてくれと――」(『騎士団長殺し 第2部 遷ろうメタファー編(上)』新潮文庫版第3巻290～291頁)

笙子の前では、まりえは規則的な生活を送っているように装っている。だから、まりえが夜中に秘密の通路を用いて外出する可能性を笙子はまったく考えていない。規則性を崩したら、笙子はまりえの生活を監視するようになる。そうなると、これまでのように深夜に家を抜け出すことができなくなる。夜中でも自由気ままに行動できることは、まりえの精神活動にとって、きわめて重要なはずだ。その可能性を封じてしまうようなリスクをとるはずがない。何か想定外の事件か事故にまりえは巻き込まれた可能性があると主人公は考えた。

謎を解く手掛かりを、主人公は自分が描いた絵画に求める。スタジオに入り、イーゼルに載せられた、あと少しで完成するはずのまりえの肖像を眺めた。

秋川まりえは私にとってずいぶん興味深いモデルだった。彼女の姿かたちには、多くの示唆がまるで騙し絵のように潜んでいたからだ。そして今朝から彼女の行方がわからなくなっている。まるでまりえ自身がその騙し絵の中に引き込まれてしまったみたいに。

それから私は床に置いた『雑木林の中の穴』を眺めた。その日の午後に描き上げたばかり

――の油絵だ。その穴の絵は『秋川まりえの肖像』とはまた違った意味合いで、別の方向から、私に何かを訴えかけているようだった。（第3巻293頁）

完成した「雑木林の中の穴」という絵を眺めて、主人公はこの絵の中に「動きの予感のようなもの」があると感じたばかりだった。そこにまりえの失踪の連絡がきた。あの穴は特殊な場だ。あの場を絵画という形にしたことが変化を引き起こしたのだ。

――私が今日の午後に『雑木林の中の穴』の絵を完成させたことによって何かが起動し、動き出したのだ。そしておそらくその結果、秋川まりえはどこかに姿を消してしまった。
　でもそれを秋川笙子に説明するわけにはいかない。そんなことを言われても、彼女はわけがわからなくて余計に混乱するだけだろう。（第3巻294頁）

まりえの失踪と穴が関係しているという話を虚心坦懐に受け止めることができるのは免色だけだ。主人公は免色に電話をすることにした。

21　東京拘置所

目には見えないが確実に存在する大きな力によって、主人公は無意識のうちに免色渉を呼び寄せる。この行為は、自ら苦難に参与することを意味する。苦難を克服できれば自由になるが、克服できなければ破滅する。免色にかける電話が主人公の人生の分水嶺になるのだ。

――挨拶は抜きにして、秋川まりえの行方がわからなくなっていることを、私は手短に説明した。その少女は学校に行くと言って朝に家を出たきり、まだ帰宅していない。絵画教室にも姿を見せなかった。免色はそのことを知らされて驚いたようだった。少しのあいだ言葉を失っていた。

「そのことで、あなたには心当たりみたいなものはないんですね?」、免色はまず私にそう尋ねた。

「まったくありません」と私は答えた。(第3巻295頁)

免色は、自分の娘かもしれない秋川まりえと主人公の間に強力な精神的紐帯が存在することに気づいている。まりえは無口な少女だ。しかし、人間のコミュニケーション手段は言語だけではない。アイコンタクト、身振りなども重要だ。絵に描く、モデルになる、というのもコミュニケーションだ。もっとも主人公とまりえの場合は、とりわけ「騎士団長殺し」という共通の絵を見ることによって、独自のコミュニケーションが成立している。免色はこの事実を知らない。

免色は電話口で黙り込み、自分が知らない秘密が主人公とまりえの間にあると感じている。しかし、それが何であるか皆目見当がつかない。当惑して免色は沈黙したのだ。

免色は、主人公から何らかの提案がなされることを期待していた。しかし、主人公は何も言わない。そこで我慢できなくなった免色がイニシアティブを発揮することになる。


「それについて、何か私にできることはありますか?」、彼はようやく口を開いて私にそう尋ねた。

「急なお願いですが、これからこちらに来ていただくことは可能ですか?」

「あなたのお宅にですか?」

「そうです。そのことに関連して、少しご相談したいことがあるんです」

免色は一瞬間を置いた。それから言った。「わかりました。すぐにうかがいましょう」(第3巻296頁)

主人公は、免色との共通体験に、まりえを捜し出す鍵が潜んでいると思っている。それは、雑木林にあるあの穴だ。あの穴は、われわれの目に見えない別の世界と繋がる開口部になっていることを主人公は直観したのだ。

主人公は、ジャガーで駆けつけてきた免色に「これからあの林の中の穴の様子を見に行きたいのですが、かまいませんか？」と誘う。

この夜は月も星も出ておらず、風もなかった。完全な闇が支配する世界だ。この闇には悪が充満している。キリスト教では、神は風の形で現れることが多い。風もないということは、神が働きかけていない領域ということだ。主観的には、主人公は自分の意志で穴に向かおうとしている。しかし実際には、穴が持つ闇の力に引き寄せられているのだ。

我々は木の根に足をひっかけたりしないように、懐中電灯とランタンで足もとの地面を照らしながら、慎重に歩を運んだ。我々の靴底が積もった落ち葉を踏む音だけが耳に届いた。

（略）

「ひとつだけ、あなたにうかがいたいことがあるのですが」と免色は言った。

「どんなことでしょう？」

「秋川まりえがいなくなったことと、あの穴とのあいだに何か関連性があると、どうしてあなたは思うのですか？」

私は少し前に彼女と一緒にその穴を見に行ったことを話した。彼女は教えられる前から、既にこの穴の存在を知っていた。この一帯は彼女の遊び場なのだ。このあたりで起こった出来事で彼女の知らないことはない。そこで彼女が口にしたことを、私は免色に教えた。その場所はそのままにしておくべきだった、その穴を開いたりするべきではなかった、とまりえは言ったのだ。（第3巻298～299頁）

主人公は、穴が持つ意味を、まりえの言葉と動作によって悟った。かつて主人公が重機の去った後で抱いた、プレモダンあるいはポストモダン的予感は正しかったのだ。

「彼女はあの穴を前にして何か特別なものを感じているみたいでした」と私は言った。「どう言えばいいのだろう……たぶんスピリチュアルなものを」

「そして関心を持っていた？」と免色は言った。

「そのとおりです。彼女はあの穴に警戒心を抱いていたのと同時に、その姿かたちにとても心を惹かれているようでした。だからあの穴に関連して彼女の身に何かが起こったのではないかと、ぼくとしては心配でならないんです。ひょっとして穴の中から出られなくなっているかもしれないと」（第3巻299〜300頁）

まりえが穴から出られなくなっているかもしれない、という主人公の言葉が免色の心に響いたようだ。穴の中に閉じ込められるという表象に、彼は強く刺激されるからだ。

主人公が「とくに警察が絡んでくれば、話は更に面倒になります。もし彼らがあの穴に関心を抱いたりしたら」と言うと、免色は「警察が既に絡んでいるのですか？」と問い返した。秋川笙子は主人公と話した時はまだ警察に連絡していないと言っていたが、こんな深夜になったのだから、もう捜索願を出しているだろう。主人公がそう答えると、免色は「まあ、それは当然のことでしょうね。十三歳の女の子が真夜中近くになっても家に戻ってこない。どこに行ったかもわからない。家の人としては警察に連絡しないわけにはいかない」と応じた。どうやら、警察が関与してくることをあまり歓迎していない様子だ。

2人は小さな祠の前に出て、その裏手にまわる。そこにはあの穴があり、蓋が置かれ、その上には重しの石が並べられていた。ほんの少しだが、その配置が動かされた形跡に主人公は気づく。誰かが石をどかせて、この蓋を開けたのだ。秋川まりえがやったことかもしれないし、彼女のしわざではないのかもしれない。

穴は闇の世界を象徴している。蓋を開けることによって、闇の世界とこの世界の境界が曖昧になった。この曖昧な状況が、イデアが騎士団長という形をとるための条件だった。曖昧な状況にもさまざまな程度がある。今回、誰かが蓋を開けたことによって、この世界における闇の要素が強くなってしまった。光と闇の均衡の崩れが、まりえの失踪をもたらしたのだ。

主人公と免色は蓋を開け、懐中電灯とランタンで穴の中を照らすが、誰の姿もなかった。

いつもと同じ高い石壁にまわりを囲まれた、無人の筒型の空間があるだけだった。しかし一つだけ前とは違っていることがあった。梯子が姿を消していたのだ。（略）

　梯子はすぐに見つかった。それは奥の方の、キャタピラに踏みつぶされなかったススキの茂みの中に横たわっていた。誰かが梯子を外して、そこに放り出したのだ。（第3巻303頁）

免色がその梯子を使って、穴の下へ降りることになる。だが、まず梯子が消えていたということが重要だ。梯子は穴から抜け出す、すなわち闇から脱するために不可欠だ。

梯子を降りる過程で、免色は奇妙な話を始めた。

「ところでベルリンの東西を隔てていた壁の高さをご存じですか？」と免色は梯子を降りながら私に尋ねた。

「知りません」

「三メートルです」と免色は私を見上げて言った。「場所にもよりますが、だいたいそれが基準の高さでした。この穴の高さより少し高いくらいです。それがおおよそ百五十キロにわたって続いていました。私も実物を見たことがあります。ベルリンが東西に分断されている時代に。あれは痛々しい光景だった」

　免色は底に降り立ち、ランタンであたりを照らした。そしてなおも地上にいる私に向けて語り続けた。

「壁はもともとは人を護るために作られたものです。外敵や雨風から人を護るために。しかしそれはときとして、人を封じ込めるためにも使われます。そびえ立つ強固な壁は、閉じ込められた人を無力にします。視覚的に、精神的に。それを目的として作られる壁もありま す」（第3巻304頁）

免色の言うとおり、壁はある種の人びとにとっては防衛的機能を果たすが、別の人にとっては抑圧になる場合もある。ベルリンの壁は、東ドイツにとっては、社会主義体制を防衛する機能を果たした。そのために西ベルリンの人びとは封じ込められることになった。西ベルリンが収容所にならなかったのは、西ドイツとの交通が保障されていたからだ。穴も両義的意味を持つ。空襲から身体を保護するために防空壕として用いることもできるが、人を閉じ込める監獄にすることも可能だ。

穴の中には誰もいなかった。ただ、免色は地面に何か小さなものを見つけたようで、それをハンカチでくるんでポケットに入れた。穴の底から梯子を登ってきた免色は、今度はイスラエルとパレスチナの間にある壁について話し始めた。

「実際に下に降りてみると、壁の高さにはずいぶん威圧感があります。そこにはある種の無力感が生まれます。私は同じような種類の壁をしばらく前にパレスチナで目にしました。イスラエルがこしらえた八メートル以上あるコンクリートの壁です。てっぺんには高圧電流を通した鉄線がめぐらせてあります。それが五百キロ近く続いています。イスラエルの人々は三メートルではとても高さが足りないと考えたのでしょうが、だいたい三メートルあれば壁としての用は足ります」（第3巻306頁）

2020年にパンデミックを引き起こした新型コロナウイルス対策で、イスラエルは徹底的な封じ込め政策をとった。このときにパレスチナから感染症が拡大する可能性を防いだのが壁だ。壁はイスラエル人に安全をもたらした。パレスチナに住む人びとは、壁で封鎖される前は、イスラエルの医療機関を利用することができたが、それができなくなった。壁の存在によって人間の命の価値が変わってくるのだ。2023年10月7日には、パレスチナのガザ地区に拠点を持つイスラム教スンナ派武装組織ハマスが壁を爆破してイスラエルに侵入し1000人以上を殺害した。このことから壁が人間の命を守っていたことが明らかになるとともに、壁の中に封じ込められていたエネルギーが爆発した場合のリスクが大きいことも明確になった。

ここで免色は「そういえば」と言ってから、東京拘置所の壁の高さについて述べる。やはり高さは3メートル近くある。

「なぜかはわかりませんが、部屋の壁がとても高いのです。来る日も来る日も目にするものといえば、その高さ三メートルののっぺりした壁だけです。ほかには何も見るべきものがありません。もちろん壁には絵とかそういうものは飾られていません。ただの壁です。まるで自分が穴の底に置かれているような気がしてきます」（同前）

東京拘置所の独房に勾留された筆者の記憶でも、確かに独房の壁は3メートルくらいあった。独房は4畳の広さだ。畳が3畳で、板の間が1畳分ついている。この板の間に洗面所と便器がある。独房では、入浴、運動、取り調べ、弁護士面会の時間を除けば、平日は午前7時（休日は午前7時半）から午後9時まで、原則として部屋の片隅に座っていなくてはならない。夜は9時消灯ではなく減灯になる。監視の関係で、房内を明るくしておく必要があるからだ。減灯後は、寝ながら読書をすることは懲罰対象となる。また、自殺防止の観点から、顔は布団の外に出していなくてはならない。明るいので、なかなか寝付けない。独房には時計がないので、減灯になってからどれくらい時間が経過したかもわからない。目を開けて、高い天井を見ていると、独房にいるというよりも、穴の中に閉じ込められているような感じがする。

ここで免色は主人公に秘密を告白し始める。彼はこれまで、自分が東京拘置所に長く勾留されていたことを主人公に告げていなかった。これからまりえを捜索するという共通の仕事をするためには、このタイミングで秘密を告白しておくことが得策だという彼の計算が働いている。

「少し前のことになりますが、私はわけあって一度、東京拘置所にしばらく勾留されていたことがあります。それについては、たしかまだあなたにお話ししていませんでしたね？」

「ええ、まだうかがっていません」と私は言った。彼が拘置所に入っていたらしいことは人妻のガールフレンドから聞いていたが、もちろんそれは言わなかった。（略）

免色は少し間を置いてから話を始めた。「言い訳するのではありませんが、私には何ひとつやましいところはありませんでした。私はこれまでいろんな事業に手を染めてきました。多くのリスクを背負って生きてきたと言っていいと思います。しかし私は決して愚かではありませんし、生来用心深い性格ですから、法律に抵触するようなことにはまず手を出しません。そういう線引きには常に留意しています。しかしそのとき私がたまたま手を組んだ相手が、不注意で無考えだったのです。おかげでひどい目にあわされました。それ以来、誰かと手を組んで仕事をするようなことは一切避けています。自分ひとりの責任で生きるようにしています」（第3巻307〜308頁）

人間は群れを作る動物だ。孤立して生きていくことはできない。ただし、組織の一員として仕事をすることと、個人事業主とでは他者に縛られる度合いが異なってくる。個人事業主でもパートナーと手を組むと、協力の結果、個人で仕事をするときよりもはるかに大きな成果を得られることもあれば、相手の失敗がこちらに及んでくることもある。筆者も東京拘置所を出て、職業作家になってからは、極力、自分ひとりの責任で生きるようにしている。だから大学の専任教員にはならず、また企業の顧問や政府の審議会にも加わらないことにしている。免色の心情が筆者には皮膚感覚でわかる。

主人公は免色にかけられた容疑について尋ねた。

「インサイダー取り引きと脱税です。いわゆる経済犯です。最終的に無罪は勝ちとりましたが、起訴にはもち込まれました。検察の取り調べが厳しく、かなり長いあいだ拘置所に入れられていました。いろんな理由をつけて、勾留期限が次々に延長されました。壁に囲まれた場所に入ると、今でも懐かしささえ感じてしまうくらい長い期間です。さっきも申し上げたように、私の側には法で罰せられるような落ち度は何ひとつなかったのです。それはあくまで明白な事実でした。しかし検察は起訴のシナリオを既に書いてしまっていて、そのシナリ

——オには私の有罪もしっかり組み込まれていました。そして彼らは今更そのシナリオを書き直したくなかった。官僚システムというのはそういうものです。（略）」（第3巻308頁）

インサイダー取引や脱税を捜査するのは検察の特捜部だ。特捜部は、知能犯を相手にする捜査の専門家集団だ。知能犯はメモや書類などの物証を残さない。罪証を湮滅しながら犯罪を行う。だから、特捜部の検察官は、まず筋読みを行い、それによって供述調書を作成する。事実を曲げてでも、検察官が正しいと考える真実を追求するのである。

22　ペンギンのフィギュア

主人公は免色渉に東京拘置所での勾留日数を尋ねた。

「四百と三十五日です」と何でもなさそうに免色は言った。「この数字を忘れることは一生ないでしょうね」

狭い独房の中の四百三十五日が恐ろしく長い期間であることは、私にも容易に想像できた。

（略）

免色は言った。「私はそこで狭い場所に耐える術を覚えました。日々そのように自分を訓練していったのです。そこにいるあいだにいくつかの語学を習得しました。スペイン語、トルコ語、中国語です。独房では手元に置いておける書物の数が限られていますが、辞書はその制限に含まれなかったからです。ですからその勾留期間は語学を習得するにはもってこいの機会でした。幸い私は集中力に恵まれている人間ですし、語学の勉強をしているあいだは、壁の存在をうまく忘れることができました。どんなことにだって必ず良い側面があります」

（第3巻309頁）

筆者は鈴木宗男事件に連座し、東京拘置所の独房に2002年5月14日から翌年10月8日まで512日間勾留された。そこで興味深かったのは、勾留2年目から時間の流れが変化したことだ。検察官による取り調べが終わると、出廷を除いて、規則的な生活が毎日続く。勾留366日目から、前年とまったく同じ日課が繰り返される。すると時間の流れが止まる。独房に収容されていることが苦痛でなくなった。朝起きると、その日起きることを完全に予測できるという日常はかなり奇妙だ。彼岸の朝ならば、昼食は糯米と粒あんになることが予測できる。9月1日ならば午前中に乾パン、ソーセージの缶詰、みかんの缶詰が追加的に配給されることが予測できる。この日が防災の日で、災害に備えて拘置所に備蓄している食料を更新するからだ。

筆者が勾留されていた2002〜03年当時は明治時代に制定されたままの監獄法（2006年に「刑事収容施設及び被収容者等の処遇に関する法律」に改正）を基準にして被勾留者の処遇が定められていた。書籍は房内に3冊しか持ち込むことができない。ただし、宗教経典と学習書に関しては、拘置所が認めれば「冊数外」というカテゴリーで追加的に7冊まで所持することができた。外国語の学習書は「冊数外」の扱いになるので、東京拘置所では免色のように外国語の学習をしている囚人が少なからずいる。筆者は、ロシア語力を維持するとともにドイツ語を学び直した。免色の告白通り、語学の学習や読書に集中していると壁の存在が意識から消えた。

勾留生活にもプラスの面とマイナスの面がある。

> 免色は続けた。「しかし最後まで恐ろしかったのは地震と火災でした。大きな地震が来ても、火事が起こっても、なにしろ檻の中に閉じ込められているわけですから、すぐに逃げ出すことができません。その狭い空間に閉じ込められたまま押しつぶされたり、焼け死んだりすることを考え始めると、恐怖のために息が詰まってしまいそうになることもありました。その恐怖はなかなか克服できませんでした。とくに夜中に目が覚めたときなんかは」（第3巻310頁）

拘置所のラジオでは、定期的に地震の際の注意が録音された女性の声で流される。内容はブラックユーモアそのものだった。あれから20年たつが、筆者は今でも正確に復唱できる。少し長いが書き記しておきたい。耳で覚えたものなので文字表記は自己流である。

「わが国は、世界の中でも有数の地震国です。そのため地震に対する普段からの心構えが大切なのですが、突然大きな地震に直面するとなかなか適切な行動がとれないものです。そこで、これから地震が起きた場合、皆さんがどのようにこれに対処すべきかをお話ししましょう。

まず、東京拘置所の建物は、地震に強いということです。地震が発生しても皆さんが居房の中にいる限り絶対といっていいほど安全なのです。具体的に説明しますと、東京拘置所が建てられている地盤ですが、当所の建設時におけるボーリング調査の結果、有楽町層・七号地層・埋没段丘礫層・東京層などと呼ばれている地層で形成されており地震に対する地層の強度は強く地盤が崩れる不安はまずないということが判明しています。建物についても関東大震災の経験を基に専門家が綿密な設計をして建築したものであり、更に地盤を強固なものとするため、直径80センチもある鋼管杭が地下40メートルまで何本も打ち込まれております。これは、コンクリート杭と比較した場合、衝撃に強く、かつ柔軟性があることから使われているものです。また、舎房の壁は、一般の鉄筋コンクリート建築と比較して、その厚さが1・16倍あり、建物に継ぎ目がないばかりか各居房が壁で仕切られ、開口部には鉄格子が入っていることなどにより堅固な構造になっています」

この放送を聞いていて、地震よりも火災になったときに逃げられずに焼け死ぬことになるであろうと恐くなった。放送はさらに続いた。

「専門家の耐震診断を受けた結果、基礎工事・建物とも耐震基準にかなったものであり、関東大震災級の地震が発生しても当所の建物が倒壊するおそれは全くないということが分かっています。

地震により電気、水道、交通等が途絶する非常事態が発生したときのために東京拘置所では、非常用食料及び飲料はもちろん、自家発電装置も完備されているので、これらが復旧するまでの間、何ら不安もなく生活が送れるように万全の準備をしております。これで皆さんがいかに安全なところに収容されているか理解できたことと思います。

しかし、地震による災害から身を守るため一番大切なことは、皆さんが、職員の指示に従い、落ち着いた行動をとることです。そこで地震に対する皆さんの心構えについてお話ししましょう。

過去の大地震の災害をみると、グラグラッときたとき建物が倒壊するのではないか、という恐怖感から外へ飛び出したために落下物に当たり、あるいは塀や門柱が倒れ、その下敷きになって死亡した事例が多いのです。しかし、皆さんは、倒壊のおそれの少ない建物の中にいるのですから、まず「グラッ」ときたら身を潜めて布団や毛布などを頭からかぶって窓ガラスの破片等による被害から身を守り安全と思われるまで静かに待って下さい。慌てたり、恐怖にかられて叫んだりすると不必要な動揺と混乱を来す原因にもなりますから大声を出すことは、絶対にしないで下さい。

次に、職員から指示や情報の伝達がありますから、落ち着いてよく聞き、指示に従って行動して下さい。職員の指示を信頼して行動することが、事故防止の最良の方法であることを忘れないで下さい。

なお、平素から心掛けておくことは、房内の棚など高いところに重量物、缶詰、図書などを置かないようにして下さい。地震のときこれらのものが落下してけがをしないようにするためです。

そして房内の私物、図書、衣類、食料品などや容器、掃除用具などの備品は、いつも整理・整頓しておくことです。これは、突然地震が起こったとき慌ててこれらにつまずいて転倒したりして思わぬけががをしないためです。

「**グラッときたら布団をかぶれ**」

筆者が勾留されているときにも有感地震が何度かあった。特に２００３年5月26日午後6時24分に発生した三陸南地震は、現地で震度6弱を観測したので、拘置所内で流れるラジオがすべて地震中継になった。獄舎もそこそこ揺れたが、布団をかぶるほど切迫した感じではなかったものの、拘置所内には緊張が走った。村上春樹氏は、東京拘置所に勾留された経験がないにもかかわらず、勾留者の心理をよく理解している。

免色の告白は続く。「連中」「相手」というのは東京地検特捜部の検察官たちことだ。

「(略)連中に負けるわけにはいかなかった。とりあえず相手の用意した書類に署名さえすれば、私はその檻から出て、普通の世界に戻ることができました。でもいったん署名をしてしまったらおしまいです。システムに押しつぶされるわけにはいかなかった。でもいないことを認めることになります。これは天から自分に与えられた大事な試練なのだと考えるようにしました」(同前)

―――

鈴木宗男事件の場合、検察官が筆者に求めたのは、「鈴木宗男氏が商社から賄賂を貰っていた」という供述だった。自分で呑み込めばよい話ならば、検察官に迎合して、話をまとめ、勾留を早く終わらせるというのも選択肢としてあったと思う。しかし、無実の罪を他人に被せるのは筆者の信念に反する。従って、筆者も免色同様、否認を貫くことにした。検察官の求めるとおりに供述をし、他人に罪を被せるようなことをすると、その後の人生で自分を信じられなくなってしまうと筆者は思った。自分で自分を信じられない人生ほどみじめなものはない。免色と同じように筆者も「これは天から自分に与えられた大事な試練なのだ」と考えたものだった。

―――

「あなたはこの前、この暗い穴の中に一時間一人でいたとき、そのときのことを思い出していたのですか?」

「そうです。ときどきそうやって原点に立ち戻る必要があります。今ある私を作った場所に。人というのは楽な環境にすぐに馴染んでしまうものですから」(第3巻310~311頁)

―――

免色にとって、東京拘置所での独房生活はその後の人生の原点なのだ。筆者にとっても、あの独房が作家として第2の人生を歩む原点になっている。

免色は東京拘置所での話を終えると、ふと思い出したように、ポケットからハンカチを取り出した。中には、先程彼が穴の底で見つけたものがくるまれている。

　小さなプラスチックの物体だった。私はそれを受け取り、懐中電灯で照らしてみた。黒い紐のストラップのついた全長一センチ半ほどの、白と黒に塗装されたペンギンの人形だった。

　よく女子生徒が、鞄だか携帯電話につけているようなフィギュアだ。（第3巻311頁）

ペンギンのフィギュアは、この小説において特別の意味を持つ小道具だ。プロローグで現れた〈顔のない男〉もこのフィギュアを持っていた。時系列としては、主人公はここで初めてペンギンのフィギュアと出会う。おそらく、これをどこかで〈顔のない男〉に渡すことになるのであろう。

　まりえが失踪した状況で、免色が父であるならば、娘の所有物である可能性が排除されないペンギンのフィギュアを手元に置いておきたいと考えるはずだ。しかし、免色はあっさりとフィギュアを主人公に渡した。この小さな出来事に関しては複数の解釈が可能だ。免色が主人公をそれほど深く信頼していると解釈することもできる。他方、免色のまりえに対する関心は、深層心理の面ではそれほど強くないという見方も可能だ。免色にとって、まりえが娘であり実在していることではなく、観念の中で自分には〈娘がいる〉と思えることの方が重要なのかもしれない。免色が観念に固執しているとすれば、形であるペンギンのフィギュアに価値はない。免色は、一瞬の判断で主人公に「それはとりあえずあなたが持っていてください」と言った。自分で何を考えているかを対象化することはなかったであろうが、筆者は免色には〈娘がいる〉という観念こそが重要なので、このような行動をとったと見ている。

　それから我々は梯子を石壁に立てかけたまま、もう一度穴の上に蓋を被せた。その木材の上に重しの石を並べた。私は念のためにもう一度、その石の配置を頭に刻んでおいた。それから雑木林の小径を抜けて帰路についた。腕時計を見ると、時刻はすでに午前○時をまわっていた。帰り道、私たちは口をきかなかった。二人とも手にした明かりで足下を照らしながら、押し黙ったまま歩を運んだ。それぞれの考えを頭に巡らせていた。（第3巻313頁）

ここで村上春樹氏は巧妙に、免色と主人公の「それぞれの考え」を言語化していない。ただし、主人公は「秋川まりえの身に何か良くないことが」、「それもどこかこの近くで」起こっているのではないか、という危惧を口にする。

――――――

「たとえば、どんな悪いことが起こっているのですか？」と免色は尋ねた。

「それはわかりません。でも、彼女の身に何か危害が及ぼうとしているような気配を感じるのです」

「そしてそれはどこかこの近くなのですね？」

「そうです」と私は言った。「この近くです。そして梯子が穴から引き上げられていたことが、ぼくにはとても気になるんです。誰がそれを引き上げて、わざわざスキの茂みの中に隠しておいたかが。それが意味しているのはいったいどういうことなんだろう？」（第3巻314〜315頁）

――――――

主人公の無意識の領域で、警戒心のスイッチが入っている。騎士団長の形を取ったイデアと何度か会ううちに、目に見えない危険に対する主人公の感覚が、第六感を含め、磨かれたのであろう。やがて読者は、まさにこの時、まりえが「この近くで」危機に陥っていることを知ることになる。

主人公は免色を連れて家に戻り、秋川笙子に電話をした。まだ、まりえは帰っておらず、連絡もないと言う。

――――――

「警察にはもう連絡をしましたか？」

「いいえ、まだしていません。どうしてだかはわからないけれど、警察に話をするのはもう少しだけ待ってみようと思ったんです。今にもふらりとうちに帰ってきそうな気がして――」（第3巻316〜317頁）

――――――

この時点では、主人公も免色もまりえの失踪を警察に通報しない方がいいと考えていた。自力で解決することが難しいにもかかわらず、警察を関与させないというのは奇妙だ。そこには当事者が意識していない力が働いている。しかし、このすぐ後で、主人公はまりえが失踪した事実を警察に通報することを秋川笙子に勧める。主人公が意識していないところで、警察に伝えるべきという力と伝えるべきでないという力がぶつかり合っている。複数のイデアが対抗しているのかもしれない。

主人公は秋川笙子に穴の底で見つけたペンギンのフィギュアについて尋ね、まりえが携帯電話につけていたものであることが明らかになった。ただし、「ひょっとして、そのフィギュアがどこかで見つかったのですか？」と訊かれた主人公は「うちのスタジオの床に落ちていたんです」と言って、真実を語らなかった。携帯電話に応答がないことなどを確認して、主人公は電話を切った。

「そのペンギンのフィギュアはやはりまりえさんの持ち物だったのですね？」と免色は言った。

「そのようです」

「つまり、いつだったかはわからないけれど、彼女はおそらく一人であの穴の中に入った。そして自分にとっての大事なお守りであるペンギンのフィギュアをそこに残していった。どうやらそういうことになりそうですね」

「つまり、護符みたいなものとして残していったということでしょうか？」

「おそらくは」（第３巻３２０～３２１頁）

免色は、ペンギンのフィギュアをお守り（護符）であると解釈した。お守りならば、それを所持していることが重要になる。お守りを外してでも守らなくてはならない人、あるいは事柄があったと免色は解釈している。

それに対して主人公は別の解釈をする。お守りは、異界に置かれていたが、それが穴に移動したという見方だ。

——そのとき私は鈴の行方について騎士団長が言ったことをふと思い出した。「そもそも、あれはあたしの持ち物というわけではあらないのだ。むしろ場に共有されるものだ。いずれにせよ、消えるからにはたぶん消えるなりの理由があったのだろう」

場に共有されるもの？

私は言った。「ひょっとして、秋川まりえがこの人形を穴に置いていったのではないかもしれません。あるいはあの穴はどこか別の場所に繋がっているのではないでしょうか。閉ざされた場所というより、むしろ通路のようなものなのかもしれない。そしていろんなものを自らのうちに呼び込んでいくのかもしれません」（第3巻322頁）

騎士団長がかつて語った「むしろ場に共有されるものだ」という言葉を主人公は思い出した。主人公はイデアの言葉に虚心坦懐に耳を傾けることによって事柄の本質をつかもうとしている。

23　イデアと予定

免色渉の原体験には、東京拘置所独房の閉鎖空間がある。もっとも、どのような閉鎖空間であろうと人間の自由な思考を縛ることはできない。しかし、免色はこのような根源的な人間の自由を獲得することができないのだ。だから、物理的に逃げ場所のない空間が持つ限界にこだわってしまう。

「あの穴の底から、いったいどこに通じることができるのだろう？」と免色がやがて自らに問いかけるように言った。「あなたもご存じのように、私はこのあいだあの穴の底に降りて、一時間ばかり一人でそこに座っていました。真っ暗闇の中で、明かりもなく梯子もなく。その沈黙の中で意識を深く集中しました。そして肉体存在を消してしまおうと真剣に努めました。ただ思念だけの存在になろうと試みました。そうすれば石の壁を越えてどこにでも抜け出せます。拘置所の独房にいるときにもよく同じことを試みたものです。しかし結局どこにも行けなかった。それはどこまでも、堅牢な石の壁に囲まれた逃げ場所を持たない空間でし

──た」（第3巻322〜323頁）

イデアは時空の制約を受けない。主人公の前にイデアは騎士団長の形をとって現れた。主人公には、その姿を見ることができるし、声を聞くこともできる。しかし、免色にはそれができない。秋川まりえにも騎士団長を見ることができ、その話を聞く能力が備わっていることが後に明示される。主人公にもまりえにも時空を超えたイデアと交流する力がある。これに対して、免色や秋川笙子らにはその力がない。この世の中の人びとは、イデアとコミュニケーションをとれる人とそうでない人に分かれるのだ。

──あの穴はひょっとして相手を選ぶのかもしれない、と私はふと思った。あの穴から出てきた騎士団長は私のもとにやってきた。彼は寄宿地として私を選んだ。秋川まりえもまたあの穴に選ばれたのかもしれない。しかし免色は選ばれなかった──何らかの理由によって。

──（第3巻323頁）

イデアと交流する能力は、努力によって身につくものではない。その人が生まれるよりもずっと以前から定まっている。宗教改革者のジャン・カルバンは、神は救われる人と滅びる人を、その人が生まれる以前に予定していると考えていた。これを神学では二重予定説と呼ぶ。免色と主人公の違いは、二重予定説を補助線に引くとよくわかる。主人公は予め選ばれた者なのだ。

ペンギンのフィギュアが穴の底にあったという事実は、まりえの失踪を解く鍵になるかもしれない重要な情報だ。主人公と免色は、この重要情報を秘匿することに決めた。その結果、ペンギンのフィギュアは主人公の元に残ることになる。後に主人公が、地下の世界を彷徨することになったとき、そこから抜けだしこの世界に戻る際に決定的に重要になったのがこのフィギュアだ。フィギュアが主人公の元に残ることも、主人公が生まれるはるか以前から予定されていた事柄なのである。

2人が暖炉の前でクラシックのレコードを聴きながら体を暖めていると、秋川笙子から電話がかかってきた。笙子は、彼女の兄（つまり、まりえの少なくとも戸籍上の父）が帰宅し、警察にまりえ失踪を連絡したことを告げられる。

　それから我々はまた暖炉の前に座り、古典音楽を聴いた。リヒアルト・シュトラウスのオーボエ協奏曲だった。それもレコード棚から免色が選んだ。そんな曲を聴いたのは初めてだった。我々はほとんど口をきくこともなく、その音楽に耳を傾け、暖炉の炎を眺めながらそれぞれの思いに浸っていた。（第3巻327頁）

同じシュトラウスの曲を聴き、同じ暖炉の炎を眺めていても、主人公と免色はまったく別のことを考えている。この小説では、免色の内面は一切描かれない。免色は悪を体現した人間だが、発言や行動だけでは、その内面を読み解くことはできない。こういう悪を体現した者と付き合う際に重要なのは、その人物の内面を知ることではない。自分の内面を掘り下げることだ。それによって悪と闘う契機をつかむことだ。その契機は、内部からではなく、外部からやってくる。自らの内面に深く沈むことによって、外部とつながることが可能になる。キリスト教神学でいうところの啓示の力がここにある。

　啓示を受けるために、主人公は免色から離れて1人になる必要があった。この流れと舞台を村上春樹氏は、見事に作り出していく。

　時計が一時半をまわった頃、私は急にひどく眠くなってきた。目を開いていることがだんだんむずかしくなってきた。（略）

「申し訳ないけれど、少し眠らせてください」と私は免色に言った。

「どうかゆっくり眠ってください」と彼は言った。「交代で眠りましょう。私はたぶん明け方に少しだけ眠ると思います。そのときはこのソファで眠りますから、毛布か何かを貸していただけますか？」

　私は雨田政彦が使ったのと同じ毛布と、軽い羽毛布団と枕とを持ってきて、ソファの上に寝支度を調えた。免色は礼を言った。（第3巻327～328頁）

主人公は自分の部屋へ引き上げてベッドに入るが、ひどく眠いにもかかわらず、うまく寝付けない。あきらめて明かりをつける。

「どうだい、うまく眠れないだろう?」と騎士団長が言った。

私は部屋の中を見渡した。窓の敷居のところに騎士団長が腰掛けていた。(第3巻329頁)

――――――

不意打ちのように、騎士団長が現れた。主人公はまっさきに、まりえの行方を騎士団長に訊ねる。

「知ってのとおり、人間界は時間と空間と蓋然性という三つの要素で規定されておる。イデアたるものは、その三つの要素のどれからも自立したものでなくてはならない。であるから、あたしがそれらに関与することは能わないのだ」

「言っていることがよく理解できませんが、要するに行き先はわからないということですか?」

騎士団長はそれには返事をしなかった。(第3巻330頁)

――――――

騎士団長が言うように、イデアが時空を超越する存在であることを主人公は理解している。しかし、イデアが蓋然性を超越していることについて、主人公はまだ気づいていない。蓋然性を超えるということは、人間の側から見るならば、この世界で起きる事柄はすべて必然的ということだ。人間が自分で何かを考え、選択したと思っていても、それはすべてその人間が生まれる前に神が予定したことであるとカルバンは考えた。予定説で考えれば、イデアの謎を解くことができる。

イデアには掟がある。同時にイデアはその掟にとらわれない。掟を破る自由がある。神は不死だ。しかし、神がイエス・キリストという人間になることによって、十字架上で死んだ。こうして神は不死という限界を超えた。それと同じ決断をイデアはしようとしている。

神が人(イエス・キリスト)となったのは、人間を救うためだった。そのために人となった神であるイエス・キリストは、十字架の上で血を流して死ななくてはならなかった。イデアもまりえを救うためには、血を流し、死ぬ必然性がある。このことを騎士団長の形をとったイデアは主人公に伝えたいのだ。

――「どうすれば秋川まりえを救い出せるか、その方法を具体的に教えてくれとまでは言いません。イデアの世界にはいろいろと制約があるみたいだから、そこまで無理は言いません。でもヒントのひとつくらいはくれてもいいんじゃありませんか？　いろんな事情を考えれば、その程度の親切心はあってもいいでしょう」（略）

騎士団長は長いあいだ腕組みをしてじっと考え込んでいた。彼の中に何か迷いが生じているみたいに見えた。（第3巻331～332頁）

ついに騎士団長は、イデアの掟を破ることを決める。今後起きる出来事についての重要な示唆を主人公に与えることにしたのである。ただし、救済のためには犠牲が必要になる。

――「よろしい」と彼は言った。「そこまで言うなら、仕方あるまい。諸君にひとつだけヒントをあげよう。しかしその結果、いくつかの犠牲が出るかもしれないが、それでもかまわんかね？」

「どんな犠牲ですか？」

「それはまだなんとも言えない。しかし犠牲は避けがたく出るだろう。比喩的に言うならば、血は流されなくてはならない。そういうことだ。それがいかなる犠牲であるかは、後日になればおいおい判明しよう。あるいは誰かが身を棄てねばならん、ということになるやもしれない」（第3巻332頁）

騎士団長は、自ら犠牲になって、主人公の望みを叶えようとしている。

――「土曜日の午前中に、つまり今日の昼前に、諸君に電話がひとつかかってくる」と騎士団長は言った。「そして誰かが諸君を何かに誘うだろう。そしてたとえどのような事情があろうと、諸君はそれを断ってはならん。わかったかね？」（第3巻332～333頁）

主人公は言われたことを機械的に繰り返した。

「これがあたしが諸君に与えられる唯一のヒントだ。言うなれば〈公的言語〉と〈私的言語〉を区切るぎりぎりの一線だ」

そしてそれを最後の言葉として騎士団長はゆっくりと姿を消した。（第3巻333頁）

土曜の朝にかかってくる電話が、この世界と神の国を繋ぐ唯一の窓なのだ。その窓を閉ざしてしまうと救済は不可能になる。この電話による誘いを主人公が受け入れることは、騎士団長にとって、痛みと死を意味する。それだけの覚悟を持って、愛を実現しようとしている騎士団長の想いに、主人公は鈍感なままだ。神の愛に気づいていない、われわれ人間のあり方と極めて似通っている。

これでまりえを救済する道は整えられた。もちろん、これですべてが完結したわけではない。騎士団長の指示に主人公が忠実に従うことが求められている。人間が救済されるためには、イエス・キリストに徹底的に服従することが要請されるのと類比的構成にある。

ここから主人公にとって重要になるのが、時の徴、すなわちカイロス＝タイミングが到来するまで待つことだ。自らの働きかけによって、状況を変化させることができると誤認してはならない。必要なのは、時が満ちるまで急ぎつつ、待つことなのだ。

土曜日の朝、主人公は午前5時過ぎに目を覚ました。免色はまだ寝ている。主人公は簡単な朝食をとりながら、読みかけの本を読み始める。

> スペインの「無敵艦隊（アルマダ）」についての本だった。エリザベス女王とフェリペ二世とのあいだで繰り広げられた、国運を賭けた激しい戦い。（略）
>
> 私が食堂のテーブルの前で、二杯のブラック・コーヒーを飲みながら、スペイン海軍の気の毒な運命を辿っているあいだに、東の空がゆっくり白んできた。土曜日の朝だ。
>
> 今日の午前中にかかってくる電話で、誰かが諸君を何かに誘う。それを断ってはならない。
>
> 私は頭の中で、騎士団長の言ったことを反復した。そして電話機に目をやった。それは沈

黙を守っていた。おそらく電話はかかってくるのだろう。騎士団長は嘘はつかない。私はそのベルが鳴るのをただじっと待っているしかない。（『騎士団長殺し　第2部　遷ろうメタファー編（下）』新潮文庫版第4巻10〜11頁）

スペインの無敵艦隊の多くが、アルマダの海戦（1588年）の際に座礁することは、地球が生じるはるか昔から神によって予定されていたことだ。しかし、人間はその事実に気づかない。神の予定を偶然と勘違いしてしまう。この勘違いを克服するためには信仰が不可欠だ。主人公は、イデアを信じることによってのみ、まりえが救済されると信じたのである。鈍感な主人公だが、いつの間にか信じる力を持つようになっている。

24　非対称な顔

土曜日の午前8時過ぎに免色渉は、主人公の家からジャガーで去っていった。一方、主人公は、イデアの啓示に従って、電話を待っている。電話は親しい人物からかかってきた。

電話のベルが鳴ったのは朝の十時過ぎだった。かけてきたのは雨田政彦だった。

「急な話なんだが」と雨田は言った。「これから伊豆まで父親に会いに行く。よかったら一緒に行かないか？　うちの父親に会いたいって、このあいだ言ってただろう？」（第4巻22頁）

雨田政彦も秋川まりえを救済する上で重要な役割を担っている。政彦も、自分では制御できない外部からの力によって動かされている。父の具彦が重篤な状態であるという連絡を伊豆高原の養護施設から受けた政彦は、以前、主人公が具彦に会いたいと言っていたことを思い出した。政彦がそう思い出すようにイデアが働きかけたのだ。イデアによる秋川まりえ救済計画は着実に進んでいる。

政彦が迎えに来るのを待ちながら、主人公が読んでいる本の内容が興味深い。

　私は居間の安楽椅子に座り、雨田政彦がやってくるのを待ちながら、無敵艦隊についての本の続きを読んだ。沖合で難破した船を捨てて、アイルランドの海岸に命からがらたどり着いたスペイン人たちは、ほとんどが地元民の手にかかって殺された。沿岸に住む貧しい人々は彼らの持ち物を奪うために、みんなで兵士や水夫たちを殺した。スペイン人たちは同じカソリック教徒として、アイルランド人が自分たちを援助してくれるだろうと期待したのだが、そううまくはいかなかった。（第4巻24頁）

これから主人公は苦難の道を歩むことになる。他者が自分を援助してくれると期待してはならない。自分の身は自分で守るのだ。無敵艦隊の轍を踏んではならないと、このテキストを通じてイデアが主人公に働きかけている。

午前11時少し前、雨田政彦が旧型の黒いボルボで到着し、主人公を乗せて伊豆高原に向かう。主人公は具彦の容態を訊ねると、「あまり長くはあるまいな」と政彦は淡々とした声で答えた。そして、流動食や点滴をしてまで延命するつもりはない、というのが具彦本人の意志だと告げる。

「（略）まだ意識のはっきりしているうちに、弁護士を通して文書のかたちにされていて、本人の署名もある。だから延命措置みたいなものは一切とらない。いつ亡くなってもおかしくはない」

「だからいつも、いざという時にそなえて待機している」

「そういうことだ」

「大変だな」

「まあ、人がひとり死ぬってのはけっこう大仕事だからな。文句は言えないよ」（第4巻25～26頁）

もっとも、具彦だけでなく、騎士団長も死のうとしている。だが、その死によって救済される者たちがいるのだ。

政彦の車には、時代遅れのカセットデッキがついていた。このカセットデッキにも象徴的意味がある。政彦は内容を確かめず、適当なテープをデッキに突っ込んだ。デュラン・デュランやヒューイ・ルイスなど、80年代のヒットソングが入っているテープだった。主人公は「この車の中は進化が止まっているみたいだ」と呆れてみせる。

> 「変わった親子だ」と私は言った。「父親はLPしか聴かないし、息子はカセットテープに固執している」
>
> 「遅れ加減についちゃ、おまえだってどっこいどっこいだよ。というか、おまえの方がむしろ遅れている。おまえは携帯電話だって持ってないだろう？　インターネットもほとんど使わないだろう？　おれはちゃんと携帯も持ち歩いているし、わからないことがあればすぐにグーグルで調べる。会社ではマックを使ってデザインまでしている。おれのほうが社会的にずっと進んでいる」
>
> そこで曲はバーティー・ヒギンズの「キー・ラーゴ」に変わった。社会的に進んだ人間にしてはなかなか味わいのある選曲だ。（第4巻27頁）

誰にも人生にとって決定的に重要な時期がある。その時期と特定のテクノロジーは結びついている。１９８０年代においては、ＡＭ（振幅変調）放送の音質が悪かった。そこで音楽番組は音質が良いＦＭ（周波数変調）で流されていた。ＦＭ放送の音楽番組をカセットテープに録音して、何度も聞くということが日常的に行われていた。政彦の人格形成はそのような時代に行われ、そこで時間が止まっている。

バーティー・ヒギンズの「キー・ラーゴ」は、１９８１年にリリースされた曲だ。ただし、ヒギンズは、１９４８年の米国映画「キー・ラーゴ」から影響を受けてこの曲を作った。１９８０年代の曲に１９４０年代が包摂されている。それと同じように政彦の世界観には、今より古い時代が包摂されていることを示唆している。具彦が好んでいたLPレコードは第2次世界大戦後に普及した（それ以前はSPの時代だ）。しかし、具彦が聞いていた曲はクラシックだ。例えば「ドン・ジョバンニ」は1787年に作曲されたオペラであるし、さらに1930年代のウィーンでの個人的な記憶がLPレコードに包摂されている。停止した時間の中で生きているという点では、具彦と政彦はよく似た父子なのだ。

　政彦は、〈現在〉に自分の居場所を見出すことができないでいるようだ。それは女性の関係において端的に現れている。彼は女性の顔の左右非対称性が気になる、と言う。「人の顔というのはまったく左右対称にはできていない」と説明する主人公の言葉を、「もちろんそれくらいのことはおれも知っているさ」と政彦は一蹴する。彼は、女性の顔の左右非対称性を人格と結びつけて論じる。

> 「二ヶ月ほど前のことだが、おれはつきあっていた女の写真を撮った。ディジタル・カメラで、顔の正面からのアップを撮った。で、それを仕事用のコンピュータの大きな画面に映し出した。そしてどうしてかはわからないけど、真ん中から分けて、顔を半分ずつ見たんだよ。右半分を消して左半分だけを見て、それから左半分だけを消して右半分だけを見て……（略）右半分と左半分とではなんだか別人みたいに見えるんだよ。映画の『バットマン』に出てきた、左右でまったく顔の違う悪党がいただろう。トゥーフェイスっていったっけな？」（第4巻28〜29頁）

　さらに政彦は、コンピュータを使って、女の顔の右側と左側だけでそれぞれにひとつの顔を合成する。

> 「（略）そうしたら、そこにはまったく人格の違うとしか思えない二人の女ができあがった。驚いたね。要するに一人の女の中には、実は二人の女が潜んでいるんだよ。そんな風に考えたことはあるか？」（第4巻29頁）

　政彦は、1人の人間に複数の人格が存在することに気づいて驚愕しているのだ。人間はいくつもの可能性から1つの事柄を選択して人生を歩む。もしあるときに異なる選択をしていたならば、別の人生になっていたかもしれない。われわれの左右非対称の顔は人生の可能性を表現している。いくつかの選択の緊張が、ある種の均衡を得たところに、人の顔がある。コンピュータで顔を左右別々に合成すると、異なった人格が現れるのは当然のことだ。そこには、可能性としてあった（あるいは可能性の半分を失った）、その人の別の人生が現れているからだ。ここで読者は、女性の顔だけでなく、主人公や免色やユズたちの複数の人格や別の人生を連想していくかもしれない。小説の冒頭近くにあった、主人公が鏡に顔を映す場面を思い出してもいい。主人公が政彦の意見に批判的なのは、ドライブインの洗面台の鏡に顔を映したときより、本来の自分に近い顔を取り戻せているからだろう。

政彦にはある種のミソジニー（女性蔑視）がある。だから、顔の非対称性を女性に特有の現象ととらえている。


「男の顔は試してみた？」と私は尋ねた。

「試してみたよ。でも男の顔ではあまりそういうことは起こらない。それがドラスティックに起こるのはだいたいが女の顔に限られるんだ」

「一度、精神科医かセラピストのところに行って、相談してみた方がいいんじゃないかな」と私は言った。

雨田はため息をついた。「おれは自分のことをずっと、かなり普通の人間だと思って生きてきたんだがな」（第4巻30頁）

政彦と比較すると、主人公の方がミソジニーは稀薄だ。ミソジニーを含め、偏見を持つ人は、自分が偏見を持っているという事実に気づかない。そのことを主人公は、「私は普通の人間ですと自己申告するような人間を信用してはいけない」というスコット・フィッツジェラルドの言葉で政彦に指摘した。政彦には強迫神経症じみたところがあるようだ、と2人の見解は一致する。

だが、主人公も白いスバル・フォレスターの男に対しては強迫神経症的な反応を示す。あの男のことが頭と心から離れないから、絵まで描くことになった。あの男は、可能性としてあった主人公のもう1つの顔、もう1つの人生なのかもしれない。いわば主人公の影なのだ。政彦は2つの顔と人格を持つ女性に、主人公は白いスバル・フォレスターの男に、それぞれ自分の影を見ているのだ。

2人の話題は具彦のウィーン時代に移った。ウィーン時代の具彦は、人生を決定づける原体験を持つ。この原体験が具彦の影になった。だが、具彦は息子にウィーンでの重要な出来事について語ることはなかった。

「父はリヒアルト・シュトラウスがベートーヴェンの交響曲を指揮するのを聴いたことがあると言っていた」と雨田は言った。「オーケストラはウィーン・フィルだ、もちろん。とてつもなく素晴らしい演奏だったそうだ。それはおれが父親の口からじかに聞いた、数少ないウィーン時代のエピソードのひとつだ」

「ほかにはウィーンでの生活についてどんな話を聞いた？」

「どうでもいいような話ばかりだ。食べ物のこと、酒のこと、そして音楽のこと。父親はなにしろ音楽が好きだったからな。それ以外のことは何もしゃべらなかった。絵の話や政治の話はまったく出なかったよ、女の出てくる話もな」（第4巻33頁）

「どうでもいいような話」しか具彦は息子に語ることができなかったのだ。具彦が本当に伝えたい事柄は、「食べ物のことではない」「酒のことではない」「音楽のことではない」というように否定的に表現した事柄の残余なのである。これは正教神学で典型的な、否定神学の手法だ。正教神学では、「神は人智ではとらえられない」「神は悪ではない」など否定的な表現の残余を神と規定する。正教的な神へのアプローチを否定神学と呼ぶ。

「（略）父親は友だちもつくらず、家族なんか放ったらかしにして、ただただ一人で山の上にこもって仕事をしてきた。かろうじてつきあいがあったのは馴染みの画商くらいだ。ほとんど誰とも口をきかなかった。手紙ひとつ書かなかった。だから伝記を書こうにも、書くべき材料ってものがろくすっぽないんだ。その一生は空白部分が多いというよりは、ほとんど空白だらけと言った方が近いかもしれない。身よりは穴ぼこの方がずっと多いチーズみたいなもんだ」

「あとには作品だけが残されている」（第4巻33〜34頁）

アウグスティヌスは、悪を善の欠如と考えた。これを穴あきチーズとの類比で説明すると、チーズの身が善で、穴ぼこが悪になる。作品になった以外の部分は、すべて空虚だ。しかし、穴あきチーズの類比で、具彦の人生を解釈することは妥当でない。具彦の原体験にある悪、息子にも語らなかった悪は、善の欠如というような実体を伴わない空虚なものではなく、人間が痛みを感じ、血を流す現実だったからだ。

25　明晰な光

主人公は政彦に、「きみも（引用者註・具彦によって）残されたもののひとつだよ」と指摘する。政彦は「おれが？」と驚いたように主人公の顔を見てから、答える。

「たしかにそうだな。言われてみればそのとおりだ。このおれも父があとに残したもののひとつだ。あまり出来は良くないが」

「でも代わりはきかない」

「そのとおりだ。たとえ凡庸でも代わりはきかない」と雨田は言った。「ときどきおれは思うんだ。むしろおまえが雨田具彦の息子だったらよかったんじゃないかって。そうすれば、いろんなことがすんなりと運んだかもしれない」

> 「よしてくれよ」と私は笑って言った。「雨田具彦の息子役は誰にもつとまりっこないよ」
> 「たぶんな」と雨田は言った。「でもおまえならそれなりにうまく精神的な引き継ぎみたいなことはできたんじゃないのかな。そういう資格は、おれよりはむしろおまえの方に具わっているんじゃないか——おれとしてはただ素直にそんな感じがするんだよ」（第4巻34～35頁）

政彦は、具彦が描き、屋根裏部屋に隠した「騎士団長殺し」という絵を主人公が発見した事実を知らない。「騎士団長殺し」という作品を通じて、具彦の精神は継承された。生物学的な親子と精神的な親子は異なるのだ。

主人公は政彦に、「父親が雨田具彦だというのは、きっとずいぶんきついことなんだろうな」と思い切って尋ねてみた。政彦は、具彦と同じく絵をなりわいとしていても、父とはあまりに才能のスケールが違いすぎるので、きっぱり見切りをつけることができて、気にならなくなったと答えた。だが、きついと感じることもあった、と付け加える。

> 「（略）おれがきついと感じるのは、父親が有名な絵描きとしてではなく、ひとりの生身の人間として、息子であるおれに対して最後まで心を開いてくれなかったことだ。情報の申し送りみたいなことを何ひとつおこなってくれなかったことだ」
> 「彼は君に対しても心の内を明かしたりはしなかった？」
> 「ちらりともな。おまえにはＤＮＡを半分やったんだから、そのほかにやるものはない。あとのことは自分でなんとかしろ、みたいな感じなんだ。でもな、人間と人間との関係というのは、そんなＤＮＡだけのことじゃないんだ。そうだろ？　何もおれの人生の導き手になってくれとまでは言わない。そこまでは求めないよ。しかし父親と息子の会話みたいなものが少しはあってもよかったはずだ。自分がかつてどんなことを経験してきたか、どんな思いを抱いて生きてきたか、たとえ僅かな切れっ端でもいい、教えてくれてもよかったはずだ」

――（第4巻36頁）

政彦は、父親が誰にも語ることができない秘密を抱えていることに気づいている。しかし、それが何であるかについては摑めていない。これに対して、主人公は、イデアに導かれ、具彦の家を借り、屋根裏部屋に誘われて、「騎士団長殺し」を発見した。そして「騎士団長殺し」という絵とのアナロジーで、1938年にウィーンで起きた〈何か〉と関係していることを察知した。

2人はファミリー・レストランでトイレ休憩をとった。そのとき、主人公は駐車場に入ってくる白いスバル・フォレスターを見た。観察すると、宮城ナンバーで、リアバンパーにはカジキマグロの絵を描いたステッカーが貼ってある。まさにあの車だ。白いスバル・フォレスターの男は主人公の影であり、悪のメタファーだ。悪が主人公を追跡している。

雨田具彦の入っている施設までのドライブを続けながら、主人公は白いスバル・フォレスターの男のことを考える。主人公はあの男の肖像画を完成できずにいた。

> 彼の肖像画を完成させることを、何かが阻んでいるのだ。たぶん私は、その絵を完成させるためにどうしても必要な要素をひとつ、見つけることができずにいるのだ。パズルの大事なピースをひとつなくしてしまったみたいに。それはこれまでにはなかったことだった。私が誰かの肖像画を描こうとするとき、私はそのために必要な部品を、前もってすべて集めておく。しかしその「白いスバル・フォレスターの男」に関してはそれができなかった。おそらく「白いスバル・フォレスターの男」本人がそれを阻止しているのだろう。彼は何らかの理由で、自分が絵に描かれることを望んでいないのだ。あるいは強く拒否しているのだ。（第4巻44頁）

白いスバル・フォレスターの男の肖像画が完成しないことには大きな意味がある。現在、メタファーのレベルに留まっている悪が、肖像画が完成することによって、この世界に現実として顕在化することになる。顕在化した悪を消し去ることは難しい。悪のメタファーが顕在化しないようにすることが、主人公の使命なのである。白いスバル・フォレスターの男本人ではなく、おそらく目に見えないイデアが主人公の心に働きかけて、肖像画の完成を妨害しているのであろう。まりえが「これはこのままでいいと思う」と主人公に告げた理由もそこにある。

ボルボは道路を外れ、大きく開かれた鉄の門扉の中に入った。雨田は駐車場に車を止め、建物の入り口に向かう。

――雨田は正面玄関から入り、受付デスクに座っていた若い女性と何かを話していた。きれいな長い黒髪の、愛想の良さそうな丸顔の女性だった。（略）話が一段落すると、雨田はデスクに置かれた訪問客のリストに、ボールペンで自分の名前を書き込み、腕時計に目をやってから、現在の時刻を記入した。（第４巻46～47頁）

合理的観点だけから清潔かつ機能的に作られた養護施設では、確立された手続きに従って、訪問客のリストに自分の名前と、時刻を記入する。この後、主人公が訪れる地底では合理性と秩序は通用せず、そこでの時間も空間も論理も、われわれの常識ではとらえることがむずかしい。無秩序な混沌というわけではなく、別の秩序が存在しているのだ。

――「父親の容態はなんとか落ち着いているみたいだ」と雨田はズボンのポケットに両手を突っ込んだまま言った。「朝からずっと咳が止まらなくて、呼吸がうまくできなくなり、そのまま肺炎に進むんじゃないかと心配されていたんだが、少し前に治まって、今はぐっすり眠っているらしい。とにかく部屋に行ってみよう」（第４巻47頁）

２人はエレベーターで３階まで上がる。

――車いすに座った、白髪の小柄な老女が男性介護士に押されて、廊下をこちらに向かってやってきた。彼女は大きく目を見開いてまっすぐ前を見たまま、我々とすれ違っても、ちらりともこちらに目を向けなかった。まるで前方の空間の一点に浮かんだ大事なしるしを見失うまいと心を決めているみたいに。（第４巻48頁）

この施設では、言葉ではなく、目を通じたコミュニケーションが重要になることに、主人公は無意識の領域で気づいた。

> 雨田具彦の部屋は、廊下のいちばん奥にある広い個室だった。（略）部屋の空気には匂いがなかった。老いた病人の匂いも、薬品の匂いも、花の匂いも、日焼けしたカーテンの匂いも、何の匂いもなかった。まったく匂いのないこと――それがその部屋に関して、私がもっとも驚かされたことだった。自分の嗅覚に何か問題が生じたのかと思ってしまったほどだった。どうすればここまで匂いをなくすことができるのだろう？（第4巻48～49頁）

病院や療養所のような施設で匂いを消去することは至難の業だ。しかし、それがここでは実現している。色彩を持たない色が存在するように、匂いのない匂いが存在するのかもしれない。この空間では、不可能が可能になることを示唆している。

> 雨田具彦は窓のすぐそばに置かれたベッドの上で、見事な眺望とは無関係に熟睡していた。（略）布団が首までかけられていたが、呼吸をしているのかいないのか、目で見ているだけでは判断がつかなかった。もし呼吸をしているとしても、それはおそろしくささやかな浅い呼吸であるはずだ。（第4巻49頁）

呼吸が浅いのは、心肺機能が弱っているからだ。具彦のこの世界における持ち時間は、かなり短くなっている。

> 雨田具彦が目覚めたのは三時少し前だった。彼は身体をもぞもぞと動かした。ひとつ大きく呼吸をし、布団が胸のところで上下するのがわかった。雨田が立ち上がってベッドの脇に行き、上から父親の顔をのぞき込んだ。父親はゆっくりと瞼を開いた。白い長い眉毛が細かく宙に震えていた。（略）
> 「父さん」と雨田は私を指さして言った。「こいつが小田原の家のあとに住んでくれているやつだよ。やはり絵描きで、父さんのスタジオを使って絵を描いている。大学時代の友だち

で、あまり気は利かないけど、そして素敵な奥さんにも逃げられちまったけど、絵描きとしてはなかなか悪くない」（第4巻56頁）

具彦は瞼を開いた。政彦は音で父親とコミュニケーションを取ろうとしているようだ。これに対して主人公は具彦の目に注目する。

その両目はどうやら私を見ているようだった。しかし顔には表情らしきものはまったく浮かばなかった。何かは見えているのだろうが、その何かは彼にとってとりあえず意味をなさないものであるようだった。しかし同時に、その淡い膜のかかったような眼球の奥には、驚くほど明晰な光が潜んでいるようにも感じられた。その光は意味を持つ何かのために大事にしまい込まれているのかもしれない。（第4巻57頁）

政彦が気づかない具彦の眼球の奥に潜んでいる明晰な光を、主人公はつかむことができた。主人公は名前を名乗り、「今、小田原の山の上のお宅に住まわせてもらっています」と言って、反応をさぐった。具彦の表情に変化はない。政彦は主人公に、なんでもいいから、もっとどんどん話せよ、という動作をした。

筆者は、死期が迫り、反応を示さなくなった母親を何度か見舞った。病室に入る前に医師と看護師から「聴覚はしっかりしていると思います。一般論として亡くなる直前まで話は聞こえているという例が多いです。ですから病室内の話は、お母さんも理解しているものと考えておいた方がいいです」と言われた。具彦の場合も声は聞こえている。

「とても素敵なお宅です」と私は言った。「仕事がよく捗ります。お気を悪くなさらないといいのですが、レコードも勝手に聴かせていただいています。政彦くんが聴いてもいいと言ってくれたので。素敵なコレクションです。オペラをよく聴いています。それから、このあいだ初めて屋根裏部屋に上がりました」

私がそう言ったとき、彼の目が初めてきらりと光ったように見えた。ほんの微かな煌めきだったし、よほど注意していなければ誰もそれに気づかなかったはずだ。でも私は怠りなく彼の目を直視していた。だからその煌めきを見逃すことはなかった。おそらく「屋根裏部屋」という言葉の響きが、彼の記憶のどこかを刺激したのだ。（第4巻58～59頁）

目にカーテンが幾重にもかかり、その奥に緞帳が降りているとしても、目の奥で激しい光を発すれば、その光は漏れる。「屋根裏部屋」という言葉に反応し、具彦は生命力を振り絞って光を出した。その光を主人公はとらえた。

「屋根裏部屋にはどうやらみみずくが一羽住み着いているようです」と私は続けた。（略）「みみずくも素敵だったけど、それだけではなく、屋根裏部屋はなかなか興味深いところでした」と私は付け加えた。

雨田具彦はベッドに仰向けになったまま、身じろぎもせず私を見つめていた。呼吸は再び浅くなっているようだった。眼球には相変わらず淡い膜がかかっていたが、その奥深くに潜んだ秘密の光は、さっきよりいっそう鮮明になったように私には感じられた。（第4巻59～60頁）

主人公は、「騎士団長殺し」を発見したというシグナルを出した。具彦はそのシグナルを受け止め、反応した。主人公は、更に踏み込んでみる。

「あの屋根裏はみみずくだけじゃなく、絵にとっても絶好の場所かもしれません。つまり絵を保管しておくのに適した場所ということです。とくに画材のせいで変質しやすい日本画の保存には適しているでしょう。地下室なんかとは違って湿気もないし、風通しも良いし、また窓がないから日当たりを気にしなくてもいいし。もちろん雨風が吹き込むおそれもありますから、長期的に保存するには、しっかりと包装しておく必要はあるでしょうが」

「そういえばおれはこれまで、屋根裏なんてのぞいたこともなかったな」と雨田は言った。

「どうもほこりっぽいところが苦手なものだから」

私は雨田具彦の顔から目を逸らさなかった。雨田具彦も私の顔から視線を逸らさなかった。彼がその頭の中で思考の道筋を辿ろうとしていることを私は感じた。みみずく・屋根裏・絵の保管……そういった覚えのあるいくつかの単語の意味を、ひとつに結びつけようとしているのだ。それは現今の彼にとって簡単なことではない。（第4巻60～61頁）

具彦の息子である政彦は、事柄の本質を捉え損ねている。政彦も屋根裏部屋の存在に気づいていた。しかし、そこに上っていくということをしなかった。チャンスがあっても、それを摑むことができなかったのだ。それはイデアが政彦に働きかけなかったからだ。主人公は、イデアの力によって「騎士団長殺し」を見つけることができたのだ。

私は雑木林の中の祠と、その裏手にある奇妙な穴のことも話そうかと思った。その穴がどのような経緯で開かれたか。それがどのような形状の穴であったか。しかし思い直してやめた。あまり一度にいろんなことを持ち出さない方がいい。残された彼の意識はひとつのものごとを処理するだけでも、かなりの負荷を負わされているはずだ。そして残された僅かな能力を支えているのは、あやうい一本の糸だけなのだ。（第4巻61頁）

具彦の意識を拡散させないという主人公の選択は的確だ。意識を拡散することで、「あやうい一本の糸」は切れてしまうリスクがあるからだ。政彦は、父親と主人公の間で深刻な交渉が行われていることに気づいていないが、さすがに父親が主人公に強い関心を持ったことは察知した。

「さっきからずっと熱心におまえのことを見ている。誰かに、というか、何かにそんなに強い関心を持ったのはしばらくなかったことだ」

私は黙って雨田具彦の目を見つめていた。

「不思議だよ。おれが何を言ってもほとんど見向きもしなかったのに、さっきからおまえの顔を見たっきり、じっと目を逸らせもしない」

政彦の口調に軽い羨望の響きが混じっていることに気づかないわけにはいかなかった。彼

> は父親に見られることを求めているのだ。それはおそらく子供の頃から一貫して求め続けてきたことなのだろう。（第4巻61～62頁）

具彦と政彦は父子であるが波長が合わないのだ。主人公は、具彦とも政彦とも波長があう。具彦、政彦の波長の公倍数のような波長を主人公が持っているからだ。このような波長は生まれる前から決められているもので、努力によって獲得することはできない。

26　聖画像（イコン）

病床の雨田具彦は、息子の政彦にはまったく関心を示さないにもかかわらず、主人公には強い反応を示した。その理由について、主人公は政彦を思いやってか、こんな説明をする。

> 「ぼくの身体から絵の具の匂いがするのかもしれない」と私は言った。「その匂いが何かの記憶を呼び起こしているのかもしれない」
>
> 「たしかにそうだな、それはあるかもしれない。そういえば、おれは本物の絵の具なんてもう長いあいだ手にもしていない」
>
> 彼の声にはもう暗い響きはなかった。いつもの気楽な雨田政彦に戻っていた。そのとき、テーブルの上に置かれた政彦の小さな携帯電話が振動音を断続的に上げ始めた。
>
> 政彦ははっと顔を上げた。「いけない、携帯を切るのをすっかり忘れていた。部屋の中では携帯を使うことは禁止されているんだ。外に出て話をしてくる。少しのあいだ席を外してかまわないか？」（第4巻62～63頁）

ここで政彦が「切るのをすっかり忘れていた」携帯電話が鳴って、彼が部屋の外に出たことは大きな意味を持つ。政彦が不在であることが、これから起きる重要な変化のために必要だからだ。おそらくイデアが、携帯電話をかけた人に働きかけたのであろう。もちろんイデアに働きかけられて政彦に電話をした人は、その存在についてまったく意識していない。

政彦がいなくなったので、イデアは騎士団長の姿を取って現れた。

騎士団長は雨田政彦がさっきまで座っていた布張りの椅子に腰掛けていた。いつもの服装、いつもの髪型、いつもの剣、いつもの身長だった。私は何も言わず、彼の姿をじっと見ていた。

「諸君のお友だちはまだしばらく戻ってくるまいよ」と騎士団長は右手の人差し指を宙に突き出すようにあげて言った。「電話の話はどうやら長くなりそうだ。だから諸君は安心して、心ゆくまで雨田具彦さんと話をすればよろしい。様々に尋ねたいことがあるのだろう？　どれほどの答えが返ってくるかは疑問ではあるが」

「あなたが政彦をよそに遠ざけたのですか？」

「まさかまさか」と騎士団長は言った。「諸君はあたしを買いかぶりすぎている。あたしにはそこまでの力はあらない。諸君やあたしとは違って、会社に勤めている人は何かと忙しいものだ。気の毒に、週末も何もあらない」（第4巻65～66頁）

騎士団長が「電話の話はどうやら長くなりそうだ」と述べているのは、自身の働きで政彦に長電話をさせるという意味だ。

主人公は、騎士団長は招待されないと姿を現わせないのではなかったか、と不思議に思う。騎士団長は平然と「確かに正確に言うなれば、あたしはここに招かれてはおらない。しかし求められてここにいる。招かれることと求められることの違いはなかなかに微妙なものだが、それはさておき、とにかくあたしを求めたのは雨田具彦氏だ。そしてあたしは、諸君の役に立ちたいと思えばこそ、ここにいる」と答えた。

イデアのあり方は、人間の限られた知性では理解できない。人間から見るとイデアは遍在しているように見える。中世のキリスト教神学者は、神は遍在していると考えたようだ。しかし、現実の世界には、神が存在せずに、悪が支配しているような領域がある。ユダヤ人の大量殺戮が行われたアウシュビッツ収容所、原爆が投下された広島や長崎のような事例だ。しかし、そのような場にも神は存在する。この神の存在のあり方は、遍在という哲学的概念では説明できない。同様にイデアのあり方も遍在では説明できない。

ここで騎士団長はイデアのあり方に関わる重要な事柄を述べている。それは、「あたしはここに招かれてはおらない。しかし求められてここにいる」ということだ。雨田具彦が騎士団長を求めたというのだが、それは何のためだろうか。騎士団長が口にした「あたしは、諸君の役に立ちたい」というのは、ひとつには秋川まりえを救済することだ。それは同時に主人公と雨田具彦も救済することになる。具体的な人間を救済するのがイデアの機能であることが、ここではっきりした。

騎士団長は、「あたしは、諸君の役に立ちたい」という表現で、愛を実践する決意を述べている。しかし、その意味や決意が主人公には伝わらない。だからちぐはぐなやりとりになる。

「役に立つ？」

「そうとも。あたしは諸君にいささかの恩義がある。諸君らがあたしを地下の場所から出してくれた。そうしてあたしは再びイデアとして、この世にはばかりながら出ることができた。このあいだ諸君が言っていたようにな。いつかそのお返しをしなくてはならないと思っていた。イデアとて義理人情を解さないではない」

義理人情？

「まあよろしい。そのようなものだ」と騎士団長は私の心を読んだように言った。「いずれにせよ、諸君は秋川まりえの行方をつきとめ、彼女をこちら側に取り戻したいと心から望んでおる。それに間違いはあらないね？」

私は肯いた。間違いはあらない。（第4巻66〜67頁）

ここで騎士団長が展開した論理を注意深く分析することが重要だ。

騎士団長は、主人公に、いささかの恩義（地下の場所から出してくれたこと）があると述べる。だが、この返礼として、救済の行為があると考えてはならない。主人公がイデアを地下の場所から出したことは契機ではあるが、原因ではない。このことを騎士団長は「義理人情」という言葉で表現している。恩に対する返礼は義理だ。それだけでなく、人情を加えることで、騎士団長はこれから大いなる愛の実践に踏み切ることを予告しているのだ。騎士団長はあくまで直接的には語らないが、自らの命を捨てることで、主人公や秋川まりえの命を救うことを決断したのだ。同時にそれは雨田具彦の死後の魂を救うことにもなる。

「あなたは彼女の行方を知っているのですか？」

「知ってはいるよ。少し前に会ってきたところだ」

「会ってきた？」

「短く話もしてきた」

「じゃあ彼女がどこにいるか教えてください」

「知ってはいるが、あたしの口からは教えられない」

「教えられない？」

「教える資格を持たないということだ」

「でもあなたは今、ぼくの役に立ちたいからこそこの場所にいると言いました」

「確かにそう言った」

「それなのに秋川まりえの居場所は教えられない、ということですか？」

騎士団長は首を振った。「それを教えるのはあたしの役目ではあらない。気の毒なことではあるが」（第4巻67〜68頁）

騎士団長は、秋川まりえが免色の家に隠れている（読者はまだ知らない）という事実を知っているが、それについて語ることはできないのだ。まりえの居場所を誰かから教わるために、主人公はこれから地下の世界を旅しなければならない。そしてこのさき、地下の世界と、まりえが隠れている免色の家はパラレルな空間になっていく。

では、主人公は、誰からまりえの居場所を教わるのか？

> 騎士団長は右手の人差し指で私をまっすぐ指さした。「諸君自身だよ。諸君自身が諸君に教えるのだ。それ以外に諸君が秋川まりえの居場所を知る道はあらない」
>
> 「ぼくがぼく自身に教える？」と私は言った。「でもぼくは彼女がどこにいるのか、まったく知らないのですよ」
>
> 騎士団長はため息をついた。「諸君は知っておるのだよ。ただ自分がそれを知っておるということを知らないだけだ」（第4巻68頁）

救済への道筋を主人公はまったく理解できていない。秋川まりえを救うために、自分に何ができるのかがわからず、途方にくれる。ただ、少なくとも騎士団長の手伝いが必要であり、騎士団長に手伝う意志があることだけはわかっている。

> 「それであなたは今ここで、いったい何を手伝ってくれようというのですか？」
>
> 騎士団長は言った。「諸君が諸君自身に出会うことができる場所に、諸君を今から送り出すことがあたしにはできる。しかしそれは簡単なことではあらない。そこには少なからざる犠牲と、厳しい試練とが伴うことになる。具体的に申せば、犠牲を払うのはイデアであり、試練を受けるのは諸君だ。それでもよろしいか？」（第4巻69頁）

騎士団長は、自らの死によって、他者を救おうとしている。そして、この決意を犠牲という言葉で表現した。主人公はその言わんとすることを読み取れない。かつて1世紀のパレスチナでイエスと弟子たちの間で起きた出来事が、騎士団長と主人公の間で反復されている。

ここから会話は核心に入る。騎士団長の言わんとすることを理解できない主人公が「それで、ぼくは具体的にいったい何をすればいいのですか?」と直接的に訊ねたのだ。


「簡単なことだ。あたしを殺せばよろしい」と騎士団長は言った。

「あなたを殺す?」と私は言った。

「あの『騎士団長殺し』の画面にならって、諸君があたしをあやめればよろしい」

「ぼくが剣であなたを刺し殺す。そういうことですか?」

「そうだ。うまい具合にあたしは剣を帯びている。前にも言ったように切れば血の出る本物の剣だ。大きなサイズの剣ではあらないが、あたしだって決して大きなサイズではないし、それでじゅうぶん用は足りよう」(第4巻70頁)

主人公は驚愕する。殺人(騎士団長は人とは言えないので、殺しと呼ぶ方が正確かもしれない)をおかすことを主人公はまったく考えていなかったからだ。救済のために犠牲となる血が必要なことは、ユダヤ教、キリスト教では常識であるが、異教徒である主人公はこの常識を共有していないので、やむを得ない。


「つまりその剣を使って、ぼくがあなたを刺し殺すことによって、それで秋川まりえの居場所がわかるのですか?」

「いや、正確に述べるなら、そうではあらない。諸君がここであたしを殺す。あたしを抹殺する。そのことによって引き起こされる一連のリアクションが、諸君を結果的にその少女の居場所に導くであろうということだ」(第4巻71頁)

イエス・キリストが十字架の上で殺された。それによって引き起こされた一連のリアクションによって世界は変化したのである。変化の目的は人間の救済だ。この変化の過程は現在も続いている。イエスが起こしたことと類比的な出来事が、騎士団長を殺すことによって起きる。騎士団長が死ぬことが、まりえと主人公が生きるための条件なのだ。

もちろん主人公は逡巡する。そもそも騎士団長を殺しても、そんなに事態がうまく運ぶものなのか？　騎士団長は、そんな疑問を口にする主人公に、「たしかに諸君の言うとおりだ。現実的にそんなにうまくものごとが連鎖するとは限らないかもしれない。あたしの言っておるのはあくまで予測・推論に過ぎないかもしれない。かもしれないが多すぎるかもしれない。しかしはっきり言って、このほかに方法はひとつもあらないのだ。贅沢を言っている余地はあらないのだよ」と答える。

騎士団長は、自らの命を差し出すことで愛を示す。この愛から感化を受けて、どう行動するかは主人公の問題なのだ。バトンは渡されようとしていた。

「ひとつのイデアを殺して、それによって世界が変わってしまったりはしないのですか？」

「そりゃ、変わることだろうぜ」と騎士団長は言った。そしてまた片方の眉をリー・マーヴィン風にぐいと持ち上げた。「だってそうじゃあらないかね？　ひとつのイデアを抹殺しておきながら、なにの変化もあらない世界があるとしたら、そんな世界にいったいどれほどの意味があるだろうか？　そんなイデアにどれほどの意味があるだろうか？」（第4巻72～73頁）

イデアは無数にある。無数のイデアがもたらす相互関係によって宇宙は成り立っている。最も小さなイデアの1つを欠いても宇宙を理解することはできない。人間の数は無限ではない。2023年時点での世界の人口が80億人であるとしても、それは有限数だ。この人間の相互関係によって世界は成り立っている。そこには、政治的に大きな影響を与える者とそうでない者がいる。経済的に大きな影響を与える者とそうでない者がいる。文化を創造する人と消費する人がいる。戦争で殺す側に回る人と殺される人がいる。社会に大きな影響を与える人と、社会の片隅でつつましい生活を送る人がいる。そのような人間の相互連関によって世界は成立している。この中で無名で影響力がないと思われている1人の人への理解を欠いても、世界を理解したことにはならない。

救済を実現するためには、騎士団長というイデアの死が必要だ。これは客観的事実だ。主人公もこの事実を徐々に受け止め始める。

「それによって世界が何らかの変更を受けることになったとしても、それでもやはりぼくはあなたを殺すべきだと、あなたは思うのですね」
「諸君はあたしをあの穴から出した。そして今、諸君はあたしを殺さなくてはならない。そうしなければ環は閉じない。開かれた環はどこかで閉じられなくてはならない。ほかに選択肢はあらないのだ」（第4巻73頁）

まだ主人公は、騎士団長を殺すという決断を下すことができない。誰かに意見を求めようにも、この部屋には、意識が朦朧としている雨田具彦しかいない。だが、騎士団長によれば、具彦は次第に騎士団長の姿が見えはじめており、「あたしらの声もおいおい耳に届くようになってきたことだろう。そしてほどなくその意味するところも把握できてくるはずだ。彼に残された最後の体力と知力を懸命に集結してな」ということだ。

主人公は、まず「騎士団長殺し」の絵について、作者である具彦に語りかける。もちろん具彦はベッドに横たわったままだ。

「雨田さん、ぼくは屋根裏であなたが隠していた絵を見つけました。（略）ぼくはその絵を開いてしまいました。あなたは不快に思われるかもしれませんが、好奇心が抑えきれなかったのです。そして『騎士団長殺し』が素晴らしい絵であることを発見してからは、その絵から目が離せなくなってしまいました。実に見事な絵です。あなたの代表作のひとつになるはずのものです。そして今のところ、その絵の存在はぼくしか知りません。政彦くんにも見せていません。ほかには秋川まりえという十三歳の女の子だけがその絵を目にしました。そして彼女は昨日から行方がわからなくなっています」（第4巻74頁）

「騎士団長殺し」という絵画に、救済に向けたメッセージが込められていることに主人公は気づいている。主人公とまりえはこの絵を見た。その結果、苦難に遭遇することになるが、それは救済のために必要な試練なのである。試練は神に由来するのに対して、誘惑は悪魔に由来する。主人公が描いた白いスバル・フォレスターの男の絵は、悪魔の力によって描かれたものだ。免色渉も悪魔の力によって動かされている。こういう悪に対抗する内在的な力を「騎士団長殺し」と題された絵画は持っている。

主人公は、具彦に向かって話を続ける。

「問題は、あなたが何のためにあの絵を描いたのかということです。あの絵は、あなたがこれまでに描いてきた一連の日本画とは題材も構図も画風も、大きく違っています。そしてあの絵には何かしら深い個人的なメッセージが込められているように思えます。あの絵はいったい何を意味しているのですか？ 誰が誰を殺しているのですか？ 騎士団長とはいったい誰なのですか？ 殺人者であるドン・ジョバンニは誰なのですか？ そして左の端っこで地下から顔を出している顔の長い、鬚だらけの奇妙な男はいったい何ものなのですか？」（第4巻75頁）

質問を続ける過程で、主人公が持っている問題意識が明確になった。ここで主人公が口にした具体的質問に対する回答は、騎士団長が言うように「余力はこの人（引用者註・具彦）にはもうあらない」のだから、主人公自身で見つけなくてはならないのだ。

「諸君が口にしたのは質問ではあらない。諸君はただ彼に教えたのだよ。諸君が『騎士団長殺し』という絵画を屋根裏で見つけ出して、その存在を明らかにしたのだという事実を。それが第一段階だ。そこから始めなくてはならない」

「第二段階とは何ですか？」

「もちろん諸君があたしを殺すのだ。それが第二段階だ」

「第三段階はあるのですか？」

「あるべきだよ、もちろん」

「それはいったいどんなことですか？」

「諸君にはまだそれがわからないのかね？」

「わかりませんね」

　騎士団長は言った。「われらはあの絵画の寓意の核心をここに再現し、〈顔なが〉を引っ張り出すのだよ。ここに、この部屋に連れ出すのだ。そしてそうすることによって、諸君は秋川まりえを取り戻す」（第4巻75〜76頁）

　騎士団長は、顔ながの意味を明らかにした。顔ながは、この世界と別の世界の開口扉なのだ。おそらくこの扉は、短い時間しか開かない。

　騎士団長は、ナチス支配下のウィーンで具彦が経験した出来事についても明らかにする。かつて免色は噂による、おおまかな情報を主人公に教えたに過ぎないが、騎士団長は闇に葬られた歴史を明らかにする。以前、「騎士団長殺し」を描いた雨田具彦の過去について、「歴史の中には、そのまま暗闇の中に置いておった方がよろしいこともうんとある。正しい知識が人を豊かにするとは限らんぜ。客観が主観を凌駕するとは限らんぜ。事実が妄想を吹き消すとは限らんぜ」と忠告した騎士団長だが、いま、主人公に明かす時が来た、と考えたのだ。まりえや具彦や、そして主人公をも救済するために。


「彼の恋人はナチの手で無惨に殺害された。拷問でゆっくり時間をかけて殺されたのだ。仲間たちもすべて抹殺された。彼らの試みはまったくの無為のうちに終わってしまった。彼だけが政治的配慮によってかろうじて生き残った。そのことは深い心の傷になった。また彼自身も逮捕され、二ヶ月ばかりゲシュタポに勾留され、手ひどい拷問を受けた。拷問は死なない程度に、また身体に傷跡を残さないように注意深く、しかし徹底して暴力的におこなわれた。神経が壊れてしまうくらいのサディスティックな拷問だった。そして実際にその結果、彼の中で何かが死んでしまったのだろう。そのあと彼は、事件については沈黙を守るようにしっかり因果を含められ、日本に強制送還された」（第4巻77頁）

いま、ベッドに横たわった雨田具彦の顔には、どのような表情も浮かんでいない。

27　騎士団長を殺す

死の前に、騎士団長は、雨田具彦の過去について、主人公にイデアとして許容されているぎりぎりのところまで明らかにした。実際にはイデアとして人間に語ってはいけない事柄まで騎士団長は語っている。それは騎士団長が主人公を愛しているからだ。

こうして主人公は「騎士団長殺し」の背景を知った。ウィーンで恋人がナチの拷問によって殺され、具彦自身もサディスティックな拷問をうけたことによって、具彦の人生に断絶が生じた。ウィーンまでとその後の具彦は、別の人間なのである。現象面では、洋画家から日本画家への転換という形であらわれた。しかし、言語化できないことはもとより、記憶から呼び起こすことさえ憚られる激しい出来事による抑圧が具彦の人格に影響を与えた。具彦は、ウィーンで1度死んだのだ。その後は、具彦の抜け殻による人生のようなものだ。自分だけ生き残ったという負い目が、具彦を抜け殻にしてしまったが、具彦は絵を描くことで救済を求めることができた。とりわけ、「騎士団長殺し」という絵を描くことで。それは「彼は青年時代の厳しく血なまぐさい記憶を保存するために、その絵を自らのために描かないわけにはいかなかった」と、主人公がかつて思ったほどシンプルな行為ではなかった。

主人公は騎士団長に言う。

「そして雨田さんはある時点で——どの時点かはわかりませんが——『騎士団長殺し』という作品を描いた。口ではもはや語ることのできないものごとを、寓意として絵の形にした。それが彼にできることのすべてだった。とても優れた、力のこもった作品です」

「そして彼は、自分が実際には成し遂げることができなかったことを、その絵の中でかたちを変えて、いわば偽装的に実現させた。本当には起こらなかったが、起こるべきであった出来事として」

「しかし彼は結局、その描き上げた絵を世間には公開することなく、厳重に包装して屋根裏に隠してしまった」と私は言った。「そのようにかたちを大きく変えた寓意画であっても、それは彼にとっていまだにあまりに生々しい出来事であったから。そういうことですか？」

「そのとおりだ。それは彼の生きた魂から純粋に抽出されたものだった。そしてある日、その絵を諸君が発見した」

「つまりぼくがその作品を白日の下に晒したことが、すべてのものごとの始まりになっているということなのですか？　それが環を開いたということなのですか？」

騎士団長は何も言わず、両の手のひらを広げて上に向けた。（第4巻78～79頁）

この絵に描かれているのは既に起きたことではない。「本当には起こらなかったが、起こるべきであった出来事」が描かれているのだ。可能性としての歴史だ。そして具彦は、今この部屋で、1938年のウィーンに戻っている。彼はまさに、そこで起こるべきであった出来事を目撃しようとしている。具彦の顔には赤みが差してきて、目の「奥深くに潜んでいた神秘的な小さな光が、少しずつ表面に浮かびあがってきた」。騎士団長が、具彦は少しでも多くの意識を取り戻すために「余力を集結しているのだ」と解説した。

「（略）しかし意識が戻れば、それと共に苦痛も戻る。それでもなお彼は意識を取り戻そうと懸命に努めている。たとえ厳しい肉体の苦痛を引き受けたとしても、彼には今ここでなさなくてはならないことがあるからだ」（第4巻80頁）

さっきまで具彦の意識は沈静していた。沈静下では、痛みを感じることがなく、周囲の状況を認識することができない。沈静下にあっても眠っているわけではない。主人公と騎士団長の会話が具彦に強い刺激を与えた。具彦は残された命のすべてを振り絞って、意識を集中しようとしている。その結果、激しい痛みも甦ってきた。苦しいが、それが最後の瞬間に具彦が望んだことなのだ。

ベッドに横たわったままで具彦は、自分の目が見ているものが信じられないように驚愕の表情を浮かべている。

> おそらく自分が絵に描いた想像上の人物の姿が、実際に目の前に出現したという事実が、うまく呑み込めないのだろう。
>
> 「いや、そうではあらない」と騎士団長は私の心を読んで言った。「雨田具彦が今目にしているのは、諸君が目にしているあたしの姿とはまた違ったものだ」
>
> 「ぼくが目にしているあなたの姿とは違った姿を、彼は目にしている？」
>
> 「私は要するにイデアなのだ。場合により、見る人により、あたしの姿は自在に変化する」
>
> 「雨田さんの目には、あなたはどのように映っているのですか？」
>
> 「それはあたしにもわからん。あたしはいうなれば、人の心を映し出す鏡に過ぎないのだから」（第4巻81〜82頁）

具彦にもイデアの姿が見えているが、それは騎士団長の形ではない。具彦には、1938年のウィーンにおけるナチの高官とそれに抵抗する人びとの姿が見えているのかもしれない。あるいは、それらの人びとがまた違った形で見えているのかもしれない。イデアは人に認識されるためには何らかの形をとらなくてはならないが、その形をイデアが一方的に決めることはできない。また、ある人が望んだとおりの姿でイデアが顕れるわけでもない。さまざまな要因が結びついてイデアは特定の形を取るのだ。だが、その際にイデアを見る人の心がまったく反映されないことはない。同時に、心の模造としてイデアが顕れるわけでもない。イデアは、人間にはとらえることのできない外部を持つ。

具彦も心の中にある見たいものをここで見ているのではない。見なくてはならないものを見ているのだ。見なくてはならないものとは、神の啓示と親和的だ。騎士団長は「あるいはそれを目にすることによって、彼は身を切るほどの苦痛を感じているかもしれない。しかし彼はそれを見なくてはならないのだ。人生の終わりにあたって」と言う。

終わり（ギリシア語で言うテロス）は、同時に目的と完成を意味する。騎士団長殺しの現場（具彦にとってはナチの高官が殺される現場）を見ることによって、具彦の人生が完成するのだ。具彦の顔には、驚愕だけでなく、激しい嫌悪や精神の深い苦悶が浮かんだ。具彦は、最後の力を振り絞って、激しい苦痛をものともせず、意識を取り戻した。

具彦に周囲の様子が見えてきたようだ。騎士団長が主人公に言う。「さあ、あたしを断固殺すのだ。彼の意識がこうしてひとつにつながっているあいだに」。この瞬間を逃さずに主人公は騎士団長を殺さなくてはならない。かつて、具彦あるいはその同志が、ナチの高官を殺害するはずだったという、もう1つの歴史をここで甦らさなくてはならない。この行為が、歴史の構造を不安定にする。不安定になった歴史の隙間に主人公が潜り込んで、秋川まりえを救い出すのだ。

騎士団長は腰に帯びていた剣を鞘からするりと抜いた。その長さ二十センチほどの刃はいかにも鋭く見えた。短くはあるが、それは疑いの余地なく人の命を奪うための武器だった。「さあ、これを使ってあたしを刺し殺すのだ」と騎士団長は言った。「あの『騎士団長殺し』の中にあったのと同じ場面をここに再現するのだ。さっさと急いで。ぐずぐずしている暇はあらない」（第4巻84頁）

具彦の家の雑木林にある穴から主人公が騎士団長を呼び出した事柄の意味が、主人公は頭では理解できている。主人公には、騎士団長の決意も、雨田具彦が何かを強く求めていることもわかっている。しかし身体が動かない。そんな主人公に、これまで起こったさまざまな出来事が、ひとつの流れになって押し寄せる。

私の耳はみみずくの羽音を聞き、真夜中の鈴の音を聞いた。

すべてがどこかで結びついている。

「そう、すべてはどこかで結びついておるのだ」と騎士団長は私の心を読んで言った。「その結びつきから諸君は逃げ切ることはできない。さあ、断固としてあたしを殺すのだ。良心の呵責を感じる必要はあらない。雨田具彦はそれを求めている。諸君がそうすることによって、雨田具彦は救われる。彼にとって起こるべきであったことがらを、今ここに起こさせるのだ。今が時だ。諸君だけが彼の人生を最後に救済することができるのだ」（第4巻84〜85頁）

騎士団長は、まりえだけでなく具彦を救うためにも、主人公は剣を振り下ろさなくてはならないと説得する。それでもなお、主人公は騎士団長を殺せない理由を探し、剣の握りが小さすぎることに見出そうとする。「この剣はぼくには少し小さすぎる。うまく扱うことができません」と言った。すると騎士団長は部屋の隅にある小さなタンスを指さし、「そのいちばん上の抽斗を開けてみなさい」と命じた。「その中に魚をおろすための包丁が一本入っているはずだ」と騎士団長は言った。それは先日（主人公がユズの妊娠を知った日だ）、政彦が主人公の家に鯛を調理するために持参した（そして政彦が帰る時に見つからなかった）包丁だった。

包丁を手に持つと、それは石でできたもののようにずしりと重かった。窓から差し込む明るい陽光を受けて、刃先が白く冷ややかに光った。雨田政彦の持参した包丁はうちの台所から姿を消して、この部屋の抽斗の中で、私がやってくるのを待ち受けていたのだ。そして政彦は（結果的に）父親のためにその刃先を研ぎ上げたのだ。私はどうやらその運命から逃れることができないようだった。（第4巻86頁）

もはや、騎士団長を殺すことが出来ないという口実を主人公は見出すことができない。このような状況に主人公を追い込む形で、騎士団長は愛を実践しているのだ。

騎士団長は小さな指先で自分の心臓の位置を示した。心臓のことを考えると、妹の心臓のことを思い出さないわけにはいかなかった。妹が大学病院で心臓手術を受けたときのことを私はよく覚えていた。それがどれほど困難で微妙な手術であったかを。問題を抱えたひとつの心臓を救うのは至難の業なのだ。何人もの専門医と大量の血液が必要とされる。しかしそれを破壊するのは簡単なことだ。

騎士団長は言った。「ああ、そんなことを考えてもしかたあるまいぜ。秋川まりえを取り戻すには、諸君はどうしてもそれをしなくてはならないのだ。たとえやりたくないことであっても。あたしの言うことを信じるのだ。心を捨て、意識を閉ざすのだ。しかし目を閉じてはならない。しっかりと見ているのだよ」（第4巻87～88頁）

人間の常識では、殺人だ。それを救済に転換するためには信仰が不可欠なのだ。主人公は理性の限界を克服し、騎士団長を信じることにした。包丁を振り下ろすという形で主人公は信仰告白を行為に移さねばならない。ここで求められているのは、信仰即行為、だ。

だが主人公は振りかざした包丁を騎士団長に向って振り下ろすことができない。「たとえイデアにとってそれが無数分の一の死に過ぎなくても、私が私の目の前にあるひとつの生命を抹殺するということに変わりはない」となおも逡巡する。いま、自分がしようとしていることは、例えば具彦の弟の継彦が戦争中に上官から命じられて行った殺人行為（免色から聞かされた継彦の自殺について、主人公は政彦に確認している。東京音楽学校で学ぶピアニストだった継彦は徴兵され、さまざまな苛酷な目に遭った上、上官の命令により南京で3人の捕虜の首を切らされた。戦争体験によって神経が破壊された継彦は帰国後に自殺した）と同じではないのか。

「同じではあらない」と騎士団長は言った。「この場合は、あたしがそれを求めているのだ。自分自身が殺されることを、あたしが求めているのだ。それは再生のための死なのだ。さあ、心を決めて環を閉じるのだ」（第4巻88頁）

人類を救済するためには、十字架の上でイエス・キリストが死ぬ必要があった。それと同様の意味が騎士団長の死にはある。主人公はそのことを理解している。しかし、殺すという行為、他者の命を奪うという行為自体に悪が内在していることも自覚している。だから、この時、「おまえがどこで何をしていたかおれにはちゃんとわかっているぞ」という声が、主人公の心の中で聞こえる。ためらう主人公を、騎士団長は「さあ、その包丁を振り下ろすのだ」と励ます。

「諸君にはそれができるはずだ。諸君が殺すのはあたしではあらない。諸君は今ここで邪悪なる父を殺すのだ。邪悪なる父を殺し、その血を大地に吸わせるのだ」

邪悪なる父？

私にとって邪悪なる父とはいったい何だろう？

「諸君にとっての邪悪なる父とは誰か？」と騎士団長は私の心を読んで言った。「その男を諸君はさきほど見かけたはずだ。そうじゃないかね？」（第4巻89頁）

この施設へ来る途中、主人公はファミリー・レストランでその男の車を見た。邪悪なる父とは白いスバル・フォレスターの男であることが、主人公にも、読者にも明かされた。あの男は悪のイデアだ。悪のイデアも常にわれわれと共にあるのだ。主人公は包丁を振り下ろした。

その鋭い刃先は騎士団長が指さしている小ぶりな心臓をまっすぐに刺し突いた。（略）騎士団長はイデアだが、その肉体はイデアではない。それはあくまでイデアが借用している肉体であり、その肉体にはおとなしく死を受容するつもりはなかった。肉体には肉体の論理がある。私はその抵抗を力尽くで押さえつけ、相手の息の根を完全に止めてしまわなくてはならない。騎士団長は「あたしを殺しなさい」と言った。しかし現実に私が殺しているのは、ほかの誰かの肉体なのだ。（第4巻90頁）

主人公は、すべてを放り出し、この部屋から逃げ出してしまいたいと思うが、耳には騎士団長の「秋川まりえを取り戻すには、諸君はどうしてもそれをしなくてはならないのだ。たとえやりたくないことであっても」という言葉が響く。主人公は「包丁の刃を騎士団長の心臓により深くのめり込ませた』。ついに主人公は殺人という行為に踏み込んだ。この血に対する責任は、主人公が負わなくてはならない。

> しかし『騎士団長殺し』の画面にあったように勢いよく血が噴き出すということはなかった。これは幻なんだと私は考えようと努めた。私が殺しているのはただの幻に過ぎないのだ、これはあくまで象徴的な行為なのだ。（第4巻91頁）

主人公はこの殺人を象徴的行為であると合理化しようとした。だが、これは抽象的行為ではない。具体的に目の前にいる騎士団長の命を奪う行為だ。そのような合理化は通用しないことを主人公自身が自覚している。

> 私が殺しているのは紛れもないひとつの生身の肉体なのだ。雨田具彦の筆によって生み出された、僅か体長六十センチの小さな架空の身体だったが、その生命力は思いのほか強かった。私が手にした包丁の刃先は、その皮膚を突き破り、何本かの肋骨を砕き、小さな心臓を貫き、背後の椅子の背にまで達していた。それが幻であるわけがない。（同前）

だが、雨田具彦にとっては、死んでいくのは騎士団長ではない。

> 雨田具彦はこれまで以上にかっと大きく目を見開いて、そこにある光景を直視していた。私が騎士団長を刺し殺している光景を。いや、そうじゃない、今ここで私に殺されようとしている相手は、彼にとっては騎士団長ではない。彼が目にしているのはいったい誰なのだろう？　彼がウィーンで暗殺しようと計画していたナチの高官なのか。南京城内で弟に日本刀を渡し、三人の中国人捕虜の首を斬らせた若い少尉なのか。それとも彼らすべてを生み出したもっと根源的な、邪悪なる何かなのか。もちろん私にはそれはわからない。（第4巻91〜92頁）

主人公は、騎士団長を殺すと同時に、他の殺しにも従事している。ナチの高官、若い陸軍少尉、白いスバル・フォレスターの男も同時に殺している。殺さなければならない具体的な命の背後に存在する「邪悪なる父」と戦っている。

騎士団長が意識を失ってからほどなく、雨田具彦も「まるで「見るべきものは見届けた」と言わんばかりに」、大きく息を吐き出すと、目を閉じた。

――彼は昏睡という平穏な世界に、意識もなく苦痛もない世界に、再び戻り着くことができたようだ。私は彼のためにそのことを喜ばしく思った。（第4巻93頁）

騎士団長とともに具彦も力が尽きたのは、この世における命の目的を達成したからだ。騎士団長の形をしたイデアも命を失った。イデアの死が、この世界を変容させる。その変容によって生じる隙間に、主人公は潜り込まなくてはならない。

28 世界の複数性

主人公はまだ救済の道筋がわからないでいるが、騎士団長の忠告を思い出した。

――耳を澄ませるのだ、と騎士団長は言った。私は言われたとおり耳を澄ませた。

何かがこの部屋の中にいる。何かがそこで動いている。私は血に濡れた鋭い刃物を手にしたまま姿勢を変えることなく、目だけをそっと動かして、その音のする方を見た。そして部屋の奥の隅にいるものの姿を目の端に認めた。

顔ながそこにいた。

私は騎士団長を刺殺することによって、顔ながをこの世界に引きずり出したのだ。（第4巻94頁）

騎士団長の死によって世界は変容し始めた。それを形で示すのが顔ながだ。形を見せた顔ながが救済の契機になる。顔ながは、「騎士団長殺し」に描かれている出来事の目撃者だ。1938年にウィーンで起きるべきだった出来事が、絵に描かれ、さらにいま伊豆の高齢者用養護施設で構造的に反復された。顔ながは、この2度目の出来事も目撃した。

> 「顔なが」は部屋の隅に開いた穴からぬっと顔を突き出し、四角い蓋を片手で押し上げながら、部屋の様子をひそかにうかがっていた。長く伸びた髪はもつれ、顔中にたっぷり黒い鬚がはえていた。（略）
>
> それは『騎士団長殺し』に描かれた顔ながとはちがって、驚愕の表情を顔に浮かべ、今はもう亡骸となった騎士団長の姿を呆然と見つめていた。自分の目が信じられないというように、小さくその口を開いて。（第4巻95〜96頁）

イデアはこの世界に遍在している。騎士団長の形を取ったイデアは死んだ。その瞬間をイデア自体が目撃している。真の神の子であるイエスの死を神が見ているのと類比的だ。ただし、顔ながはイデアではなく、メタファー（隠喩、暗喩）だ。〈目には見えないが確実に存在するもの〉がイデアであり自立もしているが、メタファーはそれ自体としては成立しないものだ。原型が存在して、初めてメタファーが成立するのである。あること（原型）を違う形（言葉その他）で表すのがメタファーだ。イデアが作りだした構造が、メタファーを生みだしたのだ。騎士団長の形をとったイデアが死んだという出来事を暗喩する何かが、顔ながとして現れたのである。

> ――顔ながの存在と秋川まりえの失踪がどのように結びついているのか、顔ながという男がいったい誰なのか、何なのか、すべてはわからないままだ。顔ながに関して私が騎士団長から与えられた情報は、情報というよりむしろ謎かけに近いものだった。（第4巻97頁）

この謎かけに主人公が答えることが、まりえを救済するために不可欠だ。まず、顔ながから謎かけの答えを吐き出させなければならない。

> ――顔ながの持ち上げている四角い蓋の大きさは、一辺六十センチほどだった。その蓋は部屋

の床と同じ淡いグリーンのリノリウムでできていた。閉められてしまえば、床と違いがまったくわからなくなってしまうことだろう。いや、おそらくは蓋そのものがそっくり消滅してしまうはずだ。（同前）

顔ながの持ち上げている四角い蓋は、機会の窓だ。この窓は一瞬しか開かない。この瞬間を逃さずに、四角い蓋の下にある世界に移動しなくてはならない。

私が襟を摑むと、それまで硬直状態にあった顔ながはそこではっと正気を取り戻し、慌てて身を振りほどき、穴の中に逃げ込もうとした。（略）私は仕方なく、彼の長い頭を思い切り穴の角に叩きつけた。そしてしっかり反動をつけてもう一度。二度目の叩きつけで顔ながは意識を失い、その身体から急に力が抜けた。それで私はその男を、ようやく穴から光の中に引っ張り出すことができた。（第4巻98〜99頁）

主人公は、顔ながを地上に引き上げることに成功した。顔ながは、非暴力、無抵抗ではない。穴の縁を摑み、身体を突っ張って、必死になって抵抗し、主人公の手に嚙みつこうとさえした。このことから、顔ながが棲む地下の世界にも暴力が存在することがわかる。顔ながは、主人公が力を行使したことによって、地下の世界からこの世の光の下に引き出された。主人公は失神した顔ながの外見を観察する。身体は小ぶりで、騎士団長同様、普通の人間を「立体縮小コピー」したかのようだ。彼は粗末で実用的な服を着て、裸足だった。足の裏はどす黒く汚れていて、長い髪もしばらく洗われた形跡はなかった。

その外見から私に推量できるのは、騎士団長はおそらく当時の貴族階級に属する人であり、この男は賤しい庶民なのだろうというくらいだった。飛鳥時代には庶民というのはこのような格好をしていたのだろう。いや、あるいはそれはただ「飛鳥時代の庶民はこのような格好をしていただろう」と雨田具彦が想像した姿に過ぎないのかもしれない。（第4巻99〜１００頁）

顔ながは庶民であるという考察が興味深い。1930年代末のオーストリアにおけるナチの権力掌握を、顔ながのような庶民たちは観察していた。事態を観察していたのは、ナチに迎合していた人びとではなく（そういう人たちは観察ではなく、参加していたはずだ）、ナチの暴力やユダヤ人排斥に対して違和感を覚えていた庶民だと思われるからだ。しかし彼らは起きている事態に抵抗する勇気はなかった。

主人公は失神した顔ながを、近くにあったバスローブの紐で（かつて東北で女の首を絞めたのもバスローブの紐だった）後ろ手に縛りあげて、部屋の中央まで引きずっていき、ベッドの脚に縛り付ける。

――近くから子細に観察すると、悪意や不吉な意志を持っているもののようには見えなかった。それほど頭が良さそうにも見えない。そしてその風貌にはどことなく鈍重な律儀さがうかがえた。そして臆病そうでもある。自分で何かを立案したり判断したりするのではなく、上から指示されたことをそのまま従順に遂行する種類の人間だ。（第4巻100頁）

ここで主人公は思考を切り替えて、具彦について考える。具彦はベッドに横たわったまま、静かに目を閉じている。

――まだ亡くなってはいない。（略）雨田具彦はそこに横向きになり、さっきとはまるで違うても安らかな、満足げと表現してもいいような表情を顔に浮かべていた。（第4巻101頁）

具彦は、主人公が「騎士団長を（あるいは彼にとっての殺されるべき人物を）刺し殺すのを見届けて」、満足して人生を終えることができそうだ。具彦には、この出来事は、1938年のウィーンで、彼の同志がナチ高官を刺殺する姿のように見えたのであろう。この暗殺に成功しても、歴史を大きく変化させることはできなかったかもしれない。それでも暗殺を計画した当事者にとっては、その計画が成功するか否かが死活的に重要になる。太平洋戦争末期の特攻隊との類比で考えてみるとよい。個別の特攻作戦で、爆弾を抱いた特攻機が米国の航空母艦への突入に成功しようがしまいが、あの戦争の帰趨には影響を与えなかった。しかし、個別の特攻隊員にとって、自分の飛行機が航空母艦に体当たりできるかどうかがきわめて重要なのと同じだ。

つづいて主人公は、命を奪った騎士団長に近寄って、その右手をとってみる。「生命が着々と非生命に向かっているときに漂わせるよそよそしさ」を感じるだけだ。主人公は騎士団長の瞼をそっと閉じてやる。

> 私は椅子に腰を下ろし、床の上にのびている顔ながが意識を取り戻すのを待った。窓の外では広大な太平洋が陽光を受けて眩しく光っていた。一群の漁船はまだ操業を続けていた。銀色の飛行機が一機、滑らかな機体を光らせながらゆっくり南に向けて飛行していくのが見えた。後尾に長いアンテナを突き出した四発のプロペラ機――厚木基地を飛び立った海上自衛隊の対潜哨戒機だ。土曜日の午後とはいえ、人々はそれぞれの日々の職務を黙々とこなしている。（第4巻102頁）

騎士団長が生命から非生命に移行しつつある時、主人公は世界の複数性に気づいた。この瞬間に海上自衛隊の対潜哨戒機に乗って職務を果たしている人がいる。対潜哨戒機が捜索対象とする異国の潜水艦に乗っている人もいるだろう。雨田政彦は、部屋の外で仕事の電話をしている。主人公は、まりえを捜している。まりえも、この瞬間にどこかにいて、何かを考えているはずだ。人はおのおの自身の世界を持っている。世界は複数存在するのだ。主人公は、自分がいるこの世界を徹底的に掘り下げて、世界の複数性を深く知ることが重要と考えている。

> ここに今もし雨田政彦が急に戻ってきたら、彼はこの光景を目にしていったい何を思うだろう？　騎士団長は刺し殺されて血だまりの中に沈み、縛り上げられた顔ながが床に転がされている。どちらも身長は一メートルに足りず、奇妙な古代の衣裳に身を包んでいる。そして深い昏睡の中にいる雨田具彦は微かな満足の笑み（のようなもの）を口もとに浮かべている。床の隅にはぽっかりと四角い暗い穴が開いている。そのような状況がもたらされたいき

――さつを、私は政彦になんと説明をすればいいのだろう？

しかしもちろん政彦は部屋に戻ってこなかった。（第4巻102〜103頁）

複数の世界は適宜、結合し、また分離する。政彦がこの場に戻ってこないのは、主人公と政彦が、この瞬間には異なった世界に存在しているからだ。他方、主人公、具彦、騎士団長、顔ながは同じ世界に存在している。そして、この世界から今、騎士団長が去ろうとしている。

――顔ながの意識がようやく戻ってきた。
私はすぐに椅子から立ち上がり、彼のそばに膝をついた。
「時間がないんだ」と私は彼を見下ろして言った。「秋川まりえがどこにいるのかを教えてもらいたい。そうすればすぐに紐を解いて、あそこに帰してやるから」（略）
「教えなければ、おまえを殺すことになる」と私は言った。（第4巻103〜104頁）

主人公の暴力性が加速している。「ぼくが騎士団長を刺し殺すのを見ていただろう。一人殺すのも二人殺すのも変わりはない」という言葉で主人公は、顔ながを脅す。主人公は、そのあとで本当に殺すつもりはないと意識しているが、無意識の領域では暴力性が増加していることがテキストの行間から窺われる。騎士団長を殺したことにより、主人公は激しく能動的になっているようだ。


「待って」と顔ながかすれた声で言った。「待っておくれ」

男の言葉遣いはいくぶん奇妙だったが、話はちゃんと通じているようだ。私は包丁をほんの少しだけ喉から離した。そして言った。

「秋川まりえがどこにいるか、おまえは知っているのか？」

「いいえ、わたくしはその人のことはまったく知らない。真実（まこと）であります」

私は顔ながの目をじっと見た。大きな、表情の読みやすい目だった。（略）

「おまえはいったい何ものなのだ？　やはりイデアの一種なのか？」

「いいえ、わたくしどもはイデアなぞではありません。ただのメタファーであります」

「メタファー？」

「そうです。ただのつつましい暗喩であります。ものとものとをつなげるだけのものであります。ですからなんとか許しておくれ」（第4巻104～105頁）

顔ながは、自らがメタファーであることを告白した。メタファーの機能は、ものとものとをつなげることだ。顔ながは何と何をつなげているのか。


「もしおまえがメタファーなら、何かひとつ即興で暗喩を言ってみろ。何か言えるだろう」と私は言った。

「わたくしはただのしがない下級のメタファーです。上等な暗喩なぞ言えません」

「上等じゃなくてもいいから、ひとつ言ってみてくれ」

顔ながは長いあいだ考え込んでいた。それから言った。「彼はとても目立つ男だった。通勤の人混みの中でオレンジ色のとんがり帽をかぶった男のように」

たしかにそれほど上等な比喩ではない。だいいち暗喩ですらなかった。

「それは暗喩じゃなくて、明喩だよ」と私は指摘した。

「すみません。言い直します」と顔ながは額に汗を浮かべながら言った。「彼はあたかも、通勤の人混みの中でオレンジ色のとんがり帽をかぶるように生きた」

「それじゃ文章の意味が通じない。それにまだきちんとした暗喩になっていない。おまえがメタファーだなんて、どうも信用できないな。殺すしかない」（第4巻105～106頁）

明喩とは、比喩とわかる形で語ることだ。「オレンジ色のとんがり帽をかぶった男のように」というのは、典型的な明喩だ。これが「この男はオレンジ色のとんがり帽だ」となると暗喩になる。「ような」という明確に比喩であることを示す言葉がないからだ。

―「すみません。わたくしはまだ見習いのようなものです。気の利いた比喩は思いつけないのです。許しておくれ。でも偽りなく、正真正銘のメタファーであります」

「おまえに仕事を命じる上司のようなものはいるのか？」

「上司というようなものはおりません。いるのかもしれないが、まだ目にしたことはありません。わたくしはただ、事象と表現の関連性の命ずるがままに動いているだけであります。波に揺られるつたないクラゲのようなものです。ですから殺したりしないで。許してください」（第4巻106〜107頁）

顔ながは、メタファーの本質が、事象と表現の関連性を示すものだと正直に説明している。主人公は顔ながの喉に包丁をあてたまま、「おまえがやってきたところまで案内してくれないか？」と脅迫する。だが、顔ながは珍しく、きっぱりと断る。「ここまでわたくしの通ってきた道は〈メタファー通路〉であります。個々人によって道筋は異なってきます。ひとつとして同じ通路はありません。ですからわたくしがあなた様の道案内をすることはできないのだ」と言う。主人公は「つまりぼくは自分ひとりでその通路に入って行かなくてはならない。そしてぼく自身の道筋を見つけなくてはならない。そういうことなのか？」と問い返す。


顔ながは強く首を横に振った。「あなた様がメタファー通路に入ることはあまりに危険であります。生身の人間がそこに入って、順路をひとつあやまてば、とんでもないところに行き着くことになる。そして二重メタファーがあちこちに身を潜めております」

「二重メタファー？」

顔ながは身震いした。「二重メタファーは奥の暗闇に潜み、とびっきりやくざで危険な生き物です」（第4巻107〜108頁）

メタファーとは、比喩であることを示さない比喩だ。従って、その表現には、さまざまな捻れがある。メタファーから事柄の本質まで辿り着こうとしても、脇道にそれてしまう可能性が高い。この危険の最たるものを顔ながは「二重メタファー」と呼んだのだ。

29　具体的なもの

顔ながは、主人公に地下の奥の暗闇には二重メタファーという「とびっきりやくざで危険な生き物」が存在すると言った。二重メタファーとは、おそらく、メタファーを生み出す強力なメタの力を持つものであろう。神が無から世界を創造する以前の原空間に存在したブラックホールや渾沌のようなものかもしれない。そこには神も人間も不在なので、キリスト教的には、根源悪と呼んでもいい。二重メタファーの作用で、主人公は目的地に到達できなくなってしまうかもしれない。主人公はそれでも地下の世界に行くと腹を括っている。主人公の決意を知って、顔ながは「忠告をさせておくれ」と言う。

「何か明かりを持って行かれた方がいいと思います。かなり暗いところがありますから。それから必ずどこかで川に出くわすはずです。メタファーでありながらも水は本物の水でありますす。流れは冷たく速く、深いのだ。舟がなくてはその川は渡れない。舟は渡し場にあります」

私は尋ねた。「渡し場でその川を渡って、それからどうなるんだ?」

顔ながは目をぎろりとむいた。「川を渡った先もまた、どこまでも関連性に揺れ動く世界であります。あなた様が自分の目で見届けるしかありません」（第4巻108頁）

顔ながは、ここで預言者の機能を果たしている。神から預かった言葉を主人公に伝え、地下の世界で遭遇する危険な事態から抜け出すための知恵を授けているのだ。メタファーでありながら実際の水が流れている川を渡ることが第一関門になるようだ。また、暗闇を歩くには光が必要だ。この光が、暗黒のなかで救済を求める人間と神をつなぐのだ。主人公は具彦が横たわるベッドの枕元にあった懐中電灯（「災害が発生したときの用意に、このような施設の部屋には必ず懐中電灯が備え付けてある」）を手にとった。

　主人公は顔ながの手足を縛った紐を解いてやって釈放する。顔ながは地下の世界に急いで戻ろうとしたが、穴に足を踏み入れてから、顔の上半分だけを外に出して主人公を振り返る。


「そのなんとかさんが見つかるとよろしいですね。コミチさんと申されましたか？」

「コミチじゃない」と私は言った。背中がすっと寒くなった。喉の奥が乾いて貼りつくような感触があった。一瞬うまく声が出てこなかった。「コミチじゃなく、秋川まりえだ。おまえはコミチのことを何か知っているのか？」

「いいえ、わたくしは何も知りません」と顔ながは慌てて言った。「今ふとその名前がわたくしのつたない比喩的な頭に浮かんだだけです。ただの間違いです。許しておくれ」

　そして顔ながはふっと穴の中に消えた。（第4巻111頁）

　顔ながが穴の中に足を踏み入れたときに主人公の妹の名に言及したことも重要だ。地下にあるメタファーの世界で、コミチという固有名詞が重要な役割を演じることを予告している。メタファーである顔ながの発言に無駄はない。

　でもそれについて深く考え込んでいる余裕はなかった。私は穴の中に足を踏み入れ、懐中電灯の明かりをつけた。足もとは暗く、ずっとなだらかな下り坂になっているようだった。奇妙といえば奇妙な話だ。というのはその部屋は建物の三階にあり、床の下は当然二階になっているはずだったから。しかし懐中電灯の光をあてても、その通路の先を見通すことはできなかった。私は穴の中に全身を入れ、手を伸ばして四角い蓋をぴたりと閉めた。それであたりは完全な暗黒になった。（第4巻111～112頁）

　こうして主人公は「メタファー通路」の闇の中へ入っていく。穴は建物の3階にあった。しかし、この穴とつながる世界は、われわれが生活している場所とは位相を異にする。主人公の意識では下り坂であっても、それは上とか下とかいった概念では説明できない場なのである。

> 通路は終始なだらかな傾斜になっていた。岩盤を丸くくり抜いたようなきれいな筒形で、地面は堅くしっかりとして、おおむね平坦だった。天井は低かったから、頭をぶっつけないように常に身をかがめていなくてはならなかった。(第4巻１１３頁)

地面も天井もメタファーだ。主人公の意識が変化すれば、堅くしっかりした地面はすぐにでも崩れるだろう。

暗闇がメタファーであれば、当然、光もメタファーである。懐中電灯から出ている光も、主人公の意識を反映しているに過ぎない。秋川まりえを救い出そうとする希望が光という形になっている。光は希望のメタファーなのだ。

顔ながは暗闇に危険な二重メタファーが潜んでいると説明したが、この説明自体がメタファーである。二重メタファーは既に主人公の意識の中に潜んでいるのだ。暗闇の中で主人公が正気を保っていれば、二重メタファーに捕らわれることもない。

> できるだけ狭さと暗さのことを考えないようにとつとめた。そのためには何か別のことを考えなくてはならない。私はチーズ・トーストを思い浮かべた。どうしてチーズ・トーストなのかは、自分でもよくわからなかった。(略)そしてその隣には、湯気の立つ熱いブラック・コーヒーがある。月も星もない真夜中のような黒々としたブラック・コーヒーだ。私は朝食のテーブルに並べられたそれらのものごとを懐かしく思い出した。外に向かって開いた窓、窓の外にある大きな柳の木、その柔らかな枝に軽業師のようにあぶなっかしくとまった軽快な鳥たちの声。(第4巻１１４〜１１５頁)

暗闇の中で正気を保つためには、何か具体的なものを思い続ける必要がある。人間の観念は脆い。観念だけを推し進めていると、正気を保てなくなる。そして不安に襲われ、希望を保てなくなる。その結果、二重メタファーに捕らわれてしまうことになる。この罠から逃れるためには具体的なものが必要なのだ。チーズ・トーストでもブラック・コーヒーでも柳の木でも鳥たちの声でもいい。地上に存在する具体的なものの記憶が、主人公の正気を保つために不可欠なのだ。ここで読者は、ユズから離婚を切り出された時、空に1羽の鳥もいなかったことを思い出してもいい。主人公は、すでにあの頃からずいぶん遠いところまで来ている。だが、まだ道は半ばだ。

> 思考は暗闇の中で、意味を欠いた方向に際限なく伸びていった。あるいは方向性のない方向に、というべきか。しかし私にはその伸び方を制御することができなかった。私の思考は私の手を既に離れてしまっていた。隙のない暗闇の中で自分の考えを掌握するのは簡単なことではない。考えは謎の樹木となり、その枝を暗闇の中に自由に延ばしていく（暗喩だ）。しかしいずれにせよ、私は自分を保つために何かを考え続けている必要があった。なんでもいい何かを。（第4巻１１６～１１７頁）

思考には自己拡張していく性質がある。この自己拡張が不安につながると、主人公は二重メタファーに捕らわれてしまう。だから主人公は具体的なものを思い浮かべることによって、思考の自己拡張に一定の制約を加えた。主人公は無意識のうちにこのような選択をした。あるいは、主人公に対して外部から目に見えないが確実に存在する力が働いて、具体的なものを思考するように誘導されたのかもしれない。

> 時間の感覚は既におおかた消えてしまっていたが、下りの傾斜路をそれだけ延々と歩いたからには、もうずいぶん地下深くに来ているはずだった。しかしその深さだって結局は架空のものに過ぎない。だいたい建物の三階からそのまま地下に降りられるわけがないのだから。暗闇だってやはり架空のものに過ぎないはずだ。ここにあるものはすべて観念、あるいは比喩に過ぎないのだ、私はそう考えようとした。しかしそれでも、私をぴったりと包んでいる暗闇はやはりどこまでも本物の暗闇であり、私を圧迫する深さはやはりどこまでも本物の深さだった。（第4巻１１７頁）

深さも暗闇も客観的には架空のものだ。しかし、主人公にとっては現実なのである。もっとも、地上においても客観的には架空であるが、当事者にとっては現実となるものがある。例えば株式資本だ。

人間労働は、あらゆる時代に存在してきた。ただし労働者が賃金を得て、それで商品やサービスを購入して生活するというのは、資本主義社会特有の現象だ。そこでは、賃労働すなわち労働力を商品化するという無理が基点になっているとマルクスは考えた。やがて資本主義は、所有しているだけで利得を生み出すという株式資本を生みだした。この株式資本は、資本の究極的な理念を表現したものであるが、フィクションすなわち擬制（架空）資本（Fiktives Kapital）としてしか現れない。株価が上昇すれば経済が良くなる、というのは幻想だ。フィクションはいつか崩れる。しかし、現下のわれわれの社会は株価という架空なるものによって支配されているのだ。

主人公が歩いている地下に戻ろう。やがて乳白色の天井らしきものと淡い光が見えてくる。通路を出ると、足元はごつごつとした岩盤に変る。そして下り坂は今では緩やかな上り坂になっている。これらも何かを意味するメタファーだ。

> 腕時計に目をやったが、その針はもう何も意味していなかった。それが何も意味していないことが私にはすぐ理解できた。私が身につけているほかのものもやはり、そこではもう何の実質的な意味も持っていなかった。キー・リング、財布と運転免許証、いくらかの小銭、ハンカチ、私が持っているのはせいぜいその程度のものだった。しかしその中に、今の私を助けてくれそうなものはひとつとして見当らなかった。（第4巻118〜119頁）

地上とは違う時間が流れる世界で、時計は意味を持たない。また、財布と小銭が意味を持たないということも象徴的だ。資本主義社会では貨幣で商品やサービスを購入することが常識になっている。地下ではこの常識が通用しないことは主人公もわかっている。

上り坂の勾配はどんどん急になっていく。主人公は両手と両足を使って、よじ登るようにして進んでいく。

ようやく丘の頂上に登りつくと、予想していたとおり周囲一帯を広く見渡すことができた。しかし一面に白っぽい霞のようなものがかかっていて、期待していたほど遠方までは見通せなかった。私にわかったのは、少なくとも目の届く限り、そこは生命のしるしひとつ見えない不毛の土地であるらしいということくらいだった。岩だらけのごつごつとした荒野がすべての方向に続いている。(第4巻119頁)

ここは生命のしるしひとつ見えない不毛の土地だ。この不毛の土地で、主人公は秋川まりえの生命を救わなくてはならない。どうすればこの課題を解決することができるのであろうか。しかし、現時点での主人公には、前に進むことを考えるだけで精一杯だ。

じっと耳を澄ませていると、何か微かな音が聞こえてくるような気がした。(略)どうやら水の流れる音であるらしい。あるいはそれが顔ながの言っていた川なのかもしれない。とにかく私は薄暗い光の中、水音のする方に向けて、足元に注意しながら不揃いな斜面を下っていった。

水の音に耳を澄ませているうちに、ひどく喉が渇いていることに気がついた。(第4巻120頁)

主人公は喉が渇いたから、水を探したのではない。水の流れる音が渇きを誘発したのである。地下では全ての概念が相互連関によって成り立っている。今度は主人公が渇きを覚え、水を飲みたいと欲したことで、周囲の環境が変化する。主人公には、環境が客観的な存在のように見える。しかし、それは主人公の主観が作り出したものだ。もっとも自らが作り出した客観によって主人公の主観が変容するのであるから、主観と客観の相互連関で地下の世界は成り立っているのである。水の音が聞こえることで、主人公が渇きを覚え、それによって川が近寄ってくる。高い崖に挟まれた、くねくねと続く一本道の向こうから水音は聞こえてくるようだ。主人公はその道を進んでいく。

顔ながの話によると、川を渡ることが第一関門だ。川を渡るためには川に到達しなくてはならない。この川もまた秋川まりえを救済するためのメタファーである。

30 顔のない男

主人公はようやく川に辿り着く。

さして大きな川には見えなかった。川幅はおそらく五メートルか六メートル、その程度のものだ。しかし流れはずいぶん速そうだった。（略）

川の水が右から左に勢いよく流れているのを目の前にすると、私はいくらか落ち着いた気持ちになることができた。少なくとも大量の水が実際に移動していた。それは地形に沿ってどこかからどこかへと向かっていた。ほかに何ひとつとして動くものがないこの世界で、風さえ吹かない世界で、川の水だけが動いている。（第4巻122頁）

川の水が右から左に流れていることが重要だ。キリスト教では右は正義、左は不正のメタファーだ。正教会では、右から左に十字を描くが、これは正義によって悪を打倒するという意味がある。この川の流れも、正義に従っていることを象徴している。

私は掬った水の匂いを嗅いでみた。匂いはなかった（もし私の嗅覚が失われているのでなければだが）。それから口に含んでみた。水に味わいはなかった（もし私の味覚が失われているのでなければだが）。（略）

水を何度も手で口に運び、夢中で飲めるだけ飲んだ。私の喉は思った以上に渇いていたようだった。しかし匂いも味もない水で喉を潤すというのは、実際にやってみると、ずいぶん奇妙な感じのするものだった。喉が渇いているときに冷たい水をごくごく飲むと、我々はそれを何よりうまいと感じる。身体全体がその味わいを貪欲に吸収する。身体中の細胞が歓喜し、すべての筋肉が瑞々しさを取り戻していく。ところがこの川の水には、そういった感覚を呼び起こす要素がまるで欠落しているのだ。（第4巻123〜124頁）

この世界においては、水にも空気にも臭いがない。ちなみにダンテの『神曲』に描かれた地獄では悪臭がする。地獄にも階層があり、より深刻な悪が充満する深い地獄では、一層の悪臭がする。主人公が歩いている地下の世界で臭いがないということは、この世界が善でも悪でもない価値中立的な、仏教用語で言うと無記の世界であることを示唆している。だが、メタファーの支配する世界だから、主人公の心の状態によっては、たちまち変容する可能性がある。主人公は川の水を飲んだ。喉の渇きは消えたが、身体が瑞々しさを回復することはなかった。この水は人間の生命に力を与えることができないのだ。

顔ながの教えてくれたところでは、この川べりのどこかに渡し場があるはずだった。そこに行けば舟が川の向こう岸まで私を運んでくれる。そして向こう岸に着けば、そこで私は（おそらく）秋川まりえの居場所についての情報を手に入れることができる。しかし上流を見ても下流を見ても、舟らしきものはどこにも見当たらなかった。（略）ここからいったいどちらに行けば、その舟を見つけることができるのだろう？　川上だろうか、それとも川下だろうか？　私はそのどちらかを選ばなくてはならない。（第4巻124頁）

船着き場に到達するためには、川上か川下のいずれかに向かう必要がある。もしかすると川上と川下の両方に船着き場があるかもしれないが、主人公はそう考えなかった。川上か川下か、「あれかこれか」の選択肢しかないと主人公は思い込んでいる。そのとき主人公が思い出したのは免色のことだ。

そのときふと免色の名前が「渉」であったことを思い出した。「川を渉るのわたるです」と彼は自己紹介をした。「どうしてそんな名前がつけられたのか理由はわかりません」と。

またそのあとにこんなことも言った。「ちなみに私は左利きです。右か左かどちらかを選べと言われたら、いつも左をとるようにしています」と。それは前後の脈絡を欠いた唐突な発言だった。（略）
しかしここは（顔ながの言うところによれば）事象と表現の関連性によって成り立っている土地なのだ。私はそこで示されるあらゆる仄めかしを、あらゆるたまたまを正面から真剣に扱わなくてはならないはずだ。私は川を正面にして左の方に進むことにした。（第4巻124〜125頁）

免色の発言が「前後の脈絡を欠いた唐突な」ものだった、ということは、外部からの介入によってなされたのだ。キリスト教的に言うと啓示だ。脈絡のない発言だからこそ特別の価値を持つのだ。免色の言葉をヒントにして、主人公は左を選ぶことにした。もっとも免色の場合には、常に悪を選択するという意味で左を選択している。これに対して、主人公は右から左への流れという文脈で左を選択した。正義である右の力で、悪である左の世界を切り開いていくという意味を持つ。

しばらくして胃の中に、さっき飲んだ川の水の存在を感じるようになってきた。それはとくに不快な禍々しい感触ではなかったが、かといって心地よく喜ばしい感触というのでもなかった。中立的な、どちらともいえない、うまく実体を把握することのできない感触だ。そして体内にその水を取り入れたことで、自分が以前とは異なった組成を持つ存在になってしまったような、一種不思議な感覚があった。この川の水を飲んだせいで、ひょっとして私の身体はこの土地に合った体質に変えられてしまったのではあるまいか？（第4巻126頁）

体内に水を取り入れたことによって、主人公の存在が変化した。水を飲むまでは、主人公は地上の世界から地下に訪れた外部の者に過ぎなかった。水を飲むことによって、主人公はメタファーを身体の内部に取り入れた存在に変容したのだ。この変容により、主人公はこの世界と馴染んできたとも、地上の世界に戻れなくなる可能性が生じたとも言える。

ついに船着き場が見えてきた。

やはり左に進んで正しかったのだ、と私は思った。あるいはこの関連性の世界にあっては、すべては私のとる行動にあわせて形づくられていくだけなのかもしれない。どうやら免色の与えてくれた無意識の示唆が、私をここまで無事に導いてくれたようだった。（第4巻127頁）

免色の与えてくれた無意識の示唆について、主人公は誤解している。免色は、悪を無意識の領域で反映している。免色が持つ悪を主人公は善に変容させているのだ。『騎士団長殺し』全体を通じて流れているのは、免色や白いスバル・フォレスターの男に象徴される悪を主人公が打破していく過程である。

主人公は船着き場で、あの男と出会う。

背の高い男だ。小柄な騎士団長と顔ながを目にしたあとでは、その男はまるで巨人のように私の目に映った。彼は突堤の先にある、暗い色合いの機械装置（のようなもの）に寄りかかって立っていた。男はそこに立ったまま、深く考え事をしているかのように身動きひとつしなかった。そのすぐ足元を、川の水が勢いよく泡を立てながら洗っていた。彼は私がこの土地で初めて出会う人間だった。あるいは人間のかたちをしたものだった。私は用心深くゆっくりとそちらに近づいていった。

「こんにちは」と私は彼の姿がはっきりと見えるようになる手前から、思い切って声をかけてみた。（略）相手は無言のままだった。聞こえるのは間断のない水音だけだ。あるいは言葉が通じないのかもしれない。

「聞こえている。言葉もわかる」と男は、私の心を読み取ったように言った。長身の男にふさわしく、深く低い声だった。そこには抑揚がなく、どのような感情も聞き取れなかった。

（第4巻127～128頁）

この男は、騎士団長のように、主人公の心の動きを読み取ることができる。主人公の心の動きによっては、男は感情的な叫び声をあげることができる。あるいは人間ではない、化け物のような形を取ることも可能なのだ。男は人間の姿で現れたが、顔がないことがすぐに分かる。そう、プロローグに登場した「顔のない男」がここで登場したのだ。

——私の前に立っている長身の男には顔がなかった。もちろん頭がないわけではない。彼の首の上には普通に頭がついていた。しかしそこには顔というものがなかった。顔のあるべきところにはただ空白があるだけだった。（第4巻129頁）

顔のない男は、「ひとはこの場所でしか川を渡ることができない」と主人公に告げる。川と遭遇したとき、左右のいずれに向かうか主人公は悩んだが、左を選択したことは正しかった。右を選択した場合、川を渡ることができなかったかもしれない。もっとも右を選択した場合でも、メタファーの力によって渡し場が出現したかもしれない。しかし、それは正しい選択によって現れた渡し場ではないので、主人公は川を渡ることができないか、あるいは川を渡ることができたとしても、迷路の中で彷徨うことになってしまったであろう。


——「ぼくは秋川まりえという女の子の行方を捜しています」

「それが向こう岸に、おまえの求めるものなのだね」

「それが向こう岸に、ぼくの求めるものです。そのためにここまでやってきました」

「どうやってここの入り口を見つけることができたのだろう？」（第4巻131頁）

ここは地上とは全く異なるルールが機能する世界だ。ただし、この世界と地上の世界との結節点がある。そこを通じるならば、こちらとあちらの間を移動することができる。顔のない男は、主人公がどのようにして結節点を見出したかについて問うている。主人公は、騎士団長の姿かたちをとったイデアを合意の上で刺し殺して、顔ながを呼び寄せ、地下へ通じる穴を開けさせた、といきさつを話した。

「血は出たかね？」
「ずいぶんたくさん」と私は答えた。（略）
「手を見てごらん」
私は自分の両手を見てみた。しかしそこにはもう血の跡はなかった。さっき川の水を掬って飲んだときに、洗い流されてしまったのかもしれない。（第4巻131〜132頁）

主人公の手から血の跡が消えていることも重要だ。騎士団長を殺した罪を主人公が負わなくていいことを意味するからだ。

そのためか、顔のない男は、舟で対岸まで主人公を送ると言った。ただし、「おまえはわたしにしかるべき代価を支払わねばならない」という条件が付けられた。ポケットの財布や小銭はここでは役に立たない。顔のない男は、主人公がジャンパーとズボンのポケットに入っているものを残らず取り出したのを見て、「気の毒だが、そこにあるものでは渡し賃のかわりにはならない。金銭はここでは何の意味も持たない。ほかに何か持っているものはないのかね？」と言った。

人間が救われるためには、神の子であるイエス・キリストが十字架にかけられて刑死するという対価が必要だった。主人公は秋川まりえを救おうとしている。彼女の救済のためには、地下の世界に入らねばならず、騎士団長の死が対価だった。いま、この川を渡って対岸に行かなくてはならない。顔のない男が主人公を向こう岸まで送る行為もまた、救済の一部を構成しているので対価が必要となる。この対価を金銭で支払うことはできない。命を金で買うことができないからだ。救済に関係する対価は、命と関係するものによって払われなくてはならない。だが、ここで主人公は興味深い提案をした。

「紙があれば、あなたの似顔絵を描くことができます。ぼくが他に持ち合わせているものといえば絵を描く技能くらいです」
顔のない男は笑った。それはたぶん笑いだったと思う。（略）

「わたしにはだいいち顔がない。顔のないものの似顔絵をどうやったら描くことができるのだ？　どうやって無を絵にすることができる？」

「ぼくはプロです」と私は言った。「顔がなくても似顔絵は描けます」（第4巻133～134頁）

似顔絵には、描かれた人の命が宿る。これならば対価になりうる。


「どんな似顔絵ができるのか、わたしとしてもたいへん興味がある」と顔のない男は言った。

「しかし残念ながらここには紙というものはない」

私は足下に目をやった。地面に棒で絵を描けるかもしれない。しかし足下の地面は堅い岩場だった。（第4巻134頁）

顔のない男は、似顔絵を対価とするという提案に興味を持った。主人公のポケットには使い捨てのボールペンが入っているのに、紙がない。

ここで顔のない男が、主人公を救済するためのヒントを出す。

「ほんとうにそれがおまえの身につけているものの一切なのかね？」
私はもう一度すべてのポケットを念入りに探してみた。革ジャンパーのポケットにはもう何ひとつ入っていなかった。空っぽだ。しかしズボンのポケットの奥にとても小さなものがあることに気づいた。それはペンギンのプラスチックのフィギュアだった。免色が穴の底でみつけ、私に渡してくれたものだ。細いストラップがついている。秋川まりえが携帯電話にお守りとしてつけていたものだ。（略）
「これでよろしい」と彼は言った。「これを代価としよう」（第4巻134～135頁）

ペンギンのフィギュアは、秋川まりえにとっては護符なので、命と関わっている。主人公が現在住んでいる小田原の家の敷地にある穴の中で、免色がこのフィギュアを見つけた。ストラップは切れていなかった。免色は「落としていったというよりはむしろ、意図してあとに残していった」と

言っていたが、どうやって穴の底にそのフィギュアを置いたかについては合理的説明がつかなかった。理性で理解できない事柄は信仰の対象となる。このフィギュアに、特別な力が宿っていると信じた方がいい。

> 「それを渡し賃としてあなたにさしあげます」と私は思い切って言った。「川の向こう岸までぼくを運んでください」
>
> 顔のない男は肯いた。そして言った。「いつかおまえにわたしの肖像を描いてもらうことになるかもしれない。もしそれができたなら、これはそのときに返してあげよう」（第4巻135～136頁）

ペンギンのフィギュアは質草だ。この質草は流れてしまうことがない。いつか主人公は、顔のない男の似顔絵を描かなくてはならない。主人公がメタファーの世界から抜け出し、日常生活に戻った後でも、この約束を履行しなくてはならない。

31　小さな光源

厳密に言うと、このフィギュアは対価ではない。対価はいつか主人公が顔のない男の肖像を描くことだ。そのときまで顔のない男は、フィギュアを質草として預かっているにすぎない。

> 男は先に立って、木製の突堤の先に繋がれた小さな舟に乗り込んだ。（略）舟底の真ん中あたりに太い柱が一本立っていて、そのてっぺんに直径十センチほどの頑丈そうな鉄の輪っかがついていた。そしてその輪っかの中に太いロープが通されている。ロープはこちらの岸から、向こう側の岸までぴんとほとんどたるみなく張られていた。どうやら、川の速い流れに押し流されないように、そのロープをたどるようにして舟が行き来するらしい。（第4巻

―136頁）

主人公は、この川を渡りながら、顔のない男に「向こう岸に渡れば、秋川まりえの居場所がわかるのでしょうか？」と尋ねるが、顔のない男は「わたしの役目はおまえを向こう岸に渡してあげることだ。無と有の狭間を、おまえにすり抜けさせるのが仕事だ。それより先のことはわたしの職分ではない」と答える。主人公は、今、無と有の狭間をすり抜けているのである。まず、有の世界に辿り着かねばならない。

やがて舟は対岸の突堤に着いた。

――突堤も、そこについたウィンチのような機械装置も、出発したところにあったものとまったく同じ格好をしていた。往復してもとあった場所に戻ってきただけではないのか、という気がしたほどだった。しかしそうではないことは、突堤を離れ、地面に足をつけたときにすぐにわかった。それは対岸の土地だった。そこはもうごつごつした岩場ではなく普通の土の地面になっていたからだ。（第4巻138頁）

もっとも地面が岩場だ、土だというのもメタファーにすぎず、主人公の意識（心と言ってもいい）が作り出した外界の姿かもしれない。重要なのは主人公の意識だ。この意識には自覚している事柄だけでなく、無意識も含まれるので、事態は厄介だ。

――「ここから先、おまえは一人で進んでいかなくてはならない」と顔のない男は私に告げた。（略）「もう川の水を飲んだのだろう。おまえが行動すれば、それに合わせて関連性が生まれていく。ここはそういう場所なのだ」（同前）

やはり、川の水を飲んだことによって主人公は特別の力を身に付けたようだ。この力を頼りに進んでいかなくてはならない。川のこちら側で重要なのは、行動であるらしい。「行動すれば、それに合わせて関連性が生まれ」、主人公の前に世界を切り開いていくのだ。ただし、それは「一人で進んでいかなくてはならない」。

私は突堤をあとにし、とりあえず川下に向かって歩くことにした。たぶん川から離れない方がいいだろう。（略）川幅は次第に広くなり、流れも目に見えて穏やかになっていった。泡立つ波も見えなくなり、今では水音もほとんど聞こえなくなった。わざわざあんな流れの激しい場所を横切るよりは、これくらいの穏やかな流れのところに渡し場を作ればいいのに、と私は思った。距離が少し長くなったとしても、その方が川を渡るのは遥かに楽なはずだ。しかしたぶんこの世界には、この世界なりの原理があり、考え方があるのだろう。あるいはこのような穏やかな流れの場所には、かえってより多くの危険が潜んでいるのかもしれない。

（第4巻139頁）

客観的に考えれば、急流よりも穏やかな流れの場所で川を渡った方がいい。穏やかな場所を選べば、川を渡ること自体は容易だ。しかし、その先にははるかに大きな苦難が待ち構えている。この構造は、イエス・キリストが説いた神の国に入る門と類比的だ。

〈「狭い門から入りなさい。滅びに通じる門は広く、その道も広々として、そこから入る者が多い。しかし、命に通じる門はなんと狭く、その道も細いことか。それを見いだす者は少ない。」〉（「マタイによる福音書」7章13〜14節）

主人公は、狭い門から入ることに成功した。これからは細い道を見出すことが課題になる。

主人公はここでペンギンのフィギュアのお守りのことが気になった。

試しにズボンのポケットの中に手を突っ込んでみた。しかしそこにはやはりもうペンギンのフィギュアはなかった。そのお守りをなくしてしまったことを（私はおそらくそれを永遠に失ってしまったのだろう）、不安に感じないわけにはいかなかった。（第4巻139頁）

主人公は、フィギュアを顔のない男に渡したことで、自分の将来に不安を覚えた。それ以上に、「秋川まりえがそのお守りから遠く離れても無事でいてくれるといいのだが」と願った。願いには対象がある。主人公は何に対して願っているのか無自覚であるが、第三者的に見て、主人公が願っている対象は超越的な神なのである。人間は究極的に神に願うことしかできないのだ。

また、ここでの「私はおそらくそれを永遠に失ってしまったのだろう」という認識はもちろん間違っている。主人公はいつの日か、きちんと渡河の対価として顔のない男の肖像画を描き、フィギュアを取り戻さなければならない。プロローグにあったように、主人公はこの「大事な人々をまもってくれる」フィギュアをいつか必要とするからだ。

やがて薄闇の中で、主人公は道を見出した。主人公は道を見出していると主観的に考えているが、実際は主人公の行動が道を創り出しているのである。地下では無からの創造が可能になる。

> 進んで行くにつれて、私の前に次第に道のようなものが形成されていった。はっきりとした道ではなかったけれど、明らかに道としての機能を果たしているようだった。前にも人々がそこを歩いたという、漠然とした気配があった。そしてその道は少しずつ川から遠ざかっていくようだった。(略)
>
> しばらく考えてから、川を離れ道に沿って進むことを選んだ。その道が私をどこかに導いていってくれるような気がしたからだ。おまえが行動すれば、それに合わせて関連性が生まれていく、と顔のない渡し守は言った。この道もやはりその関連性のひとつなのかもしれない。(第4巻140〜141頁)

主人公は、これまでは、川から離れない方がいいだろう、と思っていた。おそらく、川の水に特別な力があると主人公は認識したからだ。しかし、道を創り出しているのは主人公の行動だ。顔のない男の言葉をヒントに、川の近くを進むよりも行動の連鎖を主人公は重視することにした。もはや喉の渇きが生じても、水を飲むことはできなくなるかもしれない。それでも構わないと主人公は決断した。

> ――私には考えなくてはならないことがたくさんあった。しかし実際にはひどく切れ切れにしかものを考えることができなくなっていた。(略)そのようにして思考はどんどんあるべきで

> はない方向にずれていった。そして最後には、自分が今いったい何を考えているのか、何を考えようとしていたのか、すっかりわからなくなってしまった。（第４巻１４１～１４２頁）

ここで重要なのは、固定した観念に囚われないことだ。固定した観念は二重メタファーの餌食になってしまう。次から次と脈絡のない事柄を思い浮かべることは、主人公に混乱をもたらしているのではなく、むしろ正しい道を創り出しているのである。

そんな主人公の前に突然、黒々とした森が現れる。

> それが森であることが理解できるまでに、しばらく時間がかかった。それまで草一本、木の葉一枚見当たらなかったところに、見上げんばかりの森がぬっと姿を現したのだ。驚かないわけにはいかない。（第４巻１４２頁）

『神曲』においても、ダンテは初め、暗い森に迷い込んだ。方向を誤ると地獄に向かってしまう森だ。行動の連鎖から森が現れた以上、地獄に至る危険があるとしても、主人公はこの森を抜けなくてはならない。

主人公は、自分に引き返す道がないことを冷静に認識している。前に進むしか主人公に選択肢はない。意を決して、暗い森の中に足を踏み入れていく。そこでは「薄暮のような薄暗さがどれだけ時間がたっても変化を見せな」かった。

鬱蒼とした森の中では、夜でないことはわかる。しかし、夜明けか、昼間か、夕方かの区別はつかない。これは東京拘置所の新獄舎の独房に似ている。筆者が２００２年5月14日、東京地方検察庁特別捜査部に逮捕され、東京拘置所の独房に勾留された時、最初は新北舎というプレハブの獄舎に収容された。夏は暑く、冬は寒かったが、雀や猫の鳴き声、人の話し声など、外部の音はよく聞こえた。翌年3月22日、新獄舎に移動になった。移動先の独房は清潔で、天井に据え付けられているラジオはステレオになり、居住環境は改善した。しかし、獄舎の壁が分厚い曇りガラスに覆われていて、昼か夜かの区別しかつかない。夜明けか、真昼か、夕暮れかの区別がまったくつかない。

防音が徹底していて、外界の音が全く聞こえない。雨が降っていても音が聞こえないのだ。まるで海の底のような静かな世界だった。鬱蒼とした森も、あのような世界なのだろう。

> この森には生き物が棲んでいないのだろうか？　たぶん棲んではいないだろう。見渡す限り、鳥もいなければ虫もいない。
> 　それにもかかわらず、自分が何かにずっと見られているという、いやに生々しい感覚があった。暗闇の中から、樹木の厚い壁の隙間からいくつもの目が私の動きを見守り、監視しているようだった。私はそれらの鋭い視線を、レンズで集約された光線のように肌にじりじりと感じた。彼らは私がここで何をしようとしているのかを見届けているのだ。（第4巻144～145頁）

主人公は、かつてユズのマンションに荷物を取りに行った時と同じように、「何かにずっと見られているという」感覚をおぼえる。今回はあの時より遥かに強烈な視線を感じている。

東京拘置所の独房には、自殺防止用の特別室がある。筆者はほとんどの期間、特別室に収容されていた。天井にはカメラと集音マイクがついていた。自分が終始、看守に見られ、聴かれているという環境で512日間を過ごした。あのときついた習性から、あれから20年経った今も完全には解放されていない。誰かに見られているという感覚が常にある（誰かに聴かれているという感覚は、電話をしているとき以外は特に感じない）。もっとも、誰かに鋭い視線で見られているという感覚は、文章を綴る場合にいつも読者を意識することにつながるので、作家として悪いことではないと思うようにしている。裏返して言えば、作家は「何かにずっと見られているという、いやに生々しい感覚」を持つべきなのかもしれない。

> 　ありがたいことに分かれ道はひとつもなかった。だからどちらに進もうかと迷うこともなく、行き先のしれない迷路に入り込むこともなかった。鋭い棘のある枝に行く手を阻まれたりもしなかった。一本の小径をただ前に前に進み続けるだけでよかった。（第4巻145～

――146頁）

主人公は、分かれ道に遭遇しなかった。この地下の世界で、道は主人公の意識もしくは無意識がもたらす行動の連鎖によって創られる。主人公が揺るぎない目的、すなわち秋川まりえを救い出すことに向けて行動しているので、分かれ道の生じようがないのだ。主人公はひたすら前へ歩を進めていく。

――それでもほとんど疲れを感じなかった。疲れを感じるには、私の神経はあまりに高ぶり、緊張していたのだろう。しかしさすがに両脚が重くなり始めた頃、前方遠くに小さな光源が見えたような気がした。まるで蛍の光のような黄色く小さな点だ。（第4巻146頁）

主人公の行動の連鎖が光をもたらしたようだ。森は突然終わり、前には断崖が聳え立っていた。断崖の壁には洞窟がひとつあり、光は洞窟から出ていることがわかる。この洞窟へ入っていく以外に道はなさそうだ。主人公は妹が死んで、「狭い棺に詰め込まれ、蓋を閉じられて堅くロックされ、火葬炉に送り込まれる光景を目にしてから」、極度の閉所恐怖症になっている。長いあいだ、エレベーターに乗ることもできなかったくらいだ。しかし、この洞窟に入らなくては、秋川まりえを救うこともできないし、主人公自身が地上に戻ることもできない。

――私は用心深く、その洞窟の中に足を踏み入れていった。それから、あることに思いあたった。この洞窟には前にも入ったことがある。この洞窟の形状には見覚えがある。この空気にも覚えがある。それからはっと記憶が蘇った。あの富士の風穴だ。子供の頃、夏休みに若い叔父に連れられて、妹のコミチと一緒に訪れた洞窟だ。そしてコミはそこにあった狭い横穴に一人でするすると入っていって、長いあいだ戻ってこなかった。そのあいだ彼女がもうそのままどこかに消えてしまったのではないかという不安に私は駆られていた。地中の闇の迷宮の中に永遠に吸い込まれてしまったのではないかと。（第4巻147～148頁）

歴史は反復する。ただし、まったく同じ形では反復しない。この洞窟はかつて妹のコミチと一緒に訪れた富士の風穴に似ている。風穴の中にある小さな横穴にコミチは1人で入り、そこで何者かに魂を抜き取られてしまった（と主人公はずっと感じてきた）。さらに伊豆高原の養護施設で、顔ながはコミチという名を口にした。過去の富士の風穴での経験は、これから主人公に起きる出来事の予型なのであろう。キリスト教神学には予型論という考え方がある。新約聖書に記されているイエス・キリストに関する出来事は、旧約聖書にその出来事が違う物語として予告されているというものだ。村上春樹氏はここで予型論を用いている。

> 永遠というのはとても長い時間だ、と顔のない男は言った。（第4巻148頁）

コミチと主人公の関係は、コミチが病死した後も永遠に続くのだ。

主人公は洞窟の中を、そろそろと進んでいき、ついに光源を目にする。

> それは古いカンテラだった。昔の炭坑夫が坑内で使っていたような、黒い鉄縁のついた古風なカンテラだ。カンテラの中には太い蠟燭が燃えていた。それは岩壁に打ち付けられた太い釘に吊されていた。
> 「カンテラ」、その言葉には聞き覚えがある。それは雨田具彦が加わっていたと思われる、ナチに抵抗するウィーンの学生地下組織の名称とつながっている。いろんなことがどんどん結びついていく。（同前）

雨田具彦が関与したナチスに抵抗する運動組織「カンデラ」も、これから主人公が直面する出来事の予型なのである。

さらに1人の女性とも出会う。

> カンテラの下に女が一人立っているのが見えた。最初のうちその女がいることに気づかなかったのは、彼女がとても小柄だったからだ。身長はおおよそ六十センチほどしかない。彼女は黒い髪を頭の上できれいに結い、白い古代の衣服を身につけていた。見るからに上品な衣服だった。彼女もやはり『騎士団長殺し』の絵の中から抜け出してきた人物だった。（略）

「お待ちしておりました」と小柄なドンナ・アンナは私に言った。（第4巻148～149頁）

1930年代のウィーンで雨田具彦が体験した出来事が、ここで甦ってきた。ドンナ・アンナは、おそらく雨田具彦の恋人であった女性であり、ダンテにとってのベアトリーチェ、煉獄にいたダンテを天国に導いたあの女性のような役割を主人公に対して果たすのであろう。

32 最も深い深淵

ドンナ・アンナは「ここからあなたをご案内します」と言い、「そのカンテラをとっていただけませんか」と頼む。

私は言われたとおり、壁の釘にかかっていたカンテラを外した。誰の手によってかはわからないが、そのカンテラは彼女には手の届かない高いところに吊されていた。（第4巻151頁）

カンテラが、身長60センチのドンナ・アンナの手には届かないが、主人公は取り外すことが出来る位置に掛かっていたことにも特別の意味がある。ドンナ・アンナは救済の光の場所を示すことはできるが、それを手にするのは主人公の主体的作業なのだ。

地下の世界は、メタファーが支配している。ドンナ・アンナもメタファーであることは間違いない。メタファーは時空を超えた存在だ。メタファーには土地や時間という概念が存在しない。だから主人公とドンナ・アンナとの会話がちぐはぐになる。

「あなたはここの土地に住んでおられるのですか？」

「ここの土地？」と彼女は怪訝そうな顔で聞き返した。「いいえ、私はここ、、でああなたをお待

ちしていただけです。ここの土地と言われてもよくわかりません」（同前）

ドンナ・アンナは、主人公を救済するためにここで待っていたのだ。地下で最も危険なのは、二重メタファーだ。主人公が二重メタファーに搦め捕られないために、ドンナ・アンナは不可欠の存在なのである。

主人公はカンテラをドンナ・アンナの頭上に差し出し、あたりを照らしながら、洞窟の奥へと進む彼女のあとについていく。

歩いているうちに、主人公には地上での闇の記憶が想起された。妹とともに訪れた富士の風穴だ。このような記憶が出てくることは危険だ。なぜならメタファーが支配する地下の世界で、そんな重い記憶は固定した観念となり、固定した観念はこの世界では具体的な形を取って、主人公を苦しめるからだ。

「ここはぼくがかつて訪れた富士の風穴みたいに見えます」と私は言った。「実際にそうなのですか？」
「ここにあるものは、すべてが**みたいな**ものなのです」（第4巻152頁）

ドンナ・アンナは「目に見えるすべては結局のところ関連性の産物です。ここにある光は影の比喩であり、ここにある影は光の比喩です。ご存じのことと思いますが」と告げる。彼女は、主人公の思考が、地下では物になって現れるという具体的な話をしている。しかし、その解説を、主人公は「象徴的な哲学論議」と受け止めた。このようなずれた認識をしたままでは、主人公は二重メタファーに搦め捕られてしまう。

進むにつれて、洞窟はだんだん狭くなっていく。ドンナ・アンナは「私が先に立って案内できるのはここまでです。ここからはあなたが先に立って進んでいかなくてはなりません。途中まで私はあなたのあとからついていきます。しかしそれもある地点までです。そこから先はあなた一人で行くことになります」と言った。

主人公の前には岩の壁が立ちはだかり、洞窟の行き止まりに見える。だが、背後からドンナ・アンナが「左の隅の方に横穴の入り口があるはずです」と教えてくれた。

私はもう一度、洞窟の左手の隅をカンテラの明かりで照らしてみた。身を乗り出して近くから注意深く見ると、大きな岩の背後に隠されて、暗い陰になったくぼみがあることがわかった。私は岩と壁のあいだに身をはさむようにして、そのくぼみの有様を点検した。それはたしかに横穴の入り口であるようだった。富士の風穴でコミが潜り込んでいった横穴によく似ていたが、それよりいくぶん大きかった。私の記憶によれば、小さな妹があのとき潜り込んでいったのはもっと狭い横穴だった。(第4巻154頁)

ドンナ・アンナは主人公を励ますように、「あなたが昔から、暗くて狭いところに強い恐怖心を抱いていることは存知あげています。そういうところに入ると正常に呼吸ができなくなってしまう。そうですね？　でもそれにもかかわらず、あなたはあえてその中に入っていかなくてはなりません。そうしなければ、あなたはあなたの求めているものを手に入れることはできません」と言う。そう、閉所恐怖症（それも極度の）の主人公は、暗くて狭い場所に強い恐怖心を抱いている。しかし、この苦難を経なくては、自由を得られないのだ。

「行く先はあなたご自身が、あなたの意思が決定していく」とドンナ・アンナは言ったが、主人公は逡巡する。恐怖心があることを自覚しており、その恐怖心がものごとを間違った方向に進めてしまわないかを心配しているのだ。ドンナ・アンナはそんな主人公に「あなたはもう行くべき道を選んでしまっています。あなたは大きな犠牲を払ってこの世界にやって来て、舟に乗ってあの川を渡りました。後戻りはできません」と告げる。

主人公が恐怖だけを抱いていたならば、この恐怖が現実となる。主人公は岩に挟まれて身動きが取れなくなり、やがてすり潰されていくだろう。希望を思い浮かべて行動するのだ。そうすれば地下の世界が変容する。

「自分を信じるのです」とドンナ・アンナは小さな、しかしよく通る声で言った。「あなたはあの川の水を飲んだのでしょう？」
「ええ、喉が渇いて我慢できなかったので」
「それでいいのです」とドンナ・アンナは言った。「あの川は無と有の狭間を流れています。そして優れたメタファーはすべてのものごとの中に、隠された可能性の川筋を浮かび上がらせることができます。優れた詩人がひとつの光景の中に、もうひとつの別の新たな光景を鮮やかに浮かび上がらせるのと同じように。（略）」（第4巻155～156頁）

主人公が川の水を飲んだことはやはり決定的に重要な出来事だった。無と有の狭間を流れる川の水を飲んだことによって、無から有を創り出すことができる。同じくこの水を飲んだことにより、有を消し去ることも可能になったということでもある。全ては主人公次第なのだ。

雨田具彦の描いた『騎士団長殺し』もその「もうひとつの別の光景」だったのかもしれないと私は思った。その絵画はおそらく、優れた詩人の言葉がそうするのと同じように、最良のメタファーとなって、この世界にもうひとつの別の新たな現実を立ち上げていったのだ。

（第4巻156頁）

主人公は心を決めて、洞窟の壁にある小さな穴（「穴の高さは六十センチか七十センチ、横幅は一メートル足らずだった」）へとほとんど四つん這いになって潜り込んでいく。もうカンテラは持てないので、懐中電灯の灯りが頼りだ。だが、主人公はたちまち恐怖に囚われる。「もしこの穴が本当に地下水路としての役目を果たしてきたのだとしたら、今ここに急に大量の水が流れ込んでくる可能性だってなくはないはずだ」という考えが浮かび、ここで自分が溺れ死んでしまうかもしれないという恐怖に手足が動かなくなってしまう。

私はもと来た道を引き返そうとした。しかしこの狭い穴の中で方向を転換することはもはや不可能だった。知らないうちに通路は少しずつ狭くなっていたようだった。これまで進んできた距離を後ろ向きに這って戻ることもできそうにない。恐怖が私の全身を包んだ。私はその場所に文字通り釘付けにされてしまったのだ。前に進むこともできず、後ろにさがることもできない。身体のすべての細胞が新鮮な空気を希求し、激しく喘いでいた。私はどこまでも孤独で無力で、すべての光に見放されていた。（第4巻157〜158頁）

主人公が光から見放されたと思うことが危険だ。そのような認識を持つと恐怖が主人公を覆ってしまう。そのことが二重メタファーに捕らえられる契機になる。そのときドンナ・アンナが助け船を出した。主人公にはその声が幻聴なのか、まだ彼女がすぐ背後にいてくれているのか判断がつかない。


「心をしっかりと繋ぎ止めなさい」とドンナ・アンナは言った。「心を勝手に動かさせてはだめ。心をふらふらさせたら、二重メタファーの餌食になってしまう」

「二重メタファーとは何なんだ？」と私は尋ねた。

「あなたは既にそれを知っているはずよ」

「ぼくがそれを知っている？」

「それはあなたの中にいるものだから」とドンナ・アンナが言った。「あなたの中にありながら、あなたにとっての正しい思いをつかまえて、次々に貪り食べてしまうもの、そのようにして肥え太っていくもの。それが二重メタファー。それはあなたの内側にある深い暗闇に、昔からずっと住まっているものなの」（第4巻158〜159頁）

二重メタファーは主人公の心の中に存在する闇だ。この闇は抽象的な概念ではなく、具体的な形を取る。主人公には思い当たる節がある。

いいいいいいいい
白いスバル・フォレスターの男だ、と私は直観的に悟った。そうであってほしくはなかった。しかしそう思わないわけにはいかなかった。おそらくあの男が私を導いて、女の首を絞めさせたのだ。そうやって私に、私自身の心の暗い深淵を覗き見させたのだ。そして私の行く先々に姿を見せ、私にその暗闇の存在を思い起こさせた。おそらくはそれが真実なのだ。おまえがどこで何をしていたかおれにはちゃんとわかっているぞ、彼は私にそう告げていた。もちろん彼には何でもわかっている。なぜなら彼は私自身の中に存在しているのだから。
（第4巻159頁）

白いスバル・フォレスターの男は、主人公の闇の顔であるが、良心にもなりえることがここで分かる。白いスバル・フォレスターの男が語りかけることによって、主人公に「心の暗い深淵を覗き見させ」るのと同時に、反省をも促すのだ。だが、意志力だけで、心を繫ぎ止めることは至難の業だ。このとき地下世界でメタファーとなってコミが現れる。

「心は記憶の中にあって、イメージを滋養にして生きているのよ」と女の声が言った。でもそれはドンナ・アンナの声ではなかった。それはコミの声だった。十二歳で死んだ私の妹の声だ。

「記憶の中を探して」とその懐かしい声は言った。「何か具体的なものを探して。手で触れられるものを」（第4巻160頁）

主人公は「コミ?」と呼びかけるが、返事はない。コミは12歳のときに死んだ。しかし、主人公の記憶の中では、コミは生きている。メタファーは生死を超えた存在だ。主人公に内在しているコミのリアリティが、メタファーという形で外在化したのだ。ここでは主人公の記憶が重要になる。記憶している事柄が具体的な形を取って、主人公を助けていく。

コミは「明かりを消して、風の音に耳を澄ませて」と言う。主人公は言われるまま、懐中電灯のスイッチを切った。「風の音に耳を澄ませて」とコミが繰り返す。

私は息を殺し、神経を集中してもう一度耳を澄ませた。そして今度は心臓の鼓動の音に被さるように、微かな空気のうなりを聴き取ることができた。（略）前方から空気が入ってきているようだ。そしてその空気には匂いが含まれていた。紛れもない匂い、湿った土の匂いだ。それは私がこのメタファーの土地に足を踏み入れて以来、初めて嗅いだ匂いらしい匂いだった。この横穴はどこかに通じているのだ。どこか匂いのある場所に。つまりは現実の世界に。（第4巻161頁）

明かりを消すことによって、コミは主人公の意識を視覚から聴覚に移動させ、風の音に気づかせた。風は神の聖霊でもある。聖霊の力を呼び寄せる必要があるとコミは訴えているのだ。

　私は懸命に記憶の袋を探った。その頃コミと私は猫を飼っていた。頭の良い雄の黒猫だった。名前は「こやす」（どうしてそんな名前がつけられたのか覚えていない）。彼女が学校の帰り道に棄てられていた子猫を拾ってきて、それを育てたのだ。でもあるときその猫がいなくなってしまった。私たちは来る日も来る日も、近所のあらゆる場所を探しまわった。私たちはどれほどたくさんの人に「こやす」の写真を見せてまわったか。しかし猫はとうとう見つからなかった。

　私はその黒猫のことを思い出しながら、狭い穴の中を這っていった。私は妹と一緒に黒猫を探してこの穴の中を這い進んでいるのだ。そう考えようとした。（第4巻161～162頁）

　主人公もコミも猫の「こやす」を愛していた。愛する存在を想起することが、主人公を危機から救い出すのだ。同時に主人公を危機に誘う者の声も聞こえる。白いスバル・フォレスターの男の声だ。

　おまえがどこで何をしていたかおれにはちゃんとわかっているぞ、と白いスバル・フォレスターの男がふいに私に声をかけた。彼は黒い革ジャンパーを着て、ヨネックスのゴルフ・キャップをかぶっていた。彼の声は潮風に嗄れていた。その声に虚を突かれて、私はひるんだ。

　私は懸命に黒猫のことを考え続けようとした。そして風の運んでくる微かな土の匂いを、

肺に吸い込もうと努めた。（略）

私はもう一度その黒猫のことを考えようとした。しかし「こやす」の姿はもう思い出せなかった。どうしてもその姿が頭に浮かんでこない。私が少しほかのことを考えているあいだに、猫のイメージは闇の力に貪り食われてしまったのかもしれない。（第４巻１６２～１６３頁）

白いスバル・フォレスターの男は悪の象徴だ。対して、コミと一緒に飼っていた猫「こやす」は善の象徴だ。主人公の内面では、悪の力によって善が押しつぶされようとしている。ここでふたたびコミが主人公に働きかける。悪の力を断ち切り、主人公を助けるためだ。

「さあ、何かを思い出して」とコミが背後から声をかけた。「手で触れられるものを。すぐに絵に描けるようなものを」

私は溺れる人がブイにしがみつくように、プジョー２０５のことを思い出した。私がそのハンドルを握って東北から北海道へと旅をしてまわった、古い小さなフランス車を。（略）

それでも穴は間違いなく狭まっているようだった。這って進んでも頭が天井につっかえるようになっていた。私は懐中電灯のスイッチを入れようとした。

「明かりはつけないで」とドンナ・アンナが言った。

「でも明かりがないと前が見えないんだ」

「見てはだめ」と彼女は言った。「目で見てはだめ」（第４巻１６４頁）

プジョー２０５には白いスバル・フォレスターに対抗する力がある（主人公にとって、つらい時期を共にしたプジョーはほとんど分身のような存在だ。かつて東北からの帰途、プジョーの寿命がつきた時、主人公は「おれの代わりに車が息を引き取ってくれたのだ」と思った）。プジョー２０５を想起することで、主人公は最悪の事態を切り抜けることができたが、もうこれ以上進めない。主人公は「どうすればいいんだ？」と訴えるが、もう誰の返事も聞こえない。

穴はますます狭くなり、身体を前に進めることがますます困難になっていった。パニックが私を襲った。手脚は麻痺したように動きがとれなくなり、息を吸い込むのもむずかしくなった。おまえは小さな棺桶の中に閉じ込められてしまったのだ、と私の耳元で声が囁いた。（第4巻165頁）

あたかも12歳のコミのように、小さな棺桶の中に閉じ込められたように主人公には思えたが、実はここで地の底、地下の世界の最も深い深淵に到達したのだ。最も深い深淵に到達した者は、必ず救済されるというのがキリスト教の考え方だ。キリスト教の救済観は主人公に対しても機能している。

33　眠りと記憶

地下の世界の最も深い深淵で、主人公に迫ってくる何かがある。それが人でないことを主人公は察知した。

それはドンナ・アンナでもなく、コミでもなかった。それは人ではないものだ。私はそのざわざわという足音を聞き、不揃いな息づかいを感じ取ることができた。（略）それからぬめりのある冷ややかな何かが、私のむき出しの足首に触れた。それはどうやら長い触手であるようだった。形容のしようのない恐怖が私の背筋を這い上がった。

これが二重メタファーなのか？　私の内部の暗闇に住んでいるものなのか？

おまえがどこで何をしていたかおれにはちゃんとわかっているぞ。（第4巻165～166頁）

長い触手を持つのは、おそらく二重メタファーだ。二重メタファーは、悪なるものを生み出すデミウルゴス（下級の創造神）のような存在だ。悪なる創造神である二重メタファーの触手に搦め捕られることから、主人公はあらゆる手段を用いて逃れなくてはならない。白いスバル・フォレスターの男の声が主人公の心の中で響いた。やはり、あの男は二重メタファーによって生み出された悪なのだ。

これに対抗するために主人公は具体的な善なるものを思い浮かべなくてはならない。しかし、主人公の思考力から具体的なものを思い浮かべようとする力が奪われつつある。それでも主人公は穴の中を前へと進んでいく。

しかし、穴はさらに狭くなってくる。主人公は明らかに自分の身体より小さな空間に、身体を押し込もうとしている。そんなことはできるわけがない。主人公も「考えるまでもなく、それは明らかに原理に反したことだ。物理的に起こりえないことだ」と思う。

> しかし私はそれでも、強引にそこに自分の身体をねじ込んでいった。ドンナ・アンナが言ったように、それは私が既に選びとった道であり、それ以外の道を選ぶことはもう不可能になっている。騎士団長はそのために死ななくてはならなかった。私がこの手で彼を刺し殺したのだ。彼の小さな身体を血の海に沈めたのだ。その死を無益に終わらせてはならない。
>
> （第4巻166頁）

主人公には、理性を超えた選択が求められている。自分より小さな穴にあえて身を捻じ込むこと以外に、主人公は生き残るための選択肢を持たない。地下の世界に入った時点で、主人公はその選択をしていたのだ。騎士団長が流した血、捧げた命が、主人公を救済する。イエス・キリストの流した血、捧げた命によって人間が救済されるという物語との類比がここにも存在する。主人公は「あらゆる理性を捨て、渾身の力を込めて身体をより狭い空間に向けて突き出した」。激しい苦痛が彼を襲う。

―しかし何があろうと前に進まなくてはならない。たとえ身体中の関節をそっくり外さなくて

> はならなかったとしても。そこにどれほどの痛みがあろうと。だってこの場所にあるすべては関連性の産物なのだ。絶対的なものなど何ひとつない。痛みだって何かのメタファーだ。この触手だって何かのメタファーだ。すべては相対的なものなのだ。光は影であり、影は光なのだ。そのことを信じるしかない。（第4巻167頁）

危機から抜け出す際に理性は意味を持たない。目には見えないが確実に存在する力が命じる通り、ひたすら前進する必要がある。その過程が痛みを伴うものであっても前進しなくてはならない。もっとも穴、狭さ、痛み、触手は、すべてデミウルゴスが生みだしたメタファーだ。実体のないところからメタファーを生み出す力を持っているので、デミウルゴスは二重メタファーと呼ばれるのだ。メタファーを相対化しなくてはならない。すべては相対的なものだと信じるのだ。ドンナ・アンナが言ったように、「すべてが*みたいなもの*」なのだ。そうすれば、痛みを快楽に、闇を光に転換することが可能であることに主人公は気がつく。メタファーを相対化する力が信仰なのである。

> 出し抜けに狭い穴が終わった。まるで詰まっていた草のかたまりが、水の勢いで排水パイプから吐き出されたみたいに、私の肉体は何もない空間へ放り出された。そしてそれがどういうことなのか思い当たる余裕もなく、どこまでも無防備に私は宙を落下した。少なくとも二メートルほどの高さはあったと思う。でもありがたいことに、落ちたところは固い岩場ではなく、比較的柔らかい土の地面だった。（第4巻168頁）

主人公は「信仰のみ」というプロテスタンティズムの原理に従い、神によって守られた。主人公は、正しい信仰によって救われたのだ。

> 私の足首にはまだあの気味の悪い触手の感触が生々しく残っていた。それが何であったにせよ、そんなものから逃れられたことに私は心から感謝した。（第4巻168〜169頁）

足首に触手の感覚は残っていても、触手自体は存在しない。もはや狭さもない。主人公は二重メタファーのくびきから解放された。解放された先も「あたりは暗闇に包まれていた」が、闇の性質が以前とは異なっていた。

主人公は自分がどこにいるかを確認するため、懐中電灯をさがそうとする。四つん這いになって手探りであたりの地面をさがしまわった。すると主人公はあたりに匂いがあるのに気づく。大きな変化だ。地下の世界に匂いはなかった。更にここには湿り気のある土があり、地面は整地されている。ここが人力の加わった場所であることは確かなようだ。

ようやく懐中電灯を見つけた主人公は、何度か深呼吸をした後、スイッチを入れる。

> 見たところ、私はどうやら円形の部屋の中にいるようだった。それほど広い場所ではなく、まわりを壁で囲まれている。人工的な石の壁だ。私は頭上を照らしてみた。そこには天井があった。いや、天井ではない。天蓋のようなものだ。光はどこからも差し込んでこない。
>
> やがて直観が私を打った。これは雑木林の中の、祠の裏手にあるあの穴だ。（第4巻170頁）

重要なのは論理よりも直観だ。主人公はここが雑木林の中の穴、かつて騎士団長が潜んでいて鈴を鳴らしていた場所だということに気づいた。主人公は、穴の中ではあるが帰宅したのである。あの穴は、蓋をしても天井から光が漏れているはずだった。しかし、そうなっていない。

> 私が嗅いでいるのは、まさしくあの穴の匂いだった。どうしてそのことが今まで思い出せなかったのだろう？　私は懐中電灯の光をゆっくり慎重に巡らせてみた。壁に立てかけられていたはずの金属製の梯子は見当たらなかった。誰かがまたそれを引き上げて、どこかに運んで行ってしまったようだった。（第4巻171頁）

客観的に見れば、主人公は穴の底に閉じ込められている。しかし、状況は地下の世界にいたときよりは遥かにましだ。地下の世界は異界であり、あの世界からこの世界に戻ってくることが課題だった。主人公は少なくともこの世界に戻ってきた。

主人公は、自分が穴の石壁のどこから戻って来たのか探求し始めたが、どこにも横穴の入り口らしきものは見つからない。あたかも主人公を「すぽんと外に吐き出して、そのままぴったり口を閉じてしまったようだ」。しかし、別のものを発見した。かつて騎士団長がこの穴の底で鳴らしていた古い鈴だ。

――鈴の音がすべての始まりだった。そして私はその鈴をスタジオの棚の上に置いておいた。しかしそれはいつの間にか棚から姿を消していた。私はそれを手に取り、懐中電灯の明かりでしげしげと眺めた。（第4巻171～172頁）

石壁の横穴に出入口はない。この世界と地下の世界は、それぞれ完結した閉じた世界なのである。伊豆高原の養護施設で主人公が騎士団長を殺したことによって、2つの世界を行き来できる通路が一瞬だけ出来た。それと質的に同じ出来事が、主人公がメタファーの支配する地下の世界からこの世界の穴に戻ってくるときにも起きたのだ。おそらく騎士団長が持っていた鈴に救済の手掛かりがある。

――それは誰かの手でこの穴の底に運ばれてきたのだろうか。いや、鈴は自らの力でここまで戻ってきたのかもしれない。鈴は場に共有されるのだと騎士団長は言っていた。場に共有される――それはいったい何を意味するのだろう？　しかし私の頭はものごとの原理について考えるには疲れすぎていた。（第4巻172頁）

この鈴は、特別の力を持つ。だから主人公は騎士団長が穴の底で鳴らす鈴の音に気づけたのだ。既に死んだ騎士団長は、救済のための道具として鈴を穴の底に残していった。この事実に主人公はまだ気づかない。1世紀のパレスチナの人びとが、イエスという青年が救世主だと気づかなかったように。ただ、主人公は、地下の世界とは時間の流れが異なっていることには気づいた。

――ふと思いついて、懐中電灯の明かりをつけ、腕時計を見た。時計の針は四時三十二分を指していた。秒針はちゃんと時計回りに時を刻んでいた。時間は確かに経過しているようだ。少なくともここは時間というものが存在し、一定の方向に規則正しく流れている世界なのだ。

——（第4巻174頁）

地下の世界にも時間は存在した。しかし、その流れは地上とは異なっていた。時間も空間もすべて相対的なものだ。客観的な時間や空間という通念にとらわれていると、イデアについても、メタファーについても全く理解できなくなる。主人公が「時間について考えるのはもうやめよう。空間について考えるのもやめよう。そんなことについて考えを巡らせたところで、どこにも辿り着けない」と思ったのは、きわめて正しい対応だ。重要なのは、時空を超えた具体的な事柄が確実に存在すると認めることだ。それについて考えることで、危機的状況から抜け出す突破口は見えてくる。

だから私はユズのことを考えた。（略）彼女は今、妊娠している。来年の一月には子供が——私ではないどこかの男を父親とする子供が——生まれることになる。遠く離れた場所で、私とは関係のないものごとが着々と進展している。私とは繋がりのない新しい生命がひとつ、この世界に登場しようとしている。そしてそのことについて彼女は私に何も要求してはいない。ではなぜ彼女はその相手の男と結婚しようとしないのだろう？　その理由がわからない。彼女がもしシングル・マザーになるつもりなら、今勤めている建築事務所はおそらく退職しなくてはならないだろう。小さな個人事務所だし、出産する女性に長い産休を与えるほどの余裕はないはずだ。（第4巻174〜175頁）

このときユズに会いたいという思いが主人公に募ったことは大きな変化だ。今までずっと、主人公はユズから目を逸らしていた。だが「彼女がほかに恋人を作り、唐突に私から去っていったことで、私はもちろん心に傷を負ったし、それなりに怒りを感じたと思う（そこに怒りがあることを自分で認められるまでにずいぶん時間はかかったが）。でもいつまでもそんな気持ちを抱えたまま生きていくわけにはいかない」と思えるようになった。ここで向きを変えてユズと正面から向き合うのだ。向きを変えるとは、神学的にはメタノイアすなわち悔悛（悔い改め）である。悔い改めることによって、人間は救われるとイエス・キリストは説いた。主人公は神を（少なくとも自覚的には）信じていない。しかし、ここで超越的な何かに対して、今までの自分を悔い改める。願いに対象があるのと同じで、悔い改めるのにも対象があるのである。

一度ユズに会って、きちんと向き合って話をしよう。そして彼女が今何を考えているのか、何を求めているのかを本人に確かめなくてはならない。まだ手遅れにならないうちに……。私はそう心を決めた。心を決めてしまうと、いくらか気持ちが楽になった。（第4巻175〜176頁）

主人公は、地下の世界に革ジャンパーを置いてきたことを思い出す。あの狭い横穴に入るとき、少しでも身を細くしなくてはならないので革ジャンパーを脱いだ。あのときのツケがこの世界で、寒さという形で回ってきた。

それでも寒さよりは、眠さの方が勝っていた。私は地面に座り込んで、硬い石壁に背中をもたせかけた姿勢のまま、知らないうちに眠りについた。それは夢もなく韜晦もない、どこまでも純粋な眠りだった。アイルランド沖の海底深く沈んだスペインの黄金のように、誰の手も遠く及ばない孤独な眠りだった。（第4巻176頁）

眠る過程で人間は自分の記憶を整理する。覚えておくことと、そうでないことを仕分けする。もっとも覚えていないことに仕分けされた事柄は、消えてしまうわけではない。その人の無意識の領域に蓄積されていく。そして別の眠りの際に無意識の世界で変容した過去の記憶が、その人に影響を与える。

目を覚ました時、主人公の記憶は整理されている。

私は記憶の袋をどこかから引きずり出し、まるで金貨を数えるみたいに、いくつかのものごとを順ぐりに思い出していった。飼っていた黒猫のことを思い出し、プジョー205のことを思い出し、免色の白い屋敷のことを思い出し、『薔薇の騎士』のレコードのことを思い出し、ペンギンのフィギュアのことを思い出した。（第4巻177頁）

地下の川を渡るときに、質草となったのは、まりえが携帯電話につけていたペンギンのフィギュアだった。あのフィギュアがなかったなら、主人公はこの世界に戻ってこられなかった。時間の流れが異なる地下の世界（地上から見ると不老不死の世界ということになるのかもしれない）で永遠に彷徨うことになっただろう。

だが、目ざめても、穴の中に閉じ込められているという事態は好転していない。

> 寒さは前より痛切になっていた。そして尿意も感じるようになった。我慢できないほどの尿意だ。しかたなく、私は穴の隅に行って地面に放尿した。長い放尿だったが、尿はすぐに地面に吸収されていった。微かなアンモニアの匂いがしたが、それもすぐに消えてしまった。そして尿意が解消してしまうと、そのあとをすぐに空腹感が埋めた。私の身体はゆっくりと、しかし着実に現実の世界に適合しつつあるようだった。あのメタファーの川で飲んだ水の作用が、身体から抜け落ちつつあるのかもしれない。（第4巻178頁）

主人公の身体が、この世界の時間の流れに適合し始めている。寒さ、尿意、空腹を感じるようになった。これはすなわち、時の経過とともに主人公は衰弱していくという意味だ。主人公は穴から脱出する方法を再度模索した。だが、つるつるで垂直の石壁は3メートル近くあって、よじ登ることはできない。おまけに穴には蓋がかぶさっているのだ。

脱出のすべての可能性が消えたように思えたところで、主人公は唯一の手段に気づいた。

> あと私にできることは、ひとつしか残されてなかった。鈴を鳴らすことだ。騎士団長がやったように。しかし騎士団長と私とのあいだにはひとつ大きな相違がある。それは騎士団長はイデアであり、私は生身の人間だということだ。イデアは何も食べなくても空腹を感じないが、私は感じる。イデアは餓死しないが、私は比較的簡単に餓死することができる。騎士団長は百年でも飽きずに鈴を鳴らし続けることができるが（彼は時間の観念を持たない）、私が水もなく食べ物もなく鈴を鳴らし続けられる期間はせいぜい三日か四日というところだろ

う。（第4巻179頁）

持ち時間がわずかしか残されていないとしても、生き残るための努力を怠ってはならない。外に出て、まりえの無事を確かめ、ユズに会わなくてはならない。

34　死と復活

鈴を振り始めた主人公は奇妙なことに気づいた。外界の音が一切聞こえないことだ。「ここは現実の世界であるはずだ。腹も減れば尿意も催す現実の世界に私は戻ってきたのだ。そして現実の世界はもっといろんな音で満ちているはずなのに」と主人公は疑問に思う。

現実の世界の音を消し、穴の外へ鈴の音を届けるために、かつて騎士団長の姿をとったイデアが懸命に努力を続けているのだ（以前、主人公に鈴の音が聞こえるよう、虫の声を消したように）。イデアは様々な姿で自らを現すが、主人公が騎士団長を殺したことによって、イデアは騎士団長の姿で主人公の前に姿を現すことがもはやできない。しかし、目に見えない形になっても、イデアは主人公を救うために働き続けているのだ。主人公はその現実に気づかないまま、鈴を鳴らし続ける。このままでは数日後に確実に死が訪れる。

永遠のように思える時間が経過したあと（あるいは海岸の波のようにさんざん寄せたり引いたりしたあと）、そして空腹感が耐え難いほどのものになってきた頃、ようやく頭上から何かの物音が聞こえてきた。誰かが世界の端っこを持ち上げて剥がそうとしているみたいな音だった。（第4巻182頁）

穴を閉じていた厚板の蓋が開けられ、光が差し込んできた。

誰かが穴の上から私の名前を呼んだ。それはおそらく私の名前だ。自分に名前があったこ

> とを私はようやく思い出した。考えてみれば私はもう長いあいだ、名前が何の意味をも持たない世界に滞在していたのだ。
> その誰かの声が、免色渉の声であることに思い当たるまでにしばらく時間がかかった。私はその声にこたえるように大きな声をあげた。（略）
> 「大丈夫ですか？」と免色は私に呼びかけた。（第4巻184頁）

ここで現れた免色が主人公の名前を呼んだことが重要だ。地下の世界では、すべての領域をメタファーが支配していた。あの世界では名前もメタファーだった。名前はその名前を持つ者自体ではなく、名前が暗示する事柄が重要だった。現実の世界では、名前が表す人間の固有性が重要である。免色は悪を体現した存在だ。イデアは免色という悪に働きかけることによって、主人公を救うのである。

救われることが確実になって主人公の気持ちに余裕ができた。自分が置かれている状況を知的に理解したいという欲求が頭をもたげた。穴の中がなぜこれほどまでに暗かったのかについて、主人公は知りたくなった。免色が答える。

> 「私が二日前に、この蓋の上にビニールシートをぴったりかぶせておいたのです。誰かが蓋をどかせたような形跡があったので、うちから厚いビニールシートを持ってきて、金属の杭を地面に打って紐で縛り、簡単に蓋を外すことができないようにしておきました。どこかの子供があやまって中に落ちたりしたら危険ですから。そのときにはもちろん、穴の中に誰もはいっていないことをしっかり確認しました。どう見てもまったくの無人でした」
> なるほどと私は納得した。蓋の上に免色がビニールシートをかぶせたのだ。だから穴の底は真っ暗になったのだ。話の筋は通っている。（略）
> 「私がそこに降りていきましょうか？」と免色は言った。
> 「いや、あなたはそこにいてください。ぼくが上がっていきます」（第4巻186～187

一頁）

穴を暗黒の世界にしたのは免色だ。ここにも免色の悪が体現されている。免色は悪が受肉（身体化）した存在だ。自らが欲しなくても免色は悪を行うし、悪を行っているという自覚もないのである。ここで免色の力を借りずに、自ら梯子を登って外に出るという選択を主人公がしたことは賢明だった。生き残るためとはいえ、悪の力に頼ることは極少にした方がいいからだ。

> 地面に手をかけると、免色が手首をしっかり握って、私を地上に引っ張り上げてくれた。予想外に強い力だった。（略）
>
> 彼は私の肩を抱きかかえるようにして、雑木林の中の道をゆっくりと辿った。私はうまく歩調を合わせることができなかった。だから免色に引きずられるような格好になった。免色の筋力は見かけよりずっと強かった。（第4巻187〜188頁）

人間には罪がある。罪が形を取ると悪になる。そして悪が人格化した存在が悪魔だ。免色は悪魔だ。免色の罪が大きいので、悪もそれに応じて大きくなる。彼の筋力が強いのは巨悪を体現しているからだ。

免色は主人公に、まりえの無事を報告する。

> 「まりえさんは昼過ぎに、家に無事に戻ってきたようです」と免色は言った。「ほんとによかった。私もほっとしました。一時間ほど前に秋川笙子さんから私に連絡がありました。お宅に何度か電話をしたのですが、ずっと誰も電話に出なかった。それでなんだか心配になって、ここまで足を運んでみたのです。すると雑木林の奥の方からあの鈴の音が微かに聞こえてきました。だからひょっとしてと思って、シートをはがしてみたのです」（第4巻188〜189頁）

秋川まりえは、主人公が（穴の中へ）帰還したのとほぼ同時に、帰ってきたようだ。彼女の無事は、主人公が騎士団長を殺したことによって生じた連鎖による結果だ。騎士団長は約束を果たした。

同時に、もはや騎士団長の姿をとれなくなったイデアが免色に働きかけた。それが「なんだか心配になって、ここまで足を運んでみた」という、免色の心の動きと行動になって現れた。そして鈴の音が聞こえてきたのだ。

2人は雑木林を抜け、ようやく家に戻ってきた。主人公は「今日は何曜日ですか?」と訊き、火曜日だと知る。

私が雨田具彦の部屋を訪れたのは土曜日だった。それから三日が経過したことになる。それは三週間であっても、三ヶ月であっても、たとえ三年であっても決しておかしくはなかった。しかしとにかく経過したのは三日間なのだ。(第4巻190頁)

3日間という時間が象徴的だ。イエス・キリストは、金曜日に十字架にかけられ死んだ。そして3日目の日曜日に復活した。主人公が失踪した3日間は死と復活を象徴する。ただし、イエス・キリストの場合、死と復活は同じ人物に起きた。『騎士団長殺し』の場合、死んだのは騎士団長で、復活したのは主人公だ。イエス・キリストの死によって、人間の罪が贖われ、復活することになったのと類比的構造がある。

免色は主人公にまずシャワーを浴びさせ、服を着替えさせてから、食堂に連れていって、リンゴの皮を剝いてやった。

私はそのリンゴを三個か四個食べた。リンゴとはこんなにうまいものだったのだと感動するほどうまいリンゴだった。リンゴという果物をそもそも思いついてくれた創造主に、私は心から感謝した。(略)

免色は冷蔵庫から卵を四つ取り出し、ボウルの中に割り、箸で素速くかき混ぜ、そこにミルクと塩と胡椒を加えた。そしてまた箸でよくかき回した。馴れた手つきだった。それからガスの火をつけ、小型のフライパンを熱し、そこにバターを薄く引いた。抽斗の中からフライ返しをみつけ、手際よくオムレツをつくった。(第4巻191~192頁)

地下の世界から戻った主人公が最初に食べるのがまずリンゴで、次いでオムレツだったというのも象徴的だ。旧約聖書の「創世記」において、アダムとエバは神によって、善悪の知識の木から実をとって食べてはいけないと禁じられた。しかし、人間はそれを破る。リンゴを食べるという行為は、アダムとエバの原罪を想起させる。

他方、キリスト教において卵は復活を象徴する。卵は一見、石のように見えるが、その中に命が宿っている。復活祭で卵を食べるのは、イエス・キリストが死から復活したことを想起するためだ。正教会においては、イコン（聖画像）を描く際に絵の具を有精卵で溶く。イコンは復活に向けた希望を象徴しているからだ。悪を体現した免色が、復活の象徴であるオムレツを作ったことも興味深い。免色が主人公を穴から救いだしたことと対応している。

人心地がついた主人公に、免色は質問をする。日曜日にも主人公の家にやってきたら、雨田政彦がいたという。免色によれば、「政彦さんが仕事の電話をかけるために席を外しているあいだに、あなたは忽然と消えてしまったとか。施設は伊豆高原の山の上にあって、最寄りの駅までは歩いてかなりあります。かといってタクシーを呼んだ形跡もない。またあなたが出て行ったところを、受付の人も、警備員も見ていません。そしてそのあとお宅に電話をかけてみても誰も出ない。だから雨田さんは心配になって、ここまでわざわざ足を運んで来られたんです」ということだ。

現実の世界から見れば、主人公に起きたことは「忽然と消えてしまった」としか表現できない。主人公の周囲で起きた事柄は、理性を超えている。理性を超える出来事を理性によって説明することはできない。イエス・キリストの復活も理性によって説明することはできない。復活は不合理であるから、信じる（あるいは信じない）しかないのである。主人公が経験したことも同じである。だから主人公は「政彦にはあらためてぼくから説明します。お父さんが大変なときに、余計な迷惑をかけてしまった」とため息をつくしかなかった。免色にも穴から出てきた時に、「気がついたときには、ここにいたのです」と説明にならない説明をしただけだ。免色はそんな主人公に「でも政彦さんに連絡をするからには、この三日間あなたがどこで何をしていたのか、それなりに筋の通った説明が必要になると思いますよ」と言う。主人公は問い返した。

「でも、あなたはどうなのですか、免色さん？　あなたはぼくの話に納得されているのですか？」

　免色は遠慮がちに顔をしかめ、しばらくじっと考え込んでいた。それから口を開いた。

「私は昔から一貫して論理的に思考する人間です。そのように訓練されています。でも正直に申し上げて、あの祠の裏手の穴に関していえば、私はなぜかそれほどロジカルになることができません。あの穴の中ではたとえ何が起こっても不思議ではない、そういう気がしてなりません。とくにあの底で一人で一時間を過ごしてからは、そういう気持ちがいっそう強くなりました。あれはただの穴じゃない。でもあの穴を体験したことのない人には、そういった感覚はまず理解してもらえないでしょうね」（第4巻195～196頁）

イエス・キリストが死んでから復活するまでの間に、イエスに何が起きたかについて聖書は記していない。われわれの理性を超える世界でイエスに何かが起きていたことは確実だ。人間は、そこで何が起きたか、文字で記すことさえできない。免色は主人公に「何ひとつ覚えていないということで押し通すしかないでしょうね」と提案した。


　私は肯いた。たぶんそれ以外に方法はないだろう。

　免色は言った。「この人生にはうまく説明のつかないことがいくつもありますし、また説明すべきではないこともいくつかあります。とくに説明してしまうと、そこにあるいちばん大事なものが失われてしまうというような場合には」（第4巻196頁）

語ることの出来ない事柄については沈黙するしかない。そもそも言語で表現できるのは、事柄の一部に過ぎない。言語化することによって、いちばん大事なものが失われてしまう事態を招きかねない。事柄を正確に伝えるために主人公が取ることのできる最良の方法が沈黙なのである。

35　完全な暗闇

主人公は免色渉に秋川まりえの様子について尋ねてみた。

「泥だらけで、軽い怪我はしているようですが、たいした傷ではありません。転んですりむいた程度のものみたいです。あなたの場合と同じように」

私と同じように？　「彼女はこの何日か、どこで何をしていたのだろう？」

免色は困った顔をした。（第4巻196〜197頁）

―――――

免色も、まだ気持ちが混乱している秋川笙子から詳しい説明を受けていないため、主人公に事情を伝えることができない。「もう少しものごとが落ち着いてから、あなたが笙子さんに直接尋ねてみられた方がいいと思います。あるいは、もし可能であるなら、まりえさん本人に」と言うだけだ。免色は主人公に眠ることを勧めて、帰っていった。疲弊しきっている主人公は深い眠りに落ちる。

目が覚めたのは二時十五分だった。私はやはり深い暗闇の中にいた。（略）あたりは静かだった。静かすぎるほど静かだった。耳を澄ませてみたが、どんな音も聞こえなかった。風も吹いていない。冬になったからもう虫も鳴いていない。夜の鳥の声も聞こえない。鈴の音も聞こえない。そういえば、初めてあの鈴の音を耳にしたのもちょうどこの時刻だった。普通ではないことがいちばん起こりやすい時刻なのだ。（第4巻199〜200頁）

―――――

午前2時15分は、丑三つ時だ。草木も眠る丑三つ時は、古来より化け物や幽霊が出現する時間である。当初、騎士団長が主人公に自らの存在を伝えたのも、これくらいの時間だった。人間には化け物や幽霊、あるいは騎士団長に見えるものも、実際はイデアが形を取っているだけに過ぎないのかもしれない。

主人公からは眠気が吹き飛んでいる。主人公はスタジオに行って、絵画「騎士団長殺し」を点検してみることにした。主人公が、騎士団長を殺し、顔ながやドンナ・アンナと出会い、地下の世界をさすらったことによって歴史は変化したはずだ。その変化を示す痕跡が「騎士団長殺し」に生じているかもしれないと思ったからだ。「騎士団長殺し」は被いをかけられたまま床に置かれていた。

被いをはがすと、その下には『騎士団長殺し』があった。それは以前に目にしたのと何ひとつ変わりのない絵だった。そこには騎士団長がいた。彼を刺し殺しているドン・ジョバンニがいた。そばで息を呑んでいる従者のレポレロがいた。口許に手をやって呆然としている美しいドンナ・アンナがいた。それから画面の左隅には、地面に開いた四角い穴から顔をのぞかせている不気味な「顔なが」がいた。（第4巻201頁）

「騎士団長殺し」の絵には何の変化もなかった。顔ながが顔を出していた地面の蓋が閉じられ、したがって顔ながの姿も画面から消えていることもなかった。騎士団長が長剣ではなく包丁で殺されていることもなく、「いつもながらの完璧な構図をもった絵画作品として」床に置かれていた。

主人公は騎士団長を包丁で刺し殺した。騎士団長からは血が噴き出した。主人公は顔ながをバスローブの紐で縛った。そのような事実は、「騎士団長殺し」の絵には反映されていない。それは「騎士団長殺し」が絵画作品として完成しているからだ。一旦完成した作品である「騎士団長殺し」は、何があっても変化することはない。ただし、この絵を見た人の解釈や心理は、意識しなくとも、その人の体験により変化していく。

主人公はスタジオにある自分の絵を見てみた。そのとき新しい発見があった。

ひとつは横長の『雑木林の中の穴』であり、もうひとつは縦長の『秋川まりえの肖像』だ。私はその二枚の絵を交互に注意深く見比べてみた。どちらの絵も最後に目にしたときのままだった。まったく変化はしていない。ひとつの絵は既に完成し、もうひとつの絵は最後の手入れを待っていた。

それから私は、裏返して壁に立てかけていた『白いスバル・フォレスターの男』を表向きにし、床に座ってその絵をあらためて眺めた。（略）その顔はどこまでも無表情だった。そしてその絵が完成させられることを——自らの姿が明らかにされることを——その男は拒否していた。彼は自分が闇から引きずり出され、明るみに立たされることを望んでいないのだ。

（第4巻202頁）

これまで主人公は、自ら描いておきながら、白いスバル・フォレスターの男が何を意味しているか、よく認識していなかった。しかし、ここで主人公は、この男は絵が完成し自分の姿が明らかになることを拒否している意味を考え始めた。絵が完成するということは、悪がこの世界に明確な形となって現れることだ。それを阻止することが、この絵の作者である主人公には可能だ。この絵が完成してしまうと、形をとった悪が次々と連鎖していくことになる。その結果、この世界が変容してしまう。興味深いことに、邪悪なる父であり、主人公の影でもある白いスバル・フォレスターの男は、自らを明らかにしたい欲望と（だから主人公に働きかけて、明るみに出さないようにしているのかもしれない）とを兼ね備えている。表面上では意識されていないことだが、主人公は悪の連鎖に手を貸すのか、悪を封じ込めるのかの葛藤の中にいるのだ。

実は、かつて雨田具彦が「騎士団長殺し」という絵を完成させたことによって、世界が変容する可能性が生じていた。あの絵は両義的だ。一方においてナチズムに抵抗する人びとの姿を描いている。他方においては、人間の闇の力であるナチズムを描いているとも見える。この絵が人びとの目に触れることによって、闇の力がこの世に姿を現すことを雨田具彦は恐れた。他方、いつでも顕在化しかねない闇の力を打ち倒す人が出てくることも期待した。だからこの絵を厳重に包装して屋根裏部屋に隠した。時が満ちれば、それに相応しい人が封印を解いて、「騎士団長殺し」を見る。そして、その相応しい人物が闇の力と命がけで闘うと具彦は信じたのだ。これはソ連時代の小説家の行動に似ている。ある事柄に気づいてしまった以上、作家としてそれを書かないわけにはいかない。しかし、その原稿は、スターリン時代に発表することは不可能だった。ミハイル・ブルガーコフの『巨匠とマルガリータ』、ワシーリー・グロースマンの『人生と運命』がその例であるが、著者は自分の作品が近い将来に公表される可能性がないことはわかっていた。にもかかわらず、作家としての職業的良心に基づいて、リスクを冒してでも小説を完成させなくてはならなかったのだ。

この時点で、主人公は、「白いスバル・フォレスターの男」を完成させることで、自分が闇の力をこの世界に引き出すかもしれない危険性をまだ理解していない。

――それでもいつか私は彼の姿をそこにしっかり描き上げることだろう。その男をその闇の中から引きずり出すだろう。相手がどれほど激しく抵抗しようと。今はまだ無理かもしれない。しかしそれは私がいつかは成し遂げなくてはならないことなのだ。（第4巻203頁）

「白いスバル・フォレスターの男」の絵は完成させてはならないのだ。しかし、雨田具彦が「騎士団長殺し」を描かねばならなかったように、主人公が「白いスバル・フォレスターの男」を完成せねばならない時が来るのかもしれない。その判断をするためには、主人公にはもう少し時間が必要なのだ。

注目すべきは、「白いスバル・フォレスターの男」の絵と「秋川まりえの肖像」に対する主人公の向き合い方の違いだ。共に未完成の作品であるが、「白いスバル・フォレスターの男」の絵はいつか完成させなくてはならないと思っているのに対して、「秋川まりえの肖像」は未完成のままにとどめておかなくてはならないと考える。

――彼女をもう実際のモデルとして必要としないところまで、私はその絵を描き上げていた。（略）しかし私がその絵を完成させることはあるまい。彼女の何かを護るために、その絵は未完成のままに留めておかなくてはならない。私にはそのことがわかっていた。（同前）

免色の依頼で主人公は「秋川まりえの肖像」を描き始めた。完成すればこの絵を免色に引き渡さなくてはならない。免色も白いスバル・フォレスターの男と同様に悪を体現した人物だ。そのような人物に「秋川まりえの肖像」を渡すことは、まりえに悪影響を与えると主人公は無意識のうちに感じているのである。

> なるべく早いうちに片付けなくてはならないことがいくつかあった。ひとつは秋川笙子に電話をかけて、まりえが家に戻ってきた経緯（いきさつ）を彼女の口から聞くことだった。そしてもうひとつはユズに電話をかけて、君に会って一度ゆっくり話をしたいんだと告げることだった。そうしなくてはならないと、あの真っ暗な穴の底で私は心を決めたのだ。そういう時期が来ている。（第4巻203～204頁）

ここで重要なのは、秋川まりえと同時にユズのことを主人公が真剣に考えていることだ。ユズが離婚したいと告げたとき、主人公は妻と向き合うことを徹底的に避けた。ユズに対する主人公の向き合い方が変化したことが、主人公が真っ暗な世界を経験したことで生じた最大の変化なのである。「そういう時期が来ている」というのは、時が満ちようとしている（カイロスが来ようとしている）ことを主人公が察知していることのあらわれだ。

その後、主人公は、風呂に入ることにした。バスタブに湯がたまるまでの短い時間に、主人公の頭の中に解明しなくてはならない疑問が浮かんでくる。なぜ、騎士団長を犠牲にし、主人公もいくつかの試練を受けてまで、あの危険な地底の世界を通り抜けなければいけなかったのか？　まりえを救うためにしたことだったが、あの苛烈な体験とまりえの無事は本当に関係があるのだろうか？

> そしてその世界をなんとかくぐり抜けることによって、そのプロセスを通過することによって、私は秋川まりえをどこかから解放することができたようだった。少なくとも秋川まりえは無事に家に帰ってきた。騎士団長が予言したように。でも私が地底の世界で体験したことと、秋川まりえが帰還したこととのあいだに具体的な並行関係を見いだすことが、私にはできなかった。（第4巻205頁）

主人公と秋川まりえが経験したことの間には並行関係がある。限界のある人間の知恵では理解できない事柄が、イデアである騎士団長には自明のことなのであろう。イデアは超越的な世界を生きているが、われわれが理解できないわけではない。われわれは3次元の世界に生きている。絵画は3次元の事柄を2次元で表現する。そこには写像のような関係がある。イデアが生きている高次元の世界で起きたことを、主人公もまりえも写像のような形で経験したのだ。ここで重要になるのが、メタファーだ。メタファーの力によって、AはBとなって現れ、われわれに実際に影響を及ぼす。例えば、地下の世界に流れている川だ。この川の水を飲んだことにより、主人公は変化した。それは、「論理づけて説明はできないけれど、それが私の身体が抱いている率直な実感だった」と言う。

　その変質を受け入れることによって、私はどう考えても物理的には抜けられないはずの狭い横穴を、向こう側までくぐり抜けることができたのだ。そして閉所に対する根深い恐怖を克服するにあたって、ドンナ・アンナと妹のコミが私を導き、励ましてくれた。いや、ドンナ・アンナとコミはひとつのものだったのかもしれない。彼女はドンナ・アンナであり、それと同時にコミでもあったのかもしれない。彼女たちが私を闇の力から護り、同時に秋川まりえの身をも護ってくれたのかもしれない。（第4巻205～206頁）

主人公は、「物理的には抜けられないはずの」穴を抜ける経験から、曖昧な事柄を曖昧なままにしておける知的な力を身につけたようだ。説明できないことに耐えるには、強い知力が必要なのだ。ここで主人公に根源的な疑問が湧いてきた。ここは本当に現実の世界なのか？　見慣れたものがあるし、風はいつもと同じ匂いがし、あたりからは聞き慣れた音も聞こえる。

　でもそれは一見現実の世界に見えるだけで、本当はそうではないのかもしれない。これは現実の世界だと、私がただ思い込んでいるだけかもしれない。（略）私が戻ってきた世界が、私が出て行ったのと同じ世界であるという保証はどこにもないのだ。（第4巻207頁）

主人公が伊豆高原の養護施設で騎士団長を殺したと言っても、誰もそれを信じないであろう。雨田具彦の個室の床にできた四角い穴から地下の世界に降りていったという話も誰も信じないであろう。しかし、これらの出来事は主人公にとって現実だ。超越的視座から見れば複数の現実がある。主人公が穴から出てきた世界は、穴に入る前によく似ている。しかし、完全に同一であるという保証はどこにもない。主人公は存在している世界の曖昧さに気づいた。

翌日の午前9時半過ぎに主人公は秋川笙子に電話をしたがつながらなかった。一瞬、ユズに電話をしようと思ったが、就業時間中に職場に電話をするのはよくないと思い直し、昼休みまで待つことにした。そして、心理的負担を覚えながら雨田政彦に電話する。さすがの彼も「いったい今までどこにいたんだ?」と珍しく厳しい声で問いかけてきた。

「実を言うと、そのあいだどこにいて何をしていたか、まるで記憶がないんだ」と私は嘘をついた。

「何ひとつ覚えていないけど、ふと気がついたら自分の家に帰っていたって言うのか?」

「そのとおりだ」

「よくわからないけど、それは真面目に言ってるのか?」

「他に説明のしようがないんだ」

「しかしそいつは、おれの耳にはいささか嘘っぽく聞こえるな」(第4巻216頁)

秋川まりえも周囲の人びとに全く記憶がないと説明している。ここにも主人公とまりえの並行関係がある。2人で真の秘密を共有するためには、第三者には何も語らないことが不可欠になるからだ。目には見えないが確実に存在する力が働いて、主人公もまりえも同じ嘘をつき通している。

36　完成しない絵

主人公は雨田政彦に対して「何ひとつ覚えていない」と言った。主人公と政彦は長年の友人だ。友人に嘘は通用しない。政彦は、主人公に秘匿しなくてはならない出来事が起きたと考え、「わかった。今のところは記憶喪失ということにしておこう。でも麻薬とか、アルコールとか、精神疾患とか、たちの悪い女とか、宇宙人のアブダクションとか、その手のものは話に含まれていないんだろうね？」と言うに留めた。主人公は「それはない。法律や社会倫理に反することも含まれてはいない」と答え、政彦は「社会倫理なんかどうだっていい」と応じた。

主人公が経験した出来事は、断片的にはそれなりに筋が通っている。しかし、全体としてどのような意味があるのかを主人公は捉えきれないでいた。その断片を正確に説明したとしても、主人公が精神に変調を来したと受け止められるだけだ。

政彦は主人公に、どうやってあの伊豆高原の施設から抜け出せたのかを尋ねた。受付にも警備員にも気づかれず、監視カメラにも映らないまま、主人公は忽然と消えてしまったからだ。主人公は「ひとつ抜け道があるんだ」、「誰にも見られないで出て行ける通路だよ」と答えるしかない。

主人公は事実の中から政彦に理解できるであろう言葉で説明したのだが、それでも支離滅裂に聞こえる。

> 「しかし、どうしてそんなものがあることがおまえにわかったんだ？　あそこに行ったのは初めてだったんだろう？」
>
> 「君のお父さんが教えてくれたんだ。示唆してくれたというべきか。あくまで間接的にだけどね」（略）
>
> 「しょうがないな」と政彦はため息をついて言った。「相手が普通の人間なら『おい、からかうな』と腹を立てるところだが、まあおまえだからあきらめるしかないみたいだ。所詮は油絵を描いて一生を送るようなやくざな、的外れな人間だ」（第4巻218頁）

政彦は、主人公が精神を患っているとは考えていないが、心を乱す相当の出来事に遭遇したと考

えている。もちろん、結婚生活が破綻し（そのうえユズが妊娠したことを告げたのは政彦だ）、主人公がつらい状況にあることも知っている。とりあえず主人公の不可解な説明を政彦は受け入れることにした。友人の言っていることはとにかく信じるのが誠実な姿勢、と政彦が考えているからだ。

　主人公が消えた後、具彦は眠り込んだきり、呼吸はすっかり弱くなったという。客観的に見た場合、主人公の一連の行動が具彦の命を縮めたことは間違いない。しかし、それによって具彦は「騎士団長殺し」という絵に込めた無意識（それは１９３８年のオーストリア併合時に、ナチスに抵抗して殺された具彦の友人たちの記憶とつながっている）を意識の世界に引き出すことができた。それは主人公には、地下の世界という形を取って現れた。主人公は、具彦が体験した出来事を、メタファーという形で追体験したのである。

　現実の世界に戻って来た主人公は、現実の生活に慣れなくてはならない。

　私はそれから埃まみれのカローラ・ワゴンを運転して山を下り、ショッピング・センターに買い物に出かけた。スーパーマーケットに行って、近所の主婦たちに混じって買い物をした。昼前の主婦たちはみんな、あまり楽しそうな顔をしていなかった。おそらく彼女たちの生活にはそれほどスリリングなことは起こらないのだろう。メタファーの国で渡し舟に乗ったりするようなこともないのだろう。（第4巻２２１頁）

外形的には、この世界での日常生活を主人公は早くも回復しつつある。しかし、解決できていない問題が残っている。失踪した秋川まりえの経験と主人公の経験に並行関係があるはずだ。そのことについて、まりえと直接会って確認しなくてはならない。軽傷を負って失踪から戻ったまりえは、主人公同様に、何も覚えていないと主張しているそうだ。主人公は秋川笙子を通じて、この日（水曜日）の午後にまりえと会うことになった。

　主人公は、まりえがやってくる前に、彼女の未完成の肖像画を眺める。この絵が完成させられることはない、と主人公はあらためて思う。

なぜその肖像画を描き上げてはならないのか、私にはまだ正確に説明することはできなかった。もちろん論理立てて証明なんてできない。ただそうしなくてはならないと感じるだけだ。でもその理由はおいおいわかってくるだろう。とにかく私は大きな危険を含んだものを相手にしているのだ。どこまでも注意深くならなくてはならない。（第4巻235頁）

まりえの肖像画が未完成であるというのは、彼女の将来がさまざまな可能性を孕んでいることの象徴だ。ドストエフスキーが長編小説『未成年』で描いたのも、人間的に完成していない人びと（それは実年齢とは関係がない）だ。そういう未成年者こそが歴史を作っていくからだ。まりえもこれから歴史を作っていく。主人公が描いたまりえの肖像画はこの現実を反映している。

まりえが秋川笙子の運転するブルーのトヨタ・プリウスに乗って、主人公の家に現れた。まりえはいつもとは違うファッションをしている。

そういう格好をしていると彼女は、上品な家庭で大事に育てられた、ごく当たり前の健全で美しい少女のように見えた。エキセントリックなところはうかがえない。ただしやはり胸の膨らみはほとんどなかった。

秋川笙子は今日は、淡いグレーのぴたりとしたパンツをはいていた。良く磨かれた黒いローヒールの靴。そして丈の長い白のカーディガンを着ていた。腰のところにベルトがついている。そしてしっかりとしたその胸の膨らみは、カーディガンの上からも明らかにうかがえた。（第4巻237頁）

秋川笙子の容姿は成熟している。このことは、笙子にこれ以上の人間的成長がないことを示している。未成熟なまりえの肢体は、成長可能性を示唆している。

主人公は秋川笙子に「もしよろしければ、しばらくまりえさんと二人だけにしていただけますか？」と単刀直入に頼んだ。まりえも主人公と2人きりになることに賛成した。まりえにも他者に知られることなく、主人公とだけ共有したい秘密があるのだ。

主人公はまず自らの経験について話すことにした。

「(略)そんなに緊張することはない。ぼくが一人でしゃべるから、君はただそれを聞いていればいいんだ。わかった?」

まりえは顔を上げて私を見た。しかし何も言わなかった。肯きもしなかったし、首を横に振りもしなかった。ただじっと私を見ていた。そこにはどのような感情も浮かんでいなかった。(第4巻239頁)

主人公の体験を理解してもらうためには「騎士団長殺し」の絵をあらためて見せておく必要がある。主人公はまりえをスタジオへと導き、絵を壁にかけた。

この絵は秘仏と同じだ。いつもは厨子の奥に隠されている仏像を人びとの目に触れさせることによって、人びとの心が変化するように、「騎士団長殺し」も見た人びとの心を変化させるのである。心の変化は現実も変化させる。主人公はこの絵を発見した経緯や、自分の周囲で起きた変化について説明し始めた。

「そしてぼくがこの絵を発見してから、それが何かの合図であったかのように、いろんなことが次々に起こり始めた。いろんな不思議なことが。まず免色さんという人物がぼくに積極的に接近してきた。谷の向こう側に住む免色さんだ。君は彼の家に行ったことがあるよね」

まりえは小さく肯いた。

「それからぼくは雑木林の祠の裏にある、あの不思議な穴を暴くことになった。真夜中に鈴の音が聞こえてきて、それを辿っていくとあの穴に行き着いた。というか、その鈴の音は積み重ねられたいくつもの大きな石の下から聞こえてくるようだった。その石を手でどかせることはとてもできない。大きすぎるし、重すぎる。そこで免色さんが業者を呼び、重機を使って石をどかせた。(略)そうするとあの穴が現れた。直径二メートル近くの円形の穴だ。石を積んでとても緻密につくられた丸い石室だ。誰が何のためにそんなものをつくったのか、

――それは謎だ。もちろん君も今ではその穴のことを知っている。そうだね？」（第4巻241〜242頁）

まりえは肯く。彼女と知り合ったのも「騎士団長殺し」を主人公が見た結果だ。しかし、この現実を主人公は認識していない。そして主人公は、絵の中に描かれた騎士団長が出現したことを明かした。まりえは絵の中の姿を凝視するが、表情に変化はない。主人公は説明を続ける。

――「これとそっくり同じ顔をして、同じ服装をしている。ただし体長は六十センチほどしかない。とてもコンパクトなんだ。そしてちょっと風変わりなしゃべり方をする。でも彼の姿はどうやら、ぼく以外の人の目には見えないらしい。彼は自分のことをイデアだと言う。そして自分はあの穴の中に閉じこめられていたんだと言った。つまりぼくと免色さんが彼を、穴の中から解放したわけだ。君はイデアというのが何か知っているかな？」

彼女は首を振った。（第4巻243頁）

主人公は秋川まりえにイデアについて説明し始める。

37 共犯

ここは主人公がイデアについて包括的な解説をする唯一の箇所だ。重要なのは、イデアが愛を成り立たせていると主人公が考えていることだ。

――「イデアというのは、要するに観念のことなんだ。でもすべての観念がイデアというわけじゃない。たとえば愛そのものはイデアではないかもしれない。しかし愛を成り立たせているものは間違いなくイデアだ。イデアなくして愛は存在しえない。でも、そんな話を始めるときりがなくなる。そして正直言って、ぼくにも正確な定義みたいなものはわからない。でもとにかくイデアは観念であり、観念は姿かたちを持たない。ただの抽象的なものだ。でもそれでは人の目には見えないから、そのイデアはこの絵の中の騎士団長の姿かたちをとりあえずとって、いわば借用して、ぼくの前にあらわれたんだよ。そこまではわかるかな?」
「だいたいわかる」とまりえは初めて口を開いた。「その人には前に会ったことがあるから」
(第4巻243〜244頁)

まりえは騎士団長と「前に会ったことがある」と言った。あの土曜日、騎士団長も伊豆高原の施設で、「(引用者註・まりえと)少し前に会ってきたところだ」「短く話もしてきた」と主人公に伝えていた。主人公はそのときの事情について細かく尋ねてみたいが、まりえが心を閉ざすといけないので、自分の経験談を続けることにした。顔ながについて語り、彼が地底に導いてくれたことを話した(「とはいっても、手荒く無理強いして案内させたようなものだけど」)。そしてドンナ・アンナについても明かした。

「それからぼくはその薄暗い地底の国を歩いて抜け、丘を越え、流れの速い川を渡り、そしてここにいる若くて綺麗な女性に出会った。この人だ。モーツァルトの歌劇『ドン・ジョバンニ』の役柄にあわせて、彼女をドンナ・アンナと呼ぶことにする。やはり背丈は小さい。彼女はぼくを洞窟の中の横穴に導き入れてくれた。そして死んだ妹と一緒に、ぼくがそこをくぐり抜けるのを励まし、助けてくれた。もし彼女たちがいなかったら、ぼくはあの横穴をくぐり抜けることができず、そのまま地底の国に閉じこめられていたかもしれない。そしてひょっとしたら(もちろんこれは推測に過ぎないわけだけど)、ドンナ・アンナは雨田具彦さんが若くしてウィーンに留学していたときの恋人だったかもしれない。彼女は七十年近く前に、政治犯として処刑された」(第4巻245〜246頁)

こう話していくうちに、ドンナ・アンナについてのイメージが膨らむ。ドンナ・アンナが主人公を助けることで、まりえを救おうとしていたのならば——。

まりえは絵の中のドンナ・アンナを見ていた。まりえの眼差しはやはり白い冬の月のように表情を欠いていた。

あるいはドンナ・アンナはスズメバチに刺されて亡くなった、秋川まりえの母親であるかもしれない。彼女がまりえの身を護ろうとしていたのかもしれない。ドンナ・アンナは同時にいろんなものを表象しているのかもしれない。（第4巻246頁）

愛とは逆の観念もこのアトリエの中にある。白いスバル・フォレスターの男だ。主人公は裏返しにしていた、描きかけの肖像画を壁に立てかける。

「ここに描かれているのは、あるいはここにこれから描かれなくてはならないものは、〈白いスバル・フォレスターの男〉と呼ばれる人物だ。ぼくはこの男に宮城県の小さな海岸の町で出会った。（略）それで彼の姿かたちを思い出しながら描き始めたんだけど、どうしても描き終えることができなかった。だからこうして絵の具で塗りつぶされたままになっている」

まりえの唇は相変わらず一直線に結ばれていた。

それからまりえは首を横に振った。

「その人はやはり怖い」とまりえは言った。（第4巻247頁）

「白いスバル・フォレスターの男」の絵は完成していない。しかし、そこに悪がすでに受肉していることに主人公は気づいている。この、主人公にしか見えないはずの悪が、まりえにも見えるのである。

主人公はこの絵に何が見えるか、まりえに尋ねてみた。

「塗られた絵の具の奥にその人がいるのが見える。そこに立ってわたしのことを見ている。

黒い帽子をかぶって」

私はその絵を床から取り上げ、もう一度裏返しにした。（第4巻248頁）

主人公は地底の国で体験したことから、まりえに説明する。

「〈白いスバル・フォレスターの男〉がこの世界に本当に存在するものなのかどうか、それもぼくにはわからない。あるいは誰かが、何かが、この男の姿かたちを一時的に借用しているだけかもしれない。イデアが騎士団長の姿かたちを借りたのと同じように。あるいはぼくはそこに、自分自身の投影を見ているだけなのかもしれない。でも本当の暗闇の中ではそれはただの投影なんかじゃなかった。それは確かな触感を持つ、生きて動いている何かだった。その土地の人々はそれを〈二重メタファー〉という名で呼んだ。ぼくはいつかその絵を完成させたいと思っている。でも今はまだ早すぎる。今はまだ危険すぎる。この世界には簡単に明るみに引き出してはならないものがあるんだ。（略）」（第4巻248〜249頁）

まりえは、白いスバル・フォレスターの男の姿を表に出すのは危険だ、少なくとも、いまの主人公がこの絵を完成してはいけない、と気づいている。何事にも時機があるからだ。旧約聖書「コヘレトの言葉」（伝道の書）にこんな誡めがある。

〈何事にも時があり
天の下の出来事にはすべて定められた時がある
生まれる時、死ぬ時
植える時、植えたものを抜く時
殺す時、癒す時
破壊する時、建てる時
泣く時、笑う時
嘆く時、踊る時
石を放つ時、石を集める時
抱擁の時、抱擁を遠ざける時

求める時、失う時
保つ時、放つ時
裂く時、縫う時
黙する時、語る時
愛する時、憎む時
戦いの時、平和の時

人が労苦してみたところで何になろう。

わたしは、神が人の子らにお与えになった務めを見極めた。神はすべてを時宜にかなうように造り、また、永遠を思う心を人に与えられる。それでもなお、神のなさる業を始めから終りまで見極めることは許されていない。〉（「コヘレトの言葉」3章1～11節）

主人公は、まりえが示唆する通り、「白いスバル・フォレスターの男」を誰の目にも見える形で残す時機ではないと悟った。それは、雨田具彦が描き上げた「騎士団長殺し」を誰にも見せてはいけないと考えたのと似た心理なのだろう。

主人公は、まりえに地底の国からの帰還について述べる。

「……とにかくいろんな人の手助けを受けて、ぼくはその地底の国を横断し、狭くて真っ暗な横穴を抜けて、この現実の世界になんとか帰り着いた。そしてそれとほぼ同時に、それと並行して、君もどこかから解放されて戻ってきた。（略）その二つの出来事はどこかできっと結びついているはずだ。そして騎士団長がそのいわば継ぎ目のような役目を果たしていた。しかし彼はもうこの世界にはいない。彼はもう役目を終えてどこかに去ってしまったんだ。あとはぼくと君と、二人だけでこの環を閉じるしかない。ぼくの言ってることを信じてくれる？」

—まりえは肯いた。（第4巻249頁）

まりえの肯定には二重の意味がある。1つは、主人公の言うことを信じたということだ。もう1つは、まりえと主人公で開いてしまった面倒な環を閉じなくてはならないということだ。

さらに主人公は、なぜ、まりえに「騎士団長殺し」の絵を見てもらいたかったかについて語った。すると、まりえの目には「少しずつ生命の光が戻ってきたよう」に見えた。

「これは雨田具彦さんが精魂を傾けて描いた絵だ。そこには彼の様々な深い思いが詰まっている。彼は自ら血を流し、肉を削るようにしてこの絵を描いたんだ。おそらく一生に一度しか描けない種類の絵だ。これは彼が自分自身のために、そしてまたもうこの世界にはいない人々のために描いた絵であり、言うなれば鎮魂のための絵なんだ。流されてきた多くの血を浄めるための作品だ」

「チンコン？」

「魂を鎮め、落ち着かせ、傷を癒すための作品だ。だから世間のつまらない批評や賞賛は、あるいは経済的報酬は、彼にとってはまったく意味を持たないものだった。むしろあってはならないものだった。この絵が描かれ、この世界のどこかに存在しているというだけで、彼にはもう十分だったんだ。（略）」（第4巻250～251頁）

鎮魂という言葉で、「騎士団長殺し」という絵が死者と生者を繋ぐ機能を果たしていることにまりえも気づいた。

そして主人公はまりえとともに、開かれた面倒な環を閉じる作業に取りかかる。悪を人目に触れる場所から隠すのだ。具彦の作品である「騎士団長殺し」だけでなく、主人公が描いた「白いスバル・フォレスターの男」の絵も隠さなくてはならない。この作業にまりえを誘うことによって、2人は秘密を共有する共犯者になった。

—台所から紙紐とカッターナイフを持ってきた。そして私とまりえは二人で『騎士団長殺

> し』をしっかりと梱包した。もとあった茶色の和紙で丁寧に包み、紙紐をかけ、その上から白い布をかぶせ、その上からもまた紐をかけた。簡単にははがされないよう、とても厳重に。『白いスバル・フォレスターの男』はまだ絵の具が乾ききっていなかったので、簡単に包装するだけにとどめた。（第4巻252頁）

主人公は屋根裏に上がり、まりえが下から絵を差し出した。主人公は2枚の絵を屋根裏の壁に並べて立てかけた時、あることに気がつく。

> そのときに私ははっと気がついた。その屋根裏にいるのが私一人だけではないことに。そこには誰かの気配があった。私は思わず息を呑んだ。誰かがここにいる。でもそれはみみずくだった。最初にここに上がったときに見たのとおそらく同じみみずくだ。（第4巻253頁）

読者は、ふくろうが知恵を象徴するのに対して、みみずくには不浄や悪の象徴の意味があることを覚えているだろう。2人の悪事に立ち会うのは、悪を象徴する猛禽類なのである。主人公はまりえを呼んで、梁にとまっているみみずくを見せる。

> まりえは私の隣に膝をついて、魅入られたようにその姿を眺めた。その鳥はとても美しいかたちをしていた。まるで翼のはえた猫のようだ。（略）
>
> 私たちはそのまま何も言わずにじっとみみずくを眺めていた。みみずくは私たちのことをとくに気にもかけず、そこで静かに思慮深く身体を休めていた。私たちは暗黙のうちにこの家を分かち合っているのだ。昼に活動するものと夜に活動するものとして、そこにある意識の領域を半分ずつ分かち合っている。（第4巻253〜254頁）

ここで、主人公とまりえの意識の相互浸透が起きる。

> まりえの小さな手が私の手を握った。そして彼女の頭が私の肩に載せられた。私は手をそっと握りかえした。私は妹のコミとも、このようにして一緒に長い時間を過ごしたものだっ

た。私たちは仲の良い兄と妹だった。いつも自然に気持ちを通い合わせることができた。死が二人を分かつまでは。（第4巻254頁）

2人の人格が一瞬、混ざり合う。まりえは主人公の手を握るという行為でこの相互浸透を象徴した。

まりえの身体から緊張が抜けていくのがわかった。彼女の中で堅くこわばっていたものが、少しずつ緩んでいった。私は私の肩に載せられた彼女の頭を撫でた。まっすぐな柔らかい髪だった。頬に手を触れると、彼女が涙をこぼしているのがわかった。まるで心臓から溢れ出る血のように温かい涙だった。私はそのままの姿勢でしばらく彼女を抱いていた。その少女は涙を流すことを必要としていたのだ。でもうまく泣くことができなかった。おそらくはずいぶん前から。私とみみずくは、そんな彼女の姿を何も言わずに見守っていた。（第4巻254〜255頁）

主人公とまりえは、この瞬間、価値観を共有する同志になった。ひとしきり涙を流した後、まりえは騎士団長と会ったときの状況について話し始めた。彼女は失踪したと思われていた間、免色邸にいたという。

「わたしが免色さんの家に行ったのは、彼のことをもっと知らなくてはならなかったから。まずだいいちに、あの人がなぜ毎晩わたしの家を双眼鏡でのぞいているのか、そのわけを知りたかった（引用者註・まりえは叔母の秋川笙子と免色の家を訪れた際、双眼鏡らしきものがテラスにあるのを見つけ、免色が谷の向こう正面にある自分の家を覗いていることを察した）。彼はそのためだけにわざわざあの大きな家を買ったのだと思う。（略）そこには何か深いわけがあるはずだと思った」

「だから免色さんの家を訪ねていったの？」

まりえは首を振った。「訪ねていったわけじゃない。忍び込んだの。こっそりと。でもそ

こを出られなくなってしまった」（第4巻257頁）

まりえは金曜日の午前中の授業が終わると学校を抜けだした。朝から学校を休むと、すぐに家に連絡が行くので、1度学校に顔を出したのだ。ただ、まりえは最初から免色邸に忍び込むつもりはなかった。「どんな計画も持たなかった。彼女はただ鉄片が強力な磁石に吸い寄せられるように、その白い屋敷に惹きつけられたのだ」。イデアの働きによって、まりえはつき動かされたのである。

38 未成年

まりえからすれば好奇心だが、目に見えない力がまりえに働いて動かされている。動かされている本人にはその自覚はない。イデアはこういう形で人間に影響を与えるのだ。

> 屋敷のまわりには高い塀がめぐらされ、入り口には電動式の頑丈な門扉がついていた。その両側に防犯用の監視カメラがついていた。警備会社のステッカーが門柱に貼ってあった。下手に近づくことはできない。（略）
>
> 三十分ほどそこであてもなく時間をつぶし、そろそろあきらめて引き上げようと思っていたときに、一台のヴァンが坂道をゆっくりと上ってきた。宅配便会社の小型ヴァンだった。

（第4巻258〜259頁）

ここで重要なのは、まりえが白い屋敷を詳細に観察していることだ。まりえは記憶力がよい。記憶力の良さが免色の家から脱出するときにとても役に立つことになる。さらにまりえは観察眼が鋭い。他の人が見過ごしてしまう細部に気づくことができる。真理は細部に宿るのであるから、この能力は事柄の本質を見極める際に重要になる。まりえの観察で最も特徴的なのは、家という物を通じて、所有者である免色の性格を分析しているところだ。

まりえの場合、思考即行動である。宅配便会社の車を入れるために門が開くと、すぐ動いた。隠れていた茂みから、閉まりかける門扉の中へ全速力で走り込んだ。

——自分のとった行動が適切なものだったかどうか、今となっては確信が持てなかった。(略)こんなチャンスはまたとない、やるなら今しかない、彼女はそう思って瞬時に行動を起こしたのだ。(第4巻260頁)

まりえは門扉の中に入っていくしかなかった。これは、翌日(土曜日)の午後、主人公があのリノリウムの床にあいた四角い穴から地下の世界へ降りていくしかなかったのと類比的な出来事だ。やがて宅配便のヴァンが戻ってきて、門扉がもう1度開き、ヴァンは外に出て行く。まりえはそれから10分待つことにした。

——腕にはめたカシオの小型サイズのGショックで正確に十分を計り、それから植え込みの陰から出た。カメラに写りにくいように姿勢を低くして、玄関に通じる緩やかな坂道を足早に降りていった。時刻は二時半になっていた。(第4巻261頁)

時間が単一であるというのは、われわれの幻想にすぎない。カントが考えていたような均質な時間が存在しないことは、アインシュタインが一般相対性理論で明らかにした通りだ。物理的時間が伸縮するように、人間の時間も伸縮する。さらに、1人ひとりが別の時間を持つ。まりえにはまりえの、主人公には主人公の時間があり、それぞれ適宜伸縮しながら進んでいく。『騎士団長殺し』では、複数の時間の流れが見事に描かれている。

——免色に見つかったときにはどうすればいいのだろう? 彼女はそれについて考えた。でももしそうなっても、なんとかうまくその場を切り抜けられるという自信が彼女にはあった。免色は彼女に対して何かしら深い関心(あるいはそれに似たもの)を抱いているようだった。自分はここに一人で遊びに来た、でもたまたま門が開いていたからそのまま中に入ってきた。あくまでゲームみたいな感じで。いかにも子供っぽい顔をしてそう言えば、きっと免色は信じてくれるに違いない。あの人は何かを信じたがっているのだ、私が言うことならきっとそのまま信じてくれるはずだ。彼女に判断できないのは、その「深い関心」がどのような成り立ちのものなのか——それが彼女にとって善きものなのか悪しきものなのか——ということだった。（同前）

まりえは、免色が「何かを信じたがっている」ことを直観している。免色は悪を体現しながらも、信仰を求める人なのである。だからこそ、まりえはそこに付け込みたくない。免色の信仰を裏切るようなことをしたくないのだ。ここに免色に対するまりえの愛が現れている。

まりえは少しずつ屋敷に近づいていく。まず、車2台分のガレージがあり、家から少し離れたところにコテージのような洒落た建物があった。その向こうにはテニスコートがあった。しかしそのテニスコートは長いあいだ放置されているようで、たくさんの枯れ葉が落ちていたし、引かれた白線も色あせている。

邸宅の美観という観点からは、テニスコートをきれいに整えておく方が自然だ。免色には経済力が十分に備わっている。それをしないのは、テニスコートが免色の関心の外側にあるからだ。あるいは、1人ではテニスはできないからだ（免色にテニス友だちがいるようには思えない）。銀色のジャガーがいつも曇りひとつなく磨かれていることを思えば、免色が関心の外側の事柄については無頓着であることを、このテニスコートは端的に示している。テニスコートと対照的に、ガレージと日本風の庭園は手入れが行き届いている。

まりえは家屋をまわり込むようにして、広いテラスに出る。谷を挟んで向う側の山に、まりえの家や主人公の家が見えた。

彼女の家は谷を隔ててすぐそこにあった。空中に手を伸ばせば（そしてもしその人物がかなり長い手を持っていれば）、ほとんど届いてしまいそうなところに。（略）高性能の望遠鏡や双眼鏡を使えば、家の内部がそっくり見て取れることだろう。彼女の部屋の窓だって、そう

> しようと思えばかなりはっきりと見えるはずだ。彼女はもちろん用心深い少女だった。だから服を着替えるようなときは、必ず窓のカーテンを閉めるようにしている。しかしうっかりすることだってまったくないとは言えない。免色はこれまでにいったいどんなものを目にしてきたのだろう？（第4巻263〜264頁）

　このテラスは、まりえを眺めるための特別の場なのだ。服を着替える姿が見られたかどうかは本質的問題ではない。免色にとって、いつでも観察可能な状態にまりえの部屋が置かれているという事実が重要なのだ。

まりえは斜面についた階段を降りて行き、中をうかがう。

> その階は主にユーティリティー室になっていた。洗濯室があり、アイロンをかけるためのスペースがあり、住み込みのメイドのための居室らしきものがあり、その反対側がかなり広いジムになっていた。筋肉を鍛えるためのマシンが五つか六つ並んでいる。こちらの方はテニスコートとは違って、どうやらかなり頻繁に利用されているようだった。（第4巻264頁）

　ユーティリティー室への免色の関心も高い。ここでまりえがユーティリティー室の構造を記憶に定着させたことは、この後、まりえがこの家屋に潜伏する際に死活的に重要になる。

> 　ずいぶん大きな家屋だった。こんな広いスペースに人がたった一人で住んでいるなんて、彼女にはとても信じられなかった。その生活はきっと孤独なものであるに違いない。（第4巻265頁）

　まりえは、家屋の観察を通して、免色が孤独であることを察知した。不審者が家屋に侵入しないようにするという目的を超えて、「あらゆる装置を用いて厳重にブロックされていた」。これは免色の猜疑心を反映したものだ。孤独な人は猜疑心を強める。

　宅配便会社のヴァンのために門を開けたのだから、免色は在宅している。まりえは、とりあえず庭園の隅にある資材小屋に隠れて、様子を見ることにした。そうすれば家の中に入るタイミングが訪れることをイデアはわかっている。

――居心地の良い場所とはもちろん言えない。でもとにかくここにじっとしていれば、姿をカメラに写されるようなこともない。誰かがここまで様子を見に来るようなこともあるまい。そのうちにきっと何か動きがあるはずだ。それを待つしかない。(第4巻266頁)

人間が自らの意思で動きを作り出すことはできない。動きは外部からやってくる。重要なのは急ぎつつ待つことなのである。そして機会が到来したら、それを逃さないようにすることだ。

――身動きのとれない状況ではあったけれど、それでも彼女はむしろ健全な高揚感のようなものを身のうちに感じていた。その朝、シャワーを浴びたあと裸で鏡の前に立って、乳房がほんの少しだけ盛り上がっていることに気がついたのだ。そのことも高揚感に少しは寄与していたかもしれない。(略)

彼女は胸の小さな膨らみのことを考えながら、資材小屋で時間を潰した。その膨らみがどんどん大きくなっていく様子を彼女は頭の中で想像した。豊かに膨らんだ乳房を持って暮らすというのはどんな気持ちのするものなのだろう? 叔母さんがつけているような、しっかりとした本物のブラジャーを自分がつけるところを想像した。(第4巻266~267頁)

まりえの胸が少しだけ盛り上がってきたということは、未成年であることの象徴だ。まりえは、もはや子供ではないが、大人でもない。その中間の未成年である。未成年は実年齢と関係しない。主人公はまりえより23歳年上だが、大人になりきっていない。『騎士団長殺し』は、主人公とまりえという未成年者が、イデアの触発を受けて大人になっていく物語でもある。

ここでまりえは眠ってしまう。この眠りによって時間が切断され、まりえは1つの時間から別の時間に移動したのである。これは、ちょうどこのころ、主人公が「雑木林の中の穴」の絵を完成させたことと関係しているのだろう(主人公によれば、まさしく金曜の午後に絵は完成している)。

――はっと目が覚めたとき、意識が分断されていた。自分が今どこにいるのか、何をしていると

> ころなのか、一瞬わからなくなった。そのとき彼女は何かとりとめのない夢を見ていたようだった。豊かな乳房とミルク・チョコレートが関係した夢だった。（第4巻268頁）
> 目を覚ますきっかけになったのは、ガレージのシャッターが開く機械音だ。免色がジャガーに乗って外出したのだ。

> ガレージの金属シャッターはリモコン操作で再びゆっくり下に降り始めていた。彼女は植え込みの陰から駆けだし、そのほとんど閉まりかけたシャッターの隙間に素早く身体を滑り込ませた。（第4巻269頁）

「顔なが」の穴と同様、機会の窓は一瞬しか開かない。この瞬間をまりえは逃さなかった。もっともこれはまりえの決断によるものではない。考えるよりも先に身体が動いたのだ。イデアがまりえを動かしたと見ることもできる。ガレージの中に入っても、家に通じる扉に鍵がかかっているならば、まりえは閉じ込められてしまう。しかし、そうはならなかった。

> ガレージの奥に、家の中に通じるドアがあった。おそるおそるノブを回してみると、鍵がかかっていないことがわかった。彼女はほっと一息ついた。少くとも昼間のうち、人はガレージ内から家に通じるドアの鍵はまずかけないものだが、なにしろ免色は用心深く慎重な人間だ。だから彼女はそこまで期待していなかった。よほど何か大事な考えごとがあったのだろう。幸運としか言いようがない。（第4巻270頁）

> 免色は過剰な猜疑心を持っている。にもかかわらず、ガレージから家に通じる扉には鍵をかけていなかった。普段は鍵をかけていたかもしれないが、このときは何となくかけなかったのであろう。ここにもイデアの働きがあるかもしれない。まりえは脱いだ靴を手に持って、家の中に入っていく。

彼女はまず1階の大半を占める大きな居間に入る。居間からは広々としたテラスに出られるのだが、テラスへの大きなガラス戸を開けていいものかどうか、まりえは迷った。

> 免色は出て行くときに警報装置のスイッチを入れていったかもしれない。もしそうなら、ガラス戸を開けたとたんにベルが鳴り出すだろう。そして警備会社の警報ランプが点滅を始めることだろう。（略）
>
> でも、おそらく免色は警報装置のスイッチを入れていないだろうという結論にまりえは達した。ガレージの奥のドアの鍵を掛けなかったくらいだから、遠出をするつもりはないはずだ。たぶん近くに買い物に行ったか、そんなところだ。（第4巻271頁）

免色は警報装置を作動させていないであろう、という推定は正しかった。まりえはテラスへと進んでいく。イデアは、まりえが自らの行動によって免色の秘密を暴くことを期待しているのだ。まりえはテラスで双眼鏡を見つけた。双眼鏡の専用台にねじで固定する。低いスツールに座って、双眼鏡を覗いた。すると、彼女の家の内部が驚くほどありありと見えた。テーブルの上の花瓶や雑誌まで見てとることができる。

> 遠い距離を隔てたところから自宅の内側を細かく眺めるというのはずいぶん不思議な気持ちのするものだった。まるで自分がもう死んでしまっていて（事情はよくわからないのだが、気がついたらいつの間にか死者の仲間入りをしていて）、あの世からかつて自分の住んでいた家を眺めているような気持ちだった。そこは自分が長いあいだ属してきた場所なのだが、もうそこに自分の居場所はない。よく知っている親密な場所なのに、そこに戻れる可能性は失われてしまっている。そんな奇妙な乖離の感覚があった。（第4巻272〜273頁）

免色がまりえの部屋を双眼鏡で覗いているという事実は、気味の悪いことだ。同時に、まりえには、遠距離から自宅を細かく眺めることが出来るという事実が興味深かった。まりえは双眼鏡で自宅を眺めながら、自分が死者の仲間入りをしたという気持ちになったが、それは免色の家が死の霊気に覆われているからである。主人公が訪れた二重メタファーの棲む暗黒の世界と免色の家は、類比できる空間なのだ。まりえはきわめて危険な場所に足を踏み入れてしまっている。

39　収集癖

まりえの、自分の家に対する感覚が変化した。

彼女はずっと、自分の家をがらんとした、醜い家だと思っていた。そんな家に暮らしていることが嫌でたまらなかった。早く大人になって家を出て、自分の好みにあった住居に一人で住みたいと願っていた。でもこの今、谷間を隔てた向かい側から、双眼鏡の鮮明なレンズを通して内部を眺めながら、なんとしてもその家に戻りたいと彼女は願った。そこはなんといっても私の場所なのだから。そして私が護られている場所なのだから。（第4巻273〜274頁）

免色邸という異質な場に身を置くことによって、初めてまりえは「自分の家」の重要性に気づいた。しかし、まりえが家に戻れなくなるようなきっかけとなる事件が起きる。

　そのとき軽い唸りのようなものが耳元に聞こえたので、彼女は双眼鏡から目を離した。そして空中を何か黒いものが飛んでいるのを目にした。蜂だった。大型の体長が長い蜂、たぶんスズメバチだ。彼女の母親を死なせた攻撃的な蜂、とても鋭い針を持っている。まりえはあわてて家の中に駆け込み、ガラス戸をぴたりと閉め、ロックした。スズメバチはそれからもしばらくのあいだ、彼女を牽制するようにガラス戸の外を飛び回っていた。何度かガラスに体あたりさえした。それからやっとあきらめたのか、どこかに飛んで行ってしまった。まりえはほっと胸を撫で下ろした。（第4巻274頁）

村上春樹氏にとって悪は抽象的存在ではない。主人公には「白いスバル・フォレスターの男」という形で現れる。まりえにはスズメバチという形を取って悪が目の前に出現するのだ。まりえが現

在、醜い家に住まざるをえなくなっている原因は、母を殺したスズメバチにあると言ってもよい。

ここでスズメバチが現れなかったならば、テラスの高性能双眼鏡の存在によって免色が不気味な人間であることを確認しただけで十分なので、まりえは一目散に家に戻っていったと思う。たとえそれが醜い家であっても、「そこはなんといっても私の場所なのだから」。凶暴なスズメバチがいなくなるまで、まりえは再び免色邸を観察することにした。これはイデアがまりえに免色邸をもっと詳細に調査させたいと考えたのだろう。

> 大きなスタインウェイのグランド・ピアノがあった。ピアノの上には楽譜がいくつか載っていた。バッハのインヴェンション、モーツァルトのソナタ、ショパンの小品、そんなものだ。技術的にはそれほどむずかしいものでもなさそうだった。でもそれだけ弾けるというのは大したものだ。その程度のことはまりえにもわかった。彼女も以前ピアノを習っていたことがあった（あまり上達はしなかった。音楽よりは絵画の方に心を惹かれていたから）。（第4巻275頁）

ピアノであるか絵画であるかは、本質的な違いではない。世の中には芸術を必要とする人としない人がいる。免色もまりえも主人公も、そして雨田具彦も芸術を必要とする人なのである。

まりえはコーヒーテーブルの上に何冊かの本が置かれているのを見つけた。書籍に関して免色とまりえの趣味は異なる。難解な文学、哲学、歴史の本を読み、古典音楽を愛すると同時に高性能双眼鏡で女たちの生活を覗く免色とは、いったいどういう人格なのだろうか。人格の統一性が保たれているのだろうか。あるいは覗きに関しては、女性一般ではなく、まりえもしくは叔母の秋川笙子という具体的な人間を知ることに目的があるのかもしれない。ならば何のために？　まりえは一層困惑する。

彼女は階段を下りて、免色の書斎に入っていった。

—アップルの高性能のデスクトップコンピュータがあったが、スイッチは入れなかった。厳重なブロックがかかっていることはわかりきっていたからだ。彼女にそれが突破できるはずはない。机の上にはほかにそれほど多くのものは置かれていなかった。日めくり式の予定表があった。しかしそこにはほとんど何も書き込まれていなかった。よくわからない記号と数字がところどころに記入されているだけだ。おそらく本格的なスケジュールはコンピュータに打ち込まれて、いくつかの機器に共有されているのだろう。もちろんすべてにしっかりセキュリティーがかけられているはずだ。免色さんはとても用心深い人物だ。簡単には痕跡を残したりはしない。（第4巻277頁）

デスクトップコンピュータは、まりえにスイッチを入れてみろと誘惑している。しかし、まりえは誘惑に乗らなかった。免色は誰かがこの部屋に侵入してコンピュータを覗き込むことを想定し、罠を仕掛けてあると感じたからだ。どのような罠かはわからない。しかし、罠が仕掛けられているのは間違いないと、まりえは直観した。

まりえは免色の机の上を詳細に観察してみた。鉛筆はすべて同じ長さで、ペーパークリップがサイズごとに細かく仕分けられている。「とにかく何もかもが恐ろしいほど整然と保たれていた」。免色の行為はすべてにおいて過剰だ。この過剰さもまた悪の反映なのかもしれない。

彼女は書斎を出て、いくつかの部屋のドアを開いていく。

ひとつめは免色の寝室だった。いわゆる主寝室で、とても広い。ウォークイン・クローゼットとバスルームがついている。大きなダブルベッドがあり、ベッドはとてもきれいにメイクされていた。上にはキルトのベッドカバーがかけられていた。住み込みのメイドはいないのだから、あるいは免色が自分でベッドメイクしたのかもしれない。（略）ベッドの枕元にも読みかけの本が置かれていた。あちこちでこまめに本を読む人なのだ。（第4巻278～279頁）

ベッドの枕元に読みかけの本があることから、まりえは免色がほんものの読書家であるという認

識を抱く。多くの本から得た知識で免色は自分自身の観念の世界を創りあげているのだ。

ウォークイン・クローゼットの服や靴に関しては、節度が保たれていることもまりえには気になった。一般に服の数は少なすぎるか多すぎるかのどちらかである。免色のようにおしゃれな人は過剰な数の服や靴を持っているはずであるが、多すぎもせず、また少なすぎもしない。このことも普通ではない。タンスにしまわれた下着やハンカチはしわ1つなく折りたたまれ、美しく整頓されている。免色はセーターには特別の関心を示しており、専用の大きな抽斗に様々な色合いの無地のセーターばかりを集めている。この拘りも普通ではない。

これらの事実の積み重ねから、まりえはひとつの結論に達する。

――それは「この人と生活を共にすることはとてもできそうにない」ということだった。普通の生身の人間にはそんなことはまず不可能だろう。うちの叔母さんもかなり整頓好きな人ではあるけれど、ここまで完璧にはできない。(第4巻280頁)

完璧な人間は存在しない。もっとも神は完璧である。しかし、罪のある人間によって支配されたこの世界に、神が完璧な姿で現れることはできない。神はイエスという人間の男となってこの世界に現れたが、イエスですら死を免れることができなかった。その意味では完璧な存在ではない。むしろこの世界では、悪魔の方が完璧な存在として自らを現すことができるのだ。

――次の部屋はどうやら客用の寝室であるらしかった。メイクされたダブルベッドがひとつ用意されていた。窓際には書き物机と事務椅子があった。小さなテレビもあった。しかし見たところ、実際にそこに客が泊まったような痕跡や気配は見受けられなかった。それはどちらかといえば、永遠に見捨てられた部屋のように見えた。(同前)

免色は、誰かを宿泊客として招きたいのだが、それができないでいる。この「永遠に見捨てられた」ように見える部屋は、免色の寂しさをあらわしている。

――その隣の部屋はほとんど物置のようになっていた。家具はひとつも置かれておらず、緑色

> のカーペットが敷かれた床には、十個ばかりの段ボール箱が積み重ねてあった。重さからすると、中には書類が詰まっているようだった。貼られたラベルには、ボールペンで記号のようなメモが記されていた。そしてどの箱もガムテープで厳重に封がされていた。たぶん仕事上の書類なのだろうと、まりえは想像した。（第４巻２８０〜２８１頁）

　この10個ばかりの段ボール箱は、かつて免色が東京地方検察庁に逮捕されたときに押収された証拠物なのだろう。有罪であれ、無罪であれ、事件が終ってから数年後に、検察庁から押収した証拠物は希望すれば還付するという連絡がある。多くの人が事件については思い出すのも嫌なので、所有権を放棄する。その証拠物は廃棄される。筆者も鈴木宗男事件に連座して押収された段ボール箱20個ほどの押収物が数年後に還付されたが（所有権は放棄しなかった）、触れる気にもならず、３年ほど蓋を開かずに書庫に置いておいた。あるとき思い切って蓋を開けて整理を始めたが、次々に嫌な記憶が戻ってくるので作業を止めた。結局、神学部の教え子に、資料をファイルにして分類するアルバイトをさせた。書庫には１００冊近いファイルがあるが開いたことは1度もない。免色も段ボールに入った公判関連書類を開くことができないのであろう。

　まりえは4番目の部屋に入る。そこで興味深いものを発見する。ウォークイン・クローゼットの中に、女性の衣服が並んでいたのだ。

> それほどたくさんの量ではない。でも普通の成人女性が、数日そこで生活するために必要としそうな衣服が、ひととおり揃えられていた。たぶん定期的にこの家に泊まりに来る女性がいて、その人が使う服がここに常備されているのだろうとまりえは想像した。彼女は思わず顔をしかめた。免色にそういう女性がいることを叔母さんは知っているのだろうか？（引用者註・免色と秋川笙子が交際を始めていることは、まりえも主人公も知っている）
>
> 　しかし彼女はすぐに自分の考えが間違っていることに気づいた。ハンガーにかけられて並んでいる服はどれも一昔前のデザインのものだったからだ。（第４巻２８１〜２８２頁）

この部屋には免色の元恋人（おそらくはまりえの実母）の遺品が——下着や靴下、ナイトウェアまで、まりえは見つけた——集められている。免色は死んだ元恋人を記憶の中に保っているだけでは不十分で、形にのこる物を保存しておかなければ安心できなかったようだ。免色のまりえに対する関心も、元恋人が遺したすべてを収集したいという欲望に基づいているのかもしれない。

その女性は今はどこでどうしているのだろう？　誰か別の人の奥さんになっているのかもしれない。あるいは病を得たか、事故にあったかして亡くなってしまったのかもしれない。でも彼はいまだに彼女の面影を追い求めているのだ（もちろんまりえは、その相手の女性が彼女自身の母親であることを知らなかったし、この私もその事実を彼女に告げなくてはならない理由を思いつけなかった。それを告げる資格を持っているのはおそらく免色だけだ）。

（第4巻284頁）

その対象が自分の母親であるとは知らないまま、まりえは考え込んでしまう。ひとりの女性を長い歳月にわたってそれほど深く想い続ける（たくさんの衣服を保管するという形であれ）免色さんにもっと好感を持つべきだろうか、それともいささか気味悪いと感じるべきなのだろうか？

ここで事態が急変する。免色が戻って来たのだ。まりえは衣服に意識を集中させていたせいで、車がやってくる音に気づかなかった。早く身を隠さなければならない。だが、あることを思い出して、まりえはパニックに陥る。スズメバチに追われて、テラスの床に靴を置きっぱなしにしてきたのだ。双眼鏡もケースから出して、専用台に取り付けたままの状態になっている。靴のサイズとデザインを見れば、免色ならまりえのものだと気づく可能性が大きい。

免色に見つかったとしても、「好奇心から家の中に入ってみた」などと説明すれば、そんなに咎められることはないであろう。逆に、高性能双眼鏡で免色がまりえと笙子を覗いている事実を指摘して、真意を質すこともできる。しかし、そんなことは、まりえの頭に思い浮かばなかった。この場から逃げ去ることを考えるだけで精一杯だ。でも、どうやって？　まりえの頭の中は空白になり、両手で顔を覆う。その時だ。
――「そこでじっとしておればよろしい」と誰かが言った。（第4巻286頁）
まりえは幻聴だと思った。しかし、目の前に体長60センチほどの老人がいた。今度はそれを幻覚だと思った。パニックに陥ったせいで、幻覚を見ているのだ。
――「いや、あたしは幻覚なんかではあらない」とその男は小さいけれど良く通る声で言った。「あたしの名前は騎士団長という。あたしが諸君を助けてあげよう」（同前）
危機的な状況に陥ったまりえを、騎士団長の姿をしたイデアが救うのだ。

40　特別な空間

まりえが助けを求める状況になってイデアが姿を現した。人間が助けを求める状況になってから、神が預言者を通じて人間に働きかけるのに似ている。


「今さらテラスまで行って靴を持ってくることはかなわない」と騎士団長は言った。「双眼鏡のこともあきらめよう。でも心配はあらないよ。あたしが全力を尽くして、免色くんがテラスに出ないようにしよう。少なくともしばらくのあいだは。しかしいったん日が暮れたらそれもかなわなくなる。あたりが暗くなれば彼はテラスに出て、谷の向かいの諸君の家の様子を双眼鏡で見るだろう。それが日々の習慣だ。それまでに問題を解消しなくてはならない。あたしの言わんとすることは理解できておるね？」

　まりえはただ肯いた。なんとか理解できる。

「諸君はしばらくのあいだこのクローゼットの中に隠れているのだ」と騎士団長は言った。「気配を殺して身を潜めている。それしか道はあらない。うまい時期が来たら教えてあげよ

う。（略）」（第4巻287〜288頁）

ここで騎士団長が行う助言は具体的だ。抽象的理念で人間を救済することはできない。助けを求める人に必要とされるのは、具体的指針だ。騎士団長のまりえに対する助言は、クローゼットに隠れているということだ。そして、テラスに出て、双眼鏡を元の状態にし、靴を回収するタイミングを騎士団長が指示するということだ。

「あたしは夢でもあらないし、妖精でもあらない」と騎士団長は彼女の心を読んで言った。「あたしはイデアというもので、本来は姿を持っておらない。しかしそれでは諸君の目には見えないし、何かと不便であるので、こうしてとりあえず騎士団長の姿かたちをとっておるのだ」（略）彼女ははっと思い出した。この人は雨田具彦の家で見た、横に細長い日本画の中に描かれていた人物だ。この人はきっとあの絵からそのまま抜け出してきたのだ。だからこそ身体も小さいのだろう。

騎士団長は言った。「そのとおりだ。あたしはあの絵の中の人物の姿を借用している。騎士団長——それが何を意味するのか、それはあたしもよく知らない。しかしあたしは今のところその名前で呼ばれている。ここで静かに待っていなさい。時がきたら、迎えに来てあげよう。怖がることはあらない。ここにある衣服が諸君を護ってくれる」（第4巻288〜289頁）

騎士団長の「時がきたら、迎えに来てあげよう」という言葉が重要だ。未来における救済を騎士団長は保証している。復活したキリストが「私は再び来る」と言って天に上っていったのと類比的だ。キリストの不在の「時の間」、聖霊によって設立された教会が救済を担保する。騎士団長は、「ここにある衣服が諸君を護ってくれる」と言った。これからの場面において、衣服はキリスト教における教会の役割を果たすことになる。

まりえはクローゼットの中で息を潜める。免色が部屋の前を通り過ぎるときは息が詰まった。クローゼットのドアは下向きのブラインドで、光はわずかに入ってくるにすぎない。

――クローゼットの中は狭く、防虫剤のきつい匂いが満ちていた。そしてまわりを壁に囲まれ、どこにも逃げ場はなかった。逃げ場がないことが、少女を何よりも怯えさせた。（第4巻290頁）

クローゼットの中に置かれたまりえと、地下の世界で主人公が入っていった狭い穴は、写像のように対応する現象だ。やがて、主人公が二重メタファーの脅威にさらされたように、まりえは免色渉からの危険に直面するのである。

――時がきたら、迎えに来てあげよう、と騎士団長は言った。彼女はその言葉を信じて待つしかなかった。そして彼はまた「イフクが諸君を護ってくれる」と言った。たぶんここにある衣服のことなのだろう。知らないどこかの女性が、おそらくは私の生まれる前に身につけていた古い衣服。（略）その服に手を触れていると、どうしてかはわからないけれど、少しだけ心が休まるようだった。（第4巻290〜291頁）

主人公は、ドンナ・アンナの助言によって、二重メタファーが主人公の心の中に潜む闇であることに気づいた。そして自らの中にある光の力で（妹のコミの力も借りながら）闇を克服した。まりえの場合も今回の危機は、まりえの中にある闇が引き起こしたものだ。まりえの中にある光でこの闇の力を抑えなくてはならない。まりえの中の光を引き出す支援を、騎士団長は行っているのだ。

クローゼットの中の衣服は、免色の元恋人で、おそらくはまりえの母親であった人物のものだ。まりえはこの事実を知らない。しかし、この衣服に宿っている母親の魂が、まりえを守るのである。

まりえが腕時計を見ると、午後4時半近くになっている。

――まりえはクローゼットの床に腰を下ろし、両手で膝を抱え、クローゼットの扉の隙間から床のカーペットを眺めていた。そしてときどき手を伸ばして、ワンピースの裾をそっと握った。

――それが彼女にとっての大切な命綱であるみたいに。（第4巻292頁）
日が暮れてしまうと、免色はテラスに出て双眼鏡を使う。そうなれば、誰かがこの家に侵入したことが露見してしまう。まりえは自分の判断で行動することをせずにひたすら騎士団長が現れるのを待つことにした。部屋の中が暗くなってきた頃、部屋に誰かが（もっとも邸内には免色しかいないはずだが）入ってくる。ドアが閉められる、かちゃりという音がする。

――部屋の中にはその男がいる。間違いない。その人物も彼女と同じようにやはり息を殺し、耳を澄ませ、気配を探っている。彼女にはそれがわかった。男は部屋の明かりをつけなかった。薄暗い部屋の中でじっと目をこらしていた。なぜ明かりをつけないのだろう？　普通はまず明かりをつけるものではないか。彼女にはその理由がわからなかった。（第4巻292～293頁）

免色がまりえに近寄っている。だが、ここで免色という名前が出ていないことが重要だ。これは部屋に入ってきたのが免色であって、免色でない男であることを暗示している（悪の要素が大きく勝った免色なのかもしれない）。

男がクローゼットの扉をじっと見つめている気配がする。何かを感じ取っているのだ。クローゼットの扉には、もちろん鍵なんてかかっていない。手を伸ばしてノブを手前に引くだけで、まりえは見つかってしまう。

――彼の足音がこちらに近づいてきた。激しい恐怖がまりえの全身を捕らえた。（略）ここには何か恐ろしいものがある。そしてそれは私がうっかり近づいてはならないものだ。ここには何かのイシキが働いている。そしてたぶんスズメバチもそのイシキの一部なのだろう。そしてその何かは今、私にその手をじかに伸ばそうとしている。（第4巻293～294頁）

スズメバチもその一部だという「イシキ」とは悪の力だ。悪がまりえに迫ろうとしている。まりえは、クローゼットの中に吊るされているワンピースの裾を思い切り握りしめた。このワンピースに内在する母親の魂の一部が、悪に抗する力を発揮し、まりえに裾を摑ませたのだ。まりえは「私を助けてください、どうか私を護ってください」と念じた。「サイズ5の、二十三センチの、そして65Cのひと揃いのイフクたち」が自分を護り、自分の存在を透明なものにしてくれるのだと、まりえは信じた。

男はクローゼットの両開きの扉の前に、長いあいだじっと立っていた。何ひとつ物音を立てなかった。息づかいさえ聞こえない。男はまるで石でできた彫像のように身動きもせず、ただそこに立って様子をうかがっていた。重い沈黙と深まりつつある闇がそこにあった。床の上に丸まっている彼女の身体が細かく震えた。歯と歯がぶつかってかたかたという小さな音を立てた。まりえは目をつぶり、耳を塞いでしまいたかった。考えを丸ごとどこかよそにやってしまいたかった。しかしそうはしなかった。そうしてはならないと彼女は感じたのだ。どんなに恐ろしくても、恐怖に自分を支配させてはならない。無感覚になってはならない。考えを失ってはならない。（第4巻294頁）

地下の世界では、主人公を妹のコミとドンナ・アンナが助けた。主人公は二重メタファーの脅威を、意識を持ち続けることによって回避することができた。まりえにとっても思考を放棄せずに、意識を持ち続けることが、救われるための条件なのだ。

そして、まりえは、この男が免色ではない可能性に気づく。

この男は免色ではないのかもしれない、そういう思いが一瞬彼女の頭に浮かんだ。**じゃあそれは誰なのだ?**

しかし結局、男が扉を開けることはなかった。しばらくためらってから手を引いて、そのまま扉の前から去っていった。どうして男が最後の瞬間に思い直したのか、まりえにはわからない。たぶん何かが彼がそうするのを押しとどめたのだ。そして男は部屋のドアを開け、廊下に出て、それからドアを閉めた。（第4巻295頁）

意識を持ち続けたまりえは、イデアの助けを得ることができた。目に見えないが確実に存在するイデアが、男の無意識に働きかけて、クローゼットの扉を開けることを断念させたのだった。この場での危機は去った。男は部屋を出た。しかし、この屋敷内にはとどまっている。クローゼットから抜け出し、この部屋の外に出ると男（あるいは免色）に遭遇する可能性がある。この家から抜け出して帰還するためには、ひたすらイデアに頼るしかない。まりえも信じることにした。

――部屋の中はますます暗さを増していった。しかし彼女はそこでじっと待った。ただ沈黙を守り、不安と恐怖に耐えた。騎士団長は決して彼女のことを忘れたりはしないはずだ。まりえは彼の言葉を信じた。というか、その奇妙なしゃべり方をする小さな人物をあてにするしか、彼女に選択肢は残されていなかった。（第4巻296頁）

どれくらいの時間を経たであろうか。もしかすると、ほとんど時間は経っていないかもしれないが、まりえの意識としてはだいぶ待った後で騎士団長が現れて、「諸君はここを出るのだ」と囁くような声で言った。

騎士団長の説明によれば、この部屋から脱出できるタイミングは、免色がシャワーを浴びている時間だけだ。機会の窓が開いている時間は限定的だ。「チャンスは今しかあらない。さあ、急がねば」。ただし、クローゼットを出ることによって、衣服がまりえを守る力は及ばなくなる。

まりえはクローゼットの扉を開けて外に出た。部屋は暗く、誰もいない。

――彼女は出て行く前に後ろを振り返り、もう一度そこに吊された衣服に目をやった。空気を吸い込み、防虫剤の匂いを嗅いだ。それらの衣服を彼女が目にするのは、これがもう最後になるかもしれない。それらの衣服はなぜか彼女にとって、とても懐かしいもの、近しいものとして感じられた。（略）彼女はテラスに出ると、ねじをまわして双眼鏡を専用台からはずし、もとあったプラスチックのケースにしまった。そして専用台を畳み、前と同じように壁に立てかけた。緊張して指がうまく動かなかったから、思ったより長い時間がかかった。それか

——ら彼女は床に置いてあった黒いスリッポン・シューズを拾い上げた。騎士団長はスツールに腰掛けて、その様子を見ていた。（第4巻297～298頁）

テラスの双眼鏡を元に戻し、靴を回収すれば、屋敷の外に出られるとまりえは思っていた。この見通しは甘かった。騎士団長が「出口は堅く閉ざされている。諸君はしばらくのあいだこの中に身を隠すしかあらない」と言うのだ。騎士団長が用意した処方箋は、屋敷の奥深く、メイド用の部屋に潜むことだった。

——「どれくらい長くなるのでしょう?」とまりえは小さく声に出して尋ねてみた。「早く家に帰らなくちゃなりません。そうしないと叔母が心配します。行方不明になったとして、警察に連絡したりするかもしれません。そうするととても面倒なことになります」

騎士団長は首を振った。「残念ではあるが、あたしにはいかんともしがたい。ここでじっと待つしかあらないのだ」（第4巻300頁）

——騎士団長は、時間の支配者ではない。ただし、時間を管理することはできる。だから、騎士団長はまりえに適切なタイミングを伝えることができるのだ。まりえにも騎士団長にもできるのは、タイミングを待つことだけだ。

この状況に置かれたまりえが気になるのは、免色が危険な人間かどうかである。

——「それは説明のむずかしい問題だ」と騎士団長は言った。そしていかにもむずかしそうな顔をした。「免色くん自身はべつに邪悪な人間というわけではあらない。むしろひとより高い能力を持つ、まっとうな人物といってもよろしい。そこには高潔な部分さえうかがえなくはない。しかしそれと同時に、彼の心の中にはとくべつなスペースのようなものがあって、それが結果的に、普通ではあらないもの、危険なものを呼び込む可能性を持っている。それが問題になる」（同前）

——普通ではないものを呼び込むとはなにか、まりえには理解できない。ただ、もうひとつ、騎士団長に尋ねることがあった。


「さっきクローゼットの前にじっと立っていた人は、免色さんだったのですか？」

「それは免色くんであると同時に、免色くんではないものだ」

「免色さん自身はそのことに気づいているのですか？」

「おそらく」と騎士団長は言った。「おそらくは。しかし彼にもそれはいかんともしがたいことであるのだ」（第4巻301頁）

騎士団長がここで述べるのは免色に内在する悪だ。この悪は、誰の心の中にも内在している。主人公の場合、この悪は白いスバル・フォレスターの男という形で現れる。地下の世界では、二重メタファーという形で現れた。心の中に特別なスペース、すなわち空白があると、そこに悪が忍び込んでくるのだ。免色の場合は、おそらく悪が受肉した形で現れることもあるのであろう。

41　徘徊

まりえは好奇心が強く、勇気がある。主人公もまりえとは現れ方が異なるが、好奇心が強く、かつ勇気がある。どうもイデアはこういう類いの人間を好むようだ。

「諸君は勇気のある女の子だ」と騎士団長は言った。「いくぶん無謀なところはあるけれども、とにかくも勇気はある。そしてそれは基本的によろしいことだ。しかしここにいる限り、しこたま注意をしなくてはならない。くれぐれも油断してはならないよ。ここはそんじょそこらの普通の場所ではあらないのだから。やっかいなものが徘徊しているのだから」（第4巻302頁）

この屋敷では、免色だけでなく、目には見えないが確実に存在する邪悪なもの（まりえは直観して、それを「イシキ」と呼んだ）が徘徊している。地下の世界で二重メタファーが徘徊しているのと、相似的構成になっている。人間が邪悪なものや二重メタファーの徘徊を防ぐことはできない。ただし、用心深く振る舞えば、これらと遭遇しなくて済む。

　まりえに注意を伝えた後、騎士団長は別れを告げる。

――「あたしはもうここに来ることがかなわないかもしれない」と騎士団長は秘密を打ち明けるように言った。「これからほかに行かなくてはならない場所があるし、ほかにやらなくてはならないことがある。それはとても大事な用件なのだ。だからまことに申し訳あらないが、この先もう諸君を手伝ってあげることはできそうにない。あとは諸君がなんとか自分の力で切り抜けるしかあらないのだ」（第4巻303頁）

騎士団長は、これから伊豆高原の養護施設で、主人公やまりえたちを救うために自分が死ななくてはならないことを自覚している（現実の世界の時間で言えば、今、まりえがいるのは金曜の宵であり、主人公が伊豆高原で地下の世界に入るのは――騎士団長殺しが行われるのは――土曜の午後のことだ）。

――「でも、わたしひとりだけの力で、どうやってこの場所から抜け出せるかしら？」

　騎士団長は目を細めてまりえを見た。「よく耳を澄ませ、よく目をこらし、心をなるたけ鋭くしておく。それしか道はあらない。そしてそのときが来れば、諸君は知るはずだ。おお、今がまさにそのときなのだ、と。諸君は勇気のある、賢い女の子だ。注意さえ怠らねば、それは知れる」（同前）

　これは騎士団長からまりえに宛てた遺言だ。自分ひとりの力で危機を脱するには、やはりここでも耳を澄ませ、目をこらし、カイロスを見極めることこそが重要なのだ。

　これから成長していく未成年であるまりえに、騎士団長は特別の期待をしている。

――「元気でおりなさい」と騎士団長は励ますように言った。それからふと思いついて付け加えた。「心配しなくてよろしい。諸君のその胸はやがてもっと大きくなるであろうから」

「65のCくらいまで?」

騎士団長は困ったように首をひねった。「そう言われても、あたしはなにしろ一介のイデアに過ぎない。ご婦人の下着のサイズのことまではよく知識を持たない。でもとにかくも、今よりはもっとずっと大きくなることは間違いあらない。心配することはあらない。時がすべてを解決してくれるであろう。かたちあるものにとって、時とは偉大なものだ。時はいつまでもあるというものではあらないが、あるかぎりにおいてはなかなかに効果を発揮する。だからずいぶん楽しみにしておりなさい」

「ありがとう」とまりえは礼を言った。(第4巻304頁)

未成年であっても、いずれ成人する。時が満ちて成人になることは、まりえにとって明るいニュースなのだ。

それから騎士団長はふっと姿を消した。やはり水蒸気が空中に吸い込まれるみたいに。騎士団長が目の前から消えてしまうと、あたりの沈黙がいっそう重くなった。騎士団長にもう二度と会えないかもしれないと思うと、寂しい気持ちがした。(同前)

いつもなら、そろそろ夕食の時間になる。まりえは、叔母の秋川笙子が心配しているだろうと思う。


なんとか叔母に自分が無事であることを知らせなくてはならない。それから上着のポケットに携帯電話が入っていることにはっと気がついた。でもスイッチは切ったままにしてある。

まりえは携帯電話をポケットから引っ張り出し、スイッチを入れた。画面には「バッテリーが不足しています」という表示が浮かび上がった。電池の残量はきれいに空白だった。そして間を置かずに画面が消滅した。(第4巻305頁)

まりえは携帯電話を手に取ったことで、ストラップのペンギンのフィギュアが消えていることに

気がついた。ここで読者に初めて明かされることだが、「それは彼女がドーナッツ・ショップでポイントを貯め、景品としてもらって、ずっとお守り代わりにしていたもの」なのだ。このお守り（護符）をどこで失くしたのか、まりえに心当たりはない。

その小さなお守りをなくしたことは、彼女を不安な気持ちにさせた。しかし少し考えて思い直した。ペンギンのお守りはどこかでうっかりなくしたのかもしれない。でもその代わり、あのクローゼットの中のイフクが、新しいお守りとなって私を助けてくれたのだ。そしてあの奇妙なしゃべり方をする小さな騎士団長が、私をここまで導いてくれた。私はまだちゃんと何かに護られている。あのお守りがなくなったことを気にするのはやめよう。（第4巻306頁）

この金曜日の夜のうちに、ペンギンのフィギュアは穴を経由して、主人公の手元に移動することになる。その移動は、この現実の世界に作用するのとは異なる力によって起きた。まりえは、ペンギンのフィギュアが自分を守ってくれると信じた。同様に騎士団長の姿をしたイデアも、自分を守ってくれる存在と信じた。この信じる力が重要なのである。イエス・キリストも信じる力の重要性を説いている。新約聖書にはこうある。

〈それからすぐ、イエスは弟子たちを強いて舟に乗せ、向こう岸へ先に行かせ、その間に群衆を解散させられた。群衆を解散させてから、祈るためにひとり山にお登りになった。夕方になっても、ただひとりそこにおられた。ところが、舟は既に陸から何スタディオンか離れており、逆風のために波に悩まされていた。夜が明ける頃、イエスは湖の上を歩いて弟子たちのところに行かれた。弟子たちは、イエスが湖上を歩いておられるのを見て、「幽霊だ」と言っておびえ、恐怖のあまり叫び声をあげた。イエスはすぐ彼らに話しかけられた。「安心しなさい。わたしだ。恐れることはない。」すると、ペトロが答えた。「主よ、あなたでしたら、わたしに命令して、水の上を歩いてそちらに行かせてください。」イエスが「来なさい」と言われたので、ペトロは舟から降りて水の上を歩き、イエスの方へ進んだ。しかし、強い風に気がついて怖くなり、沈みかけたので、「主よ、助けてください」と叫んだ。イエスはすぐに手を伸ばして捕まえ、「信仰の薄い者よ、なぜ疑ったのか」と言われた。そして、二人が舟に乗り込むと、風は静まった。舟の中にいた人たちは、「本当に、あなたは神の子です」と言ってイエスを拝んだ。〉（「マタイによる福音書」14章22〜33節）

湖の上を歩くというような、常識では不可能な事柄であっても、信仰があれば可能なのである。その際に重要なのは、怖れを抱かないことだ。信仰が弱いと怖れを抱く。まりえも主人公も騎士団長を信じている。それは信仰に近い形態をとっている。

まりえがメイド室を出て行くことは、当面できそうにない。その前提の下で、彼女は現実的な対応をする。メイド室のそばの貯蔵庫の中身を点検したのだ。貯蔵庫に地震に備えた非常用の水と食料品が十分保管されていることを織り込んだ上で、騎士団長はまりえをこの部屋に案内したのだ。

〈彼女はその貯蔵庫からミネラル・ウォーターのボトルを二本と、クラッカーの包みをひとつと、チョコレートを一枚取り、それを持って部屋に戻った。それくらいの量なら持ち出しても、きっと気づかれないはずだ。（略）水道はどんな音を立てるかしれない。できるだけ音を立てないようにするのだよと騎士団長は言った。注意しなくてはならない。〉（第4巻307〜308頁）

まりえは頭がいい。貯蔵庫からミネラル・ウォーターやクラッカーが減っていると気づかれない量を計算している。さらに水道を使って音が漏れることにも配慮している。ちなみに水道音は意外と大きい。筆者が東京拘置所に勾留されていたときの経験だが、午後9時から午前7時までは、水道の使用が禁止されていた。拘置所の夜は静かだ。蛇口をひねったり、トイレの水を流したりすると、音で勾留者が目を覚ます。免色の屋敷は静けさに包まれている。水道を使って音を出すと、この屋敷の中を徘徊する悪しきものを刺激してしまう可能性がある。まりえもそれを朧気に察知しているようだ。

> 夜のあいだに、闇に紛れてここを抜け出せないものだろうか？（略）しかし彼女は騎士団長の言ったことを思い出した。ここは警戒の厳しい場所なのだ。いろいろな意味合いで、しっかり見張られている。そして「警戒が厳しい」と言うとき、彼はセキュリティー会社のアラーム・システムのことだけを言っているのではないはずだ。（第4巻309頁）

こんな状況下では、待つことが勇気であることにまりえは気づいた。

> そうだ、私は勇気のある賢い女の子にならなくてはならない。そしてしっかりと生き延びて、この胸がもっと大きくなるのを見届けるのだ。
> 彼女は裸のベッドに横になったままそう思った。あたりはどんどん暗くなっていった。そしてより深い暗闇が訪れようとしていた。（第4巻310頁）

暗闇は悪しきものが徘徊する時間だ。だが、メイド室というシェルターには、悪しきものは入り込んでこない。

イデアは、時空を超越して行動することができる。対して人間は（思考の中は別として）、現実的な存在としては時空の枠にとらわれている。まりえもその1人だ。夜が深まると、眠くなった。

> 知らない場所で眠り込んでしまうのは不安だったし、できることならずっと目覚めていたかったが、ある時点でとても我慢できないほど眠くなった。もうそれ以上目を開けていることができなくなった。剝き出しのベッドではさすがに寒かったから、戸棚から毛布と布団を引っ張り出して、それにロールケーキのようにぴったりとくるまって目を閉じた。暖房器具は置いてなかったし、エアコンをつけるわけにはいかなかった**（ここで時間経過に関する私の註が入る。おそらくまりえがそこで眠り込んでいるあいだに免色は家を出て、私のところにやってきたのだろう。そして彼はうちに泊まって翌朝帰っていった。従って免色はその夜は**

自宅にはいなかった。家は無人であったはずだ。しかしまりえはそのことを知らない）。（第4巻311〜312頁）

小説の著者は、神のような位置にいる。物語の全体を見渡すことができるからだ。対して、小説の登場人物は、限定した場でしか思考できない。村上春樹氏はここで「私の註」を挿入することによって、超越者の視座を提供している。この註があることにより、読者はこの小説のさまざまな箇所で、見る／見られるの関係が張り巡らされていることに改めて気づくだろう。

まりえは夜中に目ざめて便所に入るが、この時も用心して水を流さなかった。「免色は言うまでもなく注意深」い人間だと知っているからだ。

そのとき腕時計を見ると、針は午前二時前を指していた。土曜日の午前二時だ。金曜日はもう終わってしまった。窓のカーテンの隙間から、谷間を隔てた自分のうちの方に目をやると、応接間にはまだ煌々と明かりがともっていた。真夜中を過ぎても私が帰ってこないので、人々は——といっても夜中の家には父親と叔母しかいないはずだが——きっと眠れないでいるのだろう。悪いことをしてしまったとまりえは思った。（第4巻312〜313頁）

金曜日は、イエス・キリストが十字架にかけられた受難日だ。まりえはなんとか受難日を乗り切ることができたのである。叔母や父を思うのは、まりえの自由だ。ただし、免色の屋敷から電話をするとか、逃げ出すという均衡を崩す行為をしてはならない。まりえの思考は、何もしないことが最善であるという結論に至った。とはいえ、「暗闇の中で独りぼっちで」いるのだから、まりえは怯えている。彼女は「騎士団長がそばにいてくれたなら」と思った。しかし騎士団長は「これからほかに行かなくてはならない場所があるし、ほかにやらなくてはならないことがある」と言って、姿を消したのだ。

まりえは騎士団長に会えないことをふたたび寂しく思う。「ほかにやらなくてはならないこと」が、まりえや主人公たちを救済するために騎士団長が血を流して死ぬことだという実情を、まりえはまったく知らない。

窓の外から夜の鳥の深い声が聞こえた。たぶんフクロウかみみずくだ。彼らは暗い森の中に身を潜め、智恵を働かせているのだ。私も負けずに智恵を働かせなくてはならない。賢くて勇気のある女の子にならなくてはならない。（略）次に目が覚めたとき、夜は徐々に明け始めていた。

世界は土曜日の夜明けを迎えたのだ。（第４巻３１４頁）

まりえが聞いた声は、おそらく知恵の象徴であるふくろうなのだろう。ならば、まりえも知恵の力で悪を避けることができる。こうして、騎士団長殺しが再現される日がやって来た。

42　EXODUS（脱出）

まりえは土曜日いちにちをそのメイド用の居室の中で静かに送った。朝食代わりにまたクラッカーを齧り、チョコレートをいくつか食べ、ミネラル・ウォーターを飲んだ。部屋を出てこっそりとジムに行って、そこに山のように積まれていた日本語版「ナショナル・ジオグラフィック」のバックナンバーを何冊か素早く持ち帰り（免色はどうやらバイクマシンを漕ぎながら、あるいはステップマシンを踏みながら、それらの雑誌を読むらしく、ところどころに汗のあとがついていた）、それを何度も繰り返し読んだ。そこにはシベリア・オオカミの生息状況や、月の満ち欠けに関する神秘や、イヌイットの生活や、年々縮小していくアマゾンの熱帯雨林なんかについての記事が掲載されていた。（第４巻３１４〜３１５頁）

まりえは、自らが制約の中で無限の可能性を持っていることに気づいている。メイド用の居室に姿をひそめていなくてはならない状況でも、「ナショナル・ジオグラフィック」のバックナンバーを「暗記してしまうまで」熟読し、「写真も穴が開くほど詳しく眺め」ることで、知識欲を満たす。このような目的のない読書が、教養の基盤になる。まりえは本質において教養人なのだ。

> 誰かがゆっくり階段を下りてくる音が聞こえた。音から考えて、室内履きを履いた男の足音だ。むろん、免色のものだろう。まりえは身体を硬くして部屋の隅に座り込む。
>
> 免色がこの部屋を覗くようなことはないはずだ、と騎士団長は言っていた。彼の言葉を信じるしかない。しかしもちろん何が起こるか、そんなことは誰にもわからない。この世界には百パーセント確実なことなんて何ひとつないのだから。彼女は気配を殺し、クローゼットの中のイフクのことを思い浮かべ、何も起こらないでくださいと念じた。喉の奥がからからに渇いた。（第4巻316頁）

危機的状況において、完全な安全が保障されることはないが、まりえは免色邸において、主人公は地下の世界において、騎士団長の言葉を信じ続ける。

メイド部屋のドアには鍵穴がない。まりえは免色の動静を視認することはできない。音だけで判断するしかないのだ。洗濯機の機械音、ジムの運動マシンの規則的な音、運動をしながら聴いているらしいクラシック音楽。

> やがて洗濯機が大きなブザーの音と共に停止した。免色がゆっくりとした足取りでランドリールームにやってきて、洗濯機から洗濯物を取り出し、今度はそれを乾燥機に移し、スイッチを入れた。乾燥機のドラムが音を立てて回転を始めた。それを見届けてから、免色はゆっくりと階段を上っていった。朝のエクササイズの時間は終了したようだった。たぶんこれからまた時間をかけてシャワーを浴びるのだろう。（第4巻317頁）

まりえは免色の行動から習慣性をつかもうとしている。1回の出来事で、ある人の習慣を読み解くことは至難の業だが、運動をしながら音楽を聴くというスタイルから、免色がルーティン・ワークをしていると推察した。ルーティン・ワークならば、雑誌の山の変化や、貯蔵庫からミネラル・

ウォーターのボトル、クラッカーの包み、チョコレートが減っていることに免色が関心を向けることはないと合理的に推定した。

> おそらく一時間ほど後に免色はまたここにやってくるだろう。乾いた洗濯物を回収するために。しかしいちばん危ういところはもう過ぎ去ったのだ。そういう気がした。彼は私がこの部屋に潜んでいることに気づかなかった。私の気配を感じ取ることはなかったのだ。（第4巻317〜318頁）

このような、まりえの思考の方法が興味深い。まりえは数多い情報の中から生き残りに必要なものを取捨選択し、分析している。情報を集め、分析する際には目的が必要だ。ただファイルを厚くするような情報のための情報収集には意味がない。まりえには、将来、インテリジェンス・オフィサー（情報担当官）になる資質が十分ある。

土曜日いちにち、免色は一歩も家の外には出なかったようだ。まりえの知る限り「ガレージの開く音も聞こえなかったし、車のエンジンがかかる音も聞こえなかった」。免色は乾燥した洗濯物を回収しに階段を下りてきて、またゆっくり上っていった。それだけだった。

この日、伊豆高原の養護施設で主人公は騎士団長を刺し殺し、「顔なが」を脅し、地下の世界の奥深くへ旅立っている。その環境を整えるためには、免色邸でまりえが静謐を維持することが不可欠だったのだ。一見、無関係に見える主人公とまりえの運命は密接に関係している。この特殊な関係を村上氏は、書きすぎない形で、見事に表現している。

> 土曜日の昼が過ぎ、午後になり、夕方が近づいてきた（**ここで再び時間経過に関する私の註が入る。まりえがその狭い部屋で息をひそめているあいだに、私は伊豆高原の療養施設の部屋で騎士団長を刺殺し、地底から顔を出している「顔なが」をつかまえ、地底の世界に降りていったわけだ**）。しかしその家を逃げ出すタイミングを見つけることが彼女にはできなかった。ここから逃げ出すためには、我慢強く「そのとき」を待たなくてはならない、と騎

士団長は彼女に告げた。「そのときがくれば、諸君にはわかるはずだ。おお、今がまさにそのときなのだ、と」と彼は言った。

しかしそのときはなかなかやってこなかった。（第4巻319〜320頁）

メイド室に潜んでいるまりえの情報源は主に音だ。夕方前、免色がピアノを練習する音を聞きながら、この男の性格について考える。弾いているのは、モーツァルトのピアノ・ソナタであるらしい。インテリジェンス・オフィサーの資質があるまりえは、ピアノ練習からも免色の性格を読み取った。

モーツァルトのソナタの多くは、一般的に言えば決して難曲ではないが、納得がいくように弾こうとすると、往々にして深い迷路のような趣を帯びてくる。そして免色はそのような迷路にあえて足を踏み入れることを厭わない人間だった。まりえは彼がその迷路を我慢強く行きつ戻りつする足取りに耳を澄ませていた。練習は一時間ばかり続いた。それからグランド・ピアノの蓋を閉めるばたんという音が耳に届いた。彼女はそこに苛立ちの響きを聞き取ることができた。しかしそれほど強い苛立ちではない。適度にして上品な苛立ちだ。免色氏は、たとえ広い屋敷の中に一人きりでいても（一人きりだと本人が思っていても）、抑制を忘れることがない人物なのだ。（第4巻320〜321頁）

まりえは免色邸で静の状態に置かれている。対して、主人公は伊豆高原の養護施設と地下の世界で動の状態に置かれている。しかし、留守宅の状況は正反対だ。まりえの家は動の状態に（警察もやって来ているだろう）、主人公の家は静の状態に置かれている。このような形で動と静のバランスがとれているのであろう。この日も、谷の向こうの秋川家の明かりは真夜中過ぎまで消えない（メイド室にかかっているカーテンの隙間からは谷間が見渡せるのだ）。その家で、まさに今も自分のことを心配しているはずの人びとに対して、まりえは何ひとつできないことがつらかった。

一方、やはり谷間の向こうにある雨田具彦の家（主人公の家）には、ひとつも明かりが見えない。

人が中にいる気配もない。「先生はいったいどこに行ったのだろう?」と、まりえは思う。

金曜日以降、主人公とまりえの置かれる状況は、ほとんどすべての局面において対照的だ。まりえが激しい睡魔に襲われるのは、主人公が地下の世界で、不眠不休でまりえを救うために努力していることと対応しているのだ。主人公が倒れずに危機から脱出できるようにするために、まりえが眠って力を養っているのである。

そして日曜日になった。日曜日はイエス・キリストが復活した日だ。キリストの復活は人間の救済が目的だ。この日にまりえも救われることになるのであろうか。

九時過ぎに再び室内履きの音が聞こえ、免色が下に降りてきた。洗濯機のスイッチが押され、クラシック音楽がかかり（今回はおそらくブラームスのシンフォニーだ）、マシンの運動が一時間ばかり続いた。同じことの繰り返しだった。かかる音楽が違うだけで、あとは寸分の狂いもなく。この家の主人は疑いの余地なく習慣の人であるようだった。洗濯物は洗濯機から乾燥機に移され、それはまた一時間後に回収された。そのあと免色さんが階下に降りてくることはなかったし、彼はメイド部屋には一切の関心を抱いていないようだった**（ここで再び私の註が入る。免色はその日の午後に私の家を訪問し、たまたま様子を見に訪れていた雨田政彦と会って短く話をしている。しかしなぜかはわからないが、このときもまりえはやはり彼が外出したことに気づかなかったようだ）**。（第4巻323～324頁）

このとき、まりえが免色の外出に気づかなかった理由については、別の解釈も可能だ。免色の家から脱出するタイミングが、まだ早すぎるのである。まりえの行動は、地下の世界の主人公に影響を与える。まりえの脱出が早すぎると、主人公が地下の世界に閉じ込められてしまう危険がある。あるいは、まだ主人公の行動が、まりえを救い出せるまで進んでいなかったのかもしれない。何事につけ、タイミングが重要なのだ。この日、免色はあの穴の蓋の上にビニールシートをぴったりとかぶせ、政彦は主人公の安否を真剣に案じた。

結局、日曜日に救済は訪れなかった。救済は明らかに遅延している。おそらくは地下の世界で起きている時間の歪みが、地上にも影響を与えているのだろう。

> 日曜日と同じように月曜日が何ごともなく過ぎ去っていった。免色の弾くモーツァルトは日々少しずつより正確になり、そして音楽としてよりまとまりのあるものになっていた。注意深く、そして我慢強い人なのだ。目標をいったん設定したら、そこに向かってたゆむことなく進んでいく。感心しないわけにはいかない。（第4巻325〜326頁）

いったん目標を設定したら、そこに向かってたゆむことなく進んでいくという点で、免色とまりえは似ている。この点を考えると、やはり2人は親子なのかもしれない。免色の生活に対応して、まりえもほぼ同じことを反復する生活を、メイドの部屋で送った。クラッカーとチョコレートとミネラル・ウォーターで生き延び、日本語版「ナショナル・ジオグラフィック」のバックナンバーを読み続けたのだ。

火曜日、ついに脱出のタイミングが訪れた。日曜日に起きるべきであった事柄が、2日遅れたのである。朝の10時前にクリーニング・サービスの車がやってきた。入れ違いに免色はジャガーに乗って外出した。

> 彼女は急いでメイド用の部屋を片付け、水のボトルや、クラッカーの紙包みを集め、それをゴミ袋にまとめた。そのゴミ袋を目につきやすいところに出しておいた。たぶんクリーニング・サービスの人が処理してくれるはずだ。誰かがそこで数日間生活していた痕跡をすっかり消した。毛布と布団は元通りきれいに畳んで、戸棚にしまった。とても用心深く。それからショルダーバッグを肩にかけ、足音を忍ばせて階上に上がった。そしてクリーニング・サービスの人たちに見つからないように、タイミングをはかって廊下をそっと抜けた。（第4巻328頁）

免色の家での思い出は、すべて捨てなくてはならない。捨てることによって救われるのだ。まりえは人目につかないように玄関から外へ出て、ドライブウェイの坂道を走っていく。

——思ったとおり入り口のゲートは開けっ放しになっていた。作業をする人々は出入りのたびにいちいちゲートを開け閉めしたりはしないのだ。彼女は何気ない顔をしてそこから外の通りに出た。（第4巻328〜329頁）

こうして、まりえは悪が凝縮する場からようやく解放された。

43 秘密の非対称性

免色渉の屋敷には悪が瘴気のように充満していた。免色邸に籠もっていたのは、金曜日の昼から火曜日の午前中までの4日間に過ぎなかったが、悪というものにこれだけ長時間、連続的にさらされた経験は、まりえにとって無論初めてのことだった。

——空はどんよりと曇って、低く垂れ込めた厚い雲から今にも冷たい雨が降り出しそうだった。しかし彼女は空を仰いで何度も大きく深呼吸をし、どこまでも幸福な気持ちになることができた。まるでワイキキのビーチで、風にそよぐ椰子の木を見上げているときのように。自分は自由なのだ。（第4巻329頁）

生の充実を実感することができたのが、まりえにとって最大の成果だ。地下の世界をさすらった主人公も、地上に戻ってきたときに同じような生の充実を実感した。まりえと主人公は、質的に同じ体験をしたのである。


まりえは山を下りて、向い側の山を上ったが、まっすぐ自宅へは帰らず、まず主人公の家にやってきた。主人公はもちろん留守だ。

——まりえはあきらめて雑木林に入り、祠の裏手にある穴に寄ってみた。しかし穴にはぴったったりと青いビニールシートがかぶせられていた。それは前にはなかったものだ。ビニールシートは地面に打たれた何本かの杭に紐でしっかり結ばれていた。そしてその上に重しの石が並べられていた。簡単には中を覗くことができないようになっている。知らないあいだに誰かが――誰かはわからないが――その穴を塞いでしまったのだ。たぶん穴が開けっ放しになっていると危ないと思ったのだろう。彼女はその穴の前に立って、しばらく耳を澄ませてみた。しかし中からはどんな音も聞こえなかった**（私の註・鈴の音が聞こえなかったところをみると、そのとき私はまだ穴の底に辿り着いてはいなかったのだろう。あるいはたまたま眠り込んでいたのかもしれない）**。（第４巻３３０〜３３１頁）

免色が穴の入り口をビニールシートで覆ったのが日曜日だ。免色が主人公を穴から救出したのは火曜日の午後だ。まりえが免色邸から脱出したのは火曜日の午前10時くらいだ。まりえはすぐに主人公の家に向かっているので、まりえが穴を訪れたのは、火曜日の昼前だ。主人公は鈴を鳴らして疲れ果て、穴の中で眠り込んでいたのであろう。

同時にまりえは、穴に落ちたという言い訳についても考えた。家に帰れば、みんなに何らかの説明をしないといけないからだ。まさか正直に免色の家に不法侵入していたとは言えない。

そこで彼女は自分がこの穴の中に誤まって落ちて、四日間そこから出ることができなかったという言い訳を考えついた。でも先生が――つまりこの私が――彼女がそこにいることをたまたま見つけて助け出してくれた。彼女はそういうシナリオをこしらえて、それに私が協力して口裏を合わせてくれることを期待していたのだ。（第４巻３３１頁）

まりえはこの口裏合わせを頼むために、まず主人公の家に寄ったのだ。

しかし私はそのとき家にいなかったし、穴は既にビニールシートで塞がれて簡単には出入りできないようになっていた。だから彼女の描いたシナリオは実現不可能なものになってしまったわけだ（もしそのシナリオ通りにことが進められていたら、重機まで持ち出してその穴

> をわざわざ暴いた理由を、私は警察に説明しなくてはならなかっただろうし、それはそれでけっこう厄介な事態をもたらしたかもしれない)。（第4巻331〜332頁）

まりえが穴に落ちたという言い訳をしていたならば、なぜそのような場所にいたかということの説明が求められる。そして警察だけでなく、秋川笙子や免色も主人公とまりえの関係を疑う可能性がある。4日間のアリバイ証明について、まりえはもっとも単純な方法を貫くことにした。つまり、記憶喪失を装うのだ。

> 家の人からも警察からも、たぶんあれこれ細かい質問をされることだろう。精神科医みたいなところにも連れて行かれるかもしれない。でもここは何ひとつ覚えていないと言い張るしかない。髪をくしゃくしゃにして、手足を泥だらけにして、ところどころにかすり傷をつけて、いかにもずっと山の中にいたみたいに見せかけるのだ。そういう演技をがんばってやりとおすしかない。（第4巻332頁）

まりえはこの計画を実行した。警察や笙子は、暴行されたまりえが激しいショックのため記憶喪失になったと考えるだろう。医師の診断を受ければ暴行を受けていないことははっきりする。しかし暴行ではないにせよ、衝撃的な出来事に遭遇したために、まりえが記憶を失ったと周囲の人びとは考えるだろう。その後はトラウマとなった4日間について、周囲の人びとは触れないだろうとまりえは読んだ。この読みは正しかった。

まりえは自らが体験した右の事実を、詳しく主人公に話した。主人公は「実際に君の身に起こったことについては、口を閉ざしていた方がいい」と言った。

「もちろん」とまりえは言った。「もちろん誰にも絶対に話さない。それに話しても誰にも信じてもらえないだろうし」

「ぼくは信じるよ」

「それで環は閉じるの？」

――「わからない」と私は言った。「たぶんまだ環は閉じきっていない。でもあとはなんとかできると思う。ほんとうに危険な部分はもう過ぎ去ったと思う」
「チシテキな部分は」
私は肯いた。「そう、致死的な部分は」（第4巻333頁）

おそらく危険な環はまだ閉じていないのである。この環を閉じるためには、まりえと主人公が自らの体験を秘密にし続ける必要がある。

イデアは人類を救うためにこの世界にやってきたのだ。具体的に救われたのは主人公とまりえ、そして雨田具彦の3人かもしれない。しかし、この救済によって世界の構造が変化した。この救済の物語はイエス・キリストの出来事に似ている。

イエスの物語は、当初は口伝で広まり、やがて時間が経つと聖書というテキストの形で伝えられていった。他方、騎士団長の物語は、まりえと主人公によって厳重に秘匿されなくてはならない（雨田具彦の場合、認知症が進行しているので、騎士団長をめぐる秘密を語る可能性はない）。

屋根裏に雨田具彦が描いた「騎士団長殺し」、主人公の描いた「白いスバル・フォレスターの男」が隠されていることを知っているのも主人公とまりえだけだ。地下の世界の経験、免色邸での潜伏という過去の出来事だけでなく、2枚の絵画の存在というこの瞬間の事実についても、まりえと主人公が秘密を抱え続けていることが重要だ。この秘密によって2人は共同体を形成するのだ。

この経験を経て、主人公は、やはり秋川まりえの肖像画を完成させないという最終的な決断をする。理由は、まりえの肖像画を免色の「〈神殿〉に送り込むわけにはいかなかった。そこには危険なものが含まれているかもしれない」からだ。

――だから結局その絵は未完成のまま終わることになった。しかしまりえはその絵をとても気に入っていたので（「この絵は今の私の考えをとてもよく表している」と彼女は言った）、できればそれを自分の手元に置きたいと言った。私はその完成していない肖像画を喜んで彼女に

> 進呈した（約束通り下絵の三枚のデッサンもつけて）。絵が未完成であるところがかえっていいのだと彼女は言った。
>
> 「絵が未完成だと、わたし自身がいつまでも未完成のままでいるみたいで素敵じゃない」とまりえは言った。（第4巻337頁）

免色の屋敷、すなわち神殿にまりえの肖像を置くことに主人公は忌避感を覚えた。まりえの肖像は、いわばイコン（聖画像）なので、この絵を通して免色はまりえの心に触れることができる。主人公は、それがまりえにとって極めて危険であると直観したのだ。同時に未完成のままの肖像画をまりえに与えることには積極的な意味がある。描きかけの自分の肖像画を見ることは、まりえは自らが大人への途上にあることを認識することにもなる。まりえは、いつか胸が膨らみ、大人になることを明るいニュースとして捉えるが、「いつまでも未完成のままでいる」ことも素敵だと思う。このこと自体に、彼女の未成年ぶりがあらわれている。

まりえは、免色について「とても完成されているみたいに見える」と言うが、主人公は賛同しない。免色も途上にある人間だ。主人公だけに明かした、まりえの母についての秘密があることも、免色が人間として未完成であることを示すものだ。完成した人間ならば、免色は秘密を自らの内面に封じ込めておくことができるはずだからだ。

まりえも免色の秘密の一部に気づいている。

> もちろんまりえは免色が双眼鏡を使って自分の家の内部を観察していることを知っていた。しかしそのことは（私以外の）誰にも明かさなかった。叔母にも打ち明けなかった。なぜ彼がそんなことをしなくてはならないのか、その理由はまだ不明のままだ。しかしどうしてかはわからないが、その理由を追求したいという気持ちになれなかった。彼女はただ自分の部屋の窓のカーテンを決して開けようとしなかっただけだ。（第4巻338頁）

まりえは聡明だ。免色が高性能の双眼鏡でまりえの家を覗いている理由を追求すれば、おそらくそれらしい結論に至るであろう。免色邸に保管されている衣服と併せて考えれば、免色がまりえの母のパートナーであったという事実を突き止めることはできたはずだ。そして免色が自分の父親である可能性にも気づいたかもしれない。しかし、まりえは思考をその方向に向けなかった。思考には指向性がある。この指向性によって、見いだされる真実が異なってくるのだ。

まりえによれば、秋川笙子は免色との交際を続けているようだった。週に一度か二度、彼女は車に乗って免色の家を訪ねた。そしてそのたびに彼と性的な関わりを持っているようだった（まりえは遠回しにそれを表現した）。（略）二人には二人の道を好きに進ませるしかなかった。まりえが望んでいるのは、その二人の関係ができるだけ自分を巻き込まずに進行してくれることだった。（第4巻339頁）

しかし、まりえが免色の作り出す渦から逃れることは難しい。免色のような人物は、一旦設定した目標を簡単には諦めない。彼の標的は、あくまでもまりえなのである。笙子はまりえに至るための階段なのであろう。

主人公はまりえに執着する免色の危険性を認識していたが（免色が本当に執着しているのはまりえの母親なのかもしれないが）、そこに介入するのは止めた。まりえは未成年であるが、もはや子供ではない。それは免色邸に潜入し、脱出するまでのまりえの立ち居振る舞いが示している。自らに降りかかってくる危機は、騎士団長やドンナ・アンナが言ったように（もしくはスペインの無敵艦隊を反面教師として）、自ら1人の力で克服しなくてはならないと、主人公が考えたからであろう。

主人公が免色から請け負った仕事はもはやない。にもかかわらず、免色は主人公へときどき電話をかけてくる。

祠の裏手の穴に変わりはないかとそのたびに彼は尋ね、そのたびにとくに変わりはないと私は答えた。実際に穴の様子には変わりはなかった。青いビニールシートでぴったり覆われた

> ままになっている。私は散歩の途中ときどきその様子を見に行ったが、誰かがシートを剝がした形跡はなかった。重しの石は変わりなく載せられていた。そしてその穴に関して、不思議なことや不審なことはもう二度と起こらなかった。（第4巻341頁）

祠の裏手の穴から出てくる何かは、鈴の音であれ、音も姿もない霊気であれ、自分に何らかの多大な影響を与えることに免色は気づいている。だから免色は、ときどき主人公に電話をしたのだ。免色はあくまでも自己中心的な男なのだ。

免色は、主人公の失踪についても彼自身の物語を持っているようだ。

> 彼は私が行方不明になっていた期間、ずっとあの穴の中にいたものと思っていた。どのようにして私がそこに入れたのか、それは彼にも説明がつかない。しかし私がその穴の底にいたというのは紛れもない事実だったし、それを否定することはできなかった。だから彼が私の失踪と、秋川まりえの失踪とを結びつけることもなかった。（同前）

そして、主人公の見るところ、免色は彼の家にまりえが4日間も隠れていたことを感づいている気配はまったくなかった。結局、あのクローゼットの前に立っていたのは、いったい誰だったのだろう？

世の中には説明不能の出来事がある。地下の世界から主人公がどのようにして穴に辿り着いたのかも、限界のある人間の知性によっては解明不能だ。同様にまりえが隠れていたクローゼットの前に立っていたのが誰であるかも、人間の知性によっては解明できない謎だ。おそらくそこに立っていたのは、騎士団長の言うように、免色であって免色でない何者かだ。免色が持つ悪の意識が、まりえを襲おうとしていたのである。しかし、立っていた人間（あるいはこの世のものならざる存在かもしれない）がクローゼットを開けなかったのは、イデアが衣服に乗り移ってまりえを守ったからだ。あるいはそこで働いたのはイデアではなく、今は天国にいるまりえの母親の愛だったのかもしれない。

44　受胎告知

免色渉と主人公の関係が変化し始めた。訣別したわけではないが、徐々に関係が稀薄になっていった。

> 彼はおそらく秋川笙子を手に入れてしまったことで、それ以上私と個人的に関わり合う必要性を感じなくなったのかもしれない。あるいは私という人間に対する好奇心を失ってしまったのかもしれない。（略）
>
> とはいえ、ときどき電話をかけてくるところをみると（電話がかかってくるのはいつも夜の八時前だった）、免色はまだ私とのあいだに何らかの繫がりを維持することを必要としているようだった。あるいは、秋川まりえが彼の実の娘かもしれないという秘密を私に打ち明けてしまったことが、少しは心にかかっていたかもしれない。（第4巻342頁）

ここで主人公は、人間的理性で事態を理解しようとしている。だから免色が秋川笙子を手に入れてしまったので、これ以上、主人公と個人的に関わり合う必要性を感じなくなったのかもしれないと考えた。しかし、それでは十分に納得できないので、免色が主人公に関心をなくしたのではないかとも考える。あるいは、主人公が秋川まりえに関する秘密を漏洩するのではないかと警戒しているという仮説を立てる。いずれにせよ、免色が主人公に対して距離を置き始めた理由を合理的に突き止めようとする。主人公は騎士団長と出会い、地下の世界を旅したことにより、理性では解明できない現実を体験している。にもかかわらず、あくまで理性でものごとを説明しようとする。主人公は自らの体験をまだ身体化できていないのだ。

――でも彼が最初から意図して私を利用していたにせよ、していなかったにせよ、いずれにし

> ても私は免色に感謝し続けなくてはならないだろう。私をあの穴の中から救出してくれたのは、なんといっても彼だったのだから。（第４巻３４３頁）

この認識もずれている。主人公を助けたのはイデアなのだ。イデアが免色の無意識に働きかけて助けたのである。このイデアの働きを主人公はいまだに認識できていない。

　免色はまりえに強く執着している。しかし、秋川笙子と極めて親密になったために、彼女と同居しているまりえとはいつでも会える環境が整った。主人公はあえて肖像画を完成させなかったが、免色のまりえの肖像画に対する関心はそもそも二次的だったのかもしれない。だから、その未完成の肖像画はまりえに贈られたのだが、免色がそれに執着することはなかった。

　そもそも、主人公の仕事場でまりえがモデルになっているときに、その姿を間近で見ることこそが、免色にとっての第一義的関心だった可能性は十分にある。遠くから双眼鏡でまりえの姿を覗いているのだから、そう考えた方が辻褄も合うだろう。ならば主人公と免色の関係に貸し借りはないはずであるが、主人公には負債があるように思えてならない。だから負債を返すことにした。あの金曜の午後に完成した「雑木林の中の穴」の絵を贈呈したのだ。

> 「これはあなたに命を助けていただいたことへのお礼です。よかったら受け取ってください」と私は言った。
>
> 　彼はその絵がとても気に入ったようだった（絵としての出来は決して悪くないと私自身も思った）。ぜひ謝礼を受け取ってほしいと言われたが、私はきっぱり断った。彼からは既に過分の報酬をもらっていたし、それ以上何かを受け取るつもりはなかった。私は免色とのあいだにこれ以上の貸し借りをつくりたくなかった。（第４巻３４４頁）

　主人公は意識していないようだが、この穴はイデアが騎士団長の形をして現れた場所でもある。絵画という形で、騎士団長は確かにいたのだという事実の手掛かりが免色の元に残ることになる。そして、あの金曜日にこの絵を完成させたことが、何らかの力となって、免色邸に忍び込んだまりえに不思議な作用をした可能性もある。この絵画もまたイコン（聖画像）だ。イコンを通じて神が人間に働きかけるように、「雑木林の中の穴」という絵画を通じて、イデアがいつか誰かに（それは免色の可能性だってある）働きかける可能性が残されたのである。イデアが雨田具彦の手によって描かれた「騎士団長殺し」という絵画から主人公やまりえに働きかけたのと似た出来事が、いつかイデアが主人公の手によって描かれた「雑木林の中の穴」を通じて誰かに働きかけるだろう。このようにして伝統は継承され、歴史は反復されるのだ。

他方、主人公が地下の世界から生還し、まりえが免色邸からの脱出に成功したことで、世界の秩序が変化し始めた。まず起きた大きな出来事が雨田具彦の死だ。主人公が穴の中から救い出された週の土曜日に、具彦は息を引き取った。知らせてきたのはもちろん息子の雨田政彦だ。

「おれも死ぬときにはああいう具合に静かに死にたいものだ。口もとには微笑みのようなものさえ浮かんでいた」

「微笑み？」と私は聞き返した。

「正確には微笑みではないかもしれない。しかしそれはとにかく、何か微笑みに似たものだった。おれにはそう見えたよ」

私は言葉を選んで言った。「亡くなったのはもちろん残念だけど、お父さんが穏やかに息を引き取ることができて、それはよかったかもしれない」（第４巻３４５頁）

雨田政彦は具彦の息子であるが、父の内的世界を全く理解していない。具彦が１９３８年3月のナチス・ドイツによるオーストリア併合時にウィーンに居合わせて、ひどい体験をしたことについては政彦も知っている。しかし、その出来事が父の内面に与えた影響と最後まで封印せざるを得なくなった記憶について、思いを馳せることはなかった。具彦も息子に伝えることをしなかった。血のつながっていない主人公の方が具彦の想いを継承しているのだ。そんな主人公と友だちになっていたことが結果的に政彦の親孝行だったのかもしれない。

具彦は、自らの苛烈な経験を心の中だけに留めておくことができなかった。オーストリア併合前後の出来事について、自らが最も得意とする表現形態である絵画でメタファーとしてあらわすことにした。それは「騎士団長殺し」という作品になり、自宅の屋根裏部屋に秘匿された。それを主人公は、おそらくイデアの導きによって、見出すことになった。具彦がこの絵を描いたことにより（いくら秘蔵されていたとはいえ）、世界の調和に乱れが生じた。この乱れを矯正することが、歴史によって主人公に課された使命だったのかもしれない。しかし、実の息子である政彦は、世界の調和の乱れに一切気づかないままだ。伊豆高原の養護施設から突然、主人公が消えたことを真摯に受け止めれば、そこに世界の調和の乱れが現出したことに気づいたはずだ。

具彦の死を知らせる電話を切ってから、主人公の心象風景に変化が生じた。

> 雨田具彦の死は、家の中により深い沈黙をもたらしたようだった。まあそれも当然だろう。なにしろそこは雨田具彦が長い歳月を過ごした家だったのだから。私はその沈黙と共に数日を送った。それは濃密な、しかしいやな感じのしない沈黙だった。どこにも繋がっていかない、いわば純粋な静けさだった。とにかくこれで一連の出来事は終了したのだろう。そういう感触があった。（第4巻346頁）

重要なのは「一連の出来事は終了した」という認識を主人公が持ったことだ。主人公の思考は終末論的だ。終末論では、ギリシア語でいう「テロス」が重要な概念だ。「テロス」は終わりであると共に目的と完成を意味する。一連の出来事が終了したということは、同時に目的が達成されたということでもある。「騎士団長殺し」の作者である具彦の死によって、環は静かに閉じて、世界は調和を取り戻したのであろう。

まりえにとっても今回の事件は終了したようだ。4日間の失踪以来、家族の監視の目が厳しくなって、主人公の家にやって来ても、あまりゆっくりできない。

——「胸がだんだん大きくなってきたみたい」と彼女は言った。「それで叔母さんと一緒にこのあいだブラを買いに行った。初心者用のブラってのがあるの。知ってた?」

知らないと私は言った。(第4巻346〜347頁)

まりえは、4日間どこにいたのか、女性の警官にさんざん質問をされたと主人公に報告した。まりえは、山の中をうろついていたことのほかは覚えていない、途中で道に迷って頭が空白になってしまったということで押し通した。「鞄の中にいつもチョコバーとミネラル・ウォーターのボトルを入れているので、それを口にしたんだと思う」と答えて、それ以外は何ひとつ言わなかった。誘拐の疑いが晴れると、次は病院で怪我の具合を調べられたという。

まりえは少女期を終え、大人になろうとしている。ブラジャーをつけるようになったのが、象徴的な節目だ。警察の関心は、まりえが刑事事件に巻き込まれたか否かだ。身代金誘拐事件なり、性的暴行なり、犯罪事実があったか否かにしか警察の関心は向かない。免色が内包している悪は刑事犯罪ではない。従って警察は免色を監視対象にしていない。具彦の描いた「騎士団長殺し」という絵画は、世界の秩序を転覆させる危険があった。主人公があの絵を発見したことで、潜んでいた悪が連鎖的に顕在化しようとした。まりえも、この悪の力が引き起こす世界に引き寄せられた。そんな秩序の乱れを、主人公が騎士団長殺しを行うことで正した。もちろん、そんなことにも警察は関心がない。

免色邸に滞在している間に、まりえの衣服には瘴気が染み付いた。だからまりえは、あのとき身につけていた衣服(テラスに置き忘れた、あのスリッポン・シューズも)をそっくり処分する決断をした。衣服を処分することが、悪との関係を断ち切るために不可欠だと、まりえは無意識のうちに気づいたのだ。まりえの身体に叡智が充満していることの証左だ。まりえは、衣服だけでなく、従来の人間関係も切断しなければならないことにも気づいていた。だから絵画教室に通うことを止めた。そのかわりに、主人公の描いた未完成の肖像画を自分の部屋にかけた。

主人公も生活を変化させていく。絵画教室で教えるのを止め、以前のエージェントに連絡して、また肖像画を描く仕事を再開することを決めた。

私はこれからしばらくのあいだは、何も考えずにただ自動的に手を動かしていたかった。そして通常の「営業用」の肖像画を次から次へと量産していたかった。（略）ただ無心に慣れた技術を駆使し、余計な要素を何ひとつ自分の内に呼び込まないこと。イデアやメタファーなんかと関わり合いにならないこと。谷間の向かい側に住む、とても裕福な謎の人物のややこしい個人的な事情に巻き込まれたりしないこと。隠された名画を白日のもとに晒し、その結果狭くて暗い地底の横穴に引きずり込まれたりしないこと。それが現在の私が何より求めていることだった。（第4巻349頁）

イデアやメタファーと深く関わることになった経験を通じて、主人公は平穏な日常生活の意味を再評価するようになった。主人公は、職人として淡々と肖像画を描くことがやりたいと思えるようになった。これは生活保守主義の価値観に腰を据えるという意味だ。しかし、イデアやメタファーと出会い、地底を旅した人にとっての生活保守主義には、ある種の陰りや厚みがある。かつての全共闘運動の活動家が民間企業のビジネスパーソンとなって、家族を守ることを最大の価値とする生活保守主義者に転向しても、時折、学生時代の自分の姿や感情、思考が思い浮かぶのに似ている。過去の衝撃的な経験から完全に逃れることができる人はいない。

　主人公は地下の世界でユズともしっかり向き合う必要を感じた。それをついに実行することにした。再会したユズのおなかは想像していたほど大きくなってはいなかった。

「その相手の人と結婚するつもりはないの？」、私は最初にそう尋ねた。

彼女は首を振った。「今のところ、そのつもりはない」

「どうして？」

「ただそうしない方がいいと感じるだけ」

「でも子供は産むつもりなんだね？」

彼女は小さく短く肯いた。「もちろん。もう後戻りはできない」

「今はその人と一緒に暮らしているの？」

「一緒に暮らしてはいない。あなたが出て行ったあと、ずっと一人で暮らしている」

「どうして？」

「まずだいいちに、私はまだあなたと離婚していないから」

「でもぼくはこのあいだ送られてきた離婚届に署名し、印鑑も捺した。だから当然もう離婚は成立しているものと思っていたけど」

ユズは少し黙って考え込んでから、口を開いた。（第4巻350頁）

離婚届を役所には提出していないという事実を、主人公はユズから告げられる。そして生まれてくる子供が法的には主人公の子になるという現実も知らされた。その後、人間の生命について根源的な話が主人公とユズの間で展開される。


「しかし君がこれから産もうとしているのは、その相手の人の子供なんだろう、生物学的に言えば」

ユズは口を閉ざしたままじっと私の顔を見ていた。そして言った。「話はそれほど簡単じゃないの」

「どんな風に？」

「どう言えばいいのかしら、彼がその子供の父親だという確信が私には今ひとつ持てないから」

今度は私が彼女の顔をしげしげと見る番だった。「誰が君を妊娠させたのか、それが君にはわからないということ？」

彼女は肯いた。（第4巻351頁）

このやりとりは、マリアの処女懐妊ときわめて親和的だ。イエスが生きた時代でも、子供が生まれる原因は生殖活動であるというのが常識だった。しかし、神の子であるイエスは生殖活動なしに生まれた。この点について、新約聖書の「マタイによる福音書」はこう記している。

〈イエス・キリストの誕生の次第は次のようであった。母マリアはヨセフと婚約していたが、二人が一緒になる前に、聖霊によって身ごもっていることが明らかになった。夫ヨセフは正しい人であったので、マリアのことを表ざたにするのを望まず、ひそかに縁を切ろうと決心した。このように考えていると、主の天使が夢に現れて言った。「ダビデの子ヨセフ、恐れず妻マリアを迎え入れなさい。マリアの胎の子は聖霊によって宿ったのである。マリアは男の子を産む。その子をイエスと名付けなさい。この子は自分の民を罪から救うからである。」このすべてのことが起こったのは、主が預言者を通して言われていたことが実現するためであった。

「見よ、おとめが身ごもって男の子を産む。

その名はインマヌエルと呼ばれる。」

この名は、「神は我々と共におられる」という意味である。ヨセフは眠りから覚めると、主の天使が命じたとおり、妻を迎え入れ、男の子が生まれるまでマリアと関係することはなかった。そして、その子をイエスと名付けた。〉（「マタイによる福音書」1章18〜25節）

ユズはこれから生まれてくる子供の命が、生殖行為とは異なる次元の目に見えない力によって与えられたと考えているようだ。そして、付き合っていた男性とは注意深く避妊していたという事実を伝える。

「どんなに用心しても失敗することはあるだろう」

彼女はまた首を横に振った。「もしそういうことがあったら、女の人にはなんとなくわかるものなの。勘のようなものが働くから。男の人にはそういう感覚ってわからないと思うけど」

もちろん私にはそんなことはわからない。

「そしてとにかく、君はその子供を産もうとしている」と私は言った。

ユズは肯いた。(第4巻352頁)

マリアが受けた受胎告知に似た経験を、ユズは心の中でしたのだ。

ユズはずっと誰とも(主人公とも)子供をつくるつもりはなかった。しかし、身籠もった子供を中絶する気にもならなかった。ここでもイデアがユズに働きかけている可能性がある。

「最近になって思うようになったの」とユズは言った。「私が生きているのはもちろん私の人生であるわけだけど、でもそこで起こることのほとんどすべては、私とは関係のない場所で勝手に決められて、勝手に進められているのかもしれないって。つまり、私はこうして自由意志みたいなものを持って生きているようだけれど、結局のところ私自身は大事なことは何ひとつ選んでいないのかもしれない。そして私が妊娠してしまったのも、そういうひとつの顕れじゃないかって考えたの」

私は何も言わずに彼女の話を聞いていた。

「こういうのって、よくある運命論みたいに聞こえるかもしれないけど、でも本当にそう感じたの。とても率直に、とてもひしひしと。そして思ったの。こうなったのなら、何があっても私一人で子供を産んで育ててみようって。そして私にこれから何が起こるのかを見届けてみようって。それがすごく大事なことであるように思えた」(第4巻353〜354頁)

ユズが述べる「私が生きているのはもちろん私の人生であるわけだけど、でもそこで起こることのほとんどすべては、私とは関係のない場所で勝手に決められて、勝手に進められているのかもしれない」という人生観は、本書で触れた宗教改革者ジャン・カルバンが唱えた二重予定説そのものだ。人は生まれるよりも遥か以前に、その人が救われるか滅びるかが神によって予定されている。妊娠するか否かも、その子供を産むか否かも含む人生における重要な決断は、当事者の意思とは全く関係のないところで予め決まっているのだ。

この話を聞いて、主人公はユズとの婚姻関係を続けたいと思った。

「もう一度君のところに戻ってかまわないだろうか？」

彼女は眉を僅かに寄せた。そしてしばらく私の顔をじっと見ていた。「それはつまり、もう一度私と一緒に夫婦として暮らしたいということなの？」

「もしそうできるなら」

「いいわよ」とユズは静かな声で、とくに迷いもせずに言った。（第４巻３５４頁）

ユズは主人公を受け入れてくれた。これも世界の秩序の乱れが修復されつつあることを反映している。

45

室（むろ）

ユズは生物学的には主人公以外の男性との子供を孕んでいる。主人公はユズにこの男性との関係を直截に尋ねた。こういう質問をできるくらい、妻に対する信頼が回復したのだ。

「つきあっていた相手の人とはまだ関係が続いているの？」と私は尋ねた。

ユズは静かに首を振った。「いいえ。もう関係は終わっている」

「どうして？」

「だいいちに私は生まれてくる子供の親権を彼に与えたくなかった」

私は黙っていた。

「そう言われて、彼にはずいぶんショックだったみたいね。まあ、当たり前のことかもしれないけれど」と彼女は言った。（第４巻３５４〜３５５頁）

これはもちろん、今の主人公には親権を与えてもいいとユズが思っている、ということだ。ユズは主人公の顔をしげしげと眺めた。

「あなたは少し変わったのかしら？　顔つきとかそういうものが？」

「顔つきのことはよくわからないけど、ぼくはいくつかのことを学んだんだと思う」（第4巻355頁）

ユズが問題にしていたのは、愛情よりも親権を相手の男性に与えたくないという法的な事柄だった。数カ月前、ユズはサインを済ませた離婚届を主人公に郵送し、法的に婚姻関係を解消することを望んでいた。いずれにせよ、ユズには、人間が決めた手続きに過ぎない法への拘りがある。対して主人公は法的関係にはそもそも関心がない。主人公の価値観において、法は大きな位置を占めていない。本質的にアナーキーな人間（友人である雨田政彦の言葉を借りると「油絵を描いて一生を送るようなやくざな、的外れな人間」）である主人公のところに、イデアは騎士団長の形をとってあらわれた。妻に離婚を切り出され、別居することになり、苦難のどん底にいた主人公だから、イデアが降りてきたのだ。

主人公に起きた出来事は、神の独り子であるイエス・キリストが、人間の歴史で最も悲惨な状況にあった1世紀のパレスチナに登場したのと相似的な関係にある。イエス・キリストが受肉し人間となったのは、人間を救済するためだ。神が神のまま留まっていたならば、神と本質的に異なる人間が救済されるための媒介となれない。人間を救済するという神の愛が、受肉という出来事に体現されている。イデアが、主人公と秋川まりえの前に騎士団長の姿をとって現れたのも、第一義的には、危機に直面していたこの2人を救い出すためだった。

ただし、騎士団長の目的はそれだけに留まらなかった。主人公を通じて、主人公の周囲にいる人びとにも救済の恩恵を与えることだ。その1人がユズなのである。ユズは主人公の変化に気づいた。主人公の内面的変化が顔に表れているのだ。あるいは、ようやく主人公は自分の顔を取り戻したと言っていいのかもしれない。主人公は、自身が変化したという認識は持っていない。ただし、騎士団長の出現によって多くの事柄を学んだとは認識している。

主人公は騎士団長との出会いを通じて、人間の理性に限界があることを体験した。イデアである騎士団長も、メタファーである顔ながも、地底の世界で会った顔のない男も、姿はまったく見えないが悪を凝縮した二重メタファーも、人間の理性のみならず、感情によっても理解できない存在だ。このような存在や事柄は、理性や感情を超えて現実として受け止めなくてはならない。妻は妊娠した。主人公は妻と性的関係を持っていない。そして主人公は妻の子供を自らの子供として受け入れなくてはならないのだ。これはイエスの地上における法的な父親であるヨセフに起きたことの反復現象だ。親子の関係において生物学的遺伝は決して重要でないのである（雨田具彦は生物学的には政彦を息子とするが、精神的には主人公が息子であったことを思い出してもいい）。主人公も、人間の作った法はおろか、理性も感情も超えて、ユズと子供を受け入れる。むしろ感情的にはきわめて前向きに。

「私は近いうちに父親のはっきりしない子供を産み、その子を育てていくことになる。それでもかまわないの？」

「ぼくはかまわない」と私は言った。「そして、こんなことを言うとあるいは頭がおかしくなったと思われるかもしれないけど、ひょっとしたらこのぼくが、君の産もうとしている子供の潜在的な父親であるかもしれない。そういう気がするんだ。ぼくの思いが遠く離れたところから君を妊娠させたのかもしれない。ひとつの観念として、とくべつの通路をつたって」

「ひとつの観念として？」

「つまりひとつの仮説として」

ユズはそのことについてしばらく考えていた。それから言った。「もしそうであれば、それはなかなか素敵な仮説だと思う」（第４巻３５６〜３５７頁）

人間の観念が現実になることはよくある。文学も哲学も観念が現実になったものだ。親子の関係においても、そのようなことがあっても不思議ではない。観念の世界で、ユズの子供の父親であれば十分だ、と主人公は心底、思えたのだ。

「この世界には確かなことなんて何ひとつないかもしれない」と私は言った。「でも少くとも何かを信じることはできる」

彼女は微笑んだ。それがその日の我々の会話の終わりだった。彼女は地下鉄に乗って帰宅し、私は埃まみれのカローラ・ワゴンを運転して山の上の家に戻った。（第4巻357頁）

——主人公は信じることの重要性を自覚した。これはパウロの回心の反復現象だ。幻の中でキリストと出会ったことによって、ユダヤ教パリサイ派のサウロはキリスト教徒のパウロに変わった。そして、パウロはこの世界で確かな事柄は、信仰、希望、愛だけであるとの確信を抱くに至った。

〈幼子だったとき、わたしは幼子のように話し、幼子のように思い、幼子のように考えていた。成人した今、幼子のことを棄てた。わたしたちは、今は、鏡におぼろに映ったものを見ている。だがそのときには、顔と顔とを合わせて見ることになる。わたしは、今は一部しか知らなくとも、そのときには、はっきり知られているようにはっきり知ることになる。それゆえ、信仰と、希望と、愛、この三つは、いつまでも残る。その中で最も大いなるものは、愛である。〉（「コリントの信徒への手紙　一」13章11〜13節）

主人公も愛を実感するようになった。だから信じることができるようになり、希望を持つことができるようになっている。

やがて主人公はユズと娘と3人で暮らすようになり、数年が過ぎた。そのときにカイロスとなるような出来事に遭遇する。

——私が妻のもとに戻り、再び生活を共にするようになってから数年後、三月十一日に東日本一帯に大きな地震が起こった。私はテレビの前に座り、岩手県から宮城県にかけての海岸沿いの町が次々に壊滅していく様子を目にしていた。そこは私がかつて古いプジョー２０５に乗って、あてもなく旅をしてまわった地域だった。そしてそれらの町のうちのひとつは、あの「白いスバル・フォレスターの男」と出会った町であるはずだった。しかし私がテレビの画面で目にしたのは、巨大な怪物のような津波によってなぎ倒され、ほとんどばらばらに解体されてしまったいくつもの町の残骸だった。（第4巻３５８頁）

キリスト教神学では、悪を3種類に区別する。第1は、「悪とは何か」という概念を探究するときの対象となる形而上学的悪だ。第2は、もっぱら人間によって引き起こされる道徳的悪だ。これには個人的なものと集団的なものがある。２０２２年に山上徹也容疑者が安倍晋三元首相を銃撃し、殺害した事件は個人的悪だ。対して同じ年に始まったウクライナ戦争は集団的悪である。第3は、自然的悪だ。台風、地震、津波などが自然的悪の典型だ。神学的に説明が最も難しいのが、この自然的悪である。なぜなら自然は神によって創られたものだからだ。人間も神の被造物であるが、「神の似姿」(Imago Dei)として自由意志を付与されたことを悪用し、神の意志に反する行為をした。これが原罪だ。罪が形になると悪になる。だから道徳的悪が存在するのだ。対して人間以外の存在は、神の意志に反する行為はしていない。従って、自然自体に悪の起源を求めることはできない。神学者は千数百年にわたって自然的悪の起源についてさまざまな説明を試みているが、説得力のある答えを見出すことができない。おそらく今後も見出すことができないであろう。

大震災に直面した際に日本で出てくるのが天譴論だ。今から１００年前、１９２３年9月1日の関東大震災のときにも天譴論が唱えられた。平たく言えば、大震災は天罰というわけだ。

歴史学者で龍谷大学名誉教授の木坂順一郎氏によれば、「財界人の間では、大震災は、近年ぜいたくと放縦に慣れ、危険思想に染まりつつある国民に対する天罰であるという「天譴論」が唱えられ」たという。例えば渋沢栄一はそんな財界人の代表だろう。

そして、関東大震災からおよそ2カ月後、「11月10日には「国民精神作興ニ関スル詔書」が発布された、天皇は「浮華放縦ノ習」と「軽佻詭激ノ風」を戒め「質実剛健」の国民精神を作興せよと国民に呼びかけ、思想善導政策の先鞭をつけた。さらに12月27日の虎の門事件（引用者註・１９２３年12月27日に、東京の虎ノ門付近で、皇太子［後の昭和天皇］が無政府主義者の難波大助から狙撃された暗殺未遂事件）は、民衆の間に「主義者」に対する恐怖心と嫌悪感を植え付け、しかもこの年には、中国の旅順大連回収運動の高揚と、アメリカの排日移民法制定の動きに触発され、世論が排外主義の方向へ向かい始めた。こうして１９１８年（大正７）の米騒動以来高揚を続けてきた大正デモクラシー運動は、関東大震災を契機に屈折と敗北の過程に入った」。

さらに翌年以降も、「１９２４年1～5月の第二次憲政擁護運動を経て、6月に第一次加藤高明内閣が成立し、翌１９２５年3月の議会で普通選挙法と治安維持法が抱き合わせで可決され、ここに政党政治が確立した。しかし政治の民主化を求めてやまなかった大正デモクラシー運動は、普通選挙法の制定によって目標の一部を達成したが、治安維持法の成立によって政治的自由の実現を阻止されて敗北し、やがて政党政治も満州事変と五・一五事件によって没落させられるに至るのである。このような後の流れをみると、関東大震災は単なる天災ではなく、歴史の流れを変える決定的な転換点となった災害であったといえよう」（以上、引用は「日本大百科全書」［ニッポニカ］、ジャパンナレッジ版）という成り行きになる。

まさに関東大震災は日本近現代史におけるカイロスとなった。天譴論がその後の日本の道筋を決めた引き金になったと言ってもいい。

もっとも、時代の嵐の中にいる人びとには時代の転換点は見えにくい。太平洋戦争の敗北を踏まえ、過去の歴史を顧みた際に、関東大震災がカイロスであったことが見えてくるのだ。東日本大震災がわれわれに何をもたらしたかはまだ明らかになっていない。それはこの災害が引き起こした悪の連鎖が現在も継続していて、終わりが見えないからだ。終わりが見えない事柄をとらえることは難しい。ただし、コロナ禍もウクライナ戦争も安倍晋三元首相殺害事件もハマスによるイスラエル攻撃も、あの大震災によって引き起こされた悪の連鎖の過程の出来事であると筆者は認識している。そして、それは大震災だけでなく、『騎士団長殺し』を村上春樹氏が発表したから起こったのだ、と筆者は思わずにはいられない。

危険な環は主人公とまりえが沈黙を守ることによって閉じられるはずだった。しかし、それはあくまでもテキスト内の出来事に過ぎなかった。この小説を書いた村上氏、そしてこの作品を読んだ読者によって、危険な環は再び開かれてしまったのだ。この小説が発表された2017年以降の世界の調和の乱れは、環が開いた証であろう。優れた小説には、それだけの危うい力があるのだ。

主人公は、テレビの画面で津波によって破壊される町を見ながら、数年前、妻に別れを切り出され、最悪の精神状態でさすらった東北地方の情景を思い浮かべた。

それらの地域を旅してまわっていたとき、私は決して幸福ではなかった。どこまでも孤独で、切ない割り切れない思いを身のうちに抱えていた。多くの意味あいにおいて、私は失われていたと思う。しかしそれでも私は旅を続けながら、見知らぬ多くの人々のあいだに身を置き、彼らの送っている生活の諸相を通り抜けてきた。そしてそれはそのとき私が考えていたよりは、ずっと大事な意味を持つことだったのかもしれない。私はその途中で——多くの場合は無意識のうちに——いくつかのものごとを棄て、いくつかのものごとを拾い上げることになった。それらの場所を通り過ぎたあとでは、私はそのまえと少しだけ違う人間になっていた。（第4巻359～360頁）

白いスバル・フォレスターの男と遭遇した東北地方を旅したことと、その後、騎士団長に誘われ主人公が地底の世界を旅したことは、写像のような関係にある。主人公はそのことに気づき始めているが、まだ明確な言葉にすることができない。

そして主人公は白いスバル・フォレスターの男がどうなっているかが気になってくる。大地震によって、この悪の象徴が消滅したのか、それともより強力になっているかが気がかりなのだ。

しかし、現在の主人公は、思索だけに集中していることができない。子育てという責任があるからだ。夕方5時になると、保育園に娘を迎えに行かなくてはならない。帰りには、2人で小さな公園に寄って、近所の犬たちを眺めて過ごすのが日課だ。娘の名前は「室（むろ）」という。

> ユズがその名前をつけた。彼女は出産予定日の少し前に、夢の中でその名前を目にした。彼女は広い日本間に一人でいた。美しい広い庭園に面した部屋だった。そこには古風な文机がひとつあり、机の上には一枚の白い紙が置かれていた。紙には「室」という字がひとつだけ大きく、黒い墨で鮮やかに書かれていた。誰がそれを書いたのかはわからないが、とても立派な字だった。そういう夢だった。彼女は目覚めたとき、その光景をはっきり思い出すことができた。それが生まれてくる子供の名前であるべきだと彼女は主張した。私にはもちろん異存はなかった。なんといってもそれは彼女の産む子供なのだ。その字を書いたのはあるいは雨田具彦であったかもしれない。私はふとそう思った。（第4巻361頁）

名前をつけることによって子供は両親にとって特別の存在になる。しかも室という名前は、外部からの超越的な力によって与えられたものだ。室は、主人公と超越的な世界を媒介する存在なのである。イエス・キリストという名が、人間と神を媒介するのと相似的構成になっている。かつて騎士団長が果たした機能を、今後は室が果たすのかもしれない。騎士団長の形をしたイデアが現れた、そして地底の世界から戻った主人公が閉じ込められた穴は室と言い換えることもできる。

> あるとき、私はテレビの画面の隅に「白いスバル・フォレスターの男」をちらりと見かけた。あるいは見かけたような気がした。カメラは津波で内陸の丘の上まで運ばれ、そこに取り残された大型漁船を映していたが、そのそばにその男が立っていたのだ。もう役目を果たせなくなった象と、その象使いのようなかっこうで。でもその映像はすぐに別のものに切り替わった。（第4巻362〜363頁）

悪を体現した白いスバル・フォレスターの男は生きている。この事実は、主人公が再びこの男と遭遇する可能性があるということでもある。妻との生活が回復し、娘の室と3人で平穏に暮らすようになった主人公だが、いつか悪と遭遇するリスクからは解放されていないという現実を示している。もっとも小田原に住んでいたとき、主人公にとっては観念の方が実生活よりも重要だった。現在は実生活が観念を凌駕している。

> 地震のニュースを見るかたわら、私は日々生活のために「営業用」の肖像画を描き続けた。何を考えることもなく、キャンバスに向かって半ば自動的に手を動かし続けた。それが私の求めていた生活だった。そしてまたそれが人々が私に求めているものだった。そしてその仕事は私に確実な収入をもたらしてくれた。それもまた私の必要としているものだった。私には養うべき家族がいるのだ。（第4巻363頁）

養うべき家族がいるという責任感が生まれたので、主人公は営業用の肖像画を描くというルーティンを苦と思わなくなった。生活は人間の行動や心理に強い影響を与えるのだ。

小田原の雨田具彦邸にも大きな変化が生じた。

> 東北の地震の二ヶ月後に、私がかつて住んでいた小田原の家が火事で焼け落ちた。雨田具彦がその半生を送った山頂の家だ。政彦が電話でそれを伝えてくれた。そこは私が出たあと長いあいだ住むものもなく、空き家のままになっており、政彦はその管理について心を痛めていたのだが、その不安がまさに的中して火事が起きたのだ。（略）消防署が調査をしたが、出火の原因は結局のところ不明だった。漏電かもしれないし、あるいは不審火かもしれないということだ。（第4巻363〜364頁）

雨田具彦邸の焼失の原因についても、人間の限られた知恵で解明することはできなかった。しかし、焼失の原因が、漏電であったか放火であったかなどは本質的な問題ではない。イデアが騎士団長の形をとって現れた、あの場所が消えたという事実が重要なのだ。

そして、「騎士団長殺し」も「白いスバル・フォレスターの男」も具彦のレコード・コレクションとともに焼失した。おそらく、みみずくは生き残り、別の場所を住み処としたであろう。みみずくも悪の象徴だ。あの大震災で生き残った白いスバル・フォレスターの男と、みみずくは並行した存在なので、火災から免れることができたのだ。

> 　絵画『騎士団長殺し』は疑いの余地なく雨田具彦の残した最高傑作のひとつであり、それが火事によって失われてしまったことは、日本の美術界にとって手痛い損失であるはずだった。（略）
>
> 　しかしそれと同時に私は、それはおそらく失われなくてはならなかった作品だったのかもしれないとも思った。私の見るところ、その絵にはあまりに強く、あまりに深く雨田具彦の魂が注ぎ込まれていた。それはもちろん優れた絵ではあったけれど、同時に何かを招き寄せる力を有した絵だった。「危うい力」と言っていいかもしれない。（第4巻364〜365頁）

だが、絵画「騎士団長殺し」には悪と共に救済も示されていた。他方、「白いスバル・フォレスターの男」は、主人公の内部に存在する悪を対象化したのみで、悪からの救済への手掛かりが描かれていない。主人公もこの絵の限界に気づいている。

> 　『白いスバル・フォレスターの男』が失われたことについては、私はとくに残念だとは思わなかった。私はいつかもう一度、その肖像画に挑戦することになるだろう。しかしそのためには私は自分をより確固とした人間として、より大柄な画家として立ち上げなくてはならない。もう一度私が「自分の絵を描きたい」という気持ちになったとき、私はまったく違うフォルムで、まったく違う角度から「白いスバル・フォレスターの男」の肖像を描き直すことになるはずだ。そしてそれはあるいは、私にとっての『騎士団長殺し』になるかもしれない。そしてもしそんなことが実際に起こったなら、おそらく私は雨田具彦から貴重な遺産を受け継いだということになるだろう。（第4巻366頁）

主人公がもう一度、「白いスバル・フォレスターの男」の肖像画に挑戦することになるだろうと予感していることが重要だ。主人公は将来、再び自らに内在する悪の問題と取り組まなくてはならなくなると思っている。そのときは単に悪を対象化するだけでなく、悪からの解放の道も描かねばならない。意味的には、「白いスバル・フォレスターの男」から「騎士団長殺し」への転換である。別の言葉で言えば、主人公は「イコン（聖画像）」を描くことに挑むのだ。イエスの受難が描かれているイコンがある。人びとが罪のないイエスを殺したことは悪だ。しかし、この出来事を通じ、イエスが人類の罪を贖ったので、われわれは救われる。主人公が「より確固とした人間として、より大柄な画家として」再び「白いスバル・フォレスターの男」をモデルにした絵を描くときには、その絵には誰かを救う力が宿ることになるであろう。

46　愛の共同体

――秋川まりえにも雨田具彦邸の火災は大きな影響を与えた。

秋川まりえが火事のすぐあとにうちに電話をかけてきて、私たちはその焼け落ちた家屋について半時間ばかり話しあった。彼女はその小さな古い家を心から大事に思っていたのだ。あるいはその家屋が含まれていた風景を、そしてまたそのような風景が彼女の生活の中に根付いていた日々を。（第4巻366～367頁）

まりえにとってこの火災は、少女から大人になる通過儀礼になったようだ。主人公がまりえに「ボーイフレンドはできたか」と尋ねようとして、思い直してやめたのは、主人公と価値観を共有していたのはあくまでも通過儀礼を経る前のまりえで、すでに大人への道を歩み始めた秋川まりえ氏ではないことを直観で理解したからだ。

主人公が「騎士団長殺し」の絵を発見し、イデアが騎士団長の形をとってこの世界に現れたことによって多くの人びとの運命に変化が生じた。まりえの叔母である秋川笙子にも変化が生じた。そのうちに免色と結婚するかもしれないと、まりえに告げ、「もしそうなったらだけど、まりちゃんも私たちと一緒に暮らす？」と尋ねたという。

「それで、君には免色さんと一緒に暮らすつもりはあるの？」、私は少し気になってまりえにそう尋ねてみた。

「ないと思う」と彼女は言った。それから付け加えるように言った。「でもよくわからないかな」

よくわからない？

「君は免色さんのあの家にはあまり良い思い出を持っていないと、ぼくは理解していたんだけど」と私は少し戸惑って尋ねた。

「でもあれは、まだ私が子供の頃に起こったことだったし、なんだかずいぶん昔のことのように思える。なんにしてもお父さんと二人で暮らすことは考えられないし」（第4巻368〜369頁）

免色には悪が内在している。笙子が免色と結婚すれば、愛の力によって免色の悪が克服されることになるのであろうか。それとも免色の悪に笙子も搦め捕られていくのか。2人の将来がどうなるかは、まったく見えない。いずれにせよ、まりえはこの2人から距離を置こうとしているようではある。同時に、通過儀礼を経たまりえにとって、免色とその屋敷が醸し出していた瘴気も過去のものとなっているようだ。このことは、主人公と騎士団長も、まりえには過去のものとなりつつあることを示唆している。

主人公は、まりえの変化に当惑する。

昔のこと？

それは私には、ほんの昨日起こったことのように思えた。私はそう言ってみたが、まりえ

> はとくに何も言わなかった。あるいは彼女はその屋敷の中で起こった、一連の異様な出来事をすっかり忘れてしまいたいと望んでいるのかもしれない。あるいは実際、既に忘れてしまったのかもしれない。それとも彼女は、年齢を重ねるにつれ、免色という人間に少なからず興味を持ち始めたのかもしれない。彼の中に何かしら特別なものを、その血筋に共通して流れる何かを感じるようになってきたのかもしれない。（第4巻369頁）

まりえは主人公や騎士団長の存在、そして免色邸で起きた出来事を忘れてしまったわけではない。これらの記憶は、時間の経過とともに前意識になり、さらに自覚することができない無意識となって、まりえの内部に永遠に残る。

もっとも、まりえはどこかで母親を取り戻そうとしているのかもしれない。

> 「メンシキさんの家の、あのクローゼットの中にあったイフクがどうなったか、私にはとても興味がある」とまりえは言った。
> 「その部屋が君を惹きつけるんだね？」
> 「それは私を護ってくれたイフクだから」と彼女は言った。「でもまだよくわからない。大学に進んだら、どこかよそで一人で暮らすことになるかもしれない」（同前）

主人公は話を転じて、祠の裏の穴について尋ねた。

> 「あのままになっている」とまりえは言った。「火事のあとも、ずっと青いビニールシートがかかったままになっている。そのうちに落ち葉がいっぱい積もって、そんな穴があそこにあることも、誰にもわからなくなってしまうかもしれない」
> その穴の底には、まだあの古い鈴が置かれているはずだ。雨田具彦の部屋から借りてきたプラスチックの懐中電灯と一緒に。（第4巻370頁）

騎士団長の形を取ったイデアはこの世界から消えた。しかし、目に見えないイデアの世界とこの世界をつなぐ開口部は存在する。免色邸のクローゼットの中にあった女性の服も、祠の裏にある穴も、穴の底にある古い鈴も、いずれもイデアの世界とこの世界をつなぐ媒介項の1つなのである。

「もう騎士団長は見かけない？」と私は尋ねた。

「あれから一度も会っていない。騎士団長が本当にいたなんて、今ではなんだかうまく信じられない」

「騎士団長は本当にいたんだよ」と私は言った。「信じた方がいい」

でもまりえはそんなことをみんな、少しずつ忘れていくのかもしれないと私は思った。彼女は十代の後半を迎え、その人生は急速に込み入った忙しいものになっていくだろう。イデアやメタファーといったような、わけのわからないものに関わり合っている余裕も見出せなくなっていくかもしれない。（同前）

大人になろうとしているまりえは単一の世界観で自らを律しようとしている。騎士団長と出会ったという経験はその世界観と矛盾する。この場合、選択肢の1つは世界観を変容させることだ。主人公はこの選択をした。もう1つの選択肢は、単一の世界観に反する経験をノイズとして除去する編集作業を行うことだ。まりえはこちらの選択を行いつつある。しかし、ここでもやはり、ノイズとして処理した内容であろうと、深層意識のレベルでは記憶に残るのである。深層意識に埋め込まれた騎士団長の記憶は、まりえの人生に影響を与え続けるだろう。

イデアの世界とこの世界の開口部への手掛かりは、まだ他にもある。地底で主人公が顔のない男に渡したペンギンのフィギュアだ。穴、鈴、衣服はこちら側にある手掛かりであるが、フィギュアはあちら側にある。

時折、あのペンギンのフィギュアはいったいどうなったのだろうと考えることがある。川の渡し守をしていた顔のない男に、私はそれを渡し賃のかわりとして与えた。あの流れの速い川を渡るために、そうしないわけにはいかなかったのだ。私はその小さなペンギンが、今

――でもどこかから――おそらくは無と有の間を行き来しながら――彼女を見守ってくれていることを祈らないわけにはいかなかった。(第4巻370〜371頁)

この小説のプロローグで、ペンギンのフィギュアを手に持った顔のない男が、肖像画を描いてくれと言って主人公の前に現れた。あのときは時間切れになり、顔のない男はフィギュアを持ったまあちらの世界に消えた。顔のない男も、無と有の間を往来しながら、まりえだけでなく主人公の人生も見守っているのだろう。顔のない男に渡河の対価を支払うため、そして愛する者たちを守るために、いつか主人公は顔のない男の肖像画を描くという「不可能の可能性」に挑まなければならない。きっと、それは主人公に生涯ついてまわる仕事になるのであろう。あるいは、「白いスバル・フォレスターの男」の絵を描き直すことと、「顔のない男」の肖像画を描くことは、主人公の人生のどこかでリンクしてくるのかもしれない。

だが、それに取り組むのはまだしばらく先のことのようだ。主人公にとって、イデアやメタファーについて考えるよりも、現実の生活の方が重みを増してきた。かつてユズと2人で暮らしていた頃とは、主人公は世界観を変容させている。特に重要になるのが、娘のむろ(室)だ。

むろが誰の子供なのか、私にはまだわからない。正式にDNAを調べればわかることなのだろうが、私はそのような検査の結果を知りたいとは思わなかった。やがて何かがあって、いつの日にか私はそれを知ることになるかもしれない。彼女が誰を父親とする子供なのか、事実が判明する日が来るかもしれない。しかしそんな「事実」にいったいどれほどの意味があるのだろう?(第4巻371頁)

これが主人公の辿り着いた場所である。もう1度、記しておこう。むろは法的には主人公とユズの娘だ。確かに生物学的にむろが主人公の娘であることはありえない。だが、生物学的な血のつながりも、法的な親子の保証も、主人公にとっては(おそらくユズにとっても、将来のむろにとっても)本質的な問題ではない。重要なのは、愛によって、主人公、ユズ、むろの3人が結びついていることだ。キリスト教の教義では、生殖行為なくしてイエスは生まれた。この男が人類の救済者となった。生物学的血統による結びつきを超える力をイエス・キリストの愛は持っていた。主人公、ユズ、むろによる愛の共同体は、イエス・キリストが説いたそれときわめて相似的だ。マリアが聖霊によってイエスを身籠もったことと相似的な出来事が、主人公とユズの間にも起きた。

　私は東北の町から町へと一人で移動しているあいだに、夢をつたって、眠っているユズと交わったのだ。私は彼女の夢の中に忍び込み、その結果彼女は受胎し、九ヶ月と少し後に子供を出産したのだ——私は（あくまで個人的にこっそりとではあるけれど）そう考えることを好んだ。その子の父親はイデアとしての私であり、あるいはメタファーとしての私なのだ。騎士団長が私のもとを訪れたように、ドンナ・アンナが闇の中で私を導いたように、私はもうひとつ別の世界でユズを受胎させたのだ。（第4巻371～372頁）

キリスト教的に言うならばイデアは聖霊だ。少なくともこの受胎においては、主人公にもマリアを身籠もらせた聖霊のような、言い換えるとイデアのような力が宿っているのである。

思えば、免色も、まりえとの関係において、「「事実」にいったいどれほどの意味があるのだろう？」という態度を取っていた。だが決定的に異なるのは、主人公には免色が持つような悪が欠如している。娘との関係についても、免色とはまったく違うアプローチをとることになった。

　彼は、秋川まりえが自分の子供であるかもしれない、あるいはそうではないかもしれない、という可能性のバランスの上に自分の人生を成り立たせている。その二つの可能性を天秤にかけ、その終ることのない微妙な振幅の中に自己の存在意味を見いだそうとしている。しかし私にはそんな面倒な（少なくとも自然とは言い難い）企みに挑戦する必要はない。なぜなら私には信じる力が具わっているからだ。どのような狭くて暗い場所に入れられても、どのように荒ぶる曠野に身を置かれても、どこかに私を導いてくれるものがいると、私には率直に信じることができるからだ。（第4巻372頁）

免色の世界観は疑いの上で成り立っている。対して主人公の世界は信頼の上に成り立っている。疑いよりも信頼の方が強い、という真理を、小説『騎士団長殺し』で村上春樹氏は静かに説いている。

絵画「騎士団長殺し」には、雨田具彦がナチズムの席巻した時代にウィーンで体験した苛烈な出来事が象徴化して描かれていた。そこには苦しみも痛みも暴力も哀しみもあるが愛もある。どのように暗い時代においても、かすかな光がある。この光を信じることなくして、われわれが希望を持ち続けることはできない。心の中に残った「騎士団長殺し」の記憶によって、主人公は信頼と希望と愛を持ち続けることができるのだ。あの回心した使徒パウロのように。

主人公はキリスト教徒ではない。しかし、イエス・キリストが説いた真理を体得している。キリスト教的に言うならば、主人公が最後に言葉にしているのは信仰告白にほかならない。主人公は、騎士団長や、ドンナ・アンナや、顔ながの姿を「手を伸ばせば彼らに触れることができそうなくらい具体的に、ありありと」「そのまま目の前に鮮やかに浮かび上がらせることができる」と言って、こう記すのである。

> 彼らのことを思うとき、私は貯水池の広い水面に降りしきる雨を眺めているときのような、どこまでもひっそりとした気持ちになることができる。私の心の中で、その雨が降り止むことはない。
>
> 私はおそらく彼らと共に、これからの人生を生きていくことだろう。そしてむろは、その私の小さな娘は、彼らから私に手渡された贈りものなのだ。恩寵のひとつのかたちとして。そんな気がしてならない。
>
> 「騎士団長はほんとうにいたんだよ」と私はそばでぐっすり眠っているむろに向かって話しかけた。「きみはそれを信じた方がいい」（第4巻372〜373頁）

むろは、神の恩寵によって主人公とユズに与えられたのだ。そして主人公にできるのは、この事実に感謝することと、対象が神であっても、イデアであっても、人間であっても、信じることの重要性を娘に伝えていくことだ。現代人は神を喪失している。神なき時代において、人間がいかにして愛のリアリティを獲得するかを、小説『騎士団長殺し』は見事に示しているのだ。

あとがきにかえて——『街とその不確かな壁』を読む

1

本書のもとになった「小説新潮」での4年近くに及ぶ連載を終えて、単行本化の準備を始めた頃、村上春樹氏が『騎士団長殺し』以来6年ぶりとなる長編小説『街とその不確かな壁』（2023年、以下『街』と略称）を発表しました。多くの読者同様、筆者もさっそく手に取り、『街』は円熟期に達した作家による、きわめて優れた作品だという感想を持ちました。

前作『騎士団長殺し』が主人公への外部（作品中では「イデア」として言及される）からの働きかけを詳しく描いていったのに対して、今度の『街』は主人公の内面の変化を徹底して追っていく小説です。どちらも一人称の小説ながら、巻き込まれ型でどんどん行動していく主人公（『騎士団長殺し』）と、過去の思い出に囚われた内省的な主人公（『街』）の違いと言っていいかもしれません。

あたかも振り子の運動のように、村上氏は小説の書き方を前作とは正反対の方向へ振ったわけです。別の観点から言えば、『騎士団長殺し』は謎解き型ではない（まず結果が提示される）小説でしたが、『街』は謎解きに向って進む作品だったのも、振り子が大きく逆の方向に振られた結果だと見るべきでしょう。とはいえ、2作に共通する部分もあります。『街』においても、外部からの働きかけはそこかしこに見られるのです。

と記せば、本書の読者は、もう察したかもしれません。『街』もまた、村上氏の召命観が露わになった作品なのです。これまでのところ、『街』については、１９８０年に「文學界」に発表したきりで村上氏が封印してきた中編小説「街と、その不確かな壁」との比較で論じられることが多いのですが、43年前の作品と関連づけるよりも、村上氏の思索——宗教観、真理観なども含む——の集大成として読むほうがふさわしいように筆者には思えます。

筆者が『街』をきちんと論じるには、おそらく本書と同じくらいの分量が必要になるでしょうから、ここでは、本書への「長いあとがき」くらいの枚数で心に浮かぶまま読後感を記しておくことにします。

まず、筆者が「文藝春秋」２０２３年6月号に発表した『街』の書評から、粗筋を紹介した部分を少しアレンジしつつ引用しておきましょう。

〈『街とその不確かな壁』には、謎解きの要素がある。読者からこの作品を読む楽しみを奪わないためには、いわゆる「ネタバレ」にならないようにする配慮が書評においても重要になる。主人公(ぼく)は、公立高校二年生の秋、エッセイ・コンクールの表彰式で私立高校一年生の「きみ」と知り合う。二人は付き合い始め、きみが夏のあいだずっと熱心に話し続けた「壁に囲まれた街」の話が深く心に刻み込まれる。しかし、主人公が高校三年生の一二月に届いた手紙を最後に、きみの消息は途絶えてしまった。ぼくはその後、誰かを本気で愛することができなくなり、独身のまま中年(現在時で四〇代半ば)になる。大学卒業後は、本が好きなので書籍や雑誌の取次会社に就職したが、退職する。

しばらくしてぼくは夢を見て、図書館で働くことを決めた。そして福島県の山間部にある町の図書館で勤務する。そこで前図書館長の子易辰也(こやすたつや)、図書館司書の添田(そえだ)さん(女性)、サヴァン症候群で卓越した記憶力を持つがコミュニケーション能力に欠ける少年M＊＊（いつもイエロー・サブマリンのパーカを着ている）、コーヒーショップを経営する三〇代半ばの女性と知り合う。これらの人びととの出会いは偶然のように見えるが、実は当事者は気づいていない必然性がある。一人ひとりの人生は、その人が生まれる前に予め定められていると主張した宗教改革者ジャン・カルバンの二重予定説と親和的な世界が描かれている。

主人公は「壁に囲まれた街」にいたことがある。その街の図書館には君（街では「きみ」は「君」と表記される）がいて、そこで主人公は〈夢読み〉として働き始める。図書館にはサイズも色合いもひとつひとつ異なる、卵のような形をした古い夢が保管されており、その古い夢を〈夢読み〉が追体験することが鎮魂のような効果をもたらし、「壁に囲まれた街」の秩序を維持する機能がある。だから〈夢読み〉がいなくなると、こちら側とあちら側の双方の世界の均衡が崩れてしまう。「壁に囲まれた街」で〈夢読み〉をしていたぼくが、再びあの仕事に戻るか、あるいは誰か後継者を見出すことができるかが鍵となる物語と評者は読んだ。もっともこの小説は、読者の内面世界に対応して、複数の読み取りが可能になる。この作品のどこが気になるかで、自分の心を映し出すことができるのだ。〉

本書で何度か触れたように、『騎士団長殺し』において、主人公や秋川まりえはしばしば「好奇心」に突き動かされました。この言葉は、イデアによる働きかけを彼らが無意識のうちに受け止めた徴（しるし）のように記されます。ところが興味深いことに、『街』に出てくる「壁に囲まれた街」においては、人びとはおよそ好奇心というものを持ちません。例えば街の門衛は、主人公が街の形を知りたがったとき、大いに不審がります。

——純粋な好奇心によるものなのだと私は説明した。知識として得たいだけだ。何かの役に立つかどうかではなく……。しかし門衛には「純粋な好奇心」という概念が呑み込めないようだった。それは彼の理解能力を超えたものごとなのだ。彼は顔に警戒の色を浮かべ、こいつ何か良からぬことを企んでいるのではないか、という目で私を眺めまわした。だから私はそれ以上彼に質問することを諦めた。(『街とその不確かな壁』76頁)

純粋な好奇心が存在しない、というのが街の特徴のひとつです。もちろん街の人たちも、文明がない生活を営んでいるわけではないし、知識はあるのです。彼らには知識なり、仕事の能力なりはあるけれど、知的好奇心がない(これは今の日本の高等教育を受けた人びとが抱える問題と相似形です。この街が停滞しているところも似ています)。裏返して言えば、この街の人たちの認識は功利主義的です。実際の生活に役に立たないことに興味を持つ、ということが彼らには分からないわけです。

もうひとつの特徴は、感情というものに対して否定的なことです。掟のために、街へ入るときに棄てざるをえなかった自分の影と、主人公との対話を見てみましょう。影は主人公と離されて、街の入り口(北の門)で門衛に預けられています。門衛小屋の裏庭の木戸を抜けたところにある「影の囲い場」が、主人公が影と会える唯一の場所です。久しぶりに会った影は衰弱しながらも、図書館に保管されている古い夢について、「いろんな角度から、おれなりにじっくり細かく検証」した仮説を口にします。


「心の種子?」

「そうです。人の抱く様々な種類の感情です。哀しみ、迷い、嫉妬、恐れ、苦悩、絶望、疑念、憎しみ、困惑、懊悩、懐疑、自己憐憫……そして夢、愛。この街ではそういった感情は無用のもの、むしろ害をなすものです。いわば疫病のたねのようなものです」

「疫病のたね」と私は影の言葉を繰り返した。

「そうです。だからそういうものは残らずこそげ取られ、密閉容器に収められ、図書館の奥に仕舞い込まれます。そして一般の住民はそこに近寄ることを禁止されている」(同149

一頁）

この街において、感情とは「疫病のたね」のようなものだというのです。確かに、哀しみや嫉妬や絶望や夢や愛などの感情が失われれば、人びとの悩みは著しく少なくなります。そんな疫病から人びとを保護するのが壁の重要な任務なのです。

ということは、この街は一種の「牧人国家」だと呼ぶことができます。つまり、100匹のヒツジのうち、1匹だけでもどこかへ行ってしまったら、残りの99匹を野原に残しておいて、その1匹を捜して保護するような国家。ただし、保護と隔離というのは一体になりますから、この街の施策は、かつての日本のハンセン病患者の人たちに対する姿勢と似ているかもしれません。あるいは、歴史上の国家で言えば、エンベル・ホッジャ体制のアルバニア社会主義人民共和国を思い出します。北朝鮮という国は意外と開かれているのですが、80年代末までのアルバニアは本当に閉鎖国家でした。兵器も食料もたっぷりあったから他国に頼る必要がなかったのです。

日本は比較的開かれた国のようにみんな思っていますが、村上氏の内的世界においては、往年のアルバニアと同程度に閉鎖された空間のように見えているのではないでしょうか。街とか壁とか図書館とか夢読みとか、今回の作品は非常にアルバニアの作家イスマイル・カダレの『夢宮殿』と親和的な構成を持っています。カダレの小説に出てくるのは、国民の夢を管理する国家で、主人公は一種のインテリジェンス・オフィサーとして国民の夢を選別したり解釈したりしていくのです。村上氏の現代日本観が街の性格に反映していて、それは結果的にアルバニアの作家が持つ国家観とかなり似通っています。

2

さらにもう1点、この不確かな壁に囲まれた街の人びとの特徴は、先の好奇心とも繋がりますが、地理的・歴史的関心がないことです。

主人公は街の中を歩いていくうち、壁沿いの土地に荒地や廃屋に近い人家を見つけ、「今より遥かに数多くの人がかつてこの街に住んでいたようだ」と推察します。そして「戦争か、疫病か、それとも大規模な政治的変革があったのだろうか?」と自問した結果、「いずれにせよあるとき「何か」が起こり、住民の多くが取るものも取りあえずよそに移っていった」と結論づけました。しかし主人公は、街の人びとから原因となった「何か」について聞かされたことがありません。

> あとに残された住民がその「何か」について語ることはない。語るのを拒んでいるというのでもない。その「何か」が何であったのか、集合的記憶が丸ごと失われてしまっているように見える。おそらく彼らが手放した影と共に、そんな記憶も持ち去られてしまったのだろう。街の人々は地理についての水平的な好奇心を持たないのと同じく、歴史についての垂直的な好奇心もとくに持ち合わせていないようだった。(同79頁)

この街では、近代人の認識構造の基本であるカント的な時間と空間の概念が不在なのです。すなわち地理と歴史に関する意識をこの街の人びとは欠いています(おそらく彼らは彼らの影を手放したときに、そんな意識を失ったのでしょう)。

右の引用に見られるように村上氏は、街の人びとの地理と歴史の不在の理由を集合的記憶の喪失に求めています。もっとも集合的記憶が失われたとしても、深化した集合的無意識の形で記憶は残ります。そんな街の人びとの記憶こそが、図書館の奥の「密閉容器」に夢という形で閉じ込められているものなのでしょう(主人公の影は「古い夢とは、この街をこの街として成立させるために壁の外に追放された本体が残していった、心の残響みたいなものじゃないでしょうか」と指摘しています)。ここに、人間の記憶を完全に消し去ることなんてできないんだ、という村上氏の強い信念を感じます。

フランスの人口統計学者エマニュエル・トッドが言っていることですが、政治や経済の影響はせいぜいもって50年なんだと。それらはわれわれの意識の表層にあって、移り変わっていく。でも宗教と教育は500年もつ。われわれの前意識を形成しているのが宗教であり教育なんだ。そして5000年単位で影響をもち、われわれの無意識にまで食い込んでいるのが家族制度だ、とトッドは言っています。5000年単位なのか、あるいは家族制度なのかはともかく、人びとの無意識にまで食い込んだ記憶が街の図書館に集められているのでしょう。

さらに、時間に関して言えば、街の時計台には針がありません。そのことに象徴されるように、街では時間の流れが希薄です。時間に隷属する歴史もまた当然希薄になります。小説の終盤、主人公はある登場人物と街の図書館について、こんな会話を交わします。

「時間がなければ、蓄積みたいなものもない？」

「ええ、時間のないところには蓄積もありません。蓄積のように見えるのは、現在の投げかける仮初めの幻影に過ぎません。本のページをめくるところを想像してください。ページは新しく変わりますが、ページ番号は変わりません。新しいページと前のページとの間には筋の繋がりはありません。まわりの風景は変わっても、ぼくらは常に同じ位置に留まります」

「常に現在しかない？」

「そのとおりです。この街には現在という時しか存在しません。蓄積はありません。すべては上書きされ、更新されます。それが今こうして、ぼくらの属している世界なのです」(同634頁)

本来、歴史を保存する場所であるはずの図書館に歴史が存在しない、存在するのは現在だけだ、という逆説的状況を、村上氏は巧みに小説的表現に落とし込んでいます。これもまた村上氏の見た現代日本、あるいは世界の状態の反映なのでしょう。

かつての図書館の役割をいま果たしているのはコンピュータによる検索でしょう。ただし、検索は歴史を破壊してしまいます。なぜなら、そこでは時系列が失われるからです。例えばウィキペディアは反歴史的ツールなのです。やはり百科事典というものは、それこそエンサイクロペディアが語源において「円を描いて」という意味であるように、きちんとサイクルを閉じなければいけない。『世界大百科事典』１９７２年版とか『現代用語の基礎知識２０２１』という具合に一定のところで円を閉じれば、時系列が追えて、それ以上の発展や変化もなく、歴史は保存されます。それを検索は駆逐してしまった。まさに「すべては上書きされ、更新され」て、残るのは「仮初めの幻影に過ぎません」。そんな現在の世界の情報の在り方もこの街の図書館は反映しているようです。

3

また、この作品が見事に疎外論的な構成を持っていることも見逃せません。壁に囲まれた街はそもそも主人公ときみの想像によって生まれおちた存在なのですが、ひとたび生まれた壁に囲まれた街は、生みの親である主人公たちにも制御することのできない独自の意思と力を持つ存在に変容しました。観念でいったん現実を作り出してしまうと、その現実は観念で変化させることができないのです。

自分が棄てたことによって日々衰弱していく影を見舞った主人公は、いささか途方に暮れながら、こう述懐します。

それは結局のところ、私ときみとが二人で一夏かけてこしらえた想像上の、架空の街に過ぎないのだから。しかしそれでもなお、街は現実に人の命を奪うことができるかもしれない。なぜならその街は既に我々の手を離れ、独自の成長を遂げてしまったからだ。いったん動き出したその力を制御したり変更したりすることは、もう私にはできない。誰にもできない。

（同１２６頁）

もっとも、これは作家が日常的に感じていることではあります。いったん発表した作品は著者の手を離れて独自に発展し、どんな反響があろうと否定できません。あるいは、著者が読者の読み方や反応を決めることはできません。場合によっては、作品は著者にとっての疎外態になります。こであえて43年前に書かれた中編小説「街と、その不確かな壁」を引き合いに出すなら、あの作品はその後、長編小説『世界の終りとハードボイルド・ワンダーランド』（1985年）にも変奏されているわけですから、今回は2回目の再構成になります。それくらいあの中編小説に拘るのは、村上氏にとって、自分の生み出した作品なのにもかかわらず疎外態になってしまったからでしょう。だからこそ、作家が70歳を越えても、あるいは越えたからこそ、どうしても落し前をつけなければならなかった街なのです。

さて、主人公ときみにとって疎外態となった壁は、どのように街の人びとを支配しているのでしょうか?

影は自分が衰弱し切って動けなくなる前に、主人公と共に街を抜け出そうと誘いかけます。逃げ道はただひとつしかありません。北の門には門衛がいるのですから、彼が門の外で、短命を運命づけられている獣たち(単角獣)の死体を穴に放り込み、なたね油をかけて焼く作業をしているうちに、急いで街の中を抜け、川が南の壁の近くで形成する「溜まり」へ飛び込んで、壁の下の洞窟を潜って外へと脱出する——これより他に方法はないのです。ただし、その溜まりはきわめて危険な場所だと言われています。これまでに多くの人が行方不明になって、いろんな怖い話も伝わっているせいで、街の人びとは近寄らないようにしている。君は「話によればその昔、ここに異教徒やら戦争の捕虜やらが投げ込まれたらしい。壁ができる前の時代のことだけど」、「溜まりの底には洞窟が口を開けていて、水に落ちた人はそこに吸い込まれる。そして地底の闇の中で溺れ死ぬことになる」、「光のない、恐ろしい地底の世界。そこに住んでいるのは目のない魚たちだけ」などと言って、主人公に「近寄らないでね」と警告します。ここで明らかなのは、街は物理的手段でなくて、心理的操作によって人びとを支配している、ということです。

ついに主人公と影は一緒に溜まりまで逃げていきますが、そこで主人公が「洞窟に吸い込まれたものはみんな、その暗闇の中で溺れて死んでいくという話だ」と後ろ向きなことを口にすると、影は反論します。

「そいつは人々を怯えさせるために街がこしらえた嘘っぱちです。地底の迷路なんて存在しやしません」

「そんな面倒なことをするより、人々が近づけないように、溜まりを高い塀か柵で囲ってしまった方が手っ取り早いだろう。わざわざ念入りな嘘をこしらえるより」

影は首を振った。「それが彼らの知恵の働くところです。街はこの溜まりのまわりに、恐怖という心理の囲いをきびしく巡らせています。塀やら柵なんかより、その方が遥かに効果的なんです。いったん心に根付いた恐怖を克服するのは、簡単なことじゃありませんから」

(同176頁)

物理的手段が絶対ではないことは、2023年10月に起きたハマスによるイスラエルへの攻撃を見てもわかります。高さ8メートルの壁を作ろうが、ドローンで常時監視しようが、ガザにモサドの工作員を入れようが、あるときハマスが腹を決めたら、半日のあいだに2000発以上のロケット弾を撃ち、壁をダイナマイトで爆破し、バイクで乗り込んでいって、200人以上の人質を拘束することができる。しかし、心理的な支配をされると、そこから抜け出ることはきわめて困難になります。

ここでもいい例がアルバニア社会主義人民共和国なのです。ホッジャ体制のアルバニアからの亡命者はほとんどいませんでした。みんな幸せに生活していました。北朝鮮と比べると、アルバニアには緩さがあったわけです。識字率も高くて、『夢宮殿』のイスマイル・カダレのような作家が自由な言論活動をして国際的にも高い評価を受けているし、ソ連でドストエフスキーが読めない時代でも、アルバニアではドストエフスキーもカフカも自由に読めました。比較的柔軟な文化政策を取る一方で、宗教に対しては厳しく取り締まり、教会とモスクを全て閉鎖したばかりか、宗教を信仰することと自体を禁止しました。内心を支配しようとしたわけです。

権力の本質は、自分の意向を、その意向に反対する他者に受け入れさせることです。権力の濃度が煮詰まって、心理的に操作され、恐怖を抱くようになった人びとは、やがて自発的に権力に従うようになります。村上氏が描いた壁に囲まれた街が行っていることは、権力の完成形態に近いものであり、おかげで街の人びとの間での暴力は極小化しています。何だか、誰も大声さえあげなそうな世界でしょう?

そういう極度な心理的支配が発達した世界においては、マフィア的な存在もいないし、犯罪も少ないのです。壁に囲まれた街も同じですね。ただし、人間の中に――ひいては社会の中に――、暴力は内在しています。そうすると、その暴力をどこかで排出しないといけない。壁に囲まれた街で、目に見えない暴力の犠牲になっているのが飢えと寒さでバタバタと死んでいく単角獣たちです。そして、単角獣の死体を処理し続ける門衛とその作業を手伝わされる影も暴力の犠牲者なのでしょう。暴力を彼らに集中させることによって、それ以外は非常に暴力の希薄な世界になっている。

これはある意味、われわれが志向している世界に近いのかもしれません。悪い人が1人もいないような世界。あるいは、きわめて清潔な世界、死が隠蔽された世界、暴力も差別も公害もない世界。そうすると、どこかに圧縮された暴力の排出が必要になるわけで、そのところを村上氏は単角獣たちの短命と弔いという形で象徴的に表しています。

4

『街』の中には、もうひとつ、暴力が出てきました。

主人公がこちらの世界で職を得た福島県の図書館へ毎日読書しにやってくる少年がいます。このイエロー・サブマリンのパーカを着た少年は、単なる善き人とか、おとなしい無害な子供ではありません。少年は主人公の耳たぶを激しく噛むという暴力的行為によって、自分の意思を実現させていきます。さて、ここからは『街』の謎解きの部分に関わってきますので、『街』を読みたいけれどまだ読んでいないという方は、ここから本書360頁の「5」まで飛ばしたほうがいいかもしれません。

暴力的行為を通じて一見暴力のない街へ行けた、そして夢読みにもなれたイエロー・サブマリンの少年は、主人公に向って自分の天職は夢読みだと宣言します（「古い夢を読み続けることが、ぼくに与えられた天職なのです。ぼくはここ以外の世界では、うまく生きていくことができません」）。

イエロー・サブマリンの少年は、本という本を次々に読破して、すべての内容を記憶することができるという能力を持っています。福島県の図書館での少年の読み方を熟知している（何しろ少年は毎日、昼食もとらずに本を読破していくのですから）司書の添田さんは、主人公からの「読みかけていた本を、つまらないから途中で投げ出す、みたいなことはないのかな？」という質問にこう答えます。

> 「いいえ。私の見る限り、いったん読みかけた本はすべて最後まで読み終えています。途中で放り出すようなことはありません。彼にとって書物とは、普通の人のように、面白いとかつまらないとか、興味を惹かれるとか惹かれないとか、そういう基準で判断され、取捨選択されるものではないんです。彼にとって本とは、その隅々まで、最後のひとかけらまで洩れなく採集されなくてはならない情報の容れ物なのです。普通の人はたとえばアガサ・クリスティーの小説が面白いと思えば、そのあとクリスティーの小説を何冊か続けて手に取って読むでしょう。しかし彼の場合はそういうことはありません。本の選択に系統というものがないのです」（同403頁）

少年は本を「最後のひとかけらまで洩れなく採集されなくてはならない情報の容れ物」だと認識

しているというのです。壁に囲まれた街のほうの図書館が必要としている夢読みとは、まさにこのような読み方をする人です。街の人びとが残した厖大な夢を、いかなる夢であろうとも、「面白いとかつまらないとか、興味を惹かれるとか惹かれないとか、そういう基準」をまるで持たずに、「その隅々まで、最後のひとかけらまで」淡々と読んでいく能力が夢読みには求められているのです。そして、夢読みがいなくなるか、その作業を停止してしまうと、こちらの世界との存在論的な均衡が崩れて、街が存在しなくなる危険性があるのです。もっと踏み込んで言えば、少年は夢読みになることによって、街を、そして同時に街の人びとの魂を救済するわけです。

ここにあるのはまさに召命です。本書で述べたように、神の召命から逃れることはできません。少年は夢読みが天職（＝召命）なので、夢読みになることから逃れられません。君は夢読みの補佐が天職なのでしょう。では、主人公の場合はどうでしょうか？　主人公は夢読みの部分的適性はあったけれど（ゆっくりとなら容器の中から夢を引き出すことはできるが、十分に読み切る力はない）、夢読みが天職ではありませんでした。主人公は少年のように夢を無機質に読むことができず、つい感情が動いてしまうのかもしれません。

主人公にとって悲劇的なのは、主人公ときみとが一緒に作り上げた街なのに、きみを追い求めて壁に囲まれた街へやって来てみても、君＝きみのそばにいる夢読みとして最終的には選ばれなかったことです。裏返して言えば、主人公の天職はこちら側の世界にあるからこそ、『街』の第一部の終りでも第三部の終り（つまり『街』全体の結末部）でも、こちら側へ戻ってきてしまうのだと思います。主人公の天職が大きな仕事か小さな仕事かはわかりません。しかし、まだそれが何か見つけられていないのだけれど、主人公に天職があるからこそ、こちらの世界に戻ってきたのでしょう。

夢読みについてもう少し言えば、街と夢読みは互いに存在しないとやっていけない相互依存状態、一種の共犯関係にあるわけです。だから、少年は掟に反して（少年曰く「ぼくはこの街における不法侵入者です」）、通過儀礼である視力の弱体化も抜きに、夢読みになっていきます。主人公は自分の時との違いに、疑問を口にします。

「しかしある日突然〈夢読み〉がぼくからきみに代わって、街はそれをすんなり受け入れてくれるだろうか？　だって、きみはこの街に滞在する資格を与えられていないのだから」

「いいえ、心配はいりません。ぼくがこの街を必要としているように、街もまたぼくを必要とするようになっています。〈夢読み〉の存在なしにこの街は成り立たないからです。彼らがぼくを追放するようなことはあり得ません。街は、そしてその壁は、ぼくに合わせて微妙に形を変化させていくことでしょう」

「きみにはその確信がある？」

少年はきっぱりと肯いた。（同648頁）

主人公も夢読みをしていた時は、もちろん街と相互依存していたのですが、依存度が非常に低いのです（街からの主人公への依存も同様）。ひとつには夢読みとしての主人公の能力の低さもあるかもしれませんが、視力を弱体化された夢読みは主人公の前にも何人かいたようですから、何代かの夢読みは少年が現れるまでの繋ぎ、過渡期の夢読みだったのでしょう。少年はいわば究極の夢読みであり、だからこそ召命があった（＝天職になった）わけです。もしかしたら、この少年が夢読みになることで、いよいよ1つのシステムが閉じるのかもしれません。つまり、この街の歴史が本当に止まるのかもしれません。

どのようなシステムにも特異点があります。主人公が気づいていない街の特異点に少年は気づいている。もちろん、それは夢を保管している図書館です。気づいているからこそ、少年は暗黙のうちに図書館と交渉して、この街の掟を変化させて、自分を永遠の夢読みに仕立てあげたのでしょう。

おそらく、保管された夢は増殖する力があるのではないかという気がします。影は図書館にある夢について「壁の外に追放された本体が残していった、心の残響みたいなものじゃないでしょうか」と言いましたが、それらは今なお発光するし、既に数え切れないほどの量でもあるらしい。だから街は慌てて優秀な夢読みを求めているのです。ここから筆者は、福島第一原発の処理水を連想しました。タンクに溜めてきたけれど、そろそろタンクが足りなくなる。噴き出してくると一大事です。それを無限に吸い取ってくれる存在が夢読みなのです。

夢読みとして主人公が持つタンクの容量は少なかったのです。君＝きみとずっと一緒にいられるし、街にも愛着が出てきたし、夢読みの仕事もそれなりに面白くて、自分の使命のようにも感じられる。それなのに主人公が街にいられなくなったのは、たぶん能力不足だったせいでしょう。主人公の意思とは関係なく、街を支配している超越的な力によって、こちら側へ飛ばされてしまったのです。

第一部の最後で、主人公は壁に囲まれた街に残ることを望んでいます。しかしこちらの世界に戻ってきたのには、明らかに超越的な力が働いています（主人公は後に「結果的には下した決断とは関係なく、このようにこちらにはじき返されてしまった」と振り返ります）。先ほどの天職の話とも繋がりますが、街にいられないことはあらかじめ定まっていたことなのです。決定権は人間ではなく、超越的な存在が持っていて、人間の有限な能力ではこの超越的な存在を認知することさえできません。

つまり、第二部で主人公が福島県で図書館長になるというのも、あらかじめ定まっていたことです。あるいは、主人公が図書館で働いている夢を見たという、その夢にも外部の力が作用しているわけです。だから、超越的な力によってあらかじめ定められたまま、主人公は地方の図書館で勤務したいと思い立ち、福島県の山間部の子易さんの図書館で働き始めたのだと筆者は見ています（そう言えば、『騎士団長殺し』の中で、二重メタファーに脅えながら地下の世界を進む主人公の心に浮かんだのは昔飼っていた「こやす」という名前の猫でした）。

前館長である子易さんは、主人公が新しい図書館長に選ばれた理由をこう説明しました。

——子易さんはこっくりと肯いた。「はい、わたくしには一目見たときからわかっておりました。あなたがこの図書館の、わたくしの職のあとを継ぐべき人であるということが。というのは、この図書館はただの普通の図書館ではないからです。ただたくさんの本を集めた公共の場所というだけではありません。ここはなにより、失われた心を受け入れる特別な場所でなくてはならないのです」(同382〜383頁)

主人公は、「失われた心を受け入れる特別な場所」の管理人としての資格を生まれながらにして、あるいは生まれる前から持っているのでしょう。もしかしたら、この図書館長というのが主人公の天職なのかもしれません。だから主人公は、イエロー・サブマリンの少年の失われた心を受け入れ、あの壁に囲まれた街の図書館という特別な場所を提供することができたのでしょう。

こうして『騎士団長殺し』と同じように、『街とその不確かな壁』においても、人間のする決断にはほとんど意味がないという考え方が村上氏によって展開されていきます。これは既に読者はご承知の、ジャン・カルバンの言う二重予定説です。人生は当事者には偶然のように映る外因性によって規定されています。イエロー・サブマリンの少年について、子易さんは主人公に「ああ、彼がどちら側の世界を選ぶかについて、あなたは思い悩む必要はないのです。あの子はあの子自身の判断で、生き方を選び取っていきます」と言いますが、少年がどちらの世界を選ぶかについては、主人公はもちろん、実は少年自身にも決定できるものではありません。超越的な力によって天職が定められ、主人公はこちら側に福島県の図書館長として留まり、少年は壁に囲まれた街の図書館の夢読みになったわけです。

5

よく勘違いして、二重予定説的な考え方を持つと、あらかじめ成功する人は決まっているなら、何もせずに怠けていようという発想をする人がいます。「何もしなくていいや」という発想が出てくる時点において、もう、その人は選ばれていない側なのです。

一方、二重予定説を持ちながら成功した人は、「自分に能力があるから成功した」とは発想しにくくなります。例えば、自分が裕福になったとか、自分が作家として成功したとかいう現実は、おのれの努力や才能のおかげではなく、超越的なものによって与えられたものだ、と考えるからです。

そんな具合に、超越的なもの、決定論的なものを感じる人は、自分の持っている能力や富の再分配を考えるようになります。筆者の見るところ、『街とその不確かな壁』という小説においては、作家としての経験も、人生の経験も、思索のすべても、作品の形にして社会に還元するんだという村上氏の意識が『騎士団長殺し』のときよりも強くなっています。言葉を換えれば、『街』はストイックなまでに倫理性の高さを感じる作品でした。失礼な言い方かもしれないけれども、これは村上氏が70歳を越えて、自らの持ち時間が限られていることを認識した結果なのでしょう。『街』では、村上氏の作品にこれまで見られなかった、（主人公からイエロー・サブマリンの少年への）「継承」というテーマが現われたことも、持ち時間を意識した作家の作品である証しだと思います。

子易さんは主人公にこう述べました。

> 「あなたは既にあの子のために十分良いことをなすった。彼に新しい世界の可能性を与えたのです。それは彼のために喜ばしいことであったと、わたくしは確信しております。それはなんと申しますか、継承のようなものであるかもしれません。ええ、そうです、あなたがこの図書館でわたくしの継承をなすったのと、ちょうど同じようにです」
>
> 子易さんの述べたことを、自分なりに呑み込むのにいくらか時間が必要だった。継承？イエロー・サブマリンの少年がいったい私の何を継承するのだろう？（同503頁）

『騎士団長殺し』では、最後まで（あるいは近い将来においても）主人公は「未成年」（実年齢に関係のない未成年の精神）のままでした。まりえはだんだん大人になっていくかもしれないけれど、主人公は未成年性を持ったままで生きて行こうと決意する結末だと読めます。その未成年性をやがて継承するのは主人公の娘である室（むろ）かもしれませんが、これはまだ先の話です。それが『街』においては、イエロー・サブマリンの少年がいま継承する、それを主人公が認める、というところまで進んでいます。これは村上氏の大きな変化です。

作者が持ち時間を認識したことは、主人公のこんな意識にも反映しているでしょう。

> 私は目を閉じ、時間のことを思った。かつては――たとえば私が十七歳であった当時は――時間なんて文字通り無尽蔵にあった。満々と水をたたえた巨大な貯水池のように。だから時間について考えを巡らす必要もなかった。でも今はそうではない。そう、時間は有限なものなのだ。そして年齢を重ねるに従って、時間について考えることがますます大事な意味を持つようになる。なにしろ時は休むことなく刻み続けられるのだから。（同５４４頁）

ここで、無尽蔵にあった時間の比喩として「満々と水をたたえた巨大な貯水池」が出て来ました。このとき主人公は40代半ばですが、『街』の冒頭近くでは、まさに「十七歳であった当時」の主人公が「永続的な」という言葉について考えを巡らせます。「「永続的」という言葉から思い浮かべられるのは、海に雨が降っている光景くらいだ」と思い、そして、きみとの関係へと考えをスライドさせていきます。

> ぼくは海に雨が降っている光景を目にするたびに、ある種の感動に打たれる。それはたぶん海というものが永劫に――あるいはほとんど永劫に近い期間にわたって――変化することのない存在であるからだろう。（略）海は常に同じ海だ。手を触れることのできる実体であると同時に、ひとつの純粋な絶対的な観念でもある。ぼくが海に降りしきる雨を眺めながら感じるのは（たぶん）そういう種類の厳かさだ。
>
> だからぼくがきみとの間の心の絆をもっと強いものにしたい、もっと永劫的なものにしたいと考えるとき、頭に思い浮かべるのは、雨が静かに降りしきる海の光景になる。（同66～67頁）

この美しいイメージは『街』の結末近くで再び現れます。

> 私は胸に大きく息を吸い込み、ひとつ間を置いた。その数秒の間に様々な情景が私の脳裏に次々に浮かんだ。あらゆる情景だ。私が大切にまもっていたすべての情景だ。その中には広大な海に降りしきる雨の光景も含まれていた。でも私はもう迷わなかった。迷いはない。おそらく。（同654〜655頁）

『街』を読んでいて「巨大な貯水池」や「広大な海」が登場したとき、筆者は本書で引用した『騎士団長殺し』の末尾の、まさに筆力鼎（かなえ）をあげる文章を思い出しました。

> 『騎士団長殺し』は未明の火事によって永遠に失われてしまったが、その見事な芸術作品は私の心の中に今もなお実在している。私は騎士団長や、ドンナ・アンナや、顔ながの姿を、そのまま目の前に鮮やかに浮かび上がらせることができる。手を伸ばせば彼らに触れることができそうなくらい具体的に、ありありと。彼らのことを思うとき、私は貯水池の広い水面に降りしきる雨を眺めているときのような、どこまでもひっそりとした気持ちになることができる。私の心の中で、その雨が降り止むことはない。（新潮文庫版第4巻372〜373頁）

いずれも大長編小説のコーダにふさわしい、実に見事な文章です。同時に、海や貯水池に降りしきる雨というイメージが——「壁」や「井戸（穴）」や「月」や「鏡」や「病床の女性」などと同じように——いかに村上氏にとって重要かがわかる箇所でもあります。村上氏の全作品をチェックすれば、これと類似した描写があちらこちらに出て来るに違いありません。

作家としての円熟期に発表した長編小説が2作続けて、似たようなイメージで締められることは別段、驚くに価しないことです。『街』には村上氏には珍しく「あとがき」が付されているのですが、そこでこう語っています。

> ホルヘ・ルイス・ボルヘスが言ったように、一人の作家が一生のうちに真摯に語ることができる物語は、基本的に数が限られている。我々はその限られた数のモチーフを、手を変え

品を変え、様々な形に書き換えていくだけなのだ――と言ってしまっていいかもしれない。

(『街とその不確かな壁』661頁)

村上氏はここで作家の仕事の本質を告白しています。1人の作家にできることは、限られた数のモチーフをさまざまな形で「手を変え品を変え」真摯に語っていくことだ、というのです。これはパラフレーズの手法です。幾たびも語りなおしていくうちに、フレーズ間にある少しずつの差異から、これまでとは異なる重要な意味が見出されていくのです。そしてモチーフと同様に、1人の作家が「大切にまもって」いるイメージもまた限られた数しかなく、作家に問われるのは、それをいかに真摯に書き換えていくか、なのです。われわれは、その見事な顕れを村上氏の2つの長編小説の末尾に読むことができるのです。

『街』のあとがきは、こう締めくくられます。

要するに、真実というのはひとつの定まった静止の中にではなく、不断の移行＝移動する相の中にある。それが物語というものの神髄ではあるまいか。僕はそのように考えているのだが。(同前)

ここでは村上氏の真理観が述べられています。本書をここまで読んでくれた読者にはもう言うまでもないことですが、この真理観はユダヤ・キリスト教における「神の存在は生成において存在する」(エーベルハルト・ユンゲル)という考え方ときわめて親和的です。神は静止せず、常に動き続けている。筆者のようなキリスト教徒はこのあとがきの締めくくりを、物語もまた生成する神の制約を受ける、と読み取るのですが、ここはむしろ村上氏の物語に対する信仰告白だと受け止めるべきかもしれません。筆者の内心における神と同じ位置を――こう記すことが許されるならば、同じ重さと深さと大きさで――、村上春樹氏の内心では物語が占めているのでしょう。

初出：小説新潮2018年12月号〜2022年10月号
単行本化に際し大幅な改稿を行い、
「まえがき」と「あとがきにかえて——
『街とその不確かな壁』を読む」を書き
下ろしました。

神学でこんなにわかる「村上春樹」

発行――二〇二三年一二月二〇日

著者――佐藤優

発行者――佐藤隆信

発行所――株式会社新潮社

〒162-8711 東京都新宿区矢来町七一

電話 編集部(03)三二六六―五四一一
読者係(03)三二六六―五一一一

https://www.shinchosha.co.jp

装幀――新潮社装幀室

印刷所――大日本印刷株式会社

製本所――大口製本印刷株式会社

乱丁・落丁本は、ご面倒ですが小社読者係宛お送り下さい。送料小社負担にてお取替えいたします。

価格はカバーに表示してあります。

ISBN978-4-10-475218-8 C0095